VERDWENEN
IN DE NACHT

Van Mary Higgins Clark zijn verschenen:

Dood op de kaap en andere verhalen*
Dreiging uit het verleden*
Stille nacht*
Vaders mooiste*
Waar zijn de kinderen?*
Dodelijk ontwerp*
Geen tranen om een actrice*
Jou krijg ik nog wel!*
... heeft een meisje weggehaald*
Moord op afspraak*
Vergeet mij niet*
Het Anastasia syndroom en andere verhalen*
Maanlicht staat je goed*
Moord om middernacht*
Compositie in rood*
Verbinding verbroken*
Zondagskind*
Doe alsof je haar niet ziet*
Jij bent van mij*
Het donkerste uur*
De weduwe*
Het bloed kruipt*
Losgeld* (samen met Carol Higgins Clark)
De herrezen moordenaar*
De allerlaatste kans (samen met Carol Higgins Clark)
Horen, zien, zwijgen*
Met gebruik van keuken
Verdwenen in de nacht*
Dubbele leugen*
De stiefvader

* In Poema-pocket verschenen

MARY HIGGINS CLARK

VERDWENEN IN DE NACHT

Derde druk
© 2004 Mary Higgins Clark
All rights reserved including the right of reproduction in whole or in part in any form
This edition published by arrangement with the original publisher, Simon & Schuster, Inc., New York
© 2004, 2005 Nederlandse vertaling
Uitgeverij Luitingh ~ Sijthoff B.V., Amsterdam
Alle rechten voorbehouden
Oorspronkelijke titel: Nighttime Is My Time
Vertaling: Karin Breuker
Omslagontwerp: Edd, Amsterdam
Omslagfotografie: Image Store

ISBN 90 245 5661 9

www.boekenwereld.com

Voor Vincent Viola, een trotse afgestudeerde van West Point,
en zijn lieve vrouw, Theresa,
met liefde en vriendschap.

De definitie van een uil had hem altijd aangestaan: een nachtroofvogel... scherpe klauwen en een zacht verenkleed, dat een geruisloze vlucht mogelijk maakt... figuurlijke aanduiding voor een persoon met nachtelijke gewoontes. 'Ik ben de Uil,' fluisterde hij altijd in zichzelf, nadat hij zijn prooi had uitgekozen, 'en de nacht is van mij.'

I

Het was de derde keer in een maand tijd dat hij naar Los Angeles was gekomen om haar dagelijkse activiteiten te observeren. 'Ik ken je hele doen en laten,' fluisterde hij, terwijl hij in het huisje bij het zwembad stond te wachten. Het was een minuut voor zeven. De ochtendzon scheen tussen de bomen door en deed de waterval die in het zwembad stroomde glinsteren.

Hij vroeg zich af of Alison kon voelen dat ze nog maar één minuut op deze aarde te leven had. Zou ze een onbehaaglijk gevoel hebben, of misschien onbewust geneigd zijn haar zwempartij vanmorgen over te slaan? Zelfs als ze dat zou doen, zou dat haar niet baten. Het was te laat.

De schuifdeur ging open en ze betrad de patio. Ze zag er met haar achtendertig jaar oneindig veel aantrekkelijker uit dan twintig jaar geleden. Haar gebruinde, slanke lichaam tekende zich prachtig af in de bikini. Haar haar, dat nu honingblond was, omlijstte en verzachtte haar scherpe kin.

Ze gooide de handdoek die ze bij zich had op een ligstoel. De blinde woede die in hem had gesmeuld, laaide op tot razernij, maar werd toen even snel vervangen door een diepe tevredenheid door de wetenschap wat hij ging doen. Hij had eens een interview gelezen met een roekeloze stuntduiker die vertelde dat het moment voor hij ging duiken en zijn leven ging wagen, hem een onbeschrijfelijke opwinding bezorgde, een sensatie die hij steeds opnieuw moest beleven.

Voor mij is het anders, dacht hij. Wat mij het meeste opwindt is het moment voor ik me aan hen vertoon. Ik weet dat ze gaan sterven, en als ze mij zien, weten zij het ook. Ze beseffen wat ik met hen ga doen.

Alison stapte op de duikplank en strekte zich uit. Hij keek toe terwijl ze zachtjes op en neer wipte om de plank te testen en toen haar armen naar voren stak.

Hij opende de deur naar het zwembad toen haar voeten

net loskwamen van de plank. Hij wilde dat ze hem zou zien als ze in de lucht zweefde. Vlak voor ze het water raakte. Ze moest beseffen hoe kwetsbaar ze was.

Nog voor ze boven kwam, was hij in het water. Hij trok haar tegen zijn borst en lachte terwijl ze wild om zich heen sloeg en met haar voeten trapte. Wat was ze dom. Ze kon zich beter bij het onvermijdelijke neerleggen. 'Je gaat sterven,' fluisterde hij met een rustige, vlakke stem.

Haar haar zat in zijn gezicht, kwam in zijn ogen. Ongeduldig schudde hij het weg. Hij wilde ongestoord kunnen genieten van haar strijd.

Het einde naderde. Snakkend naar adem had ze haar mond geopend en het water stroomde naar binnen. Hij voelde haar wanhopige pogingen zich van hem los te rukken en daarna de hopeloze, zwakke stuiptrekkingen terwijl haar lichaam begon te verslappen. Hij drukte haar strak tegen zich aan en wilde dat hij haar gedachten kon lezen. Zou ze bidden? Zou ze God smeken haar te redden? Zou ze het licht zien dat mensen die een bijnadoodervaring hebben gehad beweren te hebben gezien?

Hij wachtte drie volle minuten voor hij haar losliet. Met een tevreden glimlach keek hij toe hoe haar lichaam naar de bodem van het zwembad zonk.

Het was vijf over zeven toen hij uit het zwembad klom. Hij trok een shirt, korte broek en sportschoenen aan en zette zijn pet en zonnebril op. Hij had de plek al uitgekozen waar hij de stille herinnering aan zijn bezoek zou achterlaten – het visitekaartje dat iedereen altijd over het hoofd zag.

Om zes over zeven begon hij door de stille straat te joggen – een sportfanaat in een stad vol sportfanaten.

2

Sam Deegan was niet van plan geweest om die middag het dossier van Karen Sommers te openen. Hij was in zijn onderste bureaula op zoek geweest naar een doosje aspirientjes, waarvan hij zich vaag herinnerde dat hij ze daar had opgeborgen. Toen zijn vingers de versleten en verontrustend vertrouwde dossiermap raakten, aarzelde hij even en haalde hem toen met een grimas te voorschijn. Toen hij de datum op het omslag zag, besefte hij dat hij er onbewust naar had gezocht. Karen Sommers' sterfdag viel op Columbus Day. Volgende week zou het twintig jaar geleden zijn dat ze was overleden.

Het dossier had eigenlijk bewaard moeten worden bij de andere onopgeloste zaken, maar drie opeenvolgende openbare aanklagers van Orange County waren tegemoet gekomen aan zijn wens het bij de hand te houden. Twintig jaar geleden was Sam de eerste rechercheur die ter plaatse arriveerde na het telefoontje van een vrouw die volkomen overstuur gilde dat haar dochter was doodgestoken.

Toen hij enkele minuten later bij het huis aan Mountain Road in Cornwall-on-Hudson was aangekomen, stond de slaapkamer van het slachtoffer al vol geschokte en met afschuw vervulde toeschouwers. Een buurman stond over het bed gebogen in een hopeloze poging mond-op-mondbeademing toe te passen. Anderen probeerden de hysterische ouders weg te trekken bij de hartverscheurende aanblik van het toegetakelde lichaam van hun dochter.

Karen Sommers' schouderlange haar lag over het kussen gespreid. Toen hij de 'redder' achteruit rukte, zag Sam de brute steekwonden in Karens borst en hartstreek, die tot haar onmiddellijke dood moesten hebben geleid en de lakens hadden doordrenkt met bloed.

Hij herinnerde zich dat hij meteen had gedacht dat de jonge vrouw haar aanvaller waarschijnlijk nooit had horen binnenkomen. Ze was waarschijnlijk niet eens wakker geworden, peinsde hij hoofdschuddend, terwijl hij het dossier opensloeg. Het gegil van de moeder had niet alleen de aandacht getrokken van de buren, maar ook van een tuinarchitect en een bezorger, die op dat moment bij de buren waren. Gevolg was dat de plaats van het misdrijf volledig was verstoord.

Er waren geen sporen geweest van inbraak. Er werd niets vermist. Karen Sommers was tweeëntwintig en zat in het eerste jaar van haar studie geneeskunde. Ze had haar ouders verrast door een nachtje bij hen te komen logeren. De logische verdachte was haar ex-vriend, Cyrus Lindstrom, een derdejaars rechtenstudent aan de Columbia universiteit. Hij gaf toe dat Karen had gewild dat ze allebei met andere mensen zouden uitgaan, maar hij hield ook vol dat hij dat een goed idee had gevonden, omdat ze geen van beiden toe waren aan een serieuze relatie. Zijn alibi – dat hij had liggen slapen in het appartement dat hij deelde met drie andere rechtenstudenten – bleek te kloppen, hoewel zijn kamergenoten alle drie hadden toegegeven dat ze rond middernacht naar bed waren gegaan en dus niet wisten of Lindstrom het appartement na die tijd nog had verlaten. Het tijdstip van Karens dood was geschat tussen twee en drie uur 's ochtends.

Lindstrom was een paar keer bij de familie Sommers op bezoek geweest. Hij wist dat ze een reservesleutel bewaarden onder een steen bij de achterdeur. Hij wist dat Karens kamer de eerste was aan je rechterhand als je via de trap aan de achterkant van het huis naar boven ging. Maar dat bewees niet dat hij midden in de nacht vijfenzeventig kilometer had gereden van Amsterdam Avenue en 104th Street in Manhattan naar Cornwall-on-Hudson en haar had vermoord.

'Een belangwekkend persoon,' zo zouden we iemand als Lindstrom vandaag de dag noemen, peinsde Sam. Ik heb altijd gedacht dat die vent zo schuldig was als de nacht. Ik heb nooit begrepen waarom de familie Sommers zo achter hem bleef staan. Mijn god, je zou gedacht hebben dat ze hun eigen zoon verdedigden.

Ongeduldig liet Sam het dossier op zijn bureau vallen, stond op en liep naar het raam. Vanwaar hij stond kon hij de parkeerplaats zien en hij dacht terug aan de keer dat een gevangene die terechtstond wegens moord, een bewaker had overmeesterd, zich uit het raam van het gerechtsgebouw had laten vallen, over de parkeerplaats was gerend, een man die net in zijn auto wilde stappen van achteren had aangevallen en in diens auto was weggereden.

Binnen twintig minuten hadden we hem te pakken, dacht Sam. Waarom kan ik dan in twintig jaar niet het beest vinden dat Karen Sommers heeft vermoord? Ik verwed er alles om dat het toch Lindstrom is.

Lindstrom was nu een vooraanstaand strafpleiter in New York. Hij is een meester in het vrijpleiten van vuile moordenaars, dacht Sam. Toepasselijk, hij is er zelf ook een.

Hij haalde zijn schouders op. Het was een rotdag, regenachtig en ongewoon koud voor begin oktober. Vroeger hield ik van deze baan, dacht hij, maar het is niet meer wat het geweest is. Ik moet stoppen met werken. Ik ben achtenvijftig; ik zit al het grootste deel van mijn leven bij de politie. Ik kan maar beter gauw met pensioen gaan en de benen nemen. Een beetje afvallen. Bij de kinderen op bezoek gaan en meer tijd doorbrengen met de kleinkinderen. Voor je het weet zitten ze op de universiteit.

Hij voelde een vage hoofdpijn terwijl hij met zijn hand door zijn dunner wordende haar streek. Kate zei altijd dat ik dat niet moest doen, dacht hij. Volgens haar was het slecht voor de haarwortels.

Met een scheef lachje om de onwetenschappelijke verklaring van zijn overleden vrouw voor zijn beginnende kaalheid, liep hij terug naar zijn bureau en staarde weer naar het dossier van Karen Sommers.

Hij ging nog steeds regelmatig op bezoek bij Karens moeder, Alice, die naar een appartement in de stad was verhuisd. Hij wist dat het voor haar een troost was te weten dat ze nog steeds de persoon probeerden te vinden die haar dochter van het leven had beroofd, maar er was meer. Sam had het gevoel dat Alice op een dag iets zou loslaten waarvan ze het belang nooit had ingezien en wat de eerste stap zou zijn om erachter te komen wie die nacht Karens kamer was binnengegaan.

Daarom heb ik deze baan de laatste paar jaar volgehouden, dacht hij. Ik wilde die zaak zo graag oplossen, maar nu kan ik niet langer wachten.

Hij trok de onderste la open en aarzelde. Hij moest het loslaten. Het werd tijd om dit dossier bij de andere onopgeloste zaken in het archief op te bergen. Hij had zijn best gedaan. De eerste twaalf jaar na de moord was hij op Karens sterfdag naar de begraafplaats gegaan. Hij was daar de hele dag gebleven, verborgen achter een grote grafsteen, om Karens graf in de gaten te houden. Hij had zelfs een verborgen microfoon bij haar grafsteen geplaatst om alles op te vangen wat een mogelijke bezoeker zou kunnen zeggen. Er waren enkele gevallen bekend waarin moordenaars gepakt waren omdat ze op de sterfdag van hun slachtoffer een bezoek hadden gebracht aan het graf en zelfs tegen hun slachtoffer over het misdrijf hadden gepraat.

De enige mensen die ooit op Karens sterfdag naar haar graf kwamen, waren haar ouders en het was een misselijkmakende inbreuk op hun privacy geweest om hen herinneringen te horen ophalen aan hun enige dochter. Acht jaar geleden, toen Michael Sommers was overleden en Alice alleen naar het graf kwam, waar haar man en dochter nu naast elkaar lagen, had Sam besloten er niet meer heen te gaan. Hij wilde geen getuige zijn van haar verdriet. Hij was weggelopen en nooit meer teruggegaan.

Sam stond op en nam het dossier van Karen Sommers onder zijn arm. Hij had zijn besluit genomen. Hij zou er niet meer in kijken. En volgende week, op de twintigste gedenkdag van Karens overlijden, zou hij zijn pensioenaanvraag indienen.

En dan ga ik naar de begraafplaats, dacht hij. Alleen maar om haar te laten weten hoe het me spijt dat ik niet meer voor haar heb kunnen doen.

3

Het had bijna zeven uur gekost om van Washington via Maryland, Delaware en New Jersey naar Cornwall-on-Hudson te rijden.

Het was geen tocht die Jean Sheridan graag maakte – niet zozeer vanwege de afstand, maar omdat Cornwall, de plaats waar ze was opgegroeid, vol zat met pijnlijke herinneringen.

Ze had zich heilig voorgenomen om, hoe vasthoudend en charmant Jack Emerson, de voorzitter van de commissie voor de reünie van de highschool, het ook zou inkleden, iedere reden – werk, andere verplichtingen, gezondheidsproblemen – aan te grijpen om eronderuit te komen.

Ze had helemaal geen zin om te vieren dat ze twintig jaar geleden haar diploma had gehaald aan de Stonecroft Academy, ook al was ze dankbaar voor de opleiding die ze er had gekregen. Zelfs de onderscheiding voor 'eminent oud-leerling' die ze zou krijgen liet haar koud, ook al was haar diploma bij Stonecroft een opstapje geweest naar een beurs voor Bryn Mawr en vervolgens een doctoraat op Princeton.

Maar nu er een herdenkingsdienst voor Alison in het reünieprogramma was opgenomen, kon ze onmogelijk wegblijven.

Alisons dood kwam Jean nog steeds zo onwerkelijk voor, dat ze ieder moment verwachtte dat de telefoon zou overgaan en ze die vertrouwde stem weer zou horen met de afgebeten, gejaagde woorden, alsof alles binnen tien seconden gezegd moest worden: 'Jeannie. Je hebt in geen tijden gebeld. Je bent me zeker vergeten. Ik haat je. Nee, niet waar, ik hou van je. Ik bewonder je. Je bent zo verrekte knap. Volgende week is er een première in New York. Curt Ballard is een van mijn klanten. Een verschrikkelijke acteur, maar zo'n lekker ding dat het niemand iets kan schelen. En zijn nieuwste vriendin komt ook. Als ik alleen haar naam al flúíster, val je flauw. Maar goed, kun je dinsdag? Borrel om zes uur, dan de film en daarna een besloten dineetje voor iets van twintig, dertig, vijftig mensen?'

Alison slaagde er altijd in een dergelijke boodschap in ongeveer tien seconden erdoor te jagen, dacht Jean, en ze was altijd geschokt als Jean negen van de tien keer niet alles uit haar handen kon laten vallen om haar in New York gezelschap te houden.

Alison was nu bijna een maand dood. Het was bijna niet te geloven, en de gedachte dat ze misschien het slachtoffer was van een misdrijf, was onverdraaglijk. In de loop van haar carrière had ze echter wel vijanden gemaakt. Niemand kwam aan de top van een van de grootste castingbureaus van het land zonder zich gehaat te maken. Bovendien waren Alisons vlijmscherpe humor en bijtende sarcasme wel vergeleken met het giftige commentaar van de legendarische Dorothy Parker. Was iemand die ze belachelijk had gemaakt of had ontslagen kwaad genoeg geweest om haar te vermoorden? vroeg Jean zich af.

Ik hou het er liever op dat ze even buiten westen is geraakt nadat ze in het water is gedoken. Ik wil niet geloven dat iemand haar onder water heeft gehouden, dacht ze.

Ze wierp een blik op de schoudertas naast zich op de passagiersstoel en haar gedachten schoten naar de envelop die erin zat. Wat moet ik doen? Wie heeft hem me toegestuurd en waarom? Hoe heeft iemand iets over Lily te weten kunnen komen? Zit ze in moeilijkheden? O god, wat moet ik doen? Wat kán ik doen?

Sinds ze de uitslag van het laboratorium had ontvangen, hadden deze vragen haar wekenlang slapeloze nachten bezorgd.

Ze was bij de afslag die van Route 9W naar Cornwall leidde. En dicht bij Cornwall lag West Point. Jean slikte een brok in haar keel weg en probeerde zich te concentreren op de schoonheid van de oktobermiddag. De bomen waren adembenemend mooi met hun gouden, oranje en vuurrode herfstbladeren. Daarboven verhieven de bergen zich, zoals altijd, in serene rust. De Hudson River Highlands. Ik was vergeten hoe prachtig het hier is, dacht ze.

Maar natuurlijk riep die gedachte onvermijdelijk herinneringen op aan de zondagmiddagen in West Point, toen ze op een middag als deze op de treden van het monument zat. Daar was ze aan haar eerste boek begonnen, een verhaal over de geschiedenis van West Point.

Ik heb er tien jaar over gedaan om het af te maken, dacht ze, vooral omdat ik er lange tijd gewoon niet over kon schrijven.

Cadet Carroll Reed Thornton jr., uit Maryland. Nu niet aan Reed denken, waarschuwde Jean zichzelf.

De bocht van Route 9W naar Walnut Street nam ze nog steeds automatisch. Het Glen-Ridge House in Cornwall, genoemd naar een van de grootste negentiende-eeuwse pensions van de stad, was het hotel dat men voor de reünie had uitgekozen. Er hadden negentig leerlingen in haar eindexamenjaar gezeten. Volgens de laatste informatie die ze had ontvangen, waren er tweeënveertig van plan te komen, met hun man, vrouw of andere geliefde en kinderen.

Voor zichzelf had ze niet dit soort extra reserveringen hoeven maken.

Jack Emerson had besloten dat de reünie in oktober in plaats van in juni zou plaatsvinden. Hij had een opiniepeiling gehouden onder de deelnemers en vastgesteld dat in juni hun eigen kinderen eindexamen deden, waardoor ze moeilijk weg konden.

Via de post had ze haar naamplaatje ontvangen, met haar foto uit het eindexamenjaar erop. Er zat een programma bij van wat er in het weekend ging gebeuren: vrijdagavond een feestelijke openingsborrel met een buffet. Zaterdag ontbijt, een uitstapje naar West Point, de rugbywedstrijd tussen het leger en Princeton en daarna een feestelijke borrel en een galadiner. Het was de bedoeling geweest dat de reünie op zondag zou worden afgesloten met een brunch op Stonecroft, maar na Alisons dood was besloten dat er 's morgens een herdenkingsdienst voor haar zou worden gehouden. Ze lag begraven op de begraafplaats naast de school en de dienst zou bij het graf worden gehouden.

In haar testament had Alison een groot bedrag nagelaten aan het schoolfonds van Stonecroft, hetgeen de voornaamste reden was geweest voor de haastig georganiseerde herdenkingsplechtigheid.

Main Street voelt bijna net zoals vroeger, dacht Jean, terwijl ze langzaam de stad door reed. Ze was hier in geen jaren geweest. In de zomer dat ze aan Stonecroft was afgestudeerd, waren haar vader en moeder eindelijk uit elkaar gegaan, hadden het huis verkocht en waren ieder hun eigen weg gegaan. Haar vader runde nu een hotel in Maui. Haar moeder was teruggegaan naar Cleveland, waar ze als kind was opgegroeid, en was daar getrouwd met haar oude middelbare-schoolliefde. 'De grootste fout die ik ooit heb gemaakt is dat ik dertig jaar geleden niet met Eric ben getrouwd,' had ze bij de bruiloft gekweeld.

En waar sta ik dan? schoot op dat moment door Jean heen. Maar de scheiding had er in ieder geval voor gezorgd dat ze met goed fatsoen uit Cornwall weg kon.

Ze gaf niet toe aan de opwelling om om te rijden via Mountain Road en langs haar oude huis te gaan. Misschien doe ik dat van het weekend nog wel, dacht ze, maar nu niet. Drie minuten later draaide ze de oprit van het Glen-Ridge House op. Een portier opende met een professionele glimlach het portier van haar auto en zei: 'Welkom thuis.' Jean drukte op de knop van de kofferbak en keek toe terwijl hij haar kledinghoes en koffer eruit tilde.

'Loopt u maar meteen door naar de incheckbalie,' drong de portier aan. 'Wij zorgen wel voor de bagage.'

De hotellobby ademde een gezellige, vriendelijke sfeer, met dik tapijt op de vloer en stoelen die in genoeglijke groepjes bij elkaar stonden. De balie was aan de linkerkant en Jean zag dat schuin daartegenover de bar al redelijk volliep met feestgangers die nog wat te vroeg waren voor de cocktailparty.

Een spandoek boven de incheckbalie heette de bezoekers van de klassenreünie van Stonecroft welkom.

'Welkom thuis, miss Sheridan,' zei de receptionist, een man van in de zestig. Zijn glimlach onthulde een rij stralend witte tanden. Zijn slecht geverfde haar kleurde volmaakt bij de kersenhouten balie. Terwijl Jean hem haar creditcard gaf, schoot de absurde gedachte door haar heen dat hij misschien een stukje van de balie had afgezaagd om zijn kapper te laten zien welke kleur het moest worden.

Ze was er nog niet aan toe om een van haar oude klasgenoten onder ogen te komen en hoopte dat ze ongezien de lift zou kunnen bereiken. Ze wilde op zijn minst een halfuur de tijd hebben om zich rustig te douchen en om te kleden. Daarna zou ze het naamplaatje opdoen, met de foto van het bange, diepbedroefde achttienjarige meisje dat ze destijds was geweest, en zich bij haar vroegere klasgenoten voegen voor de cocktailparty.

Terwijl ze de sleutel aanpakte en zich omdraaide, zei de hotelbediende: 'O ja, miss Sheridan, dat vergat ik bijna. Ik heb een fax voor u.' Hij tuurde op de envelop. 'O, neem me niet kwalijk. Ik moet doctor Sheridan zeggen.'

Zonder te antwoorden, scheurde Jean de envelop open. De fax kwam van haar secretaresse in Georgetown: 'Dr. Sheridan, neem me niet kwalijk dat ik u stoor. Dit is waarschijnlijk een grap of een vergissing, maar ik dacht dat u het wel zou willen zien.' 'Het' was een vel papier dat naar haar kantoor was gefaxt. Er stond op: 'Jean, het zal je inmiddels wel duidelijk zijn dat ik Lily ken. Ik heb een probleem. Moet ik haar kussen of vermoorden? Grapje. Je hoort nog van me.'

Heel even was Jean niet in staat zich te bewegen of na te denken. Haar vermoorden? Haar vermoorden? Maar waarom dan? Waarom?

Hij had in de bar op de uitkijk gestaan tot ze binnenkwam. In de loop der jaren had hij regelmatig haar foto op de omslag van haar boeken zien staan, en iedere keer was het voor hem een schok te zien hoe chique Jeannie Sheridan er tegenwoordig uitzag.

Op Stonecroft was ze een schrander maar stil meisje geweest. Ze was zelfs op een nonchalante manier aardig tegen hem geweest. Hij was echt op haar gesteld geraakt, tot Alison hem had verteld hoe ze allemaal om hem hadden gelachen. Hij wist wie 'ze' waren: Laura, Catherine, Debra, Cindy, Gloria, Alison en Jean. Ze zaten in de lunchpauze altijd aan dezelfde tafel.

Waren het geen schatjes? dacht hij, terwijl de gal hem naar de keel steeg. Nu waren Catherine, Debra, Cindy, Gloria en Alison dood. Hij had Laura voor het laatst bewaard. Het gekke was dat hij nog steeds niet zeker was van Jean. Om de een of andere reden twijfelde hij of hij haar moest vermoorden. Hij herinnerde zich nog die keer dat hij in het eerste jaar had geprobeerd in het honkbalteam te komen. Hij was onmiddellijk afgewezen en hij was gaan huilen, die babytranen die hij nooit kon inhouden.

Jankerd. Jankerd.

Hij was het veld af gerend en even later was Jeannie achter hem aan gekomen. 'Ik ben niet gekozen als cheerleader,' zei ze. 'Wat maakt het uit, joh?'

Hij wist dat ze hem achterna was gekomen omdat ze medelijden met hem had. Daarom had hij ergens het idee dat zij niet een van degenen was geweest die hem hadden uitgelachen toen hij met Laura naar het eindbal wilde. Maar zij had hem weer op een andere manier gekwetst.

Laura was altijd het knapste meisje van de klas geweest: goudblond haar, stralend blauwe ogen, een prachtig lichaam dat zelfs de schoolkleding van Stonecroft niet kon verhullen. De jongens lagen aan haar voeten.

Alison was altijd een gemeen loeder geweest. Ze schreef voor de schoolkrant en haar column 'Achter de schermen' was eigenlijk bedoeld voor schoolactiviteiten. Zij wist er echter altijd op de een of andere manier mensen in onderuit te halen, zoals die keer dat ze in een verslag over het schooltoneelstuk had geschreven: 'Tot ieders verbazing slaagde Romeo, beter bekend als Joel Nieman, erin het grootste deel van zijn tekst te onthouden.' Indertijd vonden de populaire kinderen Alison erg grappig. De sufferds gingen haar liever uit de weg.

Sufferds zoals ik, dacht hij en genoot in gedachten na van de ontzetting op Alisons gezicht toen ze hem in het zwembad op zich af zag komen.

Jean was populair geweest, maar ze was anders dan de andere meisjes. Ze was gekozen in de leerlingenraad, waar ze zo weinig had gezegd dat het leek alsof ze niet kon praten. Maar áls ze, daar of in de klas, haar mond opendeed, had ze het altijd bij het juiste eind. Toen al was ze een kei in geschiedenis geweest. Wat hem verbaasde, was dat ze er tegenwoordig zoveel knapper uitzag. Haar dunne, lichtbruine haar was donkerder en voller geworden en viel soepel om haar gezicht. Ze was slank, maar niet meer zo akelig mager als toen. In de loop der jaren had ze zich ook beter leren kleden. Haar jasje en broek waren mooi van snit. Verlangend om de uitdrukking op haar gezicht te zien, keek hij toe terwijl ze een fax in haar schoudertas stopte.

'Ik ben de uil, en ik woon in een boom.'

In gedachten hoorde hij hoe Laura hem nabauwde. 'Ze weet precies wat voor eikel je bent,' had Alison die avond, twintig jaar geleden, gegild. 'En ze zegt dat je nog in je broek plast.'

Hij stelde zich voor hoe ze hem belachelijk maakten; hij hoorde de schrille uithalen van hun spottende gelach.

Het was gebeurd in de tweede klas, hij was zeven. Hij had meegespeeld in het schooltoneelstuk. Dat was zijn tekst, het enige wat hij hoefde te zeggen. Maar hij kreeg het niet over zijn lippen. Hij stotterde zo erg dat alle kinderen op het podium en zelfs sommige ouders begonnen te grinniken.

'Ik b-b-b-b-ben d-d-d-d-de ui-ui-uil, en, en ik w-w-w-woon in e-e-e-e-e-een...'

Het woord 'boom' kreeg hij er niet uit. Op dat moment barstte hij in tranen uit en rende het podium af, met de boomtak in zijn hand. Zijn vader had hem een draai om zijn oren gegeven omdat hij zo'n mietje was. Zijn moeder had gezegd: 'Laat hem met rust. Hij is een sukkel. Wat kun je nou verwachten? Kijk hem staan. Hij heeft weer in zijn broek geplast.'

De herinnering aan die gênante gebeurtenis vermengde zich in zijn verbeelding met het gelach van de meisjes en kolkte door zijn hoofd terwijl hij toekeek hoe Jean Sheridan in de lift stapte. Waarom zou ik jou sparen? dacht hij. Misschien eerst Laura en dan jij. Dan kunnen jullie me fijn uitlachen, lekker met z'n allen in de hel.

Hij hoorde zijn naam roepen en draaide zijn hoofd om. Dick Gormley, de grote honkbalheld van hun klas, stond naast hem in de bar en staarde naar zijn naamplaatje. 'Leuk om je te zien,' zei Dick hartelijk.

Je liegt, dacht hij, en het is níét leuk om jou te zien.

4

Laura had nog nauwelijks de sleutel in het slot van de kamer gestoken, of een hotelbediende verscheen met haar bagage: een kledinghoes, twee grote koffers en een schoudertas met toiletspullen. Ze hoorde de man denken: mevrouw, de reünie duurt twee dagen, niet twee weken.

Hij zei: 'Miss Wilcox, mijn vrouw en ik keken vroeger op dinsdagavond altijd naar Henderson County. Wij vonden u geweldig. Komt het misschien nog eens terug op tv?'

Weinig kans, dacht Laura, maar de oprechte waardering van de man gaf haar een opkikker die ze goed kon gebruiken. 'Henderson County niet, maar ik heb een proefopname gedaan voor Maximum Channel,' zei ze. 'Na één januari komt het op de buis.'

Niet helemaal waar, maar ook niet echt gelogen. Maximum had de pilot goedgekeurd en meegedeeld dat ze de serie zouden uitzenden. Maar toen, twee dagen voor haar dood, had Alison gebeld. 'Laura, liefje, ik weet niet hoe ik je dit moet vertellen, maar er is een probleem. Maximum wil een jongere actrice voor Emmie.'

'Jonger?' had ze geschreeuwd. 'Jezus, Alison, ik ben achtendertig. De moeder in de serie heeft een dochter van twaalf. En ik zie er goed uit. Dat weet je.'

'Schreeuw niet zo tegen me,' had Alison teruggeschreeuwd. 'Ik doe mijn best om ze ervan te overtuigen dat jij erin moet blijven. En je ziet er inderdaad goed uit, maar met al die facelifts en laser- en botoxbehandelingen van tegenwoordig ziet iedereen in deze business er goed uit. Daarom is het zo moeilijk om iemand te casten voor de rol van grootmoeder. Niemand ziet er meer uit als een grootmoeder.'

We hadden afgesproken om samen naar de reünie te gaan, dacht Laura. Alison zei dat volgens de aanmeldingslijst Gordon Amory aanwezig zou zijn, die zich kennelijk onlangs in Maximum had ingekocht. Volgens haar had hij genoeg invloed om mij te helpen bij het houden van die rol, als hij er tenminste van kon worden overtuigd zijn macht aan te wenden.

Ze had Alison eindeloos aan haar hoofd gezeurd om Gordie meteen te bellen en te zorgen dat hij Maximum zou dwingen haar voor de rol te accepteren. Ten slotte had Alison gezegd: 'Noem hem om te beginnen geen Gordie. Daar heeft hij een bloedhekel aan. En dan nog iets. Ik heb geprobeerd het tactisch te brengen, waar ik, zoals je weet, zelden moeite voor doe. Ik zeg het je nu recht voor z'n raap: je bent nog steeds mooi, maar je bent geen geweldige actrice. De mensen van Maximum verwachten dat deze serie een echte topper gaat worden, maar niet als jij erin meespeelt. Misschien kan Gordon hen op andere gedachten brengen. Je kunt hem proberen in te palmen. Hij was toch altijd gek op je?'

De hotelbediende was verderop in de gang de ijsemmer gaan vullen. Nu klopte hij aan en kwam weer binnen. Zonder erbij na te denken, had Laura haar portemonnee al geopend en een biljet van twintig dollar te voorschijn gehaald. Zijn overenthousiaste 'Dank u zeer, miss Wilcox' deed haar licht ineenkrimpen. Ze moest weer zo nodig de grote dame uithangen. Tien dollar was meer dan genoeg geweest.

Gordie Amory was op Stonecroft een van de jongens geweest die smoorverliefd op haar waren. Wie zou ooit hebben gedacht dat hij het zo ver zou schoppen? Ach, je weet het nooit, dacht Laura, terwijl ze haar kledinghoes open ritste. We zouden allemaal een kristallen bol moeten hebben om in de toekomst te kijken.

De kast was klein. Kleine kamer. Kleine ramen. Donkerbruine vloerbedekking, een bruin beklede stoel, een beddensprei in donker- en lichtbruine tinten. Ongeduldig haalde Laura de cocktailjurken en het pak uit de kledinghoes te voorschijn. Ze wist al dat ze vanavond de Chanel zou aantrekken. Laat de vonken eraf springen. Verpletter ze. Zorg dat je er succesvol uitziet, zelfs als je achterloopt met het betalen van je belastingen en de fiscus beslag heeft gelegd op je huis.

Alison had gezegd dat Gordie Amory gescheiden was. Laura hoorde haar laatste advies nog naklinken: 'Luister, schat, als je hem niet kunt overhalen om je in de serie te laten meespelen, kun je hem misschien strikken voor een huwelijk. Ik heb begrepen dat hij er heel lekker uitziet. Op Stonecroft was hij een eikel, maar dat moet je uit je hoofd zetten.'

5

'Kan ik nog iets voor u doen, dr. Sheridan?' vroeg de hotelbediende.

Jean schudde haar hoofd.

'Voelt u zich wel goed, doctor? U ziet zo bleek.'

'Ik voel me prima. Dank u wel.'

'Goed. Als we iets voor u kunnen doen, hoeft u het maar te zeggen.'

Eindelijk ging de deur achter hem dicht en kon Jean zich op de rand van het bed laten zakken. Ze had de fax in een zijvak van haar schoudertas gepropt. Nu haalde ze hem haastig te voorschijn en herlas ze de raadselachtige zinnen: 'Jean, het zal je inmiddels wel duidelijk zijn dat ik Lily ken. Ik heb een probleem. Moet ik haar kussen of vermoorden? Grapje. Je hoort nog van me.'

Twintig jaar geleden was dr. Connors in Cornwall de huisarts geweest aan wie ze had toevertrouwd dat ze zwanger was. Hij had met tegenzin toegegeven dat het niet goed zou zijn haar ouders op de hoogte te stellen. 'Ik laat het kind hoe dan ook adopteren, wat ze ook zeggen. Ik ben achttien en het is míjn beslissing. Maar als zij het weten, worden ze kwaad en winden ze zich op en maken ze mijn leven nog ellendiger dan het al is,' had ze huilend gezegd.

Dr. Connors had haar verteld over het echtpaar dat ten slotte de hoop op een eigen kind had opgegeven en adoptieplannen had. 'Als je zeker weet dat je de baby niet wilt houden, beloof ik je dat zij hem of haar een fantastisch, liefdevol thuis zullen geven.'

Hij had voor haar geregeld dat ze tot het eind van haar zwangerschap in een particuliere kraamkliniek in Chicago kon werken. Toen het zover was, vloog hij naar Chicago, hielp haar bij de bevalling en nam de baby mee. In september begon ze haar studie aan de universiteit. Tien jaar later hoorde ze dat dr. Connors was overleden aan een hartaanval, nadat een brand zijn spreekkamer en kantoorruimte in de as had gelegd. Jean had gehoord dat al zijn gegevens verloren waren gegaan.

Maar misschien was dat niet zo. En als ze bewaard waren gebleven, wie had ze dan gevonden, en waarom probeert die persoon na al die jaren contact met me te zoeken? vroeg Jean zich gekweld af.

Lily – dat was de naam die ze had gegeven aan de baby die ze negen maanden bij zich had gedragen en daarna slechts vier uur had gekend. Drie weken voor Reed op West Point en zij op Stonecroft zouden afstuderen, had ze gemerkt dat ze zwanger was. Ze waren allebei bang geweest, maar ze hadden afgesproken dat ze direct na de diploma-uitreiking zouden trouwen.

'Mijn ouders zullen dol op je zijn, Jeannie,' had Reed haar verzekerd. Maar zij wist dat hij zich zorgen maakte over hun reactie. Hij gaf toe dat zijn vader hem had gewaarschuwd dat hij voor zijn vijfentwintigste beter geen serieuze relatie kon beginnen. Hij was er nooit aan toe gekomen zijn ouders over haar te vertellen. Een week voor de diploma-uitreiking was hij op een smalle weg over de campus doodgereden. De automobilist was na het ongeluk doorgereden. In plaats van te zien hoe Reed als vijfde van zijn klas afstudeerde, kregen de inmiddels gepensioneerde generaal en Mrs. Carroll Reed Thornton het diploma en sabel van hun overleden zoon aangeboden tijdens een speciale plechtigheid bij de uitreikingsceremonie.

Ze wisten niet dat ze een kleindochter hadden.

Zelfs als iemand de gegevens over Lily's adoptie had weten te redden, hoe had hij of zij dan dicht genoeg bij haar in de buurt kunnen komen om haar haarborstel weg te nemen, met plukken van haar lange, goudblonde haar er nog in? vroeg Jean zich af.

Bij dat eerste, beangstigende contact had Jean de borstel ontvangen, met een briefje erbij: 'Controleer het DNA – het is jouw kind.' Verbijsterd had Jean een plukje haar dat ze van haar baby had bewaard, een monster van haar eigen DNA en wat haar uit de borstel naar een particulier DNA-laboratorium gebracht. Het verslag had haar diepste angsten ondubbelzinnig bevestigd: de haren op de borstel waren afkomstig van haar inmiddels negentieneneenhalfjarige dochter.

Of is het mogelijk dat dat fantastische, liefdevolle echtpaar dat haar heeft geadopteerd, weet wie ik ben en dit alles op touw zet om mij geld af te persen?

Er was veel publiciteit geweest toen haar boek over Abigail Adams een bestseller werd en er vervolgens een zeer succesvolle film van werd gemaakt.

Laat het alleen om geld gaan, bad Jean, terwijl ze opstond en haar koffer greep. Het was tijd om uit te pakken.

6

Carter Stewart smeet zijn kledinghoes op het bed. Naast ondergoed en sokken had hij een paar Armani-jasjes en verschillende broeken bij zich. In een opwelling besloot hij voor het feestje van vanavond zijn spijkerbroek en trui aan te houden.

Op school was hij een mager, slonzig jongetje geweest, het kind van een magere, slonzige moeder. Als ze er soms al aan dacht wasgoed in de machine te stoppen, was negen van de tien keer het waspoeder op. Dan gooide ze er maar bleekmiddel bij, waardoor alle kleren ontoonbaar werden. Tot het moment dat hij besloot zijn kleren voor haar te verstoppen en ze zelf te wassen, was hij in viezige, vreemd uitziende kledij naar school gegaan.

Als hij zich voor de eerste ontmoeting met zijn oude klasgenoten te veel opdofte, zouden er misschien opmerkingen komen over hoe hij er vroeger uitzag. Wat zagen ze nu als ze naar hem keken? Niet het iele ventje dat hij het grootste deel van zijn middelbare-schooltijd was geweest. Hij was nu een man van gemiddelde lengte met een goed getraind lichaam. In tegenstelling tot sommige anderen die hij in de lobby had opgemerkt, was er in zijn goed gekapte, donkerbruine haar nog geen vleugje grijs te ontdekken. Op de foto op zijn naamplaatje stond hij afgebeeld met een woeste haardos en zijn ogen halfdicht. Een columnist had onlangs geschreven over zijn 'donkerbruine ogen die, als hij kwaad is, plotseling met een gele gloed kunnen oplichten.'

Ongeduldig keek hij de kamer rond. In de zomer van zijn derde middelbare-schooljaar had hij in dit hotel gewerkt. Waarschijnlijk was hij al talloze keren in deze sombere kamer geweest, om zakenlui te bedienen, of dames die een uitstapje maakten door de Hudson Valley, of ouders die op bezoek waren bij hun kinderen op West Point – of stelletjes die hun gezin waren ontglipt om elkaar hier stiekem te ontmoeten. Die laatste had ik altijd meteen in de gaten, dacht hij. Als hij hun ontbijt kwam brengen, vroeg hij altijd met een zelfgenoegzaam lachje: 'Bent u op huwelijksreis?' De schuldige uitdrukking op hun gezicht was onbetaalbaar.

Hij had toen al een hekel gehad aan dit oord en dat was nog steeds zo, maar nu hij er toch was, kon hij net zo goed naar beneden gaan en meedoen aan het ritueel van uitbundige begroetingen.

Nadat hij had gecontroleerd of hij het stuk plastic dat voor een sleutel doorging bij zich had, verliet hij de kamer en liep de gang door, op weg naar de lift.

De Hudson Valley Suite, waar het openingsfeestje werd gehouden, lag op de tussenverdieping. Toen hij uit de lift stapte, hoorde hij de harde muziek en de stemmen die er bovenuit probeerden te komen. Zo te zien waren er al een stuk of veertig, vijftig mensen aanwezig. Twee obers met een dienblad vol wijnglazen stonden bij de ingang. Hij pakte een glas rode wijn en nam een slokje. Merlot, gadverdamme. Hij had het kunnen weten.

Op het moment dat hij de suite in wilde lopen, voelde hij een klopje op zijn schouder. 'Mr. Stewart, ik ben Jake Perkins en ik schrijf een artikel over de reünie voor de Stonecroft Gazette. Mag ik u een paar vragen stellen?'

Stewart draaide zich nors om naar de nerveus uitziende, gretige jongeman met het rode haar die vlak achter hem opdook. Het eerste wat je leert als je iets graag wilt, is dat je niet op iemands lip moet gaan staan, dacht hij geërgerd, terwijl hij een stap achteruit deed en zijn schouders langs de muur voelde schuren. 'Ik stel voor dat we ergens een rustig plekje opzoeken. Tenzij je kunt liplezen, Jake.'

'Ik vrees dat dat niet mijn sterkste kant is, meneer. Een rustig plekje is een goed idee. Volgt u mij maar.'

In een flits besloot Stewart zijn wijn mee te nemen. Schouderophalend draaide hij zich om en volgde de student de gang door.

'Mr. Stewart, voor we beginnen, wil ik u graag zeggen dat ik uw stukken prachtig vind. Ik wil zelf ook schrijver worden. Ik bedoel, ik schrijf al, maar ik wil net zo'n succesvol schrijver worden als u.'

O, mijn god, dacht Stewart. 'Iedereen die me interviewt, zegt dat. De meesten, allemaal misschien wel, redden het niet.'

Hij wachtte op de boze, beschaamde gezichtsuitdrukking die meestal op deze opmerking volgde. Tot zijn teleurstelling keek Jake Perkins hem echter vrolijk glimlachend aan. 'Maar ik wel,' zei hij. 'Daar ben ik van overtuigd. Mr. Stewart, ik heb veel onderzoek gedaan naar u en de andere mensen die een onderscheiding krijgen. U heeft allemaal één ding met elkaar gemeen. De drie vrouwen leverden al grote prestaties toen ze op Stonecroft zaten, maar de mannen hebben toen geen van vieren veel indruk gemaakt. In uw geval bijvoorbeeld kon ik in uw jaarboek geen bijzondere activiteiten vinden, en uw cijfers waren slechts middelmatig. U schreef niet voor de schoolkrant, of...'

Dat jong heeft wel lef, dacht Stewart. 'In mijn tijd stelde de schoolkrant zelfs naar schoolkrantmaatstaven weinig voor,' sprak hij bits. 'En ik ben ervan overtuigd dat dat nog steeds niet is veranderd. Ik ben nooit een sportieveling geweest en schrijven deed ik alleen in mijn dagboek.'

'Is dat dagboek de basis voor een van uw stukken?'

'Misschien wel.'

'Ze zijn allemaal nogal somber.'

'Ik koester geen illusies over het leven, en dat deed ik ook niet toen ik hier studeerde.'

'Wilt u daarmee zeggen dat uw jaren op Stonecroft niet gelukkig waren?'

Carter Stewart nam een slokje van de Merlot. 'Ze waren inderdaad niet gelukkig,' zei hij vlak.

'Waarom bent u dan naar de reünie gekomen?'

Stewart glimlachte koeltjes. 'Om door jou geïnterviewd te kunnen worden. Maar als je me nu wilt excuseren? Ik zie Laura Wilcox, de glamourkoningin van onze klas, uit de lift komen. Laten we eens kijken of ze me nog herkent.'

Hij negeerde het papier dat Perkins hem probeerde te geven.

'Als u nog een minuutje heeft, Mr. Stewart. Ik heb hier een lijst die u waarschijnlijk erg interessant zult vinden.'

Perkins keek nadenkend Carter Stewarts slanke gestalte na, die met grote stappen de aantrekkelijke, blonde vrouw probeerde in te halen die op dat moment de Hudson Valley Suite binnenliep. Onvriendelijk tegen mij, dacht Perkins, en een spijkerbroek, trui en gymschoenen om zijn minachting te tonen voor degenen die zich voor deze avond hebben opgedoft. Hij is er het type niet naar om alleen voor een lullige medaille te komen opdagen. Dus wat is de echte reden van zijn komst?

Die vraag zou hij voor de laatste zin van zijn artikel bewaren. Hij had al heel wat onderzoek gedaan naar Carter Stewart. Hij was in zijn studententijd begonnen met schrijven, onconventionele eenakters die waren gespeeld door studenten van de afdeling drama en die hem na zijn eindexamen een plek op Yale hadden opgeleverd. In die tijd had hij zich ontdaan van zijn roepnaam, Howard – of Howie, zoals ze hem op Stonecroft hadden genoemd. Voor zijn dertigste had hij al zijn eerste Broadway-succes behaald. Hij stond bekend als een eenling, die zich, wanneer hij aan een stuk werkte, terugtrok in een van zijn vier huizen, die her en der in het land verspreid stonden. Een teruggetrokken, onaangenaam mens, een perfectionist, een genie – dit waren de woorden waarmee hij in artikelen was beschreven. Ik kan er nog wel een paar aan toevoegen, dacht Jake Perkins grimmig. En dat zal ik doen ook.

7

De rit van Boston naar Cornwall duurde langer dan Mark Fleischman had verwacht. Hij had gehoopt dat hij een paar uur over zou hebben om een beetje door de stad te lopen, voor hij met zijn vroegere klasgenoten zou worden geconfronteerd. Hij wilde het verschil onderzoeken tussen hoe hij zichzelf destijds had gezien en hoe hij naar zijn idee nu was. Hoop ik misschien mijn eigen demonen uit te drijven? vroeg hij zich af.

Terwijl hij met een irritante slakkengang over de overvolle Connecticut Turnpike sukkelde, moest hij denken aan een opmerking die de vader van een van zijn patiënten die ochtend had gemaakt: 'Dokter, u weet net zo goed als ik dat kinderen wreed zijn. Dat was in mijn tijd al zo en dat is niets veranderd. Het zijn net leeuwen die een gewonde prooi achtervolgen. Dat doen ze nu met mijn zoon. Dat deden ze met mij, toen ik zijn leeftijd had. En zal ik u eens iets vertellen, dokter? Ik ben een redelijk succesvol mens, maar als ik soms naar een reünie van mijn oude school ga, ben ik binnen tien seconden niet meer de directeur van een van de grootste bedrijven van het land. Dan voel ik me weer de onhandige kluns op wie iedereen de pik had. Waanzinnig, vindt u niet?'

Terwijl de auto voor de zoveelste keer bijna stilstond, stelde Mark vast dat de Connecticut Turnpike, om in ziekenhuistermen te spreken, voortdurend op de intensive care lag. Er was altijd wel een gigantisch bouwproject gaande, zo'n project waardoor drie rijbanen in één moesten worden samengeperst, met de onvermijdelijke verkeersopstoppingen als gevolg.

Onwillekeurig vergeleek hij de problemen op de snelweg met de problemen die hij zag bij zijn patiënten, zoals de jongen wiens vader voor overleg naar hem toe was gekomen. Het kind had vorig jaar een zelfmoordpoging gedaan. Een ander kind dat zo was genegeerd en gekweld als hij, had misschien een geweer gepakt en het op zijn klasgenoten leeggeschoten. Woede, pijn en vernedering werden samengeperst en op den duur was slechts één uitweg mogelijk. Wanneer dat gebeurde, probeerden sommige mensen zichzelf te vernietigen; anderen probeerden hun kwelgeesten uit te schakelen.

Mark, die zich in zijn werk als psychiater had gespecialiseerd in de problematiek van adolescenten, had een adviesprogramma op tv waar kijkers naar konden bellen. Het programma was onlangs aangekocht door een plaatselijke tv-zender. De reacties waren zeer bevredigend geweest. 'De lange, slungelachtige dr. Mark Fleischman is een wijs en humoristisch man, die vanuit een zakelijke benadering een oplossing probeert te vinden voor de problemen die gepaard gaan met die pijnlijke overgangsfase in het leven, de adolescentie,' had een van de critici over het programma geschreven.

Misschien kan ik het na dit weekend allemaal achter me laten, dacht hij.

Hij had geen tijd genomen om te lunchen, dus toen hij eindelijk bij het hotel aankwam, liep hij de bar in en bestelde een sandwich en een licht biertje. Toen de bar plotseling vol stroomde met bezoekers van de reünie, vroeg hij snel de rekening, liet de helft van zijn sandwich liggen en verdween naar zijn kamer.

Het was kwart voor vijf en het werd al schemerig. Een paar minuten stond hij bij het raam. De wetenschap wat hem te doen stond, drukte zwaar op hem. Maar daarna laat ik het allemaal achter me, dacht hij. Dan begin ik met een schone lei. Dan kan ik echt vrolijk en humoristisch zijn – en misschien zelfs wijs.

Hij voelde zijn ogen vochtig worden en draaide zich abrupt af van het raam.

Gordon Amory ging met zijn naamplaatje in zijn zak met de lift naar beneden. Hij zou het wel op doen als hij bij het feestje kwam. Voorlopig was het grappig om, zonder zelf herkend te worden, te kijken naar de namen en foto's van zijn oudklasgenoten die zich, verdieping na verdieping, bij hem in de lift voegden.

Jenny Adams was de laatste die instapte. Ze was altijd een sloom, dik kind geweest, en hoewel ze wel wat was afgeslankt, was ze nog steeds een forse vrouw. Ze had iets onmiskenbaar provinciaals over zich, met haar goedkope pak van licht glimmende stof en haar blikkerige sieraden. Ze werd vergezeld door een potige kerel, wiens vlezige armen ternauwernood in zijn te strakke jasje pasten. Breed glimlachend begroetten ze de mensen in de lift.

Gordon reageerde niet. De andere vijf, allemaal met hun naamplaatje op, groetten eenstemmig terug. Trish Canon, van wie Gordon zich herinnerde dat ze in het hardloopteam had gezeten en die nog steeds zo mager was als een lat, gilde: 'Jenny! Wat zie je er leuk uit!'

'Trish Canon!' Jenny vloog haar oude klasgenote in de armen. 'Herb, Trish en ik schreven elkaar altijd briefjes met wiskunde. Trish, dit is mijn man, Herb.'

'En dit is mijn man, Barclay,' zei Trish. 'En...'

De lift stopte op de tussenverdieping. Terwijl ze uitstapten, haalde Gordon met tegenzin zijn naamplaatje uit zijn zak en deed het op. Kostbare plastische chirurgie had ervoor gezorgd dat hij geen enkele gelijkenis meer vertoonde met het jochie met het muizengezicht op de foto. Zijn neus stond nu recht en zijn ogen, die vroeger door zijn zware oogleden half dicht zaten, stonden nu wijd open. Zijn kin was verbouwd en zijn oren lagen plat tegen zijn hoofd. Implantaten en de kunstgrepen van een topkapper hadden zijn dunne, vaalbruine haar veranderd in een weelderige, kastanjebruine haardos. Hij wist dat hij nu een knappe vent was. Het enige wat uiterlijk nog herinnerde aan het gekwelde kind dat hij ooit was geweest, was het feit dat hij op momenten van grote stress op zijn nagels beet.

De Gordie die zij hebben gekend, bestaat niet meer, zei hij tegen zichzelf, terwijl hij koers zette naar de Hudson Valley Suite. Hij voelde een klopje op zijn schouder en draaide zich om.

'Mr. Amory.'

Pal achter hem stond een jongen met rood haar en een kindergezicht, een notitieboekje in de aanslag.

'Ik ben Jake Perkins, verslaggever van de Stonecroft Gazette. Ik interview de mensen die een onderscheiding krijgen. Heeft u een ogenblikje voor mij?'

Gordon dwong zich tot een warme glimlach. 'Natuurlijk.'

'Ik wil beginnen met te zeggen dat u erg bent veranderd in de twintig jaar sinds uw eindexamenfoto is gemaakt.'

'Dat zal wel.'

'U had al een meerderheidsaandeel in vier televisiekanalen. Waarom hebt u zich in Maximum ingekocht?'

'Maximum staat bekend om zijn sterke gezinsprogrammering. Ik wilde daarmee meer greep krijgen op een segment van het publiek dat ik graag aan onze entertainment-portefeuille wil toevoegen.'

'Er wordt gefluisterd dat er een nieuwe serie op tv komt en dat uw vroegere klasgenote Laura Wilcox daarin meespeelt. Is dat waar?'

'Er zijn voor de serie waar u op doelt nog geen spelers gecast.'

'Er is kritiek dat er op uw misdaadzender te veel geweld voorkomt. Bent u het daarmee eens?'

'Nee, daar ben ik het niet mee eens. Wat wij laten zien is de realiteit en niet de belachelijke verzinsels die bij de commerciële netten schering en inslag zijn. Maar als u me nu wilt excuseren?'

'Nog één vraag, alstublieft. Zou u deze lijst eens willen bekijken?'

Ongeduldig pakte Gordon Amory het stuk papier uit Perkins' hand.

'Herkent u deze namen?'

'Volgens mij zijn het een paar van mijn vroegere klasgenoten.'

'Het zijn vijf vrouwen die in deze klas hebben gezeten en die in de afgelopen twintig jaar zijn verdwenen of overleden.'

'Dat wist ik niet.'

Perkins wees op de lijst. 'Ik was stomverbaasd toen ik met mijn onderzoek begon. Het begon negentien jaar geleden met Catherine Kane. Zij is in haar eerste jaar aan de George Washington Universitiy met haar auto de Potomac in gereden. Cindy Lang is verdwenen toen ze ging skiën bij Snowbird. Gloria Martin zou zelfmoord hebben gepleegd. Debra Parker is zes jaar geleden met haar eigen vliegtuig neergestort. Een maand geleden is Alison Kendall verdronken in haar zwembad. We kunnen dit rustig een pechklas noemen, vindt u ook niet? Misschien wilt u er eens een programma aan wijden op uw zender?'

'Ik zou liever willen zeggen dat deze klas door tragiek

wordt achtervolgd, en nee, ik wil er geen programma aan wijden. Wilt u me nu excuseren?'

'Natuurlijk. Nog één vraag. Wat betekent het voor u om van Stonecroft deze onderscheiding te krijgen?'

Gordon Amory glimlachte. Het betekent dat ik tegen jullie allemaal kan zeggen dat jullie kunnen barsten. Ondanks de ellende die ik hier heb doorstaan, heb ik het gemaakt – dat dacht hij. 'Het is de vervulling van een droom. Ik heb altijd een succes willen zijn in de ogen van mijn klasgenoten.'

8

Robby Brent had donderdagmiddag ingecheckt bij het hotel. Hij had net een contract voor zes dagen achter de rug bij het Trump Casino in Atlantic City, waar hij met zijn beroemde comedy-act zoals gewoonlijk weer een groot publiek had getrokken. Het had geen zin om naar San Francisco heen en weer te vliegen en hij voelde er niets voor om in Atlantic City te blijven of onderweg te stoppen in New York.

Het was een goede beslissing geweest, besloot hij, terwijl hij zich omkleedde voor de cocktailparty. Hij pakte een donkerblauw jasje uit de kast. Terwijl hij het aantrok, bekeek hij zichzelf kritisch in de spiegel op de kastdeur. Beroerd licht, dacht hij, maar hij zag er nog steeds goed uit. Hij werd wel vergeleken met Don Rickles, niet alleen vanwege zijn snelle comedy-act, maar ook om zijn uiterlijke verschijning. Een rond gezicht, een kale kop, een beetje gedrongen figuur – hij begreep de vergelijking wel. Maar ondanks zijn uiterlijk voelden vrouwen zich nog steeds tot hem aangetrokken. Stonecroft ligt achter me, zei hij tegen zichzelf, Stonecroft ligt echt achter me.

Hij had nog een paar minuten over voor het tijd was om naar beneden te gaan. Hij liep naar het raam en keek naar buiten. Hij dacht erover na hoe hij gisteren, nadat hij had ingecheckt, door de stad had gelopen en langs de huizen was gegaan van de oud-leerlingen die, net als hij, bij de reünie onderscheiden zouden worden.

Hij was langs het huis gekomen van Jeannie Sheridan. Hij herinnerde zich hoe de buren een paar keer de politie erbij hadden gehaald omdat haar ouders elkaar op de oprit te lijf gingen. Hij had gehoord dat ze jaren geleden waren gescheiden. Waarschijnlijk maar goed ook. De mensen voorzagen destijds dat een van de twee bij hun vechtpartijen weleens lelijk gewond zou kunnen raken.

Het eerste huis van Laura Wilcox stond pal naast dat van Jeannie. Toen ze in hun tweede jaar zaten, had haar vader wat geld geërfd, waarna de familie was verhuisd naar het grote huis op Concord Avenue. Hij herinnerde zich hoe hij als kind langs Laura's eerste huis liep, in de hoop dat zij toevallig naar buiten zou komen en hij een praatje met haar zou kunnen aanknopen.

Een familie Sommers had Laura's huis gekocht. Hun dochter was er vermoord. Uiteindelijk hadden ze het verkocht. De meeste mensen blijven niet in een huis wonen waar hun kind is doodgestoken. Dat was in het weekend van Columbus Day geweest, peinsde hij.

De uitnodiging voor de reünie lag op het bed. De namen van de eregasten en hun levensbeschrijving zaten in het pakket. Carter Stewart. Hoe lang had hij er na Stonecroft over gedaan om geen Howie meer genoemd te worden? vroeg Robby zich af. Howies moeder beschouwde zichzelf als een kunstenares en liep altijd door de stad met een schetsboek onder haar arm. Af en toe had ze de kunstgalerie weten te bewegen wat van haar werk tentoon te stellen. Vreselijke rotzooi, herinnerde Robby zich. Howies vader was een bullebak geweest, die hem altijd sloeg. Geen wonder dat zijn stukken zo somber waren. Howie rende altijd het huis uit en verstopte zich voor zijn vader in de achtertuin van de buren. Hij mag nu dan succes hebben, maar inwendig is hij vast nog dezelfde stiekemerd die altijd bij andere mensen naar binnen liep te gluren. Hij dacht dat niemand het in de gaten had, maar ik heb hem een paar keer betrapt. En hij was zó smoorverliefd op Laura.

Net als ik, moest Robby toegeven, terwijl hij met een honende blik neerkeek op de foto van Gordie Amory, het pronkstuk van de plastische chirurgie. Hij leek wel een fotomodel. Gisteren, toen hij tijdens zijn wandeling langs Gordies huis kwam, had hij gezien dat het volledig was gerenoveerd. Het huis, dat oorspronkelijk een vreemde, blauwe kleur had, was nu twee keer zo groot als vroeger en spierwit geschilderd – net zo wit als Gordies nieuwe tanden, dacht Robby.

Gordies eerste huis was afgebrand toen ze in het derde jaar van de middelbare school zaten. In de stad ging de grap rond dat dat de enige manier was om het goed schoon te krijgen. Gordies moeder had het laten vervallen tot een varkensstal. Veel mensen dachten dat Gordie de boel opzettelijk in brand had gestoken. Ik zie hem ervoor aan, dacht Robby. Hij was altijd al een vreemde snuiter. Robby bedacht zich dat hij niet moest vergeten Gordie op het feestje 'Gordon' te noemen. In de loop der jaren was hij hem een paar keer tegen het lijf gelopen. Altijd even gespannen. En ook hij was gek op Laura.

Net als Mark Fleischman, die ook een onderscheiding kreeg. Op school had Mark nooit een stom woord gezegd, maar hij gaf je het gevoel dat er van alles in hem omging. Hij had altijd in de schaduw gestaan van zijn oudere broer, Dennis, een briljant student en eersteklas sportman, die op Stonecroft in hoog aanzien stond. Iedereen in de stad kende hem. In de zomer vóór hun eerste middelbare-schooljaar was hij omgekomen bij een auto-ongeluk. De beide broers verschilden van elkaar als dag en nacht. In de stad was het algemeen bekend dat als God dan toch één van hun zoons moest weghalen, Marks ouders liever hadden gehad dat hij Mark en niet Dennis had uitgekozen. Die jongen zit zó boordevol opgekropte wrok, dacht Robby grimmig. Het is een wonder dat zijn kop nog niet van zijn romp is gevlogen.

Toen hij ten slotte klaar was om de meute beneden onder ogen te komen, pakte hij de sleutel en opende de deur van zijn kamer. Ik had aan bijna al mijn klasgenoten een hekel, dacht hij. Waarom heb ik dan de uitnodiging aangenomen om te komen? Hij drukte op de knop van de lift. Ik doe weer heel veel nieuw materiaal op voor mijn act, beloofde hij zichzelf. Er was natuurlijk ook nog een andere reden, maar die verdrong hij snel uit zijn gedachten. Ik ga er niet heen, dacht hij, terwijl de liftdeur open gleed. Nu tenminste niet.

9

Bij binnenkomst nodigde Jack Emerson, de voorzitter van het reünie-comité, de eregasten uit om in de nis achter in de Hudson Valley Suite te komen staan. Emerson wekte met zijn hoogrode gelaatskleur en de gesprongen adertjes in zijn gezicht de indruk een stevige drinker te zijn. Hij was de enige van de klas die in Cornwall was blijven wonen en was daarom de aangewezen figuur om de praktische organisatie van dit weekend op zich te nemen. 'Wanneer we de mensen persoonlijk introduceren, willen we jullie voor het laatst bewaren,' legde hij uit.

Toen Jean de nis binnenliep, hoorde ze Gordon Amory nog net zeggen: 'Jack, ik begrijp dat we het aan jou te danken hebben dat wij deze onderscheiding krijgen.'

'Het was inderdaad mijn idee,' zei Emerson hartelijk. 'En jullie hebben het allemaal dik verdiend. Gordie, ik bedoel Gordon, jij bent een vooraanstaand man bij de kabeltelevisie. Mark staat als psychiater bekend om zijn deskundigheid op het gebied van het gedrag van adolescenten. Robby is een groot komiek en mimespeler. Howie, ik bedoel Carter Stewart, is een belangrijk toneelschrijver. Jean Sheridan – o, daar ben je, Jean, wat fijn je te zien – is faculteitsvoorzitter en professor in de geschiedenis aan de universiteit van Georgetown en tegenwoordig ook nog auteur van bestsellers. Laura Wilcox was de ster in een serie die jaren op tv is geweest. En Alison Kendall stond aan het hoofd van een groot castingbureau. Zoals je weet zou zij de zevende eregast zijn geweest. We zullen haar onderscheiding naar haar ouders opsturen. Zij zijn heel blij te weten dat ze door haar eindexamenklas wordt geëerd.'

De pechklas, dacht Jean met pijn in haar hart, terwijl Emerson kwam toesnellen om een kus op haar wang te drukken. Die uitdrukking had de schoolverslaggever, Jake Perkins, gebruikt toen hij haar strikte voor een interview. Wat hij haar vertelde, was een schok voor haar geweest. Na het eindexamen ben ik, op Alison en Laura na, iedereen uit het oog verloren, bedacht ze zich. Het jaar dat Catherine overleed, zat ik in Chicago, zogenaamd om een jaartje te werken voor ik naar de universiteit ging. Ik wist dat Debby Parkers vliegtuig was neergestort, maar van Cindy Lang en Gloria Martin wist ik niets af. En dan Alison, nog maar een maand geleden. Mijn god, we zaten altijd allemaal aan dezelfde tafel.

En nu zijn alleen Laura en ik nog over, dacht ze. Wat voor karma hangt er om ons heen?

Laura had gebeld om te zeggen dat ze elkaar op het feestje zouden ontmoeten. 'Jeannie, ik weet dat we van plan waren eerder af te spreken, maar ik ben nog lang niet klaar. Ik moet een flitsende entree maken,' legde ze uit. 'Ik moet dit weekend Gordie Amory zien in te palmen, zodat ik de hoofdrol krijg in zijn nieuwe tv-serie.'

Jean merkte dat ze niet teleurgesteld, maar opgelucht was toen ze dit hoorde. Het stelde haar in de gelegenheid Alice Sommers op te bellen, die jaren geleden in het huis naast hen had gewoond. Mrs. Sommers woonde nu in een rijtjeshuis dicht bij de snelweg. De familie Sommers was ongeveer twee jaar voor de moord op hun dochter Karen in Cornwall komen wonen. Jean zou nooit die keer vergeten dat Mrs. Sommers haar van school was komen ophalen. 'Jean, heb je zin om vanmiddag met mij te gaan winkelen?' stelde ze voor. 'Het lijkt me beter dat je nu niet naar huis gaat.'

Daarmee was haar de beschamende ervaring bespaard gebleven om een politieauto voor haar huis te zien staan en haar ouders geboeid te zien afvoeren. Karen Sommers had ze nooit goed gekend. Ze had op de Columbia Medical School in Manhattan gezeten. De familie Sommers had daar een appartement, waar ze verbleven als ze hun dochter opzochten. Tot de avond van haar dood was Karen zelden in Cornwall geweest.

We hebben altijd contact gehouden, dacht Jean. Wanneer ze naar Washington kwamen, nodigden ze me altijd uit om samen ergens te gaan eten. Michael Sommers was jaren geleden overleden, maar toen Alice van de reünie hoorde, had ze Jean uitgenodigd om vóór het geplande bezoek aan West Point bij haar te komen ontbijten.

In de tijd die ze anders waarschijnlijk met Laura had doorgebracht, nam Jean een beslissing. Als ze morgen naar Alice ging, zou ze haar vertellen over Lily en haar de faxen en de brief met de borstel met Lily's haar laten zien. Iemand die van het bestaan van de baby afweet, moet de gegevens van dr. Connors hebben gezien, dacht ze. Het moet iemand zijn die hier destijds woonde, of die iemand uit de omgeving kende die aan de gegevens kon komen. Misschien kan Alice me in contact brengen met de juiste persoon bij de plaatselijke politie. Ze had altijd gezegd dat ze nog steeds hun best deden om Karens moordenaar te vinden.

'Jean, wat fijn om je weer te zien.' Mark Fleischman had met Robby Brent staan praten, maar kwam nu naar haar toe. 'Je ziet er beeldschoon uit, maar zo te zien ben je van streek. Heeft dat joch van de krant je te pakken gehad?'

Ze knikte. 'Ja. Mark, ik ben zo geschrokken. Ik wist helemaal niet dat er iemand dood was, behalve Debby, en Alison dan, natuurlijk.'

Fleischman knikte. 'Ik wist het ook niet. Ik had het zelfs van Debby niet gehoord. Ik heb me met geen van de lui van Stonecroft beziggehouden, tot Jack Emerson contact met me opnam.'

'Wat vroeg Perkins aan jou?'

'Hij wilde weten of ik als psychiater vijf sterfgevallen in zo'n kleine groep geen ongewoon hoog aantal vond, gezien het feit dat ze niet bij een meervoudig ongeluk zijn omgekomen. Ik heb hem gezegd dat ik er geen boeken op hoef na te slaan om te weten dat dat inderdaad een uitzonderlijk hoog aantal is. Natuurlijk is het dat.'

Jean knikte. 'Hij zei tegen mij dat volgens zijn informatie zo'n hoog sterftecijfer aannemelijker is in oorlogstijd, maar dat er wel voorbeelden zijn van families, klasgenoten en leden van teams op wie een vloek lijkt te rusten. Mark, ik geloof niet dat er sprake is van een vloek. Ik vind het griezelig.'

Jack Emerson had het gesprek opgevangen. De glimlach die tijdens het opsommen van hun prestaties op zijn gezicht had gelegen, verdween en maakte plaats voor een enigszins geërgerde, bezorgde blik. 'Ik had dat jong van Perkins gevraagd om op te houden met iedereen die lijst te laten zien,' zei hij.

Carter Stewart kwam samen met Laura Wilcox de nis in lopen en hoorde nog net wat Emerson zei. 'Ik kan je verzekeren dat hij die lijst nog steeds laat zien,' zei hij kortaf. 'Ik raad iedereen die nog niet door die jongeman is lastig gevallen aan te zeggen dat je hem niet wilt zien. Bij mij heeft dat geholpen.'

Jean stond iets opzij van de ingang en Laura zag haar toen ze binnenkwam niet staan. 'Mag ik erbij komen?' vroeg ze schertsend. 'Of ben ik per ongeluk in een mannenclub verzeild geraakt?'

Glimlachend liep ze van de ene man naar de andere, waarbij ze zorgvuldig hun naamplaatjes inspecteerde en hen vervolgens allemaal op de wang kuste. 'Mark Fleischman, Gordon Amory, Robby Brent, Jack Emerson. En natuurlijk Carter, die vroeger Howie heette en die me nog niet heeft gekust. Jullie zien er allemaal fantastisch uit. Zie je, daar zit hem het verschil. Ik was op mijn mooist op mijn zestiende en daarna is het alleen maar bergafwaarts gegaan. Jullie vieren en Howie, Carter bedoel ik, waren destijds nog maar net aan je opgang begonnen.'

Toen kreeg ze Jean in het oog en rende naar haar toe om haar te omarmen.

Het ijs was gebroken. Mark Fleischman zag hoe iedereen zich merkbaar ontspande. De beleefde gezichtsuitdrukkingen maakten plaats voor een geamuseerde glimlach en iedereen begon te nippen van de duurdere wijn, die voor de eregasten was gereserveerd.

Laura is nog steeds onweerstaanbaar, dacht hij. Ze is net als wij een jaar of acht-, negenendertig, maar ze zou zo voor een vrouw van dertig kunnen doorgaan. Het feestelijke pak dat ze droeg was duidelijk duur, erg duur. De tv-serie waar ze in had meegespeeld, was een paar jaar geleden gestopt. Hij vroeg zich af hoeveel werk ze sindsdien had gehad. Hij wist dat ze een vervelende scheiding achter de rug had, met eisen over en weer. Hij had erover gelezen op de roddelpagina van de New York Post. Hij lachte in zichzelf terwijl ze Gordie voor de tweede keer op de wang kuste. 'Vroeger was je verliefd op mij,' zei ze plagend tegen hem.

Toen was hij aan de beurt. 'Mark Fleischman,' zei ze ademloos. 'Ik durf er wat onder te verwedden dat je jaloers was toen ik verkering kreeg met Barry Diamond. Heb ik gelijk?'

Hij glimlachte. 'Ja, je hebt gelijk, Laura. Maar dat is lang geleden.'

'Dat weet ik, maar ik ben het niet vergeten.' Ze gaf hem een stralende glimlach.

Hij had eens gelezen dat de hertogin van Windsor iedere man met wie ze sprak het gevoel kon geven dat hij de enige in de kamer was. Hij keek toe terwijl ze zich naar het volgende bekende gezicht wendde.

'Ik ben het ook niet vergeten, Laura,' zei hij rustig. 'Het is nooit een minuut uit mijn gedachten geweest.'

10

Het amuseerde hem vast te stellen dat Laura op de cocktailparty zoals gewoonlijk in het middelpunt van de belangstelling stond, ook al had zij van de eregasten het minste gepresteerd. Het enige waarop ze zich kon beroemen was die tv-serie waarin ze had meegespeeld en waarin ze een oppervlakkig blondje was geweest, dat alleen gaf om haar eigen spiegelbeeld. Die rol was haar op het lijf geschreven, dacht hij.

Het viel niet te ontkennen dat ze er nog steeds verdomd goed uitzag, maar haar bloeitijd was bijna voorbij Het zou niet lang duren voor het verval begon in te treden. Nu al waren er fijne lijntjes rond haar ogen en mond. Hij herinnerde zich dat haar moeder dezelfde papierachtige huid had gehad, het soort huid dat snel en hard veroudert. Als Laura nog tien jaar leefde, zou zelfs plastische chirurgie haar slechts beperkt uitkomst kunnen bieden.

Maar natuurlijk zou ze geen tien jaar meer leven.

Soms trok de Uil zich terug op een geheime plek, diep vanbinnen, waar hij weleens maanden achtereen verbleef. In die perioden kon hij bijna geloven dat alle dingen die de Uil had gedaan, een droom waren geweest. Op andere momenten, zoals nu, voelde hij hem vanbinnen leven. Hij zag zijn kop, zijn donkere ogen, afstekend tegen een gele achtergrond. Hij voelde hoe zijn klauwen zich vastgrepen aan een boomtak. Hij voelde de aanraking van de zachte, fluwelige veren, die hem inwendig deed sidderen. Hij voelde het suizen van de wind onder zijn vleugels terwijl hij zich op zijn prooi stortte.

Het zien van Laura had de Uil ertoe aangezet snel zijn hoge positie te verlaten. Waarom had hij zolang gewacht met naar haar toe te komen? De Uil eiste een antwoord op deze vraag, maar hij was bang het te geven. Was het, vroeg hij zich af, omdat de macht van de Uil over leven en dood, als Laura en Jean eindelijk waren vernietigd, met hen zou verdwijnen? Laura had twintig jaar geleden al moeten sterven. Maar die fout had hem bevrijd.

Die fout, die speling van het lot, had hem van de stotterende huilebalk – 'I-i-i-i-ik b-b-b-b-ben d-d-d-de ui-ui-ui-uil, en i-i-i-i-ik w-w-w-woon in een...' – veranderd in de Uil, de roofvogel, machtig en onverschrokken.

Iemand stond op zijn naamplaatje te kijken, een vent met een bril en dunner wordend haar, gekleed in een redelijk duur, donkergrijs pak. De man glimlachte en stak zijn hand uit. 'Joel Nieman,' zei hij.

Joel Nieman. O, natuurlijk, hij had Romeo gespeeld in het eindtoneelstuk. Hij was degene over wie Alison in haar column had geschreven: 'Tot ieders verbazing slaagde Romeo, beter bekend als Joel Nieman, erin het grootste deel van zijn tekst te onthouden.'

'Heb je het toneelspelen eraan gegeven?' vroeg de Uil met een glimlach.

Nieman keek verbaasd. 'Jij hebt een goed geheugen. Ik vond dat het theater het wel zonder mij kon stellen,' zei hij.

'Ik herinner me nog de recensie die Alison over je schreef.'

Nieman lachte. 'Ik ook. Ik was van plan haar te zeggen dat ze me een dienst had bewezen. Ik ben de accountancy in gegaan, en dat ging me een stuk beter af. Vreselijk wat er met haar is gebeurd, hè?'

'Vreselijk,' beaamde de Uil.

'Ik las dat ze eerst nog een moordonderzoek hebben overwogen, maar de politie is er nu redelijk van overtuigd dat ze buiten westen is geraakt toen ze in het water terechtkwam.'

'Dan denk ik dat de politie achterlijk is.'

Joel Nieman keek hem nieuwsgierig aan. 'Denk jij dat Alison is vermóórd?'

De Uil besefte plotseling dat hij misschien wat te fel had geklonken. 'Uit wat ik gelezen heb, maak ik op dat ze gaandeweg heel wat vijanden heeft gemaakt,' zei hij voorzichtig. 'Maar wie weet? De politie heeft waarschijnlijk gelijk. Misschien is dat de reden waarom ze je altijd aanraden niet alleen te gaan zwemmen.'

'Romeo, mijn Romeo,' gilde een stem.

Marcy Rogers, die in het schooltoneelstuk Julia had gespeeld, klopte Nieman op de schouder. Hij draaide zich bliksemsnel om.

Marcy droeg haar kastanjebruine haar nog steeds in een warrige bos krullen, maar nu zaten er hier en daar goudblonde plukjes in. Ze nam een theatrale pose aan. 'En de hele wereld zal verliefd zijn op de nacht.'

'Niet te geloven. Julia!' riep Joel Nieman stralend uit.

Marcy wierp een blik op de Uil. 'O, hallo.' Ze wendde zich weer naar Nieman. 'Je moet kennismaken met mijn echte Romeo. Hij staat bij de bar.'

Afgedaan. Zoals het op Stonecroft altijd was gegaan. Marcy had niet eens de moeite genomen op zijn naamplaatje te kijken. Ze interesseerde zich gewoon niet voor hem.

De Uil keek om zich heen. Jean Sheridan en Laura Wilcox stonden naast elkaar in de rij bij het buffet. Hij bestudeerde Jeans profiel. In tegenstelling tot Laura was zij het type vrouw dat er met het ouder worden beter uit gaat zien. Ze zag er echt anders uit, hoewel haar gelaatstrekken hetzelfde waren gebleven. Wat was veranderd, was haar houding, haar stem, haar uitstraling. O, zeker, haar haar en kleding maakten ook uit, maar de verandering was meer innerlijk dan uiterlijk. Als kind had ze zich vast geschaamd voor het gedrag van haar ouders. Een paar keer hadden de agenten hun in uiterste wanhoop zelfs handboeien omgedaan.

De Uil liep naar de rij bij het buffet en pakte een bord. Hij begon zijn gemengde gevoelens tegenover Jean te begrijpen. In de jaren op Stonecroft had ze een paar keer de moeite genomen om aardig tegen hem te zijn, zoals die keer dat hij niet voor het honkbalteam was gekozen. In het voorjaar van hun eindexamenjaar had hij zelfs overwogen haar mee uit te vragen. Hij was er zeker van geweest dat ze niemand anders had. Op warme zaterdagavonden verstopte hij zich soms achter een boom in het vrijerslaantje, waar paartjes na de film vaak naartoe gingen. Hij had Jean nooit in een van de auto's gezien.

Maar deze positieve gedachten moest hij van zich afzetten, het was nu te laat om nog van koers te veranderen. Nog maar een paar uur geleden, toen hij haar het hotel in zag lopen, had hij eindelijk besloten haar ook te vermoorden. Nu begreep hij waarom hij die onherroepelijke beslissing had genomen. Zijn moeder zei altijd: 'Stille waters hebben diepe gronden.' Jeannie was dan misschien een paar keer aardig tegen hem geweest, maar inwendig was ze waarschijnlijk net als Laura en had ze net zo hard mee gelachen om de stomme, stotterende huilebalk, die in zijn broek had geplast.

Hij schepte salade op zijn bord. En wat dan nog als ze niet met een van die klootzakken uit hun klas naar het vrijerslaantje was geweest, dacht hij. In plaats daarvan had Jeannie de IJskoningin het aangelegd met een cadet van West Point – daar wist hij alles van.

De woede sloeg door hem heen en waarschuwde hem dat hij binnenkort de Uil zou moeten loslaten.

Hij sloeg de pasta over, nam wat gerookte zalm met groene bonen en ham en keek om zich heen. Laura en Jean waren net aan de tafel met eregasten gaan zitten. Jean ving zijn blik op en wenkte hem naar zich toe. Lily lijkt sprekend op jou, dacht hij. De gelijkenis is echt treffend.

De gedachte maakte hem hongerig.

11

Om twee uur gaf Jean haar pogingen om te slapen op, deed het licht aan en sloeg een boek open. Toen ze na een uur lezen besefte dat er geen woord tot haar was doorgedrongen, legde ze het boek rusteloos weg en deed het licht weer uit. Alle spieren in haar lichaam waren gespannen en ze voelde hoofdpijn opkomen. Ze wist dat de moeite die ze de hele avond had gedaan om vriendelijke gesprekjes te voeren, ondanks de voortdurende, knagende bezorgdheid dat Lily misschien in gevaar was, haar had uitgeput. Ze telde de uren tot tien uur, wanneer ze bij Alice Sommers op bezoek zou gaan en haar over Lily zou vertellen.

Onophoudelijk bleven dezelfde gedachten door haar hoofd spoken. Al die jaren heb ik met geen mens over haar gesproken. De adoptie was privé geregeld. Dr. Connors is dood en zijn gegevens zijn vernietigd. Wie kan iets over haar bestaan te weten zijn gekomen? Is het mogelijk dat haar adoptieouders mijn naam kennen en mijn doen en laten hebben nagegaan? Misschien hebben ze er met iemand anders over gesproken en probeert die persoon nu met mij in contact te komen. Maar waaróm?

Het raam dat uitkeek op de achterkant van het hotel stond open en de kamer werd koud. Na een korte inwendige strijd zuchtte Jean en sloeg de dekens terug. Als ik nog een beetje wil slapen, kan ik het maar beter dichtdoen, dacht ze. Ze stapte uit bed en liep de kamer door. Terwijl ze huiverend het raam dichttrok, keek ze toevallig naar beneden. Een auto draaide met gedoofde lichten de parkeerplaats van het hotel op. Nieuwsgierig keek ze toe terwijl een mannengedaante uitstapte en snel naar de achteringang van het hotel liep.

De kraag van zijn jas stond omhoog, maar toen hij de deur naar de lobby opende, was zijn gezicht duidelijk zichtbaar. Terwijl ze zich van het raam afwendde, dacht Jean: ik vraag me werkelijk af wat een van onze geëerde dinergasten zo laat nog te doen heeft gehad.

12

Om drie uur 's nachts kwam de melding op het politiebureau van Goshen binnen. Helen Whelan uit Surrey Meadows werd vermist. Ze was een alleenstaande vrouw van begin veertig en was het laatst door een buurvrouw gezien. Whelan had rond middernacht haar Duitse herder, Brutus, uitgelaten. Om drie uur was een echtpaar, dat een paar straten verderop aan de rand van het park woonde, wakker geworden van het janken en blaffen van een hond. Toen ze op onderzoek uitgingen, ontdekten ze een Duitse herder die wanhopig probeerde overeind te krabbelen. Het dier was met een zwaar voorwerp meedogenloos op zijn kop en rug geslagen. Vlakbij werd op straat een damesschoen maat negenendertig gevonden.

Om vier uur 's morgens was Sam Deegan opgeroepen en toegewezen aan een rechercheteam dat de verdwijning moest onderzoeken. Hij was eerst gaan praten met dr. Siegel, de dierenarts die de gewonde hond had behandeld. 'Ik vermoed dat hij een paar uur bewusteloos is geweest door de klappen op zijn kop,' vertelde Siegel aan Deegan. 'De slagen zijn toegebracht met een voorwerp dat ongeveer de omvang en het gewicht van een krik moet hebben gehad.'

Sam stelde zich voor hoe het waarschijnlijk in zijn werk was gegaan. Helen Whelan had haar hond losgelaten om door het park te rennen. Iemand die haar in haar eentje langs de weg had zien staan, had geprobeerd haar zijn auto in te trekken. De Duitse herder was toegesneld om haar te beschermen en was bewusteloos geslagen.

Hij reed naar de straat waar de hond was gevonden en begon hier en daar aan te bellen. Bij het vierde huis beweerde een oudere man dat hij om ongeveer halfeen 's nachts een hond uitzinnig had horen blaffen.

Helen Whelan was een populaire gymlerares op de middelbare school van Surrey Meadows. Sam hoorde van verschillende van haar collega's dat haar gewoonte om 's avonds laat nog haar hond uit te laten, algemeen bekend was. 'Ze zat er helemaal niet mee. Ze zei altijd dat Brutus nog eerder zelf het leven zou laten dan dat hij haar iets zou laten aandoen,' zei het schoolhoofd treurig.

'Daar had ze gelijk in,' antwoordde Sam. 'De dierenarts heeft Brutus moeten laten inslapen.'

Om tien uur die ochtend was het hem duidelijk dat hij deze zaak niet gemakkelijk zou kunnen oplossen. Volgens haar radeloze zus, die dichtbij in Newburgh woonde, had Helen geen vijanden. Ze had een paar jaar een relatie gehad met een collega, maar die had dit semester verlof opgenomen en verbleef in Spanje.

Vermist of dood? Sam was ervan overtuigd dat iemand die in staat was een hond zo wreed te verwonden, geen genade zou hebben met een vrouw. Het moeilijke onderzoek was begonnen en hij zou allereerst in Helens buurt en op haar school zijn licht opsteken. Het was altijd mogelijk dat een van de gestoorde tieners die tegenwoordig van de scholen kwamen, een wrok tegen haar koesterde. Aan haar foto te zien was ze een erg aantrekkelijke vrouw. Misschien was iemand uit de buurt verliefd op haar geworden en door haar afgewezen.

Hij hoopte alleen maar dat het niet zo'n willekeurige misdaad zou zijn, begaan door een onbekende, waarbij het slachtoffer niets anders had misdaan dan op het verkeerde moment op de verkeerde plaats te zijn. Dergelijke misdrijven waren altijd het moeilijkst te onderzoeken. Ze werden ook vaak niet opgelost en daar kon hij slecht tegen.

Deze gedachtewending bracht hem onvermijdelijk bij Karen Sommers. Maar haar dood was niet moeilijk op te lossen, dacht Sam; het was alleen moeilijk te bewijzen wie haar had vermoord.

Karens moordenaar was Cyrus Lindstrom, het vriendje dat ze twintig jaar geleden had gedumpt — daar was hij van overtuigd. Maar vanaf volgende week, als ik mijn papieren inlever, ben ik van die zaak af, bracht Sam zichzelf in herinnering.

En van jouw zaak ook, dacht hij, terwijl hij met ogen vol mededogen een recente foto bestudeerde van de vrouw met de blauwe ogen en het kastanjebruine haar, Helen Wheland, die nu officieel als 'vermist, waarschijnlijk dood' te boek stond.

13

Laura was even in de verleiding geweest om uit te slapen en haar energie te sparen voor de lunch voorafgaande aan de wedstrijd op West Point, maar toen ze zaterdagochtend wakker werd, veranderde ze van gedachten. Haar plan om Gordie Amory te verleiden, was tijdens het diner na de cocktailparty slechts matig geslaagd. De eregasten hadden bij elkaar aan tafel gezeten en Jack Emerson had zich bij hen gevoegd. In het begin was Gordie nogal stil geweest, maar later was hij wat losgekomen en had haar zelfs een complimentje gegeven. 'Ik denk dat iedere jongen in onze klas weleens verliefd op je is geweest, Laura,' zei hij.

'Waarom spreek je in de verleden tijd?' had ze geplaagd.

Zijn antwoord was veelbelovend geweest: 'Ja, waarom eigenlijk?'

En toen had de avond een onverwacht buitenkansje opgeleverd. Robby Brent vertelde de groep dat hij was gevraagd een komische tv-serie te doen voor een televisiezender en het script stond hem wel aan. 'Het publiek begint eindelijk uitgekeken te raken op al die reality-shows,' zei hij. 'Het wil weer eens lachen. Denk maar aan de klassieke comedyseries: I love Lucy, All in the Family, The Honeymooners, The Mary Tyler Moore Show. Daar zat allemaal echte humor in, en neem het maar van mij aan: de echte humor komt weer terug.' Toen had hij haar aangekeken. 'Weet je, Laura, jij zou de rol van mijn vrouw eens moeten lezen. Ik heb het idee dat je die hartstikke goed zou kunnen spelen.'

Ze wist niet zeker of hij het meende, want Robby verdiende tenslotte zijn geld met grappen maken. Maar aan de andere kant, als hij het wél meende en het met Gordie op niets uitliep, was dit misschien alsnog een kans om haar slag te slaan – misschien haar laatste kans.

'Laatste kans.' Onbewust fluisterde ze de woorden voor zich uit. Ze bezorgden haar een vreemd, misselijkmakend gevoel. De hele nacht had ze onrustig gedroomd. Ze had gedroomd van Jake Perkins, dat opdringerige verslaggevertje, dat haar die lijst had gegeven met meisjes die vroeger op Stonecroft bij haar aan tafel hadden gezeten en sindsdien waren overleden. Catherine, Debra, Cindy, Gloria en Alison. Vijf waren het er. Ze had gedroomd dat hij een voor een hun namen op de lijst doorstreepte, tot alleen zij en Jeannie nog over waren.

Los van elkaar hebben we altijd veel contact gehouden met Alison, dacht ze, en nu zijn wij de enige twee die zijn overgebleven. Hoewel we in onze schooltijd naast elkaar woonden, leken Jeannie en ik niet genoeg op elkaar om ooit echt vriendinnen met elkaar te worden. Ze is te aardig. Zij dreef nooit zo de spot met de jongens zoals wij dat deden.

Hou op! waarschuwde Laura zichzelf. Zet die doem of vloek uit je hoofd. Je hebt vandaag en morgen om je slag te slaan. Met één woord van zijn kunstig gevormde lippen kon Gordie Amory ervoor zorgen dat zij in de serie van Maximum bleef. En plotseling was Robby Brent erbij gekomen – nog een man in de groep die dingen voor elkaar kon krijgen. Als hij haar niet voor de gek hield en haar echt in zijn serie wilde, maakte ze een goede kans op de rol. En ik ben goed in komische rollen, zei Laura bij zichzelf. Verdomd goed.

En dan was Howie er nog – of nee, Carter. Ook hij kon deuren voor haar openen, als hij dat wilde. Natuurlijk niet in zijn stukken. Mijn god, die waren allemaal even deprimerend, en er was bovendien geen touw aan vast te knopen. Maar zijn artistieke ondoorgrondelijkheid maakte hem niet minder machtig als het ging om het vooruit helpen van haar carrière.

Ik zou best in een successerie willen zitten, mijmerde ze. Hoewel ze, nu Alison dood was, wel een nieuwe agent moest zien te krijgen.

Ze keek op haar horloge. Het was tijd om zich aan te kleden. Ze had geboft met de kleding die ze voor de dag op West Point had uitgekozen – het blauw suède Armani-pak met het Gucci sjaaltje waren uitstekend geschikt voor het koude weer dat werd voorspeld. Volgens het weerbericht werd het hooguit vijftien graden.

Ik ben geen buitenmens, dacht Laura, maar aangezien ze allemaal zeggen dat ze naar de wedstrijd gaan, blijf ik niet thuis.

Gordon, bracht ze zichzelf in herinnering terwijl ze de sjaal omdeed. Gordon, niet Gordie. Carter, niet Howie. Robby was tenminste gewoon Robby gebleven en Mark was nog steeds Mark. En Jack Emerson, de Donald Trump van Cornwall, had niet besloten zich Jacques te gaan noemen.

Toen ze beneden in de eetzaal aankwam, zag ze tot haar teleurstelling alleen Mark Fleischman en Jean aan de tafel van de eregasten zitten.

'Ik neem alleen koffie,' legde Jean uit. 'Ik ga bij een vriendin ontbijten. Ik zie jullie wel weer bij de lunch.'

'Ga je naar de vaandelceremonie en de wedstrijd?' vroeg Laura.

'Ja, dat ben ik wel van plan.'

'Ik ben er niet vaak geweest,' zei Laura. 'Maar jij wel, Jeannie. Jij was altijd een geschiedenisfreak. Is een van de cadetten die je kende niet vlak voor het examen verongelukt? Hoe heette hij ook weer?'

Mark Fleischman nam een slok koffie en zag hoe Jeans ogen vertrokken van pijn. Ze aarzelde en hij perste zijn lippen stijf op elkaar. Hij had bijna voor haar geantwoord. 'Reed Thornton,' zei ze. 'Cadet Carroll Reed Thornton jr.'

14

De moeilijkste tijd van het jaar was voor Alice Sommers de week voorafgaande aan de sterfdag van haar dochter. Dit jaar was het haar extra zwaar gevallen.

Twintig jaar, dacht ze. Twintig hele jaren. Karen zou nu tweeënveertig zijn. Ze zou arts zijn, waarschijnlijk cardioloog. Dat was haar doel geweest toen ze medicijnen ging studeren. Ze zou waarschijnlijk getrouwd zijn en een paar kinderen hebben.

In gedachten zag Alice Sommers de kleinkinderen voor zich die ze nooit had gekend. De jongen lang en blond, net als Cyrus – ze had altijd gedacht dat Karen en hij samen verder zouden gaan. Het enige aan Sam Deegan dat ze echt vervelend vond, was zijn rotsvaste overtuiging dat Cyrus Karens dood had veroorzaakt.

En hun dochter? Zij zou er net zo hebben uitgezien als Karen, had Alice besloten, fijngebouwd, met blauwgroene ogen en gitzwart haar. Ze zou het natuurlijk nooit echt weten.

Draai de klok terug, Heer. Maak die verschrikkelijke nacht ongedaan. Het was een gebed dat ze in de loop der jaren duizenden keren had uitgesproken.

Sam Deegan had haar verteld dat Karen volgens hem niet eens wakker was geworden toen de indringer haar kamer binnenkwam. Maar Alice had zich altijd afgevraagd of dat zo was. Had ze haar ogen geopend? Had ze gevoeld dat er iemand in haar kamer was? Had ze een arm zien heffen boven het bed? Had ze de verschrikkelijke messteken gevoeld die haar het leven hadden benomen?

Dit waren zaken waar ze met Sam over kon praten, maar die ze tegen haar man nooit had kunnen uitspreken. Hij had er behoefte aan gehad te geloven dat zijn enige kind dat moment van doodsangst en pijn bespaard was gebleven.

Dit alles beheerste nu al dagen Alice Sommers' gedachten. Toen ze zaterdagochtend wakker werd, werd het zware, pijnlijke gevoel verlicht door de gedachte dat Jeannie Sheridan haar zou komen bezoeken.

Om tien uur ging de bel. Ze opende de deur en omhelsde Jean hartelijk. Het voelde zo goed om de jonge vrouw in haar armen te houden. Ze wist dat haar welkomstzoen evenzeer voor Karen als voor Jean bestemd was.

In de loop der jaren had ze gezien hoe Jean zich van het verlegen, gesloten zestienjarige meisje dat ze was toen ze in Cornwall naast elkaar waren komen wonen, had ontwikkeld tot de elegante, succesvolle historica en schrijfster die ze nu was.

In de twee jaar dat ze naast elkaar hadden gewoond voor Jean haar middelbare-schooldiploma haalde, in Chicago ging werken en vervolgens naar Bryn Mawr vertrok, had Alice het jonge meisje leren bewonderen, maar had ze ook medelijden met haar gehad. Het was bijna ongelooflijk dat zij het kind was van haar ouders, mensen die zo volledig opgingen in hun minachting voor elkaar dat ze niet inzagen wat hun openbare vechtpartijen voor uitwerking hadden op hun enige kind.

Zelfs toen al had ze iets waardigs over zich, dacht Alice, terwijl ze Jean bij de schouders pakte om haar eens goed te bekijken en toen weer tegen zich aan trok. 'Weet je dat het al acht maanden geleden is dat ik je voor het laatst heb gezien?' vroeg ze. 'Jeannie, ik heb je zó gemist.'

'Ik jou ook.' Jeannie keek de oudere vrouw vol genegenheid aan. Alice Sommers was een knappe vrouw met zilvergrijs haar en blauwe ogen, die altijd iets droevigs uitstraalden. Haar lach was echter hartelijk en welgemeend. 'En je ziet er fantastisch uit.'

'Niet gek voor iemand van drieënzestig,' beaamde ze. 'Ik heb besloten de kapper niet meer te sponsoren, dus wat je ziet is puur natuur.'

Gearmd liepen ze van de hal naar de huiskamer. 'Ik bedacht net, Jeannie, dat je hier nog nooit bent geweest. We hebben elkaar altijd ontmoet in New York of Washington. Ik zal je een rondleiding geven, te beginnen met mijn prachtige uitzicht over de Hudson.'

Terwijl ze door de woning liepen, legde Alice uit: 'Ik weet niet waarom we zo lang in dat huis zijn blijven wonen. Ik voel me hier veel gelukkiger. Ik denk dat Richard het idee had dat als we verhuisden, we op de een of andere manier Karen achterlieten. Hij is nooit over haar dood heen gekomen, weet je.'

Jean dacht aan het prachtige huis in tudorstijl, dat ze als kind zo had bewonderd. Ik kende het als mijn broekzak, dacht ze. Toen Laura er woonde was ik er kind aan huis, en Alice en Mr. Sommers waren altijd zo aardig voor me. Ik wou dat ik Karen beter had gekend. 'Ken ik misschien de mensen die het huis hebben gekocht?' vroeg ze.

'Ik denk het niet. Ze kwamen van het platteland. Vorig jaar hebben ze het verkocht. Ik heb gehoord dat de nieuwe eigenaar het een beetje heeft gerenoveerd en van plan is om het gemeubileerd te verhuren. Veel mensen denken dat Jack Emerson de echte koper is. Het gerucht gaat dat hij veel huizen in de stad opkoopt. Hij heeft zich in ieder geval aardig omhooggewerkt, als je bedenkt dat hij als jongen kantoren schoonmaakte. Hij is nu een echte ondernemer.'

'Hij is voorzitter van de reünie.'

'En de drijvende kracht erachter. Er is nog nooit zoveel werk gemaakt van een twintigjarig jubileum op Stonecroft.' Alice Sommers haalde haar schouders op. 'In ieder geval heeft het jou hierheen gebracht. Ik hoop dat je trek hebt. Er staan warme wafels met aardbeien op het menu.'

Toen ze aan hun tweede kop koffie toe waren, haalde Jean de faxen en de envelop met de borstel te voorschijn. Ze liet alles aan Alice zien en vertelde haar over Lily. 'Dr. Connors kende een stel dat een baby wilde. Het waren patiënten van hem, dus dat betekent dat ze hier in de buurt woonden. Alice, ik weet niet wat ik moet doen, naar de politie gaan, of een privé-detective inschakelen.'

'Wil je zeggen dat je op je achttiende een baby hebt gekregen en daar nooit met iemand over hebt gesproken?' Alice pakte over de tafel heen Jeans hand vast.

'Je weet hoe mijn vader en moeder waren. Ze hadden onmiddellijk slaande ruzie gekregen over wie zijn schuld het was dat ik in moeilijkheden was geraakt. Dan had ik het nieuws net zo goed meteen in de krant kunnen zetten.'

'En je hebt het nooit aan iemand verteld?'

'Aan geen mens. Ik had gehoord dat dr. Connors mensen hielp bij het adopteren van baby's. Hij wilde dat ik het mijn ouders zou vertellen, maar ik was meerderjarig en hij zei dat hij een patiënte had die te horen had gekregen dat ze geen kinderen kon krijgen. Haar man en zij waren van plan een kind te adopteren en het waren fantastische mensen. Toen hij hen erover sprak, zeiden ze onmiddellijk dat ze de baby dolgraag wilden hebben. Hij regelde een kantoorbaantje voor me in een kraamkliniek in Chicago. Dat gaf mij een alibi om te zeggen dat ik eerst een jaartje wilde werken voor ik me bij Bryn Mawr inschreef.'

'Ik weet nog hoe trots we waren toen we hoorden dat je een beurs had gekregen.'

'Ik ben direct na het halen van mijn middelbare-schooldiploma naar Chicago vertrokken. Ik moest hier weg. En dat was niet alleen vanwege de baby. Ik had behoefte om te rouwen. Ik wilde dat je Reed had gekend. Hij was zo'n bijzonder mens. Ik denk dat ik daarom nooit ben getrouwd.' Er welden tranen op in Jeans ogen. 'Ik heb nooit meer hetzelfde voor iemand anders gevoeld.' Ze schudde haar hoofd en pakte de fax op. 'Ik was van plan hiermee naar de politie te gaan, maar ik woon in Washington. Wat moeten ze ermee? "Moet ik haar kussen of vermoorden? Grapje." Het hoeft geen dreigement te zijn, of wel? Maar het lijkt me redelijk te veronderstellen dat degene die Lily heeft geadopteerd, hier in de buurt woont, want het was een patiënte van dr. Connors. Daarom denk ik dat áls ik naar de politie ga, ik dat hier, of in ieder geval in dit district moet doen. Alice, wat vind jij ervan?'

'Ik denk dat je gelijk hebt en ik weet precies de juiste persoon die je hierover moet spreken,' zei Alice vastberaden. 'Sam Deegan is rechercheur op het kantoor van de officier van justitie. Hij was er op de ochtend dat we Karen hebben gevonden en hij heeft het dossier van haar moord nooit gesloten. Hij is een goede vriend geworden. Hij vindt vast wel een manier om je te helpen.'

15

De bus naar West Point zou om tien uur vertrekken. Om kwart over negen verliet Jack Emerson het hotel om thuis snel een das op te halen die hij vergeten had in te pakken. Rita, zijn vrouw, met wie hij al vijftien jaar getrouwd was, zat aan de ontbijttafel bij een kop koffie de krant te lezen. Toen hij binnenkwam, keek ze onverschillig op.

'Hoe gaat het met die geweldige reünie, Jack?' Het sarcasme droop van haar woorden.

'Erg goed, Rita,' antwoordde hij vriendelijk.

'Heb je een prettige kamer in het hotel?'

'Ja hoor, voor Glen-Ridge begrippen is het een heel prettige kamer. Waarom kom je er ook niet naartoe, dan kun je het zelf zien.'

'Nee, liever niet.' Ze verdiepte zich weer in de krant, hem verder negerend.

Hij stond even naar haar te kijken. Ze was zevenendertig, maar ze was niet zo'n vrouw die er met de jaren beter gaat uitzien. Rita was altijd al een gereserveerd type geweest, maar in de loop der jaren hadden haar smalle lippen een onaangename, norse uitdrukking gekregen. Toen ze in de twintig was en haar haar los op haar schouders had hangen, zag ze er heel aantrekkelijk uit. Nu droeg ze het in een stijve knot achter op haar hoofd en haar huid leek strak over haar gezicht gespannen. Eigenlijk maakte alles aan haar een krampachtige, vijandige indruk. Terwijl hij daar stond, was Jack zich ervan bewust dat hij een hartgrondige hekel aan haar had.

Het maakte hem woedend dat hij zich haast gedwongen voelde zijn aanwezigheid in zijn eigen huis te verklaren. 'Ik had de das niet bij me die ik vanavond naar het diner wil dragen,' zei hij bits. 'Daarom kwam ik langs.'

Ze legde de krant weg. 'Jack, toen ik erop aandrong dat Sandy naar een kostschool zou gaan in plaats van naar jouw geliefde Stonecroft, wist je vast wel dat er iets in de lucht hing.'

'Ik geloof het wel.' Nu komt het, dacht hij.

'Ik ga terug naar Connecticut. Ik heb voor het komende halfjaar een huis gehuurd in Westport, zodat ik in die tijd kan beslissen waar ik ga wonen. We moeten maar een bezoekregeling treffen voor Sandy. Hoewel je als echtgenoot niks voorstelt, ben je wel altijd een redelijke vader geweest, en het is beter als we op een vriendschappelijke manier uit elkaar gaan. Ik weet precies wat je waard bent, dus laten we niet te veel geld verspillen aan advocaten.' Ze stond op. 'Een aardige, geschikte vent – joviaal, altijd in voor een geintje, maatschappelijk betrokken, een slim zakenman – dat is Jack Emerson. Zo denken veel mensen over je, Jack. Maar behalve dat je altijd achter de vrouwen aan zit, broeit er ook iets in jou. Alleen al uit nieuwsgierigheid zou ik best willen weten wat dat is.'

Jack Emerson gaf haar een kille glimlach. 'Toen je Sandy per se op Choate wilde hebben, wist ik natuurlijk dat dat je eerste stap was om naar Connecticut terug te gaan. Ik heb nog overwogen om je over te halen het niet te doen – tien seconden ongeveer. Daarna ging de vlag uit.'

En als je denkt te weten wat ik waard ben, zou ik nog maar eens goed nadenken, voegde hij er inwendig aan toe.

Rita Emerson haalde haar schouders op. 'Je hebt altijd al graag het laatste woord willen hebben. Zal ik je eens wat vertellen, Jack? Onder dat mooie, dunne laagje vernis ben je nog steeds het haveloze jongetje dat na school de vloeren moest dweilen. En als je met de echtscheiding geen eerlijk spel speelt, zal ik de politie misschien moeten vertellen dat je mij hebt bekend dat jij achter die brand zat die tien jaar geleden in het medisch centrum is gesticht.'

Hij staarde haar aan. 'Dat heb ik nooit tegen je gezegd.'

'Maar ze zullen me vast wel geloven, denk je ook niet? Jij werkte in dat gebouw. Je kende het als je broekzak en je wilde de grond hebben voor het winkelcentrum dat je er had gepland. Na de brand kon je het goedkoop in handen krijgen.' Ze trok een wenkbrauw op. 'Ga maar gauw die das pakken, Jack. Ik ben hier over een paar uur weg. Misschien kun je een van je vroegere klasgenoten versieren om hier vannacht een echte reünie te houden. Mijn zegen heb je.'

16

Het gevoel eindelijk actie te ondernemen, gaf Jean een zekere mate van rust. Alice Sommers had beloofd Sam Deegan te bellen en te proberen een afspraak te maken voor zondagmiddag. 'Hij komt op Karens sterfdag toch meestal langs,' zei ze.

Ik hoef morgen niet naar huis, dacht Jean. Ik kan nog zeker een week in het hotel blijven. Ik ben goed in speurwerk. Misschien kan ik iemand vinden die bij dr. Connors op kantoor heeft gewerkt, een verpleegkundige of een secretaresse die me kan vertellen waar hij de geboorte registreerde van de baby's van wie hij de adoptie had geregeld. Misschien bewaarde hij op een andere plek kopieën van zijn documenten. Als dat zo is, kan Sam Deegan me misschien helpen ze te pakken te krijgen.

Dr. Connors had in Chicago de baby bij haar weggehaald. Was het mogelijk dat hij haar geboorte daar had geregistreerd? Was de adoptiemoeder met hem meegereisd naar Chicago, of had hij Lily zelf mee teruggenomen naar Cornwall?

Degenen van de reüniegroep die op eigen gelegenheid naar West Point gingen, moesten hun auto parkeren op de parkeerplaats bij het Thayer Hotel. Jean voelde een prop in haar keel toen ze het terrein van de academie op reed. Zoals zo vaak de afgelopen dagen dacht ze terug aan de laatste keer dat ze daar was geweest, tijdens de diploma-uitreiking van Reeds klas, toen ze had gezien hoe zijn vader en moeder zijn diploma en sabel in ontvangst namen.

De meeste leden van de Stonecroft-groep waren West Point aan het bezichtigen. Ze zouden om halfeen bij elkaar komen voor een lunch in het Thayer Hotel. Daarna zouden ze de vaandelceremonie bijwonen en vervolgens naar de wedstrijd gaan.

Voor ze zich bij de anderen voegde, liep Jean naar de begraafplaats om Reeds graf te bezoeken. Het was een lange wandeling door de velden, maar ze vond het prettig om tijd te hebben om na te denken. Ik vond hier altijd zoveel rust, peinsde ze. Hoe zou mijn leven er hebben uitgezien als Reed was blijven leven, als mijn dochter nu hier bij mij was in plaats van bij een stel onbekenden? Ze had destijds niet naar Reeds begrafenis durven gaan. Die had plaatsgevonden op de dag van haar diploma-uitreiking op Stonecroft. Haar moeder en vader hadden Reed nog nooit ontmoet en wisten vrijwel niets van hem af. Ze had hun onmogelijk kunnen uitleggen waarom ze niet naar haar eigen diploma-uitreiking kon komen.

Ze liep langs Cadet Chapel en dacht terug aan de concerten die ze daar had bijgewoond, eerst alleen en later een paar keer samen met Reed. Ze kwam langs gedenkzuilen met belangrijke namen uit de geschiedenis. Toen liep ze verder naar sectie 23 en ging voor de grafsteen staan met zijn naam, Lt. Carroll Reed Thornton jr., erop. Er stond een roos tegen de grafsteen, met een klein envelopje eraan. Jean hapte naar adem. Haar naam stond erop. Ze raapte de roos op en haalde het kaartje uit de envelop. Haar handen begonnen te beven terwijl ze de woorden las die erop stonden: 'Jean, deze is voor jou. Ik wist dat je zou komen.'

Op de terugweg naar het Thayer Hotel probeerde ze zichzelf te kalmeren. Het kan bijna niet anders dan dat iemand op de reünie van het bestaan van Lily afweet en dit kat-en-muis-spelletje met me speelt, dacht ze. Wie anders zou kunnen weten dat ik vandaag hier zou zijn en voorzien dat ik naar Reeds graf zou gaan?

Er zijn hier tweeënveertig mensen uit onze klas, dacht ze. Dat reduceert het aantal mensen dat hierachter kan zitten van de hele wereldbevolking tot tweeënveertig. Ik ga erachter zien te komen wie het is en waar Lily is. Misschien weet ze niet dat ze is geadopteerd. Ik zal me niet in haar leven mengen, maar ik moet weten of het goed met haar is. Ik wil haar één keer zien, al is het maar vanuit de verte.

Ze versnelde haar pas. Ze had alleen vandaag en morgen nog om iedereen persoonlijk te zien en te achterhalen wie op de begraafplaats was geweest. Ik zal met Laura praten, dacht ze. Die ziet altijd alles. Als zij is mee geweest op een rondleiding die langs de begraafplaats kwam, heeft ze misschien iets opgemerkt.

Zodra ze de zaal binnenkwam die voor de Stonecroft-lunch was gereserveerd, kwam Mark Fleischman op haar af. 'De rondleiding was erg interessant,' zei hij. 'Jammer dat je er niet bij was. Ik moet tot mijn schande bekennen dat ik, zelfs toen ik nog in Cornwall woonde, alleen naar West Point ging om te joggen. Jij was hier geloof ik vrij vaak in het examenjaar, is het niet? Ik herinner me tenminste dat je er een paar artikelen over hebt geschreven in de schoolkrant.'

'Ja, dat is zo,' zei Jean voorzichtig. Allerlei herinneringen kwamen in haar boven. De keren dat ze in het voorjaar op zondagmiddag langs het voetpad van Trophy Point liep en op een van de banken ging zitten schrijven. De roze, granieten banken waren aan West Point geschonken door de eindexamenklas van 1939. Ze kon zo de woorden opzeggen die erin waren gegraveerd: waardigheid, discipline, moed, integriteit, loyaliteit. Zelfs de letters op die banken maakten me bewust van het miezerige leven dat mijn ouders leidden, dacht ze.

Met enige moeite vestigde ze haar aandacht weer op Mark. 'Onze leider, Jack Emerson, heeft verordonneerd dat de eregasten zich vandaag onder het gewone volk moeten mengen en niet apart zitten,' zei hij. 'Dat wordt een probleem voor Laura. Heb je gezien hoe ze iedereen met haar charmes overlaadt? Gisteravond aan tafel was ze aan het flirten met onze tv-baas, Gordon, onze toneelschrijver, Carter, en onze komiek, Robby. In de bus zat ze Jack Emerson weer te verleiden. Hij is een echte onroerendgoedmagnaat geworden, heb ik begrepen.'

'Jij hebt verstand van adolescentengedrag, Mark. Laura zat altijd al met succes achter de jongens aan. Denk je niet dat dat op volwassen leeftijd gewoon doorgaat? Trouwens, waarschijnlijk is het maar het beste dat ze haar aandacht op die vier concentreert. Haar ex-vriendjes, zoals Doug Hanover, zijn óf niet komen opdagen, óf ze hebben hun vrouw bij zich.' Jean forceerde zichzelf tot een geamuseerde toon.

Mark glimlachte, maar terwijl Jean hem observeerde, zag ze dat er iets veranderde in zijn gezichtsuitdrukking, dat zijn ogen zich wat vernauwden. Jij ook al? vroeg ze zich af. Ze betrapte zich erop dat het haar teleurstelde dat ook Mark verliefd was geweest op Laura, en dat misschien nog steeds was. Nou ja, zij wilde Laura spreken, en als hij ook naar haar toe wilde, was het haar best. 'Laten we bij Laura gaan zitten,' stelde ze voor. 'Dat deed ik op school ook altijd.' Even zag ze de lunchtafel op Stonecroft haarscherp voor zich. Ze zag Catherine, Debra, Cindy, Gloria en Alison.

En Laura en ik.

En Laura... en ik...

17

De Uil had al verwacht dat de verdwijning van een vrouw in Surrey Meadows niet op tijd gemeld zou worden om zaterdag de ochtendkranten te halen, maar hij was blij dat het in ieder geval wel op radio en tv kwam. Voor en na het ontbijt keek hij tv en luisterde hij naar de radioverslagen, terwijl hij intussen zijn arm liet weken. De pijn in zijn arm straalde uit van de plek waar de hond hem had gebeten; hij beschouwde het als een straf voor zijn onoplettendheid. Voor hij de auto stilzette en de vrouw vastgreep, had hij moeten zien dat ze een hondenriem in haar hand had. De Duitse herder was uit het niets opgedoken en was hem grommend aangevlogen. Gelukkig had hij op tijd de krik kunnen pakken, die hij op dit soort uitstapjes altijd naast zich op de passagiersstoel had liggen.

Nu zat Jean tegenover hem aan de lunchtafel en het was duidelijk dat ze de roos op het graf had gevonden. Hij was er zeker van dat ze hoopte dat Laura had gezien wie van de groep een bloem bij zich had en tijdens de rondrit langs de begraafplaats was weggeglipt. Hij maakte zich geen zorgen.

Laura had niets gemerkt. Ze had het veel te druk met uit te zoeken wie van ons ze het beste kan gebruiken. Ze zit aan de grond en is de wanhoop nabij, dacht hij triomfantelijk.

Toen hij jaren geleden bij toeval achter het bestaan van Lily was gekomen, had hij beseft op hoeveel verschillende manieren het mogelijk is macht over andere mensen uit te oefenen. Soms vond hij het leuk om die macht te gebruiken. Andere keren wachtte hij gewoon af. Zijn anonieme tip aan de belastingdienst, drie jaar geleden, was aanleiding geweest voor een onderzoek naar Laura's financiën. Nu was er beslag gelegd op haar huis. Binnenkort zou het er niet meer toe doen, maar het gaf hem voldoening te weten dat ze, nog voor hij haar vermoordde, bang was geweest haar huis kwijt te raken.

Het idee om met Jean contact te zoeken over Lily was pas in hem opgekomen toen hij toevallig de adoptieouders van haar dochter een keer ontmoette. Hoewel ik toen nog niet wist of ik Jean moest vermoorden, wilde ik haar in ieder geval laten lijden, dacht hij, zonder spijt.

Het was een geniaal idee geweest om die bloem bij de grafsteen achter te laten. Aan de lunchtafel in het Thayer Hotel had hij de angst in Jeans ogen gezien. Tijdens de vaandelceremonie voorafgaande aan de American-footballwedstrijd had hij ervoor gezorgd naast haar te zitten. 'Een prachtig gezicht, vind je niet?' had hij haar gevraagd.

'Ja, zeker.'

Hij wist dat ze aan Reed Thornton zat te denken.

Het Hellcats majorettecorps marcheerde langs hun tribune. Kijk maar goed, Jeannie, dacht hij. Je dochter loopt van hieruit gezien in de tweede rij.

Toen ze in het Glen-Ridge House in Cornwall terugkwamen, stapte Jean samen met Laura in de lift naar boven en liep met haar mee naar haar kamer. 'Laura, ik moet even met je praten,' zei ze.

'O, Jeannie, ik moet nu echt even een bad nemen en uitrusten,' protesteerde Laura. 'Het is allemaal goed en wel, hoor, rondritten maken door West Point en naar een footballwedstrijd kijken, maar ik ben geen mens om uren buiten te zijn. Kan het niet straks?'

'Nee,' zei Jean vastberaden. 'Ik moet je nu spreken.'

'Nou, goed dan, alleen omdat je zo'n goede vriendin bent,' zei Laura met een zucht. Ze schoof de plastic sleutel in het slot. 'Welkom in de Taj Mahal.' Ze opende de deur en drukte de lichtschakelaar in. De lampjes aan weerszijden van het bed en op het bureau gingen aan en wierpen een vaag licht in de kamer, waar de late middagzon al haar schaduwen in wierp.

Jean ging op de rand van het bed zitten. 'Laura, dit is erg belangrijk. Jij bent tijdens de rondrit langs de begraafplaats gekomen, nietwaar?'

Laura begon het suède jasje dat ze naar West Point had gedragen, los te knopen. 'Hmm. Jeannie, ik weet dat jij daar vaak naartoe ging toen we op Stonecroft zaten, maar voor mij was dit de eerste keer dat ik over de begraafplaats ben gelopen. Tjonge, als je bedenkt hoeveel beroemde mensen daar begraven liggen. Generaal Custer. Ik dacht dat ze hadden uitgemaakt dat die aanval die hij heeft geleid een fiasco was, maar ik vermoed dat ze op aandringen van zijn vrouw hebben besloten dat hij toch een held is geweest. Toen ik vandaag bij zijn graf stond, moest ik denken aan iets dat je me een hele tijd geleden hebt verteld, dat de indianen Custer "Chief Yellow Hair" noemden. Jij kwam altijd met dat soort verhalen.'

'Is iedereen mee geweest naar de begraafplaats, Laura?'
'Iedereen die in de bus zat wel. Sommige mensen die hun kinderen bij zich hadden, waren met hun eigen auto gekomen, en gingen zo'n beetje hun eigen gang. Ik bedoel, die zag ik op eigen gelegenheid rondlopen. Vond jij het als kind leuk om naar grafstenen te kijken?' Laura hing haar jasje in de kast. 'Jeannie, je bent een lieve meid, maar ik moet echt even liggen. Dat moet jij ook doen. Vanavond is onze grote avond. Dan krijgen we de medaille, of onderscheiding, of wat het ook is. We zullen toch niet het schoollied moeten zingen, hè?'

Jean stond op en legde haar handen op Laura's schouders. 'Laura, dit is belangrijk. Heb je gezien of iemand in de bus een roos bij zich had, of er op de begraafplaats een te voorschijn haalde?'

'Een roos? Nee, natuurlijk niet. Ik bedoel, ik heb wel een paar andere mensen gezien die bloemen op graven legden, maar niemand van ons. Wie van onze groep zou iemand die daar begraven ligt goed genoeg kennen om bloemen te gaan brengen?'

Ik had het kunnen weten, dacht Jean. Laura besteedt geen aandacht aan mensen die voor haar niet van belang zijn. 'Ik laat je nu met rust,' beloofde ze. 'Hoe laat worden we beneden verwacht?'

'Om zeven uur begint de borrel en om acht uur het diner. Om tien uur krijgen we onze medaille. En dan hebben we morgen alleen nog de herdenkingsplechtigheid voor Alison en de brunch op Stonecroft.'

'Ga je rechtstreeks door naar Californië, Laura?'

Impulsief omhelsde Laura Jean. 'Ik heb nog geen definitieve plannen, maar laten we zeggen dat ik misschien een beter alternatief heb. Tot straks, liefje.'

Toen de deur achter Jean dichtging, haalde Laura haar tas uit de kast. Zodra het diner achter de rug was, zouden ze ervandoor gaan. Zoals hij had gezegd: 'Ik heb genoeg van het hotel, Laura. Maak maar een tas klaar met spullen om te overnachten, dan zet ik die voor het eten in mijn auto. Maar hou je mond erover. Het gaat niemand iets aan waar wij vannacht heen gaan. Je zult eens zien wat je gemist hebt toen je twintig jaar geleden niet inzag hoe geweldig ik was.'

Terwijl ze een kasjmieren ochtendjas inpakte, glimlachte Laura bij zichzelf. Ik heb hem verteld dat ik per se bij de herdenkingsplechtigheid van Alison wil zijn, maar dat ik het niet erg vind om de brunch over te slaan.

Ze fronste haar wenkbrauwen. Hij had geantwoord: 'Ik denk er niet over om Alisons herdenkingsplechtigheid te missen,' maar hij bedoelde natuurlijk dat ze er samen heen zouden gaan.

19

Om drie uur 's middags kreeg Sam Deegan tot zijn verbazing een telefoontje van Alice Sommers. 'Sam, heb je vanavond misschien tijd om naar een chique diner te gaan?'

Sam was zo verbaasd dat hij even niet wist wat hij moest zeggen.

'Ik weet wel dat ik er erg laat mee aankom,' zei Alice verontschuldigend.

'Nee, helemaal niet. En mijn antwoord is ja. Ik heb tijd en ik heb nog een smoking schoon en keurig geperst in mijn kast hangen.'

'Er is vanavond een galadiner, waarbij een aantal mensen van de reünie, die twintig jaar geleden op Stonecroft eindexamen deden, een onderscheiding krijgen. Mensen in de stad konden zich inschrijven voor het diner. Eigenlijk is het een geldinzamelingsactie voor een nieuw bijgebouw, waarmee ze Stonecroft willen uitbreiden. Ik was niet van plan om te gaan, maar een van de mensen die een onderscheiding krijgt, wil ik graag aan je voorstellen. Ze heet Jean Sheridan. Ze woonde vroeger naast me en ik ben erg op haar gesteld. Ze zit met een ernstig probleem en heeft advies nodig. Ik was eerst van plan je morgen uit te nodigen om er met haar over te praten. Maar toen dacht ik dat het ook wel erg leuk zou zijn om erbij te zijn als Jean haar medaille krijgt en...'

Sam begreep dat Alice Sommers' uitnodiging een impulsieve actie was. Ze verontschuldigde zich niet alleen, maar begon er misschien zelfs al spijt van te krijgen dat ze hem gebeld had.

'Alice, ik vind het heel leuk om te gaan,' zei hij met klem. Hij vertelde haar maar niet dat hij sinds halfvijf vanochtend aan de zaak Helen Whelan had gewerkt, nu net thuis was en eigenlijk van plan was geweest vroeg naar bed te gaan. Als ik een paar uurtjes kan slapen, is de ergste vermoeidheid weg, dacht hij. 'Ik was van plan morgen langs te komen,' voegde hij eraan toe.

Alice Sommers wist wat hij bedoelde. 'Op de een of andere manier verwachtte ik al dat je dat zou doen. Als je om zeven uur hier kunt zijn, krijg je eerst iets te drinken van me en dan vertrekken we daarna naar het hotel.'

'Afgesproken. Tot straks, Alice.' Sam hing op en besefte schaapachtig dat hij meer dan gewoon blij was met de uitnodiging. Toen dacht hij na over de reden die erachter zat. Wat voor probleem zou Alice' vriendin, Jean Sheridan, hebben, vroeg hij zich af. Maar hoe ernstig het ook was, het was niets vergeleken bij wat er vannacht met Helen Whelan was gebeurd toen ze haar hond uitliet.

20

'Wat een gedoe allemaal, hè, Jean?' vroeg Gordon Amory.

Hij zat rechts van haar, in de tweede rij op het podium, waar de eregasten zaten. Beneden hen stonden het plaatselijke congreslid, de burgemeester van Cornwall-on-Hudson, de sponsors van het diner, de directeur van Stonecroft en een aantal bestuursleden de overvolle balzaal tevreden in zich op te nemen.

'Zeker,' beaamde ze.

'Heb je er nog aan gedacht je vader en moeder voor deze grote gebeurtenis uit te nodigen?'

Als ze spot in zijn stem had gehoord, was ze boos geworden, maar nu reageerde ze vriendelijk op de humor in zijn opmerking. 'Nee. Heb jij er nog aan gedacht de jouwe te vragen?'

'Natuurlijk niet. Je hebt trouwens vast wel gezien dat geen van de eregasten een stralende ouder voor dit glorieuze moment heeft uitgenodigd.'

'Ik heb begrepen dat de meeste ouders zijn vertrokken. De mijne zijn verhuisd in de zomer dat ik op Stonecroft eindexamen deed. Verhuisd en gescheiden, zoals je misschien al weet,' voegde Jean eraan toe.

'Net als de mijne. Als ik ons zessen zo bekijk, zogenaamd het neusje van de zalm van ons eindexamenjaar, denk ik dat Laura de enige is die hier met plezier is opgegroeid. Ik denk dat jij, net als ik, behoorlijk ongelukkig was, en hetzelfde geldt voor Robby, Mark en Carter. Robby was een onverschillige student in een familie van intellectuelen die altijd te horen kreeg dat hij zijn beurs voor Stonecroft zou kwijtraken. Humor was zijn wapen en zijn uitweg. Marks ouders maakten iedereen duidelijk dat ze liever hadden gewild dat Mark was overleden en zijn broer gespaard was gebleven. Als reactie daarop is hij de psychiatrie in gegaan en behandelt hij nu adolescenten. Ik vraag me af of hij heeft geprobeerd de adolescent in zichzelf te behandelen.'

Dokter, genees uzelf, dacht Jean. Ze vermoedde dat Gordon weleens gelijk kon hebben.

'Howie, of Carter, zoals hij per se genoemd wil worden, had een vader die hem en zijn moeder mishandelde,' vervolgde Gordon. 'Howie kwam zo min mogelijk thuis. Hij stond altijd stiekem bij andere mensen naar binnen te gluren, weet je nog? Misschien wilde hij zien hoe een normaal leven eruitzag. Misschien dat zijn stukken daarom zo somber zijn, wat denk jij?'

Jean besloot hier niet op in te gaan. 'Dan blijven alleen jij en ik nog over,' zei ze rustig.

'Mijn moeder was een slonzige huisvrouw. Toen ons huis afbrandde, ging in de stad de grap rond dat dat de enige manier was om het goed schoon te krijgen, weet je nog wel? Ik heb nu drie huizen en die moeten van mij allemaal brandschoon zijn. Ik geef toe, het is een obsessie van me. Daarom is mijn huwelijk ook stukgelopen. Maar goed, dat is vanaf het begin al een vergissing geweest.'

'En mijn vader en moeder gingen in bijzijn van iedereen met elkaar op de vuist. Denk je daar niet aan als je mij ziet, Gordon?' Ze wist dat hij precies daaraan zat te denken.

'Ik dacht eraan dat kinderen zich altijd zo gauw schamen. Met uitzondering van Laura, die het altijd meezat, hebben jij, Carter, Robby, Mark en ik het niet gemakkelijk gehad. We hadden er echt geen behoefte aan dat onze ouders het ons moeilijk maakten, maar op de een of andere manier hebben ze dat allemaal gedaan. Kijk, Jean, ik wilde zo graag veranderen dat ik mijn hele gezicht heb laten verbouwen. Maar als ik wakker word, voel ik me soms toch weer de oude Gordie, de sukkel, die door iedereen werd gepest. Jij hebt naam gemaakt in de wetenschap en nu heb je een boek geschreven dat niet alleen door de critici goed is ontvangen, maar nog een bestseller is geworden ook. Maar wie ben jij diep vanbinnen?'

Ja, wie was ze? Inwendig ben ik nog steeds maar al te vaak de buitenstaander die er graag bij wil horen, dacht Jean. Het geven van een antwoord werd haar echter bespaard toen Gordon opeens jongensachtig glimlachte en zei: 'Je moet aan tafel nooit van die zware gesprekken voeren. Misschien voel ik me anders als ze me straks die medaille omhangen. Wat denk jij, Laura?'

Hij draaide zich om om met Laura verder te praten en Jean wendde zich naar Jack Emerson, die aan haar linkerkant zat.

'Dat was zo te horen nogal een diepgaande discussie met Gordon,' merkte hij op.

Jean las de openlijke nieuwsgierigheid op zijn gezicht. Het laatste waar ze zin in had, was het gesprek dat ze met Gordon had gehad, met hem voortzetten. 'O, we zaten alleen maar een beetje te roddelen over hoe het was om hier op te groeien,' zei ze vlot.

Ik was zo onzeker, dacht ze. Ik was zo mager en onhandig. Ik had van dat dunne piekhaar. Ik zat altijd het moment af te wachten dat mijn vader en moeder weer tegen elkaar zouden uitbarsten. Ik voelde me zo schuldig toen ze me vertelden dat ze alleen om míj nog bij elkaar bleven. Ik wilde alleen maar zo snel mogelijk opgroeien en maken dat ik wegkwam. En dat heb ik gedaan.

'Cornwall was een heerlijke omgeving om op te groeien,' zei Jack van harte. 'Ik heb nooit begrepen waarom er niet meer van ons hier zijn blijven wonen, of in ieder geval een tweede huis hebben gekocht, nu het jullie allemaal zo goed gaat. Overigens, Jeannie, als je daar ooit toe besluit, heb ik nog wel een paar juweeltjes voor je in de aanbieding.'

Jean herinnerde zich dat Alice Sommers haar had verteld dat Jack Emerson de nieuwe eigenaar was van Alice' vroegere huis. 'Iets in mijn oude buurt?' vroeg ze.

Hij schudde zijn hoofd. 'Nee. Ik heb het over huizen met een prachtig uitzicht over de rivier. Zal ik je er eens een paar laten zien?'

Nee, van mijn leven niet, dacht Jean. Ik kom hier niet meer wonen. Ik wil hier alleen maar weg. Maar eerst moet ik erachter zien te komen wie me steeds benadert over Lily. Het is maar een vermoeden, maar ik durf er alles onder te verwedden dat die persoon nu in deze zaal zit. Ik wou maar dat dit diner voorbij was, dan kon ik gaan praten met Alice en de rechercheur die ze vanavond heeft meegenomen. Ik hoop maar dat hij me op de een of andere manier kan helpen Lily te vinden en haar in veiligheid te brengen. En als ik zeker weet dat zij het goed maakt en gelukkig is, moet ik terug naar mijn volwassen leven. Ik ben hier pas vierentwintig uur, maar nu al besef ik dat mijn leven hier me heeft gemaakt tot wat ik nu ben, en of dat nou goed of slecht is, daar moet ik me mee zien te verzoenen.

'O, ik denk niet dat ik een huis in Cornwall wil kopen,' zei ze tegen Jack Emerson.

'Nu misschien nog niet, Jeannie,' zei hij, met een twinkeling in zijn ogen, 'maar ik wed dat ik binnenkort een huis vind waar jij in wilt wonen. Sterker nog, ik ben er zéker van.'

21

Bij dit soort diners worden de eregasten meestal in volgorde van belangrijkheid naar voren gehaald, dacht de Uil sardonisch, toen Laura's naam werd omgeroepen. Zij zou als eerste haar medaille krijgen, die door de burgemeester van Cornwall en de directeur van Stonecroft gezamenlijk werd uitgereikt.

Laura's tas met kleren en haar koffertje lagen al in zijn auto. Hij had ze ongemerkt via de achterste trap en de dienstingang naar buiten geloodst en in de kofferbak gelegd. Uit voorzorg had hij het licht boven de dienstingang kapotgemaakt en een pet en een jack gedragen die voor een uniform konden doorgaan, voor het geval iemand hem van een afstandje zou zien lopen.

Laura zag er, zoals verwacht, schitterend uit. Ze droeg een goudlamé jurk, die, zoals het gezegde luidt, 'niets aan de verbeelding overliet'. Ze was onberispelijk opgemaakt. Haar diamanten halsketting was waarschijnlijk nep, maar zag er fraai uit. Haar diamanten oorbellen konden weleens echt zijn.

Het waren waarschijnlijk de laatste of bijna laatste sieraden die ze van haar tweede man had gekregen. Een beetje talent gecombineerd met een spectaculair uiterlijk had haar haar vijftien minuten roem opgeleverd. En, eerlijk is eerlijk, ze had een innemende persoonlijkheid – als je tenminste niet het mikpunt was van haar kleinerende opmerkingen.

Nu bedankte ze de burgemeester, de directeur van Stonecroft en de dinergasten. 'Cornwall-on-Hudson was een heerlijke omgeving om op te groeien,' dweepte ze. 'En de vier jaar op Stonecroft zijn de gelukkigste jaren van mijn leven geweest.'

Huiverend van voorpret stelde hij zich voor dat ze bij het huis zouden aankomen en hij de deur achter haar zou sluiten. Hij stelde zich voor hoe de angst in haar ogen zou verschijnen op het moment dat ze besefte dat ze in de val was gelopen.

Er werd geapplaudisseerd voor Laura's toespraak, waarna de burgemeester de volgende eregast naar voren riep.

Eindelijk was het afgelopen en konden ze opstaan en weggaan. Hij voelde dat Laura naar hem keek, maar hij ontweek haar blik. Ze hadden afgesproken dat ze zich een poosje onder de andere gasten zouden mengen en dan ieder apart naar hun kamer zouden gaan, terwijl de anderen afscheid namen. Ze zou hem treffen in de auto.

De anderen zouden zich 's morgens uitschrijven, in hun eigen auto naar Alisons herdenkingsdienst gaan en vervolgens doorrijden naar de afscheidsbrunch. Tot die tijd zou Laura niet worden gemist en het was goed mogelijk dat men ervan uit zou gaan dat ze genoeg had van de reünie en daarom eerder was vertrokken.

'Ik moet jou geloof ik nog feliciteren,' zei Jean, terwijl ze zijn arm pakte. Ze had hem precies vast op de plek waar de hond hem het diepst had gebeten. De Uil voelde hoe een straaltje bloed uit de wond zijn jasje doordrenkte en besefte dat de mouw van Jeans koningsblauwe jurk ertegenaan lag.

Met enorme moeite lukte het hem niets te laten blijken van de pijn die door zijn arm schoot. Jean had duidelijk niets aan hem gemerkt en draaide zich om om een ouder stel te begroeten dat naar haar toe kwam.

Even dacht de Uil aan het bloed dat, toen de hond hem beet, op de straat was gedruppeld. DNA. Het verontrustte hem dat hij dit keer voor het eerst fysiek bewijsmateriaal had achtergelaten – natuurlijk afgezien van zijn symbool, maar dat had iedereen in de loop der jaren steeds over het hoofd gezien. In zekere zin had hun stompzinnigheid hem teleurgesteld, maar aan de andere kant was hij er blij om geweest. Als de dood van al die vrouwen met elkaar in verband werd gebracht, zou het voor hem moeilijker worden om door te gaan. Áls hij na Laura en Jean besloot door te gaan.

Zelfs als Jean doorhad dat het vlekje op haar mouw bloed was, zou ze er geen idee van hebben waar het vandaan kwam en hoe ze eraan was gekomen. Bovendien zou geen enkele detective, zelfs Sherlock Holmes niet, verband leggen tussen een bloedvlek op de mouw van een eregast van Stonecroft Academy en bloed dat dertig kilometer verderop op straat was gevonden.

In geen honderd jaar, dacht de Uil, en zette het als een absurde gedachte uit zijn hoofd.

22

Zodra ze met Sam Deegan had kennisgemaakt, begreep Jean waarom Alice zo vol lof over hem had gesproken. Ze vond hem er leuk uitzien: een sterk gezicht, benadrukt door heldere, donkerblauwe ogen. Ook zijn warme glimlach en stevige handdruk kwamen prettig op haar over.

'Ik heb Sam verteld over Lily en over de fax die je gisteren hebt ontvangen,' zei Alice met gedempte stem.

'Er is er nog een gekomen,' fluisterde Jean. 'Alice, ik maak me zo'n zorgen om Lily. Ik moest mezelf gewoon dwingen om naar het diner te gaan. Het is zo moeilijk om over koetjes en kalfjes te praten, terwijl ik niet weet wat er met haar gebeurt.'

Voor Alice antwoord kon geven, voelde Jean iemand aan haar mouw trekken en riep een opgewekte stem: 'Jean Sheridan. Tjonge, wat vind ik het leuk om jou te zien! Toen je dertien was, paste je altijd op mijn kinderen.'

Jean dwong zich tot een glimlach. 'O, Mrs. Rhodeen, wat leuk om u weer eens te zien.'

'Jean, er willen mensen met je praten,' zei Sam. 'Alice en ik gaan wel aan een tafel in de cocktailbar zitten. Kom maar naar ons toe als je zover bent.'

Pas na een kwartier slaagde ze erin zich los te maken van de mensen uit de stad die bij het diner waren geweest en die haar hadden zien opgroeien, of die haar boeken hadden gelezen en daar met haar over wilden praten. Maar toen zat ze dan eindelijk met Alice en Sam aan een tafel in een hoek, waar ze konden praten zonder dat anderen hen konden horen.

Terwijl ze kleine slokjes namen van de champagne die Sam had besteld, vertelde ze hun over de bloem en het briefje die ze op de begraafplaats had gevonden. 'De roos kan daar nooit lang hebben gelegen,' zei ze nerveus. 'Hij is daar vast neergelegd door iemand van de reünie die wist dat ik naar West Point zou gaan en er zeker van was dat ik naar Reeds graf zou komen. Maar waarom speelt hij of zij dit spelletje met me? Waarom die vage bedreigingen? Waarom vertelt degene die dit doet niet gewoon de reden waarom hij of zij nu contact met me zoekt?'

'Mag ík nu even contact met je, Jean?' vroeg Mark Fleischman vriendelijk. Hij stond met een glas in zijn hand bij de lege stoel naast haar.

'Ik wou je vragen een slaapmutsje met me te drinken, Jean,' legde hij uit. 'Ik kon je niet vinden, en toen zag ik je hier zitten.'

Hij zag de aarzeling op de gezichten van de mensen aan de tafel en moest erkennen dat hij het al had verwacht. Hij had heel goed gezien dat ze in een ernstig gesprek verwikkeld waren, maar hij wilde graag weten wie die andere mensen waren en waar ze het over hadden.

'Natuurlijk, kom erbij zitten,' zei Jean zo hartelijk mogelijk. Hoeveel heeft hij gehoord? vroeg ze zich af, terwijl ze hem aan Alice en Sam voorstelde.

'Mark Fleischman,' zei Sam. 'Dr. Mark Fleischman. Ik heb uw programma gezien en ik vind het erg goed. U geeft uitstekende adviezen. Ik heb vooral grote bewondering voor de manier waarop u met tieners omgaat. Als zij bij u te gast zijn, hebt u er slag van om hen hun gevoelens te laten uiten en hen op hun gemak te stellen. Als meer kinderen af en toe eens hun hart zouden luchten en fatsoenlijk advies zouden krijgen, zouden ze weten dat ze er niet alleen voor staan en zouden hun problemen minder overweldigend op hen overkomen.'

Jean zag hoe Mark blij glimlachte bij het horen van Sams welgemeende lof.

Hij was zo stil als kind, dacht ze. Hij was altijd zo verlegen. Ik had nooit verwacht dat hij nog eens een tv-persoonlijkheid zou worden. Had Gordon gelijk dat Mark psychiater was geworden en zich in adolescenten had gespecialiseerd vanwege de problemen die hij na de dood van zijn broer zelf had ervaren?

'Ik weet dat je hier bent opgegroeid, Mark. Heb je nog steeds familie in de stad?' vroeg Alice Sommers.

'Mijn vader. Hij is nooit uit zijn oude huis weggegaan. Hij is nu met pensioen, maar hij reist veel, geloof ik.'

Jean was verrast. 'Gordon en ik hadden het er onder het eten juist over dat niemand van ons hier meer wortels heeft.'

'Ik heb hier ook geen wortels, Jean,' zei Mark rustig. 'Ik heb al jaren geen contact meer met mijn vader. Ondanks alle publiciteit over deze reünie en het feit dat ik hier als eregast aanwezig ben, heb ik niets van hem gehoord.'

Hij hoorde zelf de bittere klank die in zijn stem was geslopen en schaamde zich ervoor. Waarom zat hij hier zo openhartig te praten tegen Jeannie Sheridan en een paar mensen die hij helemaal niet kende? vroeg hij zich af. Ik hoor zelf degene te zijn die luistert. 'Lang, slungelachtig, vrolijk, humoristisch en wijs, dr. Mark Fleischman' – zo werd hij op tv aangekondigd.

'Misschien is je vader de stad uit,' suggereerde Alice voorzichtig.

'Als dat zo is, verspilt hij veel elektriciteit. De lichten brandden gisteravond.' Mark haalde zijn schouders op en glimlachte toen. 'Het spijt me. Het was niet mijn bedoeling jullie met mijn beslommeringen lastig te vallen. Ik kwam hier binnenvallen om Jean te feliciteren met wat ze zei op het podium. Ze kwam lief en natuurlijk over en maakte veel goed van de flauwekul waar sommige andere eregasten mee aan kwamen.'

'Jij ook,' zei Alice Sommers hartelijk. 'Ik vond Robby Brent vreselijk grof en die Gordon Amory en Carter Stewart klonken uitgesproken verbitterd. Maar als je Jeannie toch complimentjes gaat geven, zeg dan meteen even iets over hoe prachtig ze eruitziet.'

'Met Laura in de buurt, vraag ik me af of iemand mij heeft opgemerkt,' zei Jean, maar ze moest zichzelf toegeven dat Marks onverwachte compliment haar erg veel plezier deed.

'Ik ben ervan overtuigd dat iedereen je heeft opgemerkt en het erover eens is dat je er schitterend uitziet,' zei Mark, terwijl hij opstond. 'En voor het geval we morgen geen tijd hebben om elkaar nog te spreken, wilde ik je graag zeggen dat ik het erg leuk vind om je weer te zien, Jeannie. Ik ga morgen wel naar Alisons herdenkingsdienst, maar ik weet niet of ik kan blijven voor de brunch.'

Hij gaf Alice Sommers een glimlach en stak zijn hand uit

naar Sam Deegan. 'Ik vond het leuk u te ontmoeten. Ik zie daar een paar mensen die ik nog wil spreken, voor het geval ik ze morgen misloop.' Met lange passen liep hij weg.

'Dat is een erg aantrekkelijke man, Jean,' zei Alice Sommers nadrukkelijk. 'En het is duidelijk dat hij een oogje op je heeft.'

Maar dat is niet de enige reden waarom hij langskwam, dacht Sam Deegan. Hij zat vanaf de bar al naar ons te kijken. Hij wilde weten waar we het over hadden.

Ik vraag me af waarom dat zo belangrijk voor hem was.

23

De Uil was bijna uit zijn kooi. Hij maakte zich eruit los. Hij wist altijd wanneer de totale losmaking plaatsvond. Zijn eigen, vriendelijke, zachtaardige zelf – de persoon die hij onder andere omstandigheden misschien was geworden – begon zich terug te trekken. Hij hoorde en zag zichzelf glimlachen en grapjes maken en kussen in ontvangst nemen van vrouwen die aan de reünie deelnamen.

En toen glipte hij weg. Hij voelde de fluweelachtige zachtheid van zijn veren toen hij twintig minuten later in de auto op Laura zat te wachten. Hij keek toe terwijl zij door de achteruitgang van het hotel naar buiten glipte en voorzichtig om zich heen keek om te voorkomen dat ze iemand tegen het lijf liep. Ze was zelfs zo slim geweest om een regenjas met capuchon over haar jurk aan te trekken.

Toen was ze bij de auto en opende het portier. Ze gleed op de stoel naast hem. 'Neem me mee, schat,' zei ze lachend. 'Leuk is dit, hè?'

24

Jake Perkins bleef laat op om zijn verslag van het feestmaal voor de Stonecroft Gazette te schrijven. Zijn woning aan Riverbank Lane keek uit over de Hudson en hij waardeerde dat uitzicht zoals hij maar weinig dingen in het leven waardeerde. Hij beschouwde zich met zijn zestien jaar al als een soort filosoof, een goed schrijver en een scherp waarnemer van het menselijk gedrag.

In een moment van diepzinnigheid had hij besloten dat de getijden en stromingen van de rivier voor hem de hartstochten en stemmingen van de mens symboliseerden. Hij vond het altijd prettig dit soort diepe gedachten in zijn nieuwsverslagen te verwerken. Hij wist natuurlijk dat de columns die hij wilde schrijven nooit zouden worden goedgekeurd door Mr. Holland, de leraar Engels, die als adviseur en censor van de Gazette fungeerde. Alleen voor zijn eigen plezier schreef Jake echter eerst de column die hij het liefst zou laten afdrukken, voor hij begon aan het verhaal dat hij uiteindelijk zou inleveren.

De vrij armoedige balzaal van het bedompte Glen-Ridge House werd enigszins opgevrolijkt door de wit met blauwe Stonecroft spandoeken en tafelstukken. Zoals viel te verwachten, was het eten slecht. Begonnen werd met iets dat doorging voor een zeevruchtencocktail, gevolgd door een halfflauwe, hardgebakken filet mignon, in de schil gebakken aardappelen waarmee men elkaar de hersens kon inslaan en slappe bonen in amandelsaus. Gesmolten ijs met chocoladesaus completeerde de inspanningen van de chef-kok zijn gasten een feestmaal voor te zetten.

De stadsbevolking leverde een bijdrage door eer te bewijzen aan de oud-leerlingen, die ooit allemaal in Cornwall hebben gewoond. Het is algemeen bekend dat Jack Emerson, de voorzitter van en stuwende kracht achter de reünie,

met zijn inspanningen nog een ander doel voor ogen heeft dan alleen het weerzien met zijn vroegere klasgenoten. Het feestmaal luidde tevens de start in van het bouwproject op Stonecroft, waarbij een nieuw bijgebouw zal worden opgericht op grond die op dit moment in Emersons bezit is. De aannemer van het project is, zoals bekend, volledig in Emersons macht.
De zes eregasten zaten op het podium, samen met burgemeester Walter Carlson, de directeur van Stonecroft, Alfred Downes en de bestuursleden...

Jake besloot dat hun namen er in deze versie van het verhaal niet toe deden.

Laura Wilcox ontving als eerste de medaille voor Eminente Oud-leerlingen. Haar jurk van goudlamé leidde de meeste mannen in de zaal af van haar gebabbel, dat erop neerkwam dat ze in deze stad altijd erg gelukkig was geweest. Aangezien ze nog niet eerder was teruggekomen en niemand zich kon voorstellen dat de chique miss Wilcox ooit door Main Street zou wandelen of een tattoo zou laten zetten in onze pas geopende tattooshop, werden haar opmerkingen begroet met een beleefd applausje en wat gefluit.
Dr. Mark Fleischman, psychiater en tegenwoordig ook tv-persoonlijkheid, hield een bescheiden praatje, dat goed werd ontvangen, waarin hij ouders en leerkrachten vermaande hard te werken aan de mentale veerkracht van hun kinderen. 'De wereld probeert hen eronder te krijgen,' zei hij. 'Het is uw taak te zorgen dat ze een goed gevoel hebben over zichzelf, ook al moet u hen daarnaast duidelijke grenzen stellen.'
Carter Stewart, de toneelschrijver, hield een toespraak met een dubbele bodem. Hij zei er zeker van te zijn dat de stadsbewoners en studenten die model hadden gestaan voor veel

personages in zijn stukken, bij het banket aanwezig waren. Hij zei ook dat zijn vader, in tegenstelling tot dr. Fleischman, uitging van het aloude spreekwoord: wie zijn kind liefheeft, spaart de roede niet. Vervolgens bedankte hij zijn overleden vader voor het type opvoeding dat hij had gekregen, omdat het hem een zwartgallige kijk op het leven had gegeven, die hem geen windeieren had gelegd.

Stewarts opmerkingen werden begroet met nerveus gelach en weinig applaus.

De komiek Robby Brent maakte het publiek vreselijk aan het lachen met zijn buitengewoon komische imitatie van de leraren die voortdurend dreigden hem onvoldoendes te geven, wat hem zijn studiebeurs voor Stonecroft zou hebben gekost. Een van deze leerkrachten was aanwezig en lachte dapper mee om Brents genadeloze parodie op haar gebaartjes en eigenaardigheden en zijn vlijmscherpe imitatie van haar stem. Miss Ella Bender, het kopstuk van de wiskundeafdeling, was daarentegen bijna in tranen toen Brent het publiek onder de tafel kreeg met een perfecte parodie op haar hoge stem en nerveuze lachje.

'Ik was de laatste en domste telg van de familie Brent,' besloot Robby. 'Dat heeft u me altijd onder de neus gewreven. Humor was mijn verdediging en daar dank ik u voor.'

Vervolgens knipperde hij met zijn ogen en peuterde hij aan zijn lippen, precies zoals directeur Downes dat altijd doet, en gaf hem een cheque van één dollar, zijn bijdrage aan het bouwfonds.

Terwijl het publiek nog naar adem hapte, schreeuwde hij: 'Grapje,' en stak een cheque van tienduizend dollar omhoog, die hij plechtig overhandigde.

Sommige mensen in het publiek vonden hem dolkomisch. Anderen, zoals dr. Jean Sheridan, waren geschokt door Brents grappen en grollen. Later kon men haar tegen iemand horen opmerken dat humor naar haar mening niet wreed behoort te zijn.

De volgende spreker was Gordon Amory, onze koning van de kabeltelevisie. 'Ik werd op Stonecroft nooit uitgekozen voor de teams waar ik graag in wilde meespelen,' zei hij. 'U weet niet hoe hard ik heb gebeden om ooit een kans te krijgen als atleet. Dat bewijst maar weer dat je voorzichtig moet zijn met wat je wenst – je wens zou in vervulling kunnen gaan! In plaats daarvan werd ik tv-verslaafde, en na verloop van tijd begon ik het spul waar ik naar keek te analyseren. Het duurde niet lang voor ik in de gaten kreeg dat ik precies kon zeggen waarom sommige programma's, comedy's of docudrama's een succes werden en andere niet. Dat was het begin van mijn carrière. Zij was gegrondvest op afwijzing, teleurstelling en pijn. O ja, voor ik wegga, wil ik nog een gerucht de wereld uit helpen. Ik heb het huis van mijn ouders niet moedwillig in brand gestoken. Ik zat een sigaret te roken en pas toen ik de tv uitzette om naar bed te gaan, kwam ik erachter dat de brandende peuk achter de lege pizzadoos was gevallen die mijn moeder op de bank had laten liggen.'
Voor het publiek tijd had om te reageren, bood Mr. Amory een cheque van honderdduizend dollar aan voor het bouwfonds en grapte tegen directeur Downes: 'Moge het grootse werk van de Stonecroft Academy, het vormen van geest en hart, nog tot ver in de toekomst voortgaan.'

Hij had net zo goed kunnen zeggen dat ze van hem de zenuwen konden krijgen, dacht Jake, terwijl hij zich herinnerde hoe Amory met een zelfvoldane glimlach zijn plek op het podium weer had ingenomen.

De laatste eregast, dr. Jean Sheridan, sprak erover hoe het was op te groeien in Cornwall, de stad die bijna hondervijftig jaar geleden was voorbehouden aan de rijken en bevoorrechten. 'Als beursstudente weet ik dat ik op Stonecroft een uitstekende opleiding heb gekregen. Maar buiten de school bevond zich, in en om de stad, een ander leerterrein. Hier en in deze omgeving heb ik een liefde voor geschiedenis opgevat, die mijn leven en loopbaan heeft gevormd. Daar ben ik eeuwig dankbaar voor.'

Dr. Sheridan zei niet dat ze hier gelukkig was geweest, en vermeldde niet dat de oudgedienden zich wel de huiselijke ruzies van haar ouders zouden herinneren, die de stad destijds verlevendigden, dacht Jake Perkins. Ze maakte ook geen melding van het bekende feit dat ze na de meest geruchtmakende ouderlijke twisten instortte en in de klas in huilen uitbarstte.

Nou ja, morgen is het afgelopen, dacht Jake, terwijl hij zich uitrekte en naar het raam liep. De lichtjes van Cold Spring, de stad aan de overkant van de Hudson, waren minder goed zichtbaar, omdat er mist kwam opzetten. Ik hoop dat die morgen optrekt, dacht Jake. Hij zou de herdenkingsdienst aan Alison Kendalls graf verslaan en daarna in de middag een bioscoopje pikken. Hij had gehoord dat bij de dienst ook de namen van de vier andere oud-leerlingen die waren overleden, zouden worden voorgelezen.

Jake liep terug naar zijn bureau en bekeek de foto die hij uit het archief had opgediept. Het was een bijna ongelooflijke speling van het lot: alle vijf de overledenen hadden in hun laatste studiejaar niet alleen samen met de twee eregasten, Laura Wilcox en Jean Sheridan, aan dezelfde lunchtafel gezeten, maar waren bovendien overleden in de volgorde waarin ze aan tafel zaten.

Dat wil dus zeggen dat Laura Wilcox waarschijnlijk de volgende is, dacht Jake. Kan dit een bizar toeval zijn, of moet iemand er eens goed naar kijken? Maar dat is krankzinnig. Die vrouwen zijn over een periode van twintig jaar overleden, op totaal verschillende manieren, door het hele land heen. Een van hen was zelfs aan het skiën toen ze, naar verluidt, werd bedolven door een lawine.

Het is het noodlot, stelde Jake vast. Niets dan het noodlot.

25

'Ik ben van plan nog een paar dagen te blijven,' zei Jean tegen de receptionist die zondagochtend de telefoon aannam. 'Is dat een probleem?'

Ze wist dat het geen probleem zou zijn. Alle andere reüniegasten zouden na de brunch op Stonecroft ongetwijfeld direct naar huis gaan, dus er zouden genoeg kamers leeg komen.

Hoewel het pas kwart over acht was, was ze al uit bed en aangekleed. Ze nam kleine slokjes van haar koffie en sap en knabbelde wat aan de muffin van het ontbijt dat ze had besteld. Ze had afgesproken dat ze na de brunch op Stonecroft naar Alice Sommers zou gaan. Sam Deegan zou daar ook zijn en ze zouden ongestoord met elkaar kunnen praten. Sam had haar verteld dat de adoptie, hoe vertrouwelijk hij ook was geregeld, in ieder geval officieel moest zijn geregistreerd, en dat een advocaat er papieren van moest hebben opgesteld. Hij had Jean gevraagd of ze een kopie had van het door haar ondertekende document, waarmee ze afstand deed van haar rechten op de baby.

'Dr. Connors heeft me geen papieren gegeven,' legde ze uit. 'Of misschien wilde ik niets bewaren wat me herinnerde aan wat ik deed. Ik weet het echt niet meer. Ik was verdoofd. Toen hij haar bij me weghaalde, was het alsof mijn hart uit mijn lichaam werd gerukt.'

Dat gesprek had haar echter op nieuwe gedachten gebracht. Ze was van plan zondagmorgen, voor ze naar Alisons herdenkingsdienst ging, om negen uur de mis in de St. Thomas of Canterbury-kerk bij te wonen. Toen ze opgroeide was ze daar altijd naar de kerk gegaan, maar tijdens haar gesprek met Sam Deegan had ze zich herinnerd dat dr. Connors ook lid van de St. Thomas-parochie was. Toen ze 's nachts wakker lag, had ze bedacht dat dat misschien ook gold voor de mensen die de baby hadden geadopteerd.

Ik heb dr. Connors verteld dat ik graag wilde dat Lily katholiek zou worden opgevoed, herinnerde ze zich. Als de adoptieouders katholiek waren en destijds lid waren van de St. Thomas of Canterbury-parochie, dan is Lily daar waarschijnlijk gedoopt. Als ik de doopregisters van eind maart tot half juni van dat jaar kan inzien, kan ik een begin maken met mijn zoektocht naar Lily.

Om zes uur werd ze wakker van de tranen die over haar wangen stroomden en hoorde ze zichzelf het gebed fluisteren dat inmiddels onderdeel van haar onderbewustzijn was: 'Laat niemand haar iets aandoen. Zorg voor haar, alstublieft.'

Ze wist dat de pastorie zondags gesloten was. Toch zou ze vanmorgen, na de mis, misschien de pastoor kunnen spreken om een afspraak met hem te maken. Ik moet het idee hebben dat ik in ieder geval íéts doe, dacht ze. Misschien is er zelfs wel een priester die hier twintig jaar geleden ook zat en zich toevallig een parochielid herinnert dat in die periode een meisje had geadopteerd.

Het gevoel van dreiging, de groeiende zekerheid dat Lily in direct gevaar verkeerde, was zo sterk geworden dat Jean de dag niet door kon zonder een vorm van actie te ondernemen.

Om halfnegen liep ze de trap af naar de parkeerplaats en stapte in haar auto. Het was vijf minuten rijden naar de kerk. Ze had besloten dat ze de pastoor het beste kon aanspreken als hij na de mis bij de uitgang stond om de mensen uitgeleide te doen.

Ze begon Hudson Street af te rijden, besefte toen dat ze zeker twintig minuten te vroeg was, en keerde impulsief om naar Mountain Road om het huis te bekijken waar ze was opgegroeid.

Het stond bijna halverwege de bochtige straat. Toen zij er nog woonde, was het aan de buitenkant bruin geschilderd, met beige luiken voor de ramen. De nieuwe eigenaar had het niet alleen uitgebouwd, maar ook opnieuw geschilderd, met witte daklijsten en donkergroene sierlijsten op de luiken. Kennelijk was het iemand die wist hoe een omlijsting met bomen en planten een betrekkelijk alledaags huis kan verfraaien. Het zag er in de vroege ochtendmist uit als een juweeltje.

Het bepleisterde, bakstenen huis waar de familie Sommers had gewoond, zag er ook goed verzorgd uit, dacht Jean, hoewel duidelijk te zien was dat er op dit moment niemand woonde. De gordijnen zaten allemaal dicht, maar het buitenwerk was pas geschilderd, de hagen waren keurig geknipt en het lange, natuurstenen pad van de voordeur naar de oprit was pas aangelegd.

Ik was altijd dol op dat huis, dacht ze, terwijl ze de auto stilzette om het beter te kunnen bekijken. Laura's vader en moeder hadden het goed onderhouden toen ze daar woonden en de familie Sommers ook. Ik herinner me dat Laura, toen we een jaar of negen, tien waren, zei dat ze ons huis lelijk vond. Ik vond het bruin ook lelijk, maar ik wilde dat tegenover haar niet toegeven. Ik vraag me af of ze het nu wel mooi zou vinden.

Niet dat het er iets toe deed. Jean keerde de auto en begon de heuvel naar Hudson Street af te rijden. Laura was er niet op uit om me te kwetsen, dacht ze. Ze was gewoon egocentrisch, ze heeft nooit anders geleerd, maar ik geloof niet dat het haar op den duur veel goeds heeft opgeleverd. De laatste keer dat ik Alison sprak, zei ze dat ze Laura in een nieuwe sitcom probeerde te krijgen, maar dat dat niet gemakkelijk was.

Ze zei dat Gordie – toen begon ze te lachen en veranderde het in Gordon – het voor elkaar kon krijgen, maar dat ze niet verwachtte dat hij het zou doen. Het had Laura altijd meegezeten. Het was bijna zielig te zien hoe ze alle mannen probeerde te verleiden, zelfs Jack Emerson, nota bene. Hij heeft iets uitgesproken onaantrekkelijks, dacht ze huiverend. Hoe denkt hij zo zeker te weten dat ik hier op een dag een huis zal kopen?

Eerder had het ernaar uitgezien dat de mist zou optrekken, maar zoals dat in oktober vaak gebeurt, waren de wolken dikker geworden en was de mist overgegaan in een kille motregen. Jean bedacht zich dat het hetzelfde weer was als op de dag dat ze ontdekte dat ze zwanger was. Haar vader en moeder hadden weer eens ruzie gehad, hoewel daar die keer iets van een wapenstilstand op was gevolgd. Jean had een beurs gekregen voor de universiteit. Ze hoefden elkaar niet langer meer te dulden. Ze hadden hun plicht als ouders gedaan en nu was het tijd om hun eigen leven te gaan leiden.

Het huis in de verkoop doen – met een beetje geluk waren ze het in augustus kwijt.

Jean herinnerde zich hoe ze stilletjes de trap af was gegaan, het huis uit was geglipt en was gaan lopen, lopen, lopen. Ik wist niet wat Reed ervan zou zeggen, dacht ze. Ik wist wel dat hij het idee zou hebben dat hij de verwachtingen van zijn vader had beschaamd.

Twintig jaar geleden was Reeds vader als luitenant-generaal aan het Pentagon verbonden. Dat was een van de redenen waarom we nooit met zijn klasgenoten omgingen, dacht Jean. Reed wilde niet dat zijn vader via hen zou horen dat hij een serieuze relatie had.

En ik wilde niet dat hij mijn ouders zou ontmoeten.

Als hij was blijven leven en we waren getrouwd, zou het huwelijk dan hebben standgehouden? Deze vraag had ze zich de afgelopen twintig jaar vaak gesteld en ze kwam altijd tot hetzelfde antwoord: ja. Ondanks de afkeuring van zijn familie, ondanks het feit dat ik er waarschijnlijk jaren over had gedaan om de opleiding te volgen die ik nodig had, had het huwelijk standgehouden.

Ik heb hem maar zo kort gekend, dacht Jean, terwijl ze de

parkeerplaats van de kerk op reed. Ik had zelfs vóór hem nog nooit een vriendje gehad. En toen kwam hij op een dag naast me zitten op de trap bij het monument van West Point. Mijn naam stond op het schrift dat ik had meegenomen. Hij zei: 'Jean Sheridan,' en toen: 'Ik hou van de muziek van Stephen Foster. Weet je aan welk liedje ik nu moet denken?' Dat wist ik natuurlijk niet en hij zei: 'Het begint zo: "Ik droom van Jeannie met het lichtbruine haar..."'

Jean parkeerde de auto. Drie maanden later was hij dood, dacht ze, en ik droeg zijn kind. En toen ik dr. Connors in deze kerk zag zitten en me herinnerde dat hij adopties regelde, was dat net een geschenk. Ik wist meteen wat ik moest doen.

Zo'n geschenk heb ik nu weer nodig.

26

Jake Perkins schatte het aantal rouwenden bij Alison Kendalls graf op minder dan dertig. De anderen hadden ervoor gekozen rechtstreeks naar de brunch te gaan. Niet dat hij het hun kwalijk kon nemen. Het begon harder te regenen. Zijn voeten zakten weg in het zachte, modderige gras. Er is niets erger dan dood zijn op een regenachtige dag, dacht hij en hoopte dat hij eraan zou denken dat stukje wijsheid later op te schrijven.

De burgemeester had verstek laten gaan, maar directeur Downes, die Alison Kendalls vrijgevigheid en talent al breed had uitgemeten, sprak nu een algemeen gebed uit waar iedereen zich in zou kunnen vinden, behalve misschien een verstokte atheïst, als die aanwezig mocht zijn.

Het kan best zijn dat ze talent had, dacht Jake, maar we hebben het aan haar vrijgevigheid te danken dat we hier nu allemaal een longontsteking staan te riskeren. Ik weet er één die dat risico niet heeft genomen. Hij keek om zich heen om er zeker van te zijn dat hij Laura Wilcox niet over het hoofd had gezien, maar ze was er echt niet bij. Alle andere eregasten waren aanwezig. Jean Sheridan stond dicht bij directeur Downes en het was overduidelijk dat zij oprecht verdrietig was. Een paar keer drukte ze een zakdoek tegen haar ogen. Alle anderen in de groep zagen eruit alsof ze het liefst wilden dat Downes de zaak zo snel mogelijk afhandelde, zodat ze binnen een bloody mary konden gaan drinken.

'We gedenken ook Alisons klasgenoten en vriendinnen die niet meer bij ons zijn,' zei Downes ernstig. 'Catherine Kane, Debra Parker, Cindy Lang en Gloria Martin. Deze eindexamenklas van twintig jaar geleden heeft een aantal mensen voortgebracht die veel hebben bereikt, maar nooit eerder heeft een klas ook zulke grote verliezen gekend.'

Amen, dacht Jake, en besloot voor zijn verhaal over de reünie ook zeker de foto van de zeven meisjes aan de lunchtafel te gebruiken. Hij wist de kop al – Downes had hem die zojuist aangereikt: 'Nooit eerder heeft een klas zulke grote verliezen gekend.'

Aan het begin van de plechtigheid hadden een paar studenten rozen uitgereikt aan alle mensen die naar de herdenkingsdienst kwamen. Na Downes' laatste woorden legden ze nu een voor een hun roos aan de voet van de grafsteen en liepen over de begraafplaats naar het aangrenzende schoolterrein. Hoe verder ze het graf achter zich lieten, hoe sneller ze begonnen te lopen. Jake kon hun gedachten raden: 'Dat is godzijdank achter de rug. Ik dacht dat ik zou bevriezen.'

De laatste die wegging was Jean Sheridan. Ze stond daar, verdrietig en in gedachten verzonken. Jake merkte dat dr. Fleischman was blijven staan en op haar wachtte. Sheridan liet haar vingers over Alisons naam op de grafsteen glijden en keerde zich toen om. Jake zag dat ze blij was dr. Fleischman te zien. Ze begonnen samen in de richting van de school te lopen.

Voor hij haar kon tegenhouden, had de tweedejaars die de rozen stond uit te delen, hem er ook al een gegeven. Jake had weinig op met ceremonieel vertoon, maar hij besloot toch zijn roos bij de andere achter te laten. Net toen hij hem wilde neerleggen, zag hij iets op de grond liggen. Hij bukte zich en raapte het op.

Het was een tinnen reversspeld in de vorm van een uil, ongeveer tweeëneenhalve centimeter groot. Jake zag in een oogopslag dat het ding hooguit een paar dollar waard was. Het zag eruit als iets dat een kind zou dragen, of een natuurliefhebber, op kruistocht voor het behoud van de uil. Jake stond op het punt het uiltje weg te gooien, maar bedacht zich toen. Hij veegde het af en stopte het in zijn zak. Binnenkort was het Halloween. Hij zou het aan zijn kleine neefje geven en zeggen dat hij het speciaal voor hem uit een graf had opgedolven.

27

Jean was teleurgesteld dat Laura niet de moeite had genomen naar Alisons herdenkingsdienst te komen, maar het verbaasde haar niet. Laura had zich nooit bijzonder voor anderen uitgesloofd, en het was onlogisch te veronderstellen dat ze daar in deze fase van haar leven mee zou beginnen. Laura kennende had ze geen zin om in de kou en de regen te gaan staan – zij ging vast rechtstreeks naar de brunch.

Toen de brunch halverwege was en Laura nog steeds niet was komen opdagen, voelde Jean echter een diep gevoel van onbehagen in zich opkomen. Ze besloot dit uit te spreken tegen Gordon Amory. 'Gordon, ik weet dat je gisteren veel met Laura hebt zitten praten. Heeft ze er tegen jou iets over gezegd dat ze vandaag niet zou komen?'

'We hebben elkaar gisteren gesproken bij de lunch en tijdens de wedstrijd,' verbeterde hij haar. 'Ze probeerde me over te halen om haar de hoofdrol te geven in onze nieuwe tv-serie. Ik heb haar gezegd dat ik me nooit bemoei met de casting van mijn programma's, daar heb ik mensen voor. Toen ze bleef aandringen, heb ik haar nogal onvriendelijk duidelijk gemaakt dat ik geen uitzonderingen maak, met name niet voor ongetalenteerde oude schoolvriendinnen. Daarop gebruikte ze een weinig damesachtige uitdrukking en richtte ze haar charmes op onze onuitstaanbare voorzitter, Jack Emerson. Zoals je misschien weet, heeft hij nogal lopen opscheppen over zijn aanzienlijke financiële middelen. Bovendien maakte hij er gisteravond opgewekt melding van dat zijn vrouw net bij hem was weggegaan, dus ik vermoed dat hij voor Laura een willige prooi was.'

Laura zag er gisteravond erg vrolijk uit, dacht Jean. En toen ik haar voor het eten sprak in haar kamer, was er niets met haar aan de hand. Was er later op de avond iets misgegaan? Of had ze gewoon besloten vanmorgen uit te slapen?

Dat kan ik in ieder geval nagaan, dacht ze. Ze zat naast Gordon en Carter Stewart aan tafel. Met een gemompeld 'ben zo terug' liep ze tussen de rijen tafels door, ervoor oppassend dat ze met niemand oogcontact maakte. De brunch werd gehouden in de aula. Ze glipte de gang in die bij de klas van de eerstejaars uitkwam en belde het nummer van het hotel.

Laura nam de telefoon in haar kamer niet op. Jean aarzelde en vroeg toen of men haar met de receptie wilde doorverbinden. Ze zei haar naam en vroeg of Laura Wilcox zich misschien uit het hotel had uitgeschreven. 'Ik maak me wat zorgen,' legde ze uit. 'Miss Wilcox had met een paar mensen van onze groep afgesproken en is niet komen opdagen.'

'Nou, ze heeft zich niet uitgeschreven,' zei de receptionist vriendelijk. 'Ik kan wel iemand naar boven sturen om te kijken of ze zich heeft verslapen, dr. Sheridan. Maar als ze boos wordt, is het uw schuld.'

Dat is die man wiens haar zo mooi kleurde bij de balie, dacht Jean. Ze herkende zijn stem en zijn manier van praten. 'Ik neem die verantwoordelijkheid,' verzekerde ze hem.

Terwijl ze stond te wachten, keek Jean de gang door. God, ik heb het gevoel dat ik hier nooit ben weg geweest, dacht ze. Miss Clemens was onze mentor in het eerste jaar, en ik zat aan het tweede tafeltje van de vierde rij. Ze hoorde de deur van de aula opengaan en toen ze zich omdraaide zag ze Jake Perkins, de verslaggever van de schoolkrant, naar buiten komen.

'Dr. Sheridan.' De stem van de receptionist klonk nu ernstig.

'Ja.' Jean besefte dat ze de telefoon krampachtig vastgreep. Er is iets mis, dacht ze. Er is iets mis.

'Het kamermeisje is in miss Wilcox' kamer gaan kijken. Het bed is onbeslapen. Haar kleren hangen nog in de kast, maar het meisje zag wel dat een paar toiletspullen die eerst op de kaptafel stonden, weg waren. Denkt u dat er een probleem is?'

'O, als ze spullen heeft meegenomen, lijkt me dat niet. Dank u wel.'

Daar zit Laura echt op te wachten, dacht Jean, dat ik naar haar ga lopen informeren als zij er met iemand vandoor is. Ze beëindigde het gesprek en deed het klepje van haar mobieltje dicht. Maar met wie zou ze dan zijn weggegaan? vroeg ze zich af. Als ze Gordon mocht geloven, had hij haar afgepoeierd. Hij zei dat ze met Jack Emerson had zitten flirten, maar Mark, Robby en Carter had ze ook zeker niet verwaarloosd. Gisteren tijdens de lunch had ze met Mark grapjes zitten maken dat zijn programma zo'n succes was en dat ze misschien maar eens bij hem in therapie moest. Ik hoorde haar tegen Carter zeggen dat ze dolgraag aan een Broadwayshow zou willen meewerken, en later zat ze met Robby in de bar een slaapmutsje te drinken.

'Dr. Sheridan, mag ik u even spreken?'

Geschrokken draaide Jean zich om. Ze was Jake Perkins vergeten. 'Het spijt me dat ik u stoor,' zei hij, zonder de indruk te wekken dat het hem speet, 'maar kunt u me misschien vertellen of miss Wilcox nog van plan is vandaag hierheen te komen?'

'Ik ken haar plannen niet,' zei Jean, met een afwijzend glimlachje. 'Ik moet nu snel terug.'

Waarschijnlijk is Laura gisteravond tijdens het diner een aardige vent tegen het lijf gelopen en is ze na afloop met hem naar huis gegaan, dacht ze. Als ze zich niet heeft uitgeschreven, duikt ze vanzelf wel weer een keer op in het hotel.

Jake Perkins bestudeerde Jeans gezicht terwijl ze langs hem heen liep. Ze maakt zich zorgen, dacht hij. Kan het zijn omdat Laura Wilcox niet is komen opdagen? Mijn god, ze zal toch niet vermist zijn? Hij haalde zijn eigen mobieltje voor de dag, koos het nummer van het Glen-Ridge House en vroeg naar de receptie. 'Ik kom bloemen bezorgen voor miss Laura Wilcox,' zei hij, 'maar ik moest eerst vragen of ze zich nog niet heeft uitgeschreven.'

'Nee, ze heeft zich nog niet uitgeschreven,' zei de receptionist, 'maar ze heeft hier niet de nacht doorgebracht, dus ik weet niet wanneer ze terugkomt om haar bagage op te halen.'

'Was ze van plan het hele weekend te blijven?' vroeg Jake zo nonchalant mogelijk.

'Ze zou om twee uur vertrekken. Ze heeft om kwart over twee een auto besteld om haar naar het vliegveld te brengen, dus ik weet niet wat je met die bloemen aan moet, knul.'

'Ik zal het wel met mijn klant opnemen. Dank u wel.'

Jake zette zijn mobieltje uit en stopte het terug in zijn zak. Ik weet precies waar ik om twee uur ben, dacht hij. In de lobby van het Glen-Ridge, om te zien of Laura Wilcox er is om zich uit te schrijven.

Hij liep door de gang terug naar de aula. Stel dat ze níét komt opdagen, dacht hij. Stel dat ze gewoon verdwenen is. Als dat zo is... Hij had een nerveus voorgevoel. Hij wist wat het was – de intuïtie van de verslaggever voor een heet verhaal. Het is te groot voor de Stonecroft Gazette, dacht Jake. Maar de New York Post zou het maar al te graag willen hebben. Ik laat de foto van de lunchtafel vergroten, zodat ze die bij het verhaal kunnen afdrukken. Hij zag de kop al voor zich: 'Nieuw slachtoffer in pechklas.' Mooi.

Of misschien zelfs: 'En toen was er nog maar één.' Nog mooier!

Ik heb een paar mooie foto's gemaakt van dr. Sheridan, dacht hij. Ik zal zorgen dat ik die ook aan de Post kan laten zien.

Toen hij de deur van de aula opendeed, begonnen de gasten net aan de eerste regels van het schoollied. 'Gegroet, geliefd Stonecroft, plek van onze dromen...'

De reünie van de eindexamenklas van twintig jaar geleden was eindelijk afgelopen.

28

'Tijd om afscheid te nemen, Jean. Het was leuk je weer te zien.' Mark Fleischman hield zijn visitekaartje in zijn hand. 'Als ik het jouwe krijg, krijg jij het mijne,' zei hij met een glimlach.

'Natuurlijk.' Jean zocht in haar tas en haalde een kaartje uit haar portefeuille te voorschijn. 'Ik vind het leuk dat je toch nog naar de brunch kon komen.'

'Ik ook. Wanneer vertrek je?'

'Ik blijf nog een paar dagen in het hotel. Een onderzoeksprojectje.' Jean probeerde nonchalant te klinken.

'Ik moet morgen in Boston een paar programma's opnemen. Anders zou ik ook zijn gebleven en je gevraagd hebben om vanavond samen uiteten te gaan.' Hij aarzelde even en boog zich toen voorover om haar een kus op haar wang te geven. 'Nogmaals, het was leuk je weer te zien.'

'Tot ziens, Mark.' Jean had er bijna aan toegevoegd: 'Bel

me op als je eens in Washington moet zijn.' Even hielden ze elkaars hand vast, toen was hij weg.

Carter Stewart en Gordon Amory stonden naast elkaar afscheid te nemen van hun oude klasgenoten. Jean liep naar hen toe. Voor ze iets kon zeggen, vroeg Gordon: 'Heb je nog iets van Laura gehoord?'

'Nog niet.'

'Op Laura kun je geen peil trekken. Dat is ook een van de redenen waarom haar carrière in de soep is gelopen. Ze laat mensen altijd op zich wachten, maar Alison heeft wel hemel en aarde bewogen om een baan voor haar te regelen. Jammer dat Laura daar vandaag niet aan kon denken.'

'Tja...' Jean besloot zich hier niet over uit te spreken. Ze wendde zich naar Carter Stewart. 'Ga jij weer terug naar New York, Carter?'

'Nee, dat is niet mijn bedoeling. Ik vertrek uit het Glen-Ridge House en neem een kamer in het Hudson Valley Hotel, aan de andere kant van de stad. Pierce Ellison regisseert mijn nieuwe stuk. Hij woont tien minuten hiervandaan, in Highland Falls. We moeten samen het script doornemen en hij stelde me voor een paar dagen te blijven, zodat we bij hem thuis rustig kunnen werken. Maar ik blijf niet in het Glen-Ridge. Ze hebben in vijftig jaar geen cent uitgegeven om die tent te verbeteren.'

'Daarvan kan ik getuigen,' beaamde Amory. 'Ik weet nog maar al te goed hoe ik eerst hulpkelner ben geweest en later daar heb gewerkt, bij de roomservice. Ik ga straks naar de sociëteit, daar ontmoet ik een paar van mijn mensen. We willen in deze streek een hoofdkantoor vestigen van ons bedrijf.'

'Praat eens met Jack Emerson,' zei Stewart sarcastisch.

'Dat is wel de laatste naar wie ik toe ga. Mijn mensen hebben al een paar locaties voor me uitgezocht.'

'Dan is dit misschien geen echt afscheid,' zei Jean. 'Misschien komen we elkaar in de stad nog tegen. Maar hoe dan ook, het was leuk jullie weer eens te zien.'

Robby Brent en Jack Emerson zag ze niet, maar ze wilde niet nog langer wachten. Ze had om twee uur bij Alice Sommers afgesproken om met Sam Deegan te praten, en het was nu bijna zo laat.

Met een laatste glimlachje en een gemompeld afscheid tegen de klasgenoten die ze onderweg tegenkwam, liep ze snel naar de parkeerplaats. Terwijl ze in haar auto stapte, keek ze over het schoolterrein in de richting van de begraafplaats. Opnieuw werd ze getroffen door de onwerkelijkheid van Alisons dood. Het was zo vreemd om haar op deze koude, natte dag achter te laten. Ik zei altijd tegen Alison dat ze in Californië geboren had moeten worden, dacht Jean, terwijl ze de auto startte. Ze had zo'n hekel aan kou. Haar ideaal was 's morgens op te staan, de deur uit te stappen en in het water te duiken.

Dat had Alison gedaan op de ochtend van haar dood.

Deze gedachte hield Jean bezig terwijl ze naar Alice Sommers reed.

29

Carter Stewart had een kamer geboekt in het nieuwe Hudson Valley Hotel, dicht bij Storm King State Park. Zoals het hotel daar met zijn hoofdgebouw en twee identieke torens tegen de bergwand stond en uitkeek over de Hudson, deed het Carter denken aan een adelaar met uitgestrekte vleugels.

De adelaar, symbool van leven, licht, macht en allure.

De voorlopige titel voor zijn nieuwe stuk luidde De adelaar en de uil.

De uil. Symbool voor duisternis en dood. Roofvogel. Pierce Ellison, zijn regisseur, vond het een mooie titel. Ik weet het niet zeker, dacht Stewart, terwijl hij zijn auto voor de ingang van het hotel neerzette en uitstapte. Ik weet het niet zeker.

Ligt het niet te veel voor de hand? Symbolen horen pas te worden herkend nadat mensen er diep over hebben nagedacht. Ze horen niet op een presenteerblaadje te worden aangereikt, als een koekje bij de thee op de woensdagmiddagbridgeclub. Niet dat het publiek storm liep om zijn stukken te bekijken.

'Wij nemen uw bagage wel voor u mee, meneer.'

Carter Stewart drukte de portier een vijfdollarbiljet in zijn hand. Hij zegt tenminste niet 'Welkom thuis', dacht hij.

Vijf minuten later stond hij met een glas whisky uit de minibar voor het raam van zijn kamer. De Hudson zag er dreigend en onrustig uit. Al was het pas oktober, er hing al iets winters in de lucht. Maar de reünie was in ieder geval achter de rug. Ik vond het nog leuk ook om een paar van die mensen terug te zien, dacht Carter, al was het alleen maar om voor mezelf vast te stellen hoe ver ik het heb geschopt sinds ik daar ben weggegaan.

Pierce Ellison vond dat de rol van Gwendolyn beter uit de verf moest komen. 'Zie dat je een echt dom blondje krijgt voor die rol,' had hij aangedrongen. 'Geen actrice die een dom blondje spéélt.'

Carter Stewart begon te grinniken toen hij aan Laura moest denken. 'Tjongejonge, het was haar op het lijf geschreven geweest,' zei hij hardop. 'Daar drink ik op, hoewel het in geen honderd jaar zou zijn gebeurd.'

30

Het was Robby Brent niet ontgaan dat veel van zijn vroegere klasgenoten hem na zijn toespraak bij het diner hadden ontlopen. Een paar anderen hadden zurig toegegeven dat hij een geweldige imitator was, maar eraan toegevoegd dat hij hun oude leerkrachten en de directeur wel erg hard had aangepakt. Ook het feit dat Jean Sheridan had gezegd dat humor niet wreed hoorde te zijn, was hem aangerekend.

Dit alles gaf Robby Brent een innige voldoening. Miss Ella Bender, de wiskundelerares, had na het diner blijkbaar zitten huilen op het damestoilet. Je schijnt te zijn vergeten, miss Bender, hoe vaak je me eraan hebt herinnerd dat ik nog geen tiende van het wiskundetalent had van mijn broers en zussen. Ik was je zondebok, miss Bender. De laatste en minste van de Brents. En nu heb je het lef beledigd te zijn als ik je stijve maniertjes nadoe en laat zien hoe je altijd over je lippen loopt te likken. Jammer voor je.

Hij had Jack Emerson laten doorschemeren dat hij misschien van plan was in onroerend goed te investeren en Emerson had hem na de brunch aangesproken. Emerson is een vreselijke praatjesmaker, dacht Robby, terwijl hij de oprit van het Glen-Ridge House op reed, maar toen ze bespraken of het raadzaam was in deze omgeving in onroerend goed te beleggen, had hij wel degelijk geweten waar hij het over had.

'Grond,' had Emerson uitgelegd. 'Hier in de buurt stijgt het alleen maar in waarde. Zolang het nog niet ontwikkeld is, betaal je er weinig belasting over. Hou het twintig jaar in je bezit, dan is het een fortuin waard. Stap erin nu het kan, Robby. Ik heb een paar prachtige percelen op mijn lijstje staan, allemaal met uitzicht op de Hudson, sommige gelegen aan het water. Je weet niet wat je ziet, zo mooi. Ik zou ze zelf ook kopen, maar ik heb al genoeg. Ik wil niet dat mijn dochter té rijk is, als ze groot is. Blijf nog een nachtje, dan geef ik je morgen een rondleiding.'

'Het is de grond, Katie Scarlett, de grond.' Robby grijnsde, terwijl hij terugdacht aan de verbijsterde uitdrukking op Emersons gezicht toen hij die zin uit Gejaagd door de wind citeerde. Maar toen hij uitlegde dat Scarletts vader bedoelde dat grond de basis voor zekerheid en rijkdom vormde, kon hij het weer volgen.

'Onthoud dat goed, Robby. Het is helemaal waar. Grond

is echt geld, echte waarde. Grond gaat niet weg.'

Volgende keer zal ik eens een citaat van Plato op hem uitproberen, dacht Robby, terwijl hij zijn auto bij de ingang van het Glen-Ridge House neerzette. Laat de hotelbediende hem vandaag maar parkeren, dacht hij. Vóór morgen ga ik toch nergens naartoe, en dan zit ik bij Emerson in de auto.

Jack Emerson moest eens weten hoeveel grond ik al bezit, dacht hij. W.C. Fields zette overal waar hij optrad, geld op de bank. Ik koop overal in het land stukken ruwe grond en laat er dan bordjes met 'verboden toegang' op zetten.

Mijn hele jeugd heb ik in een huurhuis gewoond, dacht hij. Zelfs toen konden die twee intellectuele hoogvliegers, mijn vader en moeder, niet genoeg geld bij elkaar schrapen voor een aanbetaling op een echt huis. Als ik dat zou willen zou ik nu, naast mijn huis in Vegas, een huis kunnen bouwen op mijn grond in Santa Barbara, Minneapolis, Atlanta, Boston, de Hamptons, New Orleans, Palm Beach of Aspen. En dan heb ik het nog niet eens over die enorme lappen grond in Washington. Grond is mijn geheim, dacht Robby zelfvoldaan, terwijl hij de lobby van het Glen-Ridge in liep.

En de grond bewaart mijn geheimen.

31

'Ik was vanmorgen op de begraafplaats,' zei Alice Sommers tegen Jean. 'Ik zag de mensen van Stonecroft die voor de herdenkingsdienst kwamen. Karens graf ligt niet zo ver bij dat van Alison Kendall vandaan.'

'Er waren niet zoveel mensen gekomen als ik had verwacht,' zei Jean. 'Een groot deel van de klas is rechtstreeks naar de brunch gegaan.'

Ze zaten in de gezellige zitkamer van Alice Sommers' woning. Ze had de open haard aangestoken en de dartele vlammetjes verwarmden niet alleen de kamer, maar verbeterden ook hun stemming. Jean zag dat Alice Sommers veel had gehuild. Haar ogen waren dik en rood, maar er lag een vredige uitdrukking op haar gezicht, die daar gisteren niet was geweest.

Alsof ze haar gedachten had gelezen, zei Alice: 'Weet je, zoals ik gisteren al zei, zijn de dagen vóór de sterfdag het ergst. Ik ga dan van minuut tot minuut die laatste dag na en vraag me voortdurend af of we iets hadden kunnen doen om Karen te redden. Twintig jaar geleden hadden we natuurlijk nog geen alarmsysteem. Nu zouden de meeste mensen er niet over piekeren om naar bed te gaan zonder het alarm in te schakelen.'

Ze pakte de theepot en schonk hun kopjes nog eens vol. 'Maar nu gaat het wel weer,' zei ze kordaat. 'Ik heb zelfs besloten dat het misschien geen goed idee is geweest om te stoppen met werken. Een vriendin van mij heeft een bloemenwinkel en kan wel wat hulp gebruiken. Zij heeft me gevraagd om een paar dagen per week bij haar te komen werken en dat ga ik doen.'

'Dat is een fantastisch idee,' zei Jean oprecht. 'Ik weet nog hoe prachtig je tuin er altijd uitzag.'

'Michael plaagde me altijd dat als ik in de keuken evenveel tijd doorbracht als in de tuin, ik een geweldige kok zou zijn,' zei Alice. Ze keek uit het raam. 'O, kijk, daar is Sam. Precies op tijd, zoals altijd.'

Sam Deegan veegde eerst zorgvuldig zijn voeten op de mat voor hij aanbelde. Onderweg naar zijn afspraak met Jean was hij bij Karens graf langsgegaan, maar het was hem vrijwel onmogelijk gevallen haar te zeggen dat hij de zoektocht naar haar moordenaar moest opgeven. Hij had haar zijn verontschuldigingen willen aanbieden, maar hij kon de woorden niet over zijn lippen krijgen. Uiteindelijk had hij gezegd: 'Karen, ik ga met pensioen. Ik moet wel. Ik zal je zaak bespreken met een van mijn jongere collega's. Misschien kan iemand die slimmer is dan ik de vent die je dit heeft aangedaan te pakken krijgen.'

Nog voor zijn vinger de bel had aangeraakt, deed Alice de deur open. Hij zei niets over haar gezwollen ogen, maar nam allebei haar handen in de zijne. 'Ik moet oppassen dat ik geen modder het huis in loop,' zei hij.

Hij is op de begraafplaats geweest, dacht Alice dankbaar. 'Kom maar gauw binnen,' zei ze. 'Maak je maar geen zorgen over een paar vlekjes.' Sam had altijd zoiets krachtigs en geruststellends over zich, dacht ze, terwijl ze zijn jas aannam. Ik heb er goed aan gedaan hem te vragen Jean te helpen.

Hij had een notitieboekje bij zich en nadat hij Jean had begroet en het kopje thee dat Alice hem aanbood, had aangenomen, kwam hij ter zake. 'Jean, ik heb veel nagedacht. We moeten serieus in overweging nemen dat degene die jou schrijft over Lily, haar echt kwaad zou kunnen doen. Hij is dicht genoeg bij haar in de buurt geweest om haar haarborstel weg te nemen, dus het kan iemand zijn uit de familie die haar heeft geadopteerd. Hij – en begrijp me goed, het kan net zo goed een zij zijn – is misschien van plan je geld af te persen. Zoals je zelf al zei, zou dat bijna een opluchting zijn. Maar zo'n situatie kan zich ook jaren voortslepen. Het is dus duidelijk dat we die persoon zo snel mogelijk moeten vinden.'

'Ik ben vanmorgen naar de St. Thomas of Canterbury geweest,' zei Jean, 'maar de priester die de mis leidde, komt hier alleen op zondagen. Hij zei dat ik morgen naar de pastorie moet gaan en de pastoor moet vragen of ik het doopregister mag inzien. Ik heb daarover nagedacht. Het kan zijn dat hij daar weinig voor voelt. Hij kan wel denken dat ik er alleen maar op uit ben om Lily te vinden.'

Ze keek Sam recht aan. 'Ik wed dat jij dat ook hebt gedacht.'

'Toen Alice het me vertelde, heb ik dat inderdaad even gedacht,' zei Sam eerlijk. 'Maar nu ik je heb gesproken, ben ik er absoluut van overtuigd dat de situatie precies zo is als je die hebt beschreven. Toch heb je gelijk – de pastoor moet erg voorzichtig zijn. Daarom denk ik dat het beter is als ik in jouw plaats naar hem toe ga. Als hij iets af weet van een geadopteerde baby die in die periode is gedoopt, zal hij veel eerder bereid zijn daar met mij over te praten.'

'Daar heb ik ook aan gedacht,' zei Jean rustig. 'Weet je, de afgelopen twintig jaar heb ik me steeds afgevraagd of ik Lily niet had moeten houden. Nog niet zo heel veel generaties geleden was het heel normaal als een meisje van achttien een baby kreeg. Nu ik haar moet vinden, besef ik dat ik al tevreden zou zijn als ik haar van een afstandje zou kunnen zien.' Ze beet op haar lip. 'Dat denk ik tenminste,' zei ze zacht.

Sam keek van Jean naar Alice. Twee vrouwen die, ieder op hun eigen manier, een kind hadden verloren. De cadet was bijna afgestudeerd en zou binnenkort zijn benoeming krijgen. Als hij niet was verongelukt, was Jean met hem getrouwd en had ze haar baby gehouden. Als Karen twintig jaar geleden niet toevallig een nachtje thuis was komen slapen, had Alice haar nog steeds gehad en waren er waarschijnlijk ook kleinkinderen geweest.

Het leven is nooit eerlijk, dacht Sam, maar sommige dingen kunnen we proberen beter te maken. Het was hem niet gelukt Karens moord op te lossen, maar misschien kon hij nu in ieder geval Jean helpen.

'Dr. Connors moet met een advocaat hebben samengewerkt om de adoptiepapieren te regelen,' zei hij. 'Er is vast iemand die weet wie die advocaat was. Woont zijn vrouw of familie hier nog in de buurt?'

'Dat weet ik niet,' zei Jean.

'Goed, daar beginnen we dan mee. Heb je de haarborstel en de faxen bij je?'

'Nee, die heb ik niet meegenomen.'

'Die wil ik graag van je hebben.'

'Het is zo'n kleine borstel, die je in een handtas kunt meenemen,' zei Jean. 'Je kunt ze kopen bij de drogist. Op de faxen staat niets waaruit je kunt afleiden waar ze vandaan komen, maar je kunt natuurlijk alles van me krijgen.'

'Als ik met de pastoor ga praten, helpt het als ik ze bij me heb.'

Jean en Sam vertrokken een paar minuten later. Ze spraken af dat hij achter haar aan zou rijden naar het hotel. Alice keek hen door het raam na en stak toen haar hand in de zak van haar vest. Vanmorgen had ze op Karens graf een snuisterijtje gevonden dat daar ongetwijfeld door een kind was verloren. Karen was als kind dol geweest op zachte speelgoeddieren en ze had er verschillende van gehad. Alice dacht aan de uil die altijd een van haar lievelingen was geweest, terwijl ze met een treurig lachje neerkeek op het kleine, tinnen uiltje in de palm van haar hand.

32

Jake Perkins zat in de lobby van het Glen-Ridge House en keek toe hoe de laatste bezoekers van de reünie zich uitschreven en terugkeerden naar hun eigen leven. De spandoeken die de gasten welkom hadden geheten waren verdwenen en hij zag dat de bar leeg was. Geen laatste afscheid, dacht hij. Waarschijnlijk hebben ze inmiddels schoon genoeg van elkaar.

Het eerste wat hij bij aankomst had gedaan, was bij de balie navraag doen. Het bleek dat miss Wilcox nog niet was teruggekomen om zich uit te schrijven, noch de auto had afgebeld die haar om kwart over twee naar het vliegveld moest brengen.

Om kwart over twee keek hij toe terwijl een chauffeur in uniform de lobby binnenkwam en naar de balie liep. Jake ging snel naast hem staan en hoorde dat de man inderdaad kwam om Laura Wilcox op te halen.

Om halfdrie besloot de chauffeur, duidelijk geërgerd, te

vertrekken. Jake hoorde hem opmerken dat het verdomd jammer was dat ze hem niet had afgebeld, omdat hij dan een andere klant had aangenomen, en dat ze hem een volgende keer dat ze een auto nodig had, niet meer hoefde te bellen.

Om vier uur zat Jake nog steeds in de lobby. Op dat moment kwam dr. Sheridan binnen met de oudere man, met wie ze na het diner had zitten praten. Ze liepen meteen door naar de balie. Ze informeert naar Laura Wilcox, dacht Jake. Zijn vermoeden was juist – Laura Wilcox was vermist.

Hij besloot dat het geen kwaad kon dr. Sheridan om een verklaring te vragen. Hij stond net op tijd naast haar om de man met wie ze was gekomen te horen zeggen: 'Jean, ik ben het met je eens. Het bevalt me niets, maar Laura is een volwassen vrouw en ze heeft het volste recht om haar plannen te veranderen en zich alsnog niet uit het hotel uit te schrijven of een ander vliegtuig te nemen.'

'Neem me niet kwalijk, meneer. Ik ben Jake Perkins, verslaggever van de Stonecroft Gazette,' onderbrak Jake het gesprek.

'Sam Deegan.'

Het was Jake duidelijk dat dr. Sheridan en Sam Deegan zijn aanwezigheid niet op prijs stelden. Meteen ter zake komen, dacht hij. 'Dr. Sheridan, ik weet dat u zich zorgen maakte omdat miss Wilcox niet kwam opdagen bij de brunch en nu heeft ze haar auto naar het vliegveld gemist. Zou haar iets zijn overkomen, denkt u? Ik bedoel, gezien de voorgeschiedenis van de vrouwen die vroeger op Stonecroft bij u aan de lunchtafel zaten?'

Hij zag de geschrokken blik waarmee Jean Sheridan Sam Deegans kant uit keek. Ze heeft hem niets verteld over de lunchgroep, dacht Jake. Hij wist niet wie die man was, maar hij was benieuwd naar zijn reactie op dit verhaal, dat hij, daar was Jake nu wel van overtuigd, nog niet had gehoord. Hij haalde de foto van de meisjes aan de lunchtafel uit zijn zak. 'Ziet u, meneer, dit was de groep waar dr. Sheridan in het eindexamenjaar op Stonecroft mee aan tafel zat. In de afgelopen twintig jaar zijn er van hen vijf overleden. Twee zijn verongelukt, een heeft zelfmoord gepleegd en een is verdwenen – waarschijnlijk onder een lawine gekomen in Snowbird. Vorige maand is de vijfde, Alison Kendall, overleden in haar zwembad. Ik heb begrepen dat dat misschien geen ongeluk is geweest. Nu lijkt het erop dat Laura Wilcox vermist is. Vindt u dit ook geen bizar toeval?'

Sam pakte de foto aan en terwijl hij hem bestudeerde, kwam er een grimmige uitdrukking op zijn gezicht. 'Ik geloof niet in toeval van deze omvang,' zei hij bruusk. 'Als u ons nu wilt excuseren, Mr. Perkins.'

'O, trekt u zich van mij maar niets aan. Ik blijf hier afwachten of miss Wilcox nog komt. Ik wil haar graag nog een laatste interview afnemen.'

Hem verder negerend, haalde Sam zijn kaartje te voorschijn en gaf het aan de receptionist aan de balie. 'Ik wil een lijst met medewerkers die gisteravond dienst hadden,' zei hij, met een bevelende klank in zijn stem.

33

'Ik had verwacht dat ik inmiddels al weg zou zijn, maar toen ik terugkwam van de brunch, lag er een heel stel boodschappen op me te wachten,' legde Gordon Amory aan Jean uit. 'We zijn bezig met de opnamen voor onze nieuwe serie in Canada en er hebben zich nogal wat problemen ontwikkeld. Ik heb twee uur aan de telefoon gezeten.'

Met zijn handen vol bagage was hij naar de balie komen lopen op het moment dat de hotelbediende Sam de werklijsten van de hotelmedewerkers liet zien. Toen keek hij Jean opmerkzaam aan. 'Jean, is er iets mis?'

'Laura is vermist,' zei Jean en ze hoorde zelf hoe haar stem trilde. 'Ze zou om kwart over twee worden opgehaald om naar het vliegveld te gaan. Het bed in haar kamer was onbeslapen en het kamermeisje zei dat er volgens haar wat toiletspullen weg zijn. Misschien heeft ze alleen maar besloten bij iemand te blijven slapen en is alles goed met haar, maar ze was zo vast van plan deze ochtend met ons door te brengen, dat ik me vreselijk ongerust maak.'

'Ze was inderdaad vastbesloten naar de brunch te komen toen ze gisteravond met Jack Emerson zat te praten,' zei Gordon. 'Zoals ik al zei, was ze behoorlijk koel tegen mij nadat ik haar had verteld dat ze geen schijn van kans maakte op een rol in de nieuwe serie, maar na het eten hoorde ik in de bar wat ze tegen Jack zei.'

Sam had naar hun gesprek staan luisteren. Hij wendde zich naar Gordon en stelde zich aan hem voor. 'We moeten ons realiseren dat Laura Wilcox een volwassen vrouw is. Ze heeft het volste recht om er alleen of samen met een vriend vandoor te gaan, of zich op een ander moment uit te schrijven. Toch lijkt het me verstandig te controleren of iemand, hetzij een hotelbediende of een vriendin, van haar plannen af wist.'

'Het spijt me dat ik u heb laten wachten, Mr. Amory,' zei de receptionist. 'Ik heb hier uw rekening.'

Gordon Amory aarzelde even en keek Jean toen aan. 'Jij denkt dat Laura iets is overkomen, hè?'

'Ja, dat denk ik. Laura was een erg goede vriendin van Alison. Ze zou nooit zomaar de herdenkingsdienst overslaan, wat voor plannen ze ook had voor gisteravond.'

'Is mijn kamer nog vrij?' vroeg Amory aan de receptionist.

'Jazeker, meneer.'

'Dan blijf ik tot we wat meer over miss Wilcox weten.' Hij draaide zich om naar Jean en plotseling werd ze, ondanks haar zorg om Laura, getroffen door het besef wat een knappe man Gordon Amory was geworden. Ik had altijd zo'n medelijden met hem, dacht ze. Hij was toen zo'n zielige oen, en kijk nu eens wat hij van zichzelf heeft gemaakt.

'Jean, ik weet dat ik Laura gisteravond heb gekwetst en

dat was een rotstreek van me — ik denk dat ik haar een beetje heb willen terugpakken voor hoe ze me als kind altijd afpoeierde. Ik had haar best een rol kunnen toezeggen, ook al was het niet de hoofdrol in die serie. Ik heb het gevoel dat ze wanhopig is. Dat verklaart misschien waarom ze vanmorgen niet is komen opdagen. Ik wed dat ze terugkomt, met of zonder verklaring voor waar ze is geweest, en als ze er weer is, zal ik haar een baan aanbieden. En ik blijf hier om dat persoonlijk te doen.'

34

Jake Perkins bleef in de lobby van het Glen-Ridge en keek toe terwijl de personeelsleden die zaterdagavond hadden gewerkt, een voor een het kantoortje achter de balie binnengingen om met Sam Deegan te praten. Bij het weggaan lukte het hem sommigen van hen aan te schieten en hij kwam erachter dat Deegan waarschijnlijk ook nog alle mensen op de lijst zou gaan bellen die vandaag vrij hadden, maar gisteravond dienst hadden gehad.

Uit wat hij hoorde kon hij afleiden dat niemand Laura Wilcox het hotel had zien verlaten. De portier en de parkeermedewerkers waren er absoluut zeker van dat ze niet via de voordeur was vertrokken.

Zijn veronderstelling dat de jonge vrouw in het uniform van een kamermeisje Laura's kamer had schoongemaakt, bleek te kloppen. Toen zij van haar gesprek met Sam Deegan terugkwam, volgde Jake haar door de lobby, sprong bij haar in de lift en stapte op de vierde verdieping samen met haar uit. 'Ik ben verslaggever van de krant van Stonecroft,' verklaarde hij, terwijl hij haar zijn kaartje gaf, 'en ik ben ook plaatselijke correspondent van de New York Post.' Bijna waar, dacht hij. Het zal niet lang meer duren voor het zover is.

Het was niet moeilijk haar aan het praten te krijgen. Ze heette Myrna Robinson. Ze studeerde aan de gemeentelijke universiteit en werkte parttime in het hotel. Een naïef meisje, dacht Jake zelfvoldaan. Ze straalde helemaal bij het idee dat ze was ondervraagd door een rechercheur.

Hij opende zijn notitieboekje. 'Wat heeft rechercheur Deegan je precies gevraagd, Myrna?'

'Hij wilde weten of ik zeker wist dat sommige van Laura Wilcox' make-upspullen weg waren en ik heb hem gezegd dat ik daar absoluut zeker van ben,' vertrouwde ze hem ademloos toe. 'Ik zei: "Mr. Deegan, u hebt er geen idee van hoeveel spulletjes ze op dat kleine toilettafeltje in de badkamer had staan en de helft is weg. Ik bedoel, dingen zoals reinigingsmelk en vochtinbrengende crème en een tandenborstel en haar toilettas."'

'De dingen die een vrouw altijd meeneemt als ze een nacht weggaat,' zei Jake behulpzaam. 'En haar kleren?'

'Ik heb met Mr. Deegan niet over kleren gesproken,' zei Myrna aarzelend. Nerveus draaide ze aan het bovenste knoopje van haar zwarte uniformjurk. 'Ik bedoel, ik heb hem verteld dat ik zeker weet dat een van haar koffers weg is, maar ik wil niet dat hij denkt dat ik nieuwsgierig ben of zo, dus ik heb niet gezegd dat haar blauwe kasjmieren jasje en broek en enkellaarsjes niet meer in de kast lagen.'

Myrna was ongeveer even groot als Laura. Tien tegen een dat ze die kleren heeft aangepast, dacht Jake. Een jas en broek waren weg – waarschijnlijk de kleren die Laura naar de herdenkingsdienst en de brunch had willen aantrekken. 'Je hebt Mr. Deegan verteld over een koffer die niet meer in haar kamer staat?'

'Uh-huh. Ze had een heleboel bagage bij zich. Eerlijk, je zou denken dat ze op wereldreis was. Hoe dan ook, de kleinste koffer stond er vanmorgen niet meer. Die was anders dan de andere. Het was een Louis Vuitton – daarom viel het me op dat hij weg was. Ik vind dat dessin zo mooi, u ook? Zo chique. De twee grote koffers die ze bij zich had waren van crèmekleurig leer.'

Jake was nogal trots op zijn gevoel voor Frans, dus hij kromp inwendig ineen bij Myrna's uitspraak van 'Vuitton'. 'Myrna, is het misschien mogelijk dat ik een kijkje neem in Laura's kamer?' vroeg hij. 'Ik beloof je dat ik nergens aan zal komen.'

Hij was te ver gegaan. Hij zag hoe de opwinding op haar gezicht plaatsmaakte voor ontsteltenis. Ze keek langs hem heen de gang door en hij kon haar gedachten lezen. Als het hoofd huishouding er ooit achter kwam dat ze iemand in de kamer van een van de gasten binnenliet, zou ze worden ontslagen. Hij krabbelde snel terug. 'Myrna, dat had ik je niet moeten vragen. Vergeet het. Hoor eens, je hebt mijn kaartje. Het is me twintig dollar waard als je mijn nummer opschrijft en het doorgeeft als je iets over Laura hoort. Wat denk je daarvan? Wil je verslaggeefster zijn?'

Myrna beet op haar lip en dacht over het aanbod na. 'Het gaat me niet om het geld,' begon ze.

'Natuurlijk niet,' stemde Jake in.

'Als je het verhaal in de Post zet, wil ik een anonieme bron zijn.'

Ze is slimmer dan ze eruitziet, dacht Jake en hij knikte gretig. Ze gaven elkaar een hand om de afspraak te bezegelen.

Het was bijna zes uur. Toen hij in de lobby terugkwam, was het daar bijna uitgestorven. Jake liep naar de balie en vroeg aan de receptionist of Mr. Deegan al weg was.

De man zag er vermoeid en overstuur uit. 'Hoor eens, jongen, hij is inderdaad weg, en als je geen kamer wilt, stel ik voor dat jij ook naar huis gaat.'

'Hij heeft u vast gevraagd hem op de hoogte te houden als miss Wilcox terugkomt of iets van zich laat horen,' opperde Jake. 'Mag ik u mijn kaartje geven? Ik ben in de loop van het weekend met miss Wilcox bevriend geraakt en ik maak me ook zorgen om haar.'

De receptionist pakte het kaartje aan en bekeek het nauwkeurig. 'Verslaggever voor de Stonecroft Gazette en schrijver-journalist in brede zin, hè?' Hij scheurde het doormidden. 'Je hebt het te hoog in de bol, knul. Doe me een lol en hoepel op.'

35

Het lichaam van Helen Whelan werd zondagmiddag om halfzes ontdekt in een bebost gebied in Washingtonville, een plaatsje op ruim twintig kilometer afstand van Surrey Meadows. De vondst werd gedaan door een twaalfjarige jongen, die dwars door het bos liep om de weg naar het huis van zijn vriendje af te steken.

Sam ontving het bericht terwijl hij bezig was met zijn laatste gesprekken met het personeel van het Glen-Ridge House. Hij belde Jean op haar kamer. Ze was naar boven gegaan om Mark Fleischman, Carter Stewart en Jack Emerson te bellen, in de hoop dat een van hen van Laura's plannen op de hoogte zou zijn. Ze had Robby Brent al gesproken in de lobby en hij beweerde absoluut niet te weten waar Laura zou kunnen zijn. 'Jean, ik moet weg,' legde Sam uit. 'Heb je al iemand te pakken gekregen?'

'Ik heb Carter gesproken. Hij is erg bezorgd, maar hij heeft er geen idee van waar Laura zou kunnen zijn. Ik heb hem verteld dat Gordon en ik vanavond samen eten en hij komt dan ook. Als we samen een lijst kunnen maken van de mensen met wie Laura heeft opgetrokken, komen we misschien ergens op. Jack Emerson is niet thuis. Ik heb een boodschap ingesproken op zijn antwoordapparaat. Hetzelfde geldt voor Mark Fleischman.'

'Dat is wel zo ongeveer het beste wat je op dit moment kunt doen,' zei Sam. 'Onze handen zijn wettelijk gebonden. Als morgen nog steeds niemand iets van haar heeft gehoord, zal ik een huiszoekingsbevel proberen los te krijgen om haar kamer te doorzoeken. Misschien heeft ze daar een aanwijzing achtergelaten over waar ze heen is gegaan. Verder moeten we afwachten.'

'Ga je morgen naar de pastorie?'

'Zeker,' beloofde Sam. Hij klapte zijn mobieltje dicht en haastte zich naar zijn auto. Het had geen zin Jean te vertellen dat hij op weg was naar de plek waar een andere verdwenen vrouw dood was gevonden.

Helen Whelan was op haar achterhoofd geslagen en daarna herhaalde malen met een mes gestoken. 'Waarschijnlijk heeft hij haar van achteren aangevallen met hetzelfde stompe voorwerp dat hij bij de hond heeft gebruikt,' zei Cal Grey, de politiearts, tegen Sam toen hij op de plaats van het misdrijf aankwam. Het lichaam werd net verwijderd en agenten waren met schijnwerpers bezig het met linten afgezette gebied te doorzoeken op mogelijke sporen van de moordenaar. 'Ik weet het pas zeker als ik autopsie heb verricht, maar zo te zien is ze door de hoofdwond buiten westen geraakt. De steekwonden zijn aangebracht nadat hij haar hier mee naartoe had genomen. We kunnen alleen maar hopen dat ze niet heeft geweten wat er met haar gebeurde.'

Sam keek toe terwijl het slanke lichaam in een lijkzak werd getild. 'Zo te zien zijn haar kleren nog intact.'

'Dat is ook zo. Ik vermoed dat degene die haar te pakken heeft genomen, haar rechtstreeks hiernaartoe heeft gebracht en vermoord. Ze heeft de hondenriem nog om haar pols.'

'Wacht even,' snauwde Sam tegen de man die de brancard openvouwde. Hij ging op zijn hurken zitten en voelde hoe zijn voeten in de modderige grond wegzakten. 'Geef me jouw zaklamp eens, Cal.'

'Wat zie je?'

'Er zit een veeg bloed aan haar broek. Ik betwijfel of die van de wonden in haar borst en nek afkomstig is. Ik vermoed dat de moordenaar behoorlijk zwaar heeft gebloed, waarschijnlijk van een hondenbeet.' Hij kwam overeind. 'Dat betekent dat hij misschien naar een EHBO-post is gegaan. Ik zal een waarschuwing uitsturen naar de ziekenhuizen in de buurt om alle hondenbeten te rapporteren die ze in het weekend hebben behandeld of de komende dagen misschien nog binnenkrijgen. En zorg dat het laboratorium het bloed onderzoekt. Ik zie je straks weer, Cal.'

Onderweg naar de politiearts dacht Sam na over Helen Whelans dood. Het greep hem hevig aan, zoals altijd als hij met dit soort geweld werd geconfronteerd. Ik wil die kerel hebben, dacht hij, en ik wil degene zijn die hem de handboeien omdoet. Ik weet niet waar die hond hem heeft gebeten, maar ik hoop dat hij er goed last van heeft.

Dit bracht hem op een ander idee. Misschien is hij te slim om naar de EHBO te gaan, maar hij zal toch die wond moeten verzorgen. Het is zoeken naar een speld in een hooiberg, maar het is misschien de moeite waard om alle apotheken in de buurt te laten uitkijken naar iemand die spullen zoals jodium en verband en ontsmettende zalfjes komt halen.

Maar als hij slim genoeg is om niet naar het ziekenhuis te gaan, is hij waarschijnlijk ook wel zo slim die spullen te gaan halen bij een grote drogist, waar lange rijen bij de kassa staan en niemand let op wat mensen in hun mandje hebben, behalve om de prijzen aan te slaan.

Toch is het het proberen waard, besloot Sam grimmig, denkend aan de foto van de lachende Helen Whelan, die hij in haar appartement had zien staan. Ze was twintig jaar ouder dan Karen Sommers was geweest, dacht hij, maar ze was op dezelfde manier gestorven – op een beestachtige manier doodgestoken.

De mist die de hele dag niet was weg geweest, was overgegaan in fikse regen. Sam fronste zijn wenkbrauwen terwijl hij zijn ruitenwissers aanzette. Er kon toch haast geen verband bestaan tussen die twee zaken, dacht hij. Er had in de afgelopen twintig jaar nooit meer zo'n steekpartij plaatsgevonden. Karen was thuis. Helen Whelan liep buiten haar hond uit te laten. Maar kon het misschien zijn dat de een of andere maniak zich al die jaren gedeisd had gehouden?

Alles is mogelijk, besloot Sam. Laat hem alsjeblieft onvoorzichtig zijn geworden. Laat hem iets hebben achtergelaten waarmee we hem kunnen achterhalen. Hopelijk hebben we zijn DNA. Zijn bloed heeft waarschijnlijk op de snorharen van de hond gezeten en misschien is die veeg bloed op haar broek ook van hem.

Bij de politiearts aangekomen, zette hij zijn auto op de parkeerplaats, stapte uit, deed hem op slot en liep naar binnen. Het zou een lange nacht worden en morgen een nog langere dag. Hij moest de pastoor van St. Thomas spreken en hem overhalen het doopregister van twintig jaar geleden te openen. Hij moest contact opnemen met de familie van de vijf vrouwen van Stonecroft die waren overleden in de volgorde waarin ze aan de lunchtafel zaten – hij moest meer over de details van hun dood te weten komen. En hij moest onderzoeken wat er met Laura Wilcox was gebeurd. Als die andere vijf uit haar klas niet waren overleden, zou ik denken dat ze er gewoon met een kerel vandoor is, dacht hij. Ik heb begrepen dat het een levenslustige dame is, die nooit lang zonder man heeft gezeten.

De politiearts en de ambulance met Helen Whelans lichaam kwamen vlak na hem aan. Een halfuur later zat Sam de eigendommen te bekijken die van het lichaam waren verwijderd. Haar horloge en ring waren haar enige sieraden. Ze had waarschijnlijk geen handtas bij zich gehad, want haar huissleutel en zakdoek zaten in de rechterzak van haar jas.

Op de tafel lag naast de huissleutel nog een ander voorwerp: een tinnen uiltje van een paar centimeter. Sam pakte het pincet dat de agent had gebruikt om de sleutels en andere voorwerpen vast te pakken, raapte het uiltje op en bekeek het zorgvuldig. De grote, starende, kille ogen ontmoetten zijn blik.

'Het zat helemaal onder in haar broekzak,' verklaarde de agent. 'Ik had het bijna over het hoofd gezien.'

Sam herinnerde zich een pompoen bij de deur van Helen Whelans appartement, en een papieren skelet in een doos in de gang, dat ze waarschijnlijk ergens had willen ophangen. 'Ze was bezig versieringen aan te brengen voor Halloween,' zei hij. 'Dit hoorde vast bij haar spulletjes. Stop alles maar in zakjes, dan neem ik het mee naar het lab.'

Veertig minuten later stond hij toe te kijken terwijl Helen Whelans kleren onder een microscoop werden onderzocht op zaken die zouden kunnen helpen bij het identificeren van haar moordenaar. Een andere agent onderzocht de autosleutels op vingerafdrukken.

'Deze zijn allemaal van haar,' deelde hij mee, terwijl hij met een pincet het uiltje oppakte. Even later zei hij: 'Dat is gek. Er zitten helemaal geen vingerafdrukken op dit ding, zelfs geen vegen. Snap jij dat nou? Het is niet vanzelf in haar broekzak gekomen. Het is er zeker in gestopt door iemand met handschoenen aan.'

Sam dacht er even over na. Had de moordenaar het uiltje opzettelijk achtergelaten? Hij was er zeker van dat dat zo was. 'We houden dit stil,' zei hij kortaf. Hij nam het pincet uit de hand van de agent, pakte het uiltje en staarde ernaar. 'Jij gaat mij naar die kerel leiden,' verklaarde hij plechtig. 'Ik weet nog niet hoe, maar je gáát het doen.'

36

Ze hadden afgesproken dat ze elkaar om zeven uur zouden treffen in de eetzaal. Op het laatste moment besloot Jean zich nog te verkleden in een donkerblauwe broek en een lichtblauwe trui met een losse, wijde kraag die ze in de uitverkoop had gekocht. De hele dag was het haar niet gelukt de kou van de begraafplaats van zich af te schudden. Zelfs het jasje en de broek die ze had gedragen, leken de kou en vochtigheid die ze daar had gevoeld, vast te houden.

Belachelijk natuurlijk, zei ze tegen zichzelf terwijl ze haar make-up bijwerkte en haar haar borstelde. Terwijl ze voor de spiegel in de badkamer stond, stopte ze even en staarde naar de haarborstel in haar hand. Wie was zo dicht bij Lily in de buurt geweest dat hij haar borstel uit haar huis of handtas had kunnen wegnemen, dacht ze.

Of is het mogelijk dat Lily erachter is gekomen wie ik ben en me nu probeert te straffen omdat ik haar heb afgestaan? vroeg Jean zich gekweld af. Ze is nu negentieneneenhalf. Wat voor leven heeft ze gehad? Waren de mensen die haar hebben geadopteerd net zo'n fantastisch stel als dr. Connors me destijds beschreef, of bleken ze, toen ze de baby eenmaal hadden, slechte ouders te zijn?

Jeans intuïtie vertelde haar echter meteen dat Lily geen spelletjes met haar speelde om haar te kwellen. Dit is iemand anders, iemand die míj wil kwetsen. Vraag me om geld, smeekte ze in stilte. Ik zal het je geven, maar doe háár geen kwaad.

Ze keek weer in de spiegel en bestudeerde haar spiegelbeeld. Ze had al meerdere keren te horen gekregen dat ze leek op Katie Couric, de presentatrice van het tv-programma Today en die vergelijking vleide haar. Lijkt Lily op mij? vroeg ze zich af. Of lijkt ze meer op Reed? De haren in de borstel waren heel lichtblond, en hij zei altijd dat zijn haar volgens zijn moeder de kleur had van wintertarwe. Dat betekent dat ze zijn haar heeft. Reed had blauwe ogen en ik ook, dus ze heeft in ieder geval blauwe ogen.

Deze speculaties waren voor haar vertrouwd terrein. Jean schudde haar hoofd, legde de borstel op het glasplaatje onder de spiegel, deed het badkamerlicht uit, pakte haar tasje en ging naar beneden, waar ze de anderen zou ontmoeten voor het diner.

Gordon Amory, Robby Brent en Jack Emerson zaten al aan tafel in de bijna lege eetzaal. Terwijl ze opstonden om haar te begroeten, viel het haar op hoe sterk de mannen qua kleding en uiterlijk van elkaar verschilden. Amory droeg een kasjmieren shirt met een open kraag en een duur tweed jasje. Hij zag er op en top uit als de geslaagde zakenman. Robby Brent had de kabeltrui die hij naar de brunch had gedragen, verruild voor een coltrui. Jean vond dat deze zijn korte nek en gedrongen gestalte nog extra benadrukte. Een zweem van transpiratie op zijn voorhoofd en wangen gaf hem een glimmend voorkomen, dat haar tegenstond. Jack Emersons corduroy jasje was mooi van snit, maar zag er goedkoop uit door het roodgeruite overhemd en de felgekleurde das die hij erbij had aangetrokken. Het schoot even door haar heen dat Jack er met zijn vlezige gezicht net zo uitzag als de man in de anti-Nixon-reclame, met de tekst: 'Zou u van deze man een tweedehands auto kopen?'

Jack trok de lege stoel naast zich naar achteren en klopte haar op de arm terwijl ze eromheen liep. In een reflex verstijfde Jean en trok haar arm terug.

'We hebben al iets te drinken besteld, Jeannie,' zei Emerson. 'Ik heb maar gegokt en voor jou een chardonnay gevraagd.'

'Dat is prima. Zijn jullie vroeg, of ben ik te laat?'

'Wij zijn een beetje vroeg. Jij bent precies op tijd en Carter is er nog niet.'

Twintig minuten later, toen ze net zaten te overleggen of ze al eten zouden bestellen, kwam Carter aan. 'Sorry dat ik jullie heb laten wachten, maar ik had niet zo snel een nieuwe reünie verwacht,' zei hij droog, terwijl hij bij hen aanschoof. Hij droeg nu een spijkerbroek en een trui met capuchon.

'Wij ook niet,' bevestigde Gordon Amory. 'Bestel maar iets te drinken, zou ik zeggen, en dan stel ik voor om ons bezig te houden met de reden waarom we hier nu bij elkaar zijn.'

Carter knikte. Hij ving de blik van de ober en wees naar de martini die Emerson voor zich had staan. 'Ga verder,' zei hij droogjes tegen Gordon.

'Om te beginnen wil ik zeggen dat ik na enig nadenken geloof en hoop dat onze bezorgdheid om Laura misschien nergens voor nodig is. Ik herinner me eens gehoord te hebben dat ze een paar jaar geleden een uitnodiging heeft aanvaard van een kerel die bulkt van het geld, om met hem naar zijn landgoed op Palm Beach te gaan. Ik zal zijn naam nu niet noemen. Ze schijnt er toen midden onder een dineetje met hem in zijn privé-vliegtuig vandoor te zijn gegaan. Naar wat ik gehoord heb, had ze toen niet eens de moeite genomen haar eigen tandenborstel, laat staan haar make-upspullen mee te nemen.'

'Volgens mij is niemand in een privé-vliegtuig naar Stonecroft gekomen,' merkte Robby Brent op. 'Sterker nog, sommigen zagen eruit alsof ze hier met een rugzak waren komen aanwandelen.'

'Schei uit, Robby,' protesteerde Jack Emerson. 'Een groot aantal van onze oude klasgenoten heeft het geweldig goed gedaan. Daarom hebben verschillenden hier grond gekocht om later een tweede huis te bouwen.'

'Hou je verkooppraatjes vanavond even voor je, Jack,' zei Gordon geërgerd. 'Jij bulkt van het geld, en voor zover wij weten ben jij de enige die hier een huis heeft en Laura kan hebben uitgenodigd voor een intieme reünie met z'n tweetjes.'

Jack Emersons blozende gezicht werd nog een tint roder. 'Ik hoop dat dat als een grapje bedoeld is, Gordon.'

'Ik wil Robby niet van zijn plaats verdringen, want hij is hier tenslotte de grappenmaker,' zei Gordon, terwijl hij een olijf van het schaaltje nam, dat de ober op tafel had gezet. 'Dat van Laura en jou was natuurlijk een grapje, maar dat van die verkooppraatjes niet.'

Jean besloot dat het tijd was om het gesprek in een andere richting te sturen. 'Ik heb een boodschap ingesproken op Mark zijn gsm,' zei ze. 'Hij belde me vlak voor ik naar beneden ging terug. Als we morgen nog niets van Laura hebben gehoord, past hij zijn agenda aan en komt hij terug.'

'Hij was altijd gek op Laura toen we nog kinderen waren,' merkte Robby op. 'Het zou me niets verbazen als dat nog steeds zo was. Hij wilde gisteravond per se naast haar op het podium zitten. Hij heeft zelfs de naambordjes verwisseld om dat voor elkaar te krijgen.'

Dus daarom komt hij zo snel terug, dacht Jean, beseffend dat ze te veel achter zijn telefoontje had gezocht. 'Jeannie,' had hij gezegd, 'ik wil graag geloven dat er niets met Laura aan de hand is, maar als haar iets is overkomen, kan dat betekenen dat er een verschrikkelijk patroon zit in het verlies van de meisjes aan jouw lunchtafel. Dat moet je wel beseffen.'

En ik dacht dat hij zich zorgen maakte over mij, dacht ze. Ik heb zelfs overwogen hem over Lily te vertellen. Ik dacht dat hij als psychiater misschien inzicht zou hebben in wat voor persoon met mij over haar in contact probeert te komen.

Het was een opluchting toen de ober, een schriele, al wat oudere man, de menukaarten kwam brengen. 'Mag ik u ons speciale menu van vanavond vertellen?' vroeg hij.

Robby keek hem met een hoopvolle glimlach aan. 'Ik popel,' mompelde hij.

'Filet mignon met paddestoelen, tongfilet met krabvulling...'

Toen hij klaar was met zijn opsomming vroeg Robby: 'Mag ik u een vraag stellen?'

'Natuurlijk, meneer.'

'Is het hier de gewoonte om voor het speciale menu de restjes van de vorige avond te gebruiken?'

'O, meneer, ik kan u verzekeren,' begon de ober zich zenuwachtig te verontschuldigen, 'ik werk hier al veertig jaar en we zijn erg trots op onze keuken.'

'Laat maar, laat maar. Gewoon even een grapje om de sfeer aan tafel wat op te peppen. Jean, ga jij maar eerst.'

'De caesarsalade en een lamskarbonade, alstublieft,' zei Jean rustig. Robby is niet alleen sarcastisch, dacht ze, hij is gemeen en wreed. Hij vindt het leuk om mensen te kwetsen die niets terug kunnen doen, zoals miss Bender, de wiskundelerares, gisteravond bij het diner, en nu deze arme man. Hij heeft het erover dat Mark verliefd was op Laura. Maar niemand was zo gek op haar als hij.

Plotseling kwam er een verontrustende gedachte in haar op. Robby heeft nu een heleboel geld verdiend. Hij is beroemd. Als hij Laura zou voorstellen om ergens met hem af te spreken, zou ze gaan, dat weet ik zeker. Verbijsterd stelde Jean vast dat ze serieus rekening hield met de mogelijkheid dat Robby Laura had weggelokt en haar daarna iets had aangedaan.

Jack Emerson was de laatste die iets bestelde. Terwijl hij de menukaart aan de ober teruggaf, zei hij: 'Ik heb een paar vrienden beloofd dat ik vanavond een borrel bij hen zou komen drinken, dus het lijkt me een goed idee om nu te bespreken aan wie Laura volgens ons in het weekend veel aandacht heeft besteed.' Hij wierp Gordon een blik toe. 'Afgezien van jou, natuurlijk, Gordie. Jij stond boven aan haar lijstje.'

Mijn god, dacht Jean, als dit zo doorgaat, vliegen ze elkaar straks allemaal in de haren. Ze wendde zich naar Carter Stewart. 'Carter, begin jij eens. Heb je ideeën?'

'Ik heb haar veel zien praten met Joel Nieman, beter bekend als de Romeo die bij het eindtoneelstuk het grootste deel van zijn tekst was vergeten. Zijn vrouw was hier alleen voor de cocktailparty en het diner op vrijdagaond en is daarna naar huis gegaan. Zij is directeur bij Target en vertrok zaterdagmorgen met het vliegtuig naar Hongkong.'

'Wonen ze hier niet ergens in de buurt, Jack?' vroeg Gordon.

'Ze wonen in Rye.'

'Dat is hier niet ver vandaan.'
'Ik heb Joel en zijn vrouw vrijdagavond gesproken op het feestje,' zei Jean. 'Hij lijkt me helemaal niet iemand om Laura bij hem thuis uit te nodigen zodra zijn vrouw de stad uit is.'

'Misschien wekt hij die indruk niet, maar ik weet toevallig dat hij nogal wat vriendinnetjes heeft gehad,' zei Emerson. 'En ook dat hij op een haar na is aangeklaagd voor een paar duistere zaken waar zijn accountantskantoor bij betrokken was. Daarom hebben we hem niet als eregast voorgedragen.'

'En hoe zit het met onze ontbrekende eregast, Mark Fleischman?' vroeg Robby Brent. 'Hij mag dan, zoals bij het diner werd geciteerd, "lang, slungelachtig, vrolijk, humoristisch en wijs" zijn, maar hij hing ook voortdurend om Laura heen. Hij brak bijna zijn nek om in de bus naar West Point naast haar te komen zitten.'

Jack Emerson dronk het laatste beetje van zijn martini en gaf de ober een teken dat zijn glas weer gevuld moest worden. Toen trok hij zijn wenkbrauwen op. 'Dat doet me denken. Mark zou een plek hebben om Laura uit te nodigen. Ik weet zeker dat zijn vader de stad uit is. Ik kwam Cliff Fleischman vorige week tegen in het postkantoor en vroeg hem of hij kwam kijken als zijn zoon een onderscheiding kreeg. Hij vertelde me dat hij al een hele tijd geleden had afgesproken bij vrienden in Chicago op bezoek te gaan, maar dat hij Mark nog zou bellen. Misschien heeft hij hem het huis aangeboden. Cliff komt dinsdag pas terug.'

'Dan denk ik dat Mr. Fleischman van gedachten is veranderd,' zei Jean. 'Mark vertelde me dat hij langs zijn ouderlijk huis was gekomen en dat daar volop licht brandde. Hij zei er niets over dat hij iets van zijn vader had gehoord.'

'Cliff Fleischman laat altijd de lichten aan als hij weg is,' antwoordde Emerson. 'Ongeveer tien jaar geleden is er bij hem ingebroken toen hij op vakantie was. Hij schreef het toe aan het feit dat het huis zo donker was geweest. Hij zei dat iedereen zo kon zien dat er niemand thuis was.'

Gordon brak een soepstengel doormidden. 'Ik had de indruk dat Mark geen contact meer had met zijn vader.'

'Dat is zo en ik weet waarom,' zei Emerson. 'Toen Marks moeder was overleden, deed zijn vader de schoonmaakster de deur uit en die kwam toen een poosje voor ons werken. Het was een echte roddeltante en ze heeft ons het een en ander over de familie Fleischman uit de doeken gedaan. Iedereen wist dat Dennis, de oudste zoon, zijn moeders oogappel was. Ze is zijn verlies nooit te boven gekomen en gaf Mark de schuld van het ongeluk. De auto stond boven aan die lange oprit en Mark liep altijd bij Dennis te zeuren dat hij hem moest leren autorijden. Mark was pas dertien en mocht alleen de auto starten als Dennis erbij was. Die middag had hij hem gestart, maar was vergeten hem op de handrem te zetten voor hij uitstapte. Toen de auto de heuvel af kwam rollen, zag Dennis hem niet aankomen.'

'Hoe is ze erachter gekomen?' vroeg Jean.

'Volgens de schoonmaakster is er op een avond kort voor haar dood iets gebeurd en is ze vreselijk tegen Mark tekeergegaan. Hij is zelfs niet naar haar begrafenis geweest. Ze heeft hem ook uit haar testament geschrapt; ze had veel geld van haar moeders kant. Mark studeerde in die tijd medicijnen.'

'Maar hij was pas dertien toen dat ongeluk gebeurde,' protesteerde Jean.

'En hij is altijd jaloers geweest op zijn broer,' zei Carter Stewart rustig. 'Daar kun je wel van uitgaan. Maar misschien had hij toch contact met zijn vader opgenomen, had hij nog een sleutel van het huis en wist hij dat zijn vader weg was.'

Heeft Mark dan gelogen dat hij terug naar Boston moest? vroeg Jean zich af. Toen ik met Alice en Sam in de bar zat, kwam hij nog speciaal vertellen dat hij langs het huis van zijn vader was gelopen. Was het mogelijk dat hij nog gewoon hier in de stad zat, met Laura?

Dat wil ik niet geloven, dacht ze bij zichzelf. Op dat moment merkte Gordon Amory op: 'We nemen allemaal aan dat Laura sámen met iemand is weggegaan. Het kan ook zijn dat ze naar iemand tóé is gegaan. We zitten hier niet zo ver van Greenwich, Bedford en Westport, waar veel van haar beroemde vrienden en vriendinnen een huis hebben.'

Jack Emerson had een lijst meegebracht van de mensen die aan de reünie hadden deelgenomen. Ze besloten ten slotte dat ze allemaal een aantal mensen op de lijst zouden bellen, hun zouden uitleggen waarom ze zich zorgen maakten en vragen of zij enig idee hadden waar Laura was heen gegaan.

Nadat ze hadden afgesproken elkaar de volgende ochtend weer te treffen, verlieten ze de eetzaal. Carter Stewart en Jack Emerson liepen meteen door naar hun auto. In de lobby zei Jean tegen Gordon Amory en Robby Brent dat ze nog even bij de balie langsging.

'Dan wens ik je goedenavond,' zei Gordon tegen haar. 'Ik moet nog een paar telefoontjes plegen.'

'Het is zondagavond, Gordie,' zei Robby Brent. 'Wat is er zo belangrijk dat het niet tot morgenochtend kan wachten?'

Gordon Amory staarde naar Robby's bedrieglijk onschuldige gezicht. 'Zoals je weet, word ik liever aangesproken met "Gordon",' zei hij rustig. 'Welterusten, Jean.'

'Hij is zo met zichzelf ingenomen,' zei Robby, terwijl hij keek hoe Gordon de lobby door liep en de liftknop indrukte. 'Ik wed dat hij gewoon naar boven gaat en de tv aanzet. Vanavond begint er een nieuwe serie op een van zijn kanalen. Of misschien wil hij alleen maar in de spiegel zijn knappe, nieuwe gezicht bekijken. Eerlijk waar, Jeannie, die plastisch chirurg moet wel een genie zijn. Weet je nog hoe vreselijk Gordie er vroeger uitzag?'

Het kan me niet schelen waarom hij naar zijn kamer gaat, dacht Jean. Ik wil alleen horen of Laura misschien nog heeft gebeld, en dan ga ik zelf ook naar bed. 'Fijn voor Gordon, dat hij zijn leven een andere draai heeft kunnen geven. Hij heeft een vervelende tijd gehad, als kind.'

'Net als wij allemaal,' zei Robby geringschattend. 'Behalve natuurlijk onze verdwenen schoonheidskoningin.' Hij haalde zijn schouders op. 'Ik haal een jas, en dan ga ik nog even naar buiten. Ik ben een gezondheidsfreak en op een paar wandelingen na heb ik het hele weekend geen lichaamsbeweging gehad. De sportruimte hier stelt niks voor.'

'Is er iets aan deze stad of dit hotel of de mensen die je hebt ontmoet dat in jouw ogen wel iets voorstelt?' vroeg Jean. Het kon haar niet schelen dat haar stem scherp klonk.

'Erg weinig,' zei Robby opgewekt, 'behalve jij, natuurlijk, Jeannie. Ik vond het sneu te zien hoe teleurgesteld je was toen ik zei dat Mark dit weekend zo om Laura heen hing. Ik zag trouwens dat hij jou ook het hof maakte. Je kunt moeilijk hoogte van hem krijgen, maar ja, de meeste psychiaters zijn tenslotte gekker dan hun patiënten. Als Mark inderdaad de handrem van die auto heeft gehaald die zijn broer heeft overreden, vraag ik me af of hij dat, bewust of onbewust, expres heeft gedaan. Het was tenslotte de nieuwe auto van zijn broer, een cadeautje van pappie en mammie voor zijn einddiploma van Stonecroft. Denk daar maar eens over na.'

Hij gaf een knipoog, zwaaide even ten afscheid en liep naar de liften. Nijdig en vernederd omdat hij haar reactie op de opmerkingen over Mark en Laura zo goed had ingeschat, liep Jean naar de balie. Deze werd bemand door Amy Sachs, een klein vrouwtje met een zachte stem, kort, grijzend haar en een veel te grote bril, die losjes op haar neus balanceerde.

'Nee, we hebben niets gehoord van miss Wilcox,' zei ze tegen Jean. 'Maar er is wel een fax voor u binnengekomen, dr. Sheridan.' Ze draaide zich om en pakte een envelop van de plank achter de balie.

Jean voelde haar mond droog worden. Ze hield zichzelf voor dat ze beter boven kon lezen wat erin stond, maar ze scheurde toch de envelop open.

De boodschap bestond uit acht woorden: LILIES THAT FESTER SMELL FAR WORSE THAN WEEDS.

Lelies die rotten, dacht Jean. Dóde lelies.

'Is er iets aan de hand, dr. Sheridan?' vroeg het muisachtige vrouwtje aan de balie ongerust. 'Ik hoop dat het geen slecht nieuws is.'

'Wat? O... nee... alles is in orde, dank u.' Half verdoofd ging Jean naar boven, liep haar kamer in, opende haar tasje en doorzocht haar portefeuille, op zoek naar Sam Deegans mobiele nummer. Toen ze zijn korte 'Sam Deegan' hoorde, drong het tot haar door dat het al bijna tien uur was en dat hij misschien had liggen slapen. 'Sam, misschien heb ik je wakker gemaakt...'

'Nee, dat is niet zo,' onderbrak hij haar. 'Wat is er aan de hand, Jean? Heb je iets van Laura gehoord?'

'Nee, het is Lily. Weer een fax.'

'Laat maar horen.'

Met bevende stem las ze hem de acht woorden voor. 'Sam, dat is een citaat uit een sonnet van Shakespeare. Hij heeft het over dode lelies. Sam, degene die dit heeft gestuurd, dreigt mijn kind te vermoorden.' Jean hoorde de hysterie in haar eigen stem toen ze gilde: 'Hoe kan ik hem tégenhouden? Wat kan ik dóén?'

37

Waarschijnlijk had ze de fax nu wel gekregen. Hij wist nog steeds niet waarom hij het zo leuk vond om Jean te pesten, vooral niet nu hij had besloten haar te vermoorden. Waarom maakte hij het nog erger voor haar door Meredith, of Lily, zoals zij het meisje noemde, te bedreigen? Bijna twintig jaar was hij heimelijk op de hoogte geweest van haar geboorte en wist hij wie haar hadden geadopteerd. Het was zo'n schijnbaar nutteloos feit geweest, als een cadeautje dat je niet kunt teruggeven, maar dat nooit van de plank komt.

Pas toen hij vorig jaar tijdens een lunch haar ouders had ontmoet en had ontdekt wie ze waren, had hij er werk van gemaakt om met hen op vriendschappelijke voet te komen. In augustus had hij hen zelfs uitgenodigd om een lang weekend bij hem door te brengen en had hij hun gevraagd Meredith mee te nemen, die thuis was om samen met hen vakantie te vieren. Bij die gelegenheid was hij op het idee gekomen iets te bemachtigen waarmee hij haar DNA kon aantonen.

De gelegenheid om haar borstel te stelen was hem op een presenteerblaadje aangereikt. Ze waren allemaal bij het zwembad en net toen ze na een zwempartijtje haar haar zat te borstelen, ging haar gsm. Ze nam op en liep weg om ongestoord te kunnen praten. Hij liet de borstel in zijn zak glijden en mengde zich daarna direct onder zijn andere gasten. De dag daarop stuurde hij de borstel en het eerste bericht naar Jean.

De macht over leven en dood – tot op dit moment had hij die uitgeoefend over vijf meisjes van de lunchtafel en nog een heleboel andere vrouwen, die hij willekeurig had uitgekozen. Hij vroeg zich af hoe lang het zou duren voor ze het lichaam van Helen Whelan vonden. Was het een vergissing geweest om het uiltje in haar zak te stoppen? Tot nog toe had hij zijn symbool op een heimelijke, onopvallende plek achtergelaten. Zoals vorige maand, toen hij er een had neergelegd in de keukenla van het huisje bij het zwembad, waar hij op Alison had zitten wachten.

De lichten in het huis waren uit. Hij haalde de nachtbril uit zijn zak, zette hem op, stak zijn sleutel in het slot, opende de achterdeur en ging naar binnen. Hij deed de deur achter zich op slot, liep de keuken door naar de trap achter in het huis en sloop geruisloos naar boven.

Laura lag in haar oude kamer, waar ze had geslapen vóór haar familie op haar zestiende naar Concord Avenue verhuisde. Hij had haar handen en voeten vastgebonden en haar mond gekneveld. Ze lag op het bed; haar goudlamé avondjurk glansde in het donker.

Ze had hem niet de kamer in horen komen en toen hij zich over haar heen boog, hoorde hij haar adem stokken van schrik. 'Ik ben er weer, Laura,' fluisterde hij. 'Ben je niet blij?'

Ze probeerde voor hem weg te duiken.

'I-i-i-ik b-b-b-b-ben een ui-ui-ui-uil e-e-e-en ik w-w-w-woon in in in een b-b-b-boom,' fluisterde hij. 'Je vond het grappig om me na te doen, nietwaar? Vind je het nu nog steeds grappig, Laura? Ja of nee?'

Met de nachtbril kon hij de angst in haar ogen zien. Er kwamen jammerende geluiden uit haar keel terwijl ze haar hoofd schudde.

'Dat is niet het goede antwoord, Laura. Je vindt het wel grappig. Jullie meiden vinden het allemaal grappig. Laat zien dat je het grappig vindt. Laat zien.'

Ze begon haar hoofd op en neer te bewegen. Met een snelle beweging haalde hij de doek voor haar mond weg. 'Niet schreeuwen, Laura,' fluisterde hij. 'Niemand kan je horen en als je toch gaat schreeuwen, duw ik dit kussen in je gezicht. Heb je dat begrepen?'

'Alsjeblieft,' fluisterde Laura. 'Alsjeblieft...'

'Nee, Laura, ik wil niet dat je "alsjeblieft" zegt. Ik wil dat je me nadoet, dat je zegt wat ik op het toneel moest zeggen, en dan wil ik dat je gaat lachen.'

'Ik... i-i-i-ik b-b-b-ben een ui-ui-ui-uil e-e-e-en ik w-w-w-woon i-i-i-in een b-b-b-boom.'

Hij knikte goedkeurend. 'Zo is het goed. Je kunt erg goed nadoen. Nu ga je doen alsof je met de meisjes aan de lunchtafel zit te giechelen en te grinniken en te lachen. Ik wil zien hoeveel lol ze allemaal hadden als jij me had nagedaan.'

'Dat kan ik niet... het spijt me...'

Hij pakte het kussen en hield het boven haar gezicht.

Wanhopig begon Laura met een hoog, schril, hysterisch

geluid te lachen. 'Ha... ha... ha...' De tranen stroomden over haar wangen. 'Alsjeblieft...'

Hij legde zijn hand op haar mond. 'Je wilde bijna mijn naam zeggen. Dat is verboden. Je mag me alleen 'de Uil' noemen. Je moet nog oefenen op het lol maken van de meisjes. Nu ga ik je handen losmaken, zodat je kunt eten. Ik heb soep en een broodje voor je meegebracht. Vind je dat niet aardig van me? En daarna mag je het toilet gebruiken.

Als je daarna weer in een veilige slaappositie bent, ga ik met mijn gsm het hotel bellen. Jij gaat tegen de receptioniste zeggen dat je bij vrienden bent, dat je plannen nog niet vaststaan en dat ze je kamer voor je moeten vasthouden. Begrijp je dat, Laura?'

Haar antwoord was nauwelijks hoorbaar: 'Ja.'

'Als je op wat voor manier dan ook hulp probeert te krijgen, sterf je onmiddellijk. Begrijp je dat?'

'J-j-a.'

'Mooi zo.'

Twintig minuten later kreeg de automatische telefoonbeantwoorder van het Glen-Ridge House een bericht binnen van een beller die de '3' voor reserveringen had ingedrukt.

De telefoon op de balie ging over. De receptioniste nam op en zei haar naam. 'Receptie, met Amy spreekt u.' Toen hapte ze naar adem. 'Miss Wilcox, wat fijn om iets van u te horen. We hebben ons allemaal zoveel zorgen over u gemaakt. O, wat zullen uw vrienden blij zijn te horen dat u heeft gebeld. Natuurlijk houden we uw kamer voor u vast. Weet u zeker dat alles goed met u is?'

De Uil verbrak de verbinding. 'Dat heb je erg goed gedaan, Laura. Een beetje stress in je stem, maar dat is logisch, neem ik aan. Misschien heb je toch aanleg voor acteren.' Hij bond de doek om haar mond. 'Ik kom weer terug. Probeer een beetje te slapen. Je hebt mijn toestemming om over me te dromen.'

38

Jake Perkins wist dat de receptionist die hem het Glen-Ridge uit had gezet, 's avonds om acht uur naar huis ging. Dat betekende dat hij na achten kon terugkomen en bij de nieuwe receptioniste, Amy Sachs, in de buurt kon blijven rondhangen om te horen of er nog nieuwe ontwikkelingen waren.

Nadat hij had gegeten met zijn ouders, die zeer onder de indruk waren van zijn verslag van wat er in het hotel gaande was, nam hij de aantekeningen door die hij aan de Post zou geven. Hij had besloten dat hij tot de volgende ochtend zou wachten voor hij de krant zou bellen. Tegen die tijd was Laura Wilcox een hele dag vermist.

Om tien uur was hij terug bij het Glen-Ridge en liep de verlaten lobby binnen. Je kunt hier een kanon afschieten, dacht hij, terwijl hij naar de balie doorliep. Amy Sachs zat er.

Amy mocht hem wel. Dat wist hij. Afgelopen voorjaar, toen hij een lunch voor Stonecroft moest verslaan, had ze gezegd dat hij haar deed denken aan haar jongere broertje. 'Het enige verschil is dat Danny zesenveertig is en jij zestien,' had ze gezegd en toen had ze gelachen. 'Hij wilde ook altijd het krantenvak in, en in zekere zin is hem dat gelukt. Hij heeft een transportbedrijf dat kranten bezorgt.'

Jake vroeg zich af hoeveel mensen wisten dat achter Amy's schuchtere, onzekere uiterlijk een humoristische, behoorlijk intelligente vrouw schuilging.

Ze verwelkomde hem met een verlegen lachje. 'Hallo, Jake.'

'Hallo, Amy. Ik kom even langs om te horen of jullie nog iets van Laura Wilcox hebben gehoord.'

'Geen woord.' Precies op dat moment ging de telefoon naast haar over en ze nam op. 'Receptie, met Amy spreekt u,' fluisterde ze.

Terwijl Jake naar haar stond te kijken, veranderde Amy's

gezichtsuitdrukking en ze hijgde: 'O, miss Wilcox...'

Jake leunde over de balie en beduidde Amy dat ze de hoorn verder van haar oor moest houden, zodat hij kon meeluisteren. Hij hoorde Laura nog net zeggen dat ze bij vrienden was, dat haar plannen nog niet vaststonden en dat ze graag wilde dat haar kamer voor haar werd vastgehouden.'

Ze klinkt niet zoals anders, dacht hij. Ze is van streek. Haar stem beeft.

Het gesprek duurde maar twintig seconden. Toen Amy de hoorn neerlegde, keken Jake en zij elkaar aan. 'Waar ze ook is, ze heeft het niet naar haar zin,' zei hij onomwonden.

'Ach, misschien heeft ze gewoon een kater,' veronderstelde Amy. 'Ik heb vorig jaar een artikel over haar gelezen in People en daar stond in dat ze in een ontwenningskliniek had gezeten vanwege drankproblemen.'

'Dat zou een verklaring kunnen zijn,' beaamde Jake. Hij haalde zijn schouders op. Daar gaat mijn verhaal, dacht hij. 'Waar denk je dat ze naartoe is, Amy?' vroeg hij. 'Jij hebt het hele weekend gewerkt. Heb je haar veel met één bepaald persoon gezien?'

Amy Sachs' reusachtige bril wiebelde heen en weer terwijl ze haar wenkbrauwen fronste. 'Ik heb haar een paar keer arm in arm zien lopen met dr. Fleischman,' zei ze. 'En hij ging zondagmorgen als eerste weg, nog voor die brunch op Stonecroft. Misschien had hij haar ergens achtergelaten om haar roes uit te slapen en had hij haast om naar haar terug te gaan.'

Ze trok een la open en haalde een kaartje voor de dag. 'Ik heb die rechercheur, Mr. Deegan, beloofd dat ik hem zou bellen als we iets van miss Wilcox hadden gehoord.'

'Ik ga ervandoor,' zei Jake. 'Ik zie je nog wel, Amy.' Met een armzwaai liep hij in de richting van de voordeur, terwijl zij het nummer intoetste. Hij liep naar buiten, bleef even besluiteloos staan, liep een stukje in de richting van zijn auto en ging toen terug naar de balie.

'Heb je Mr. Deegan gesproken?' vroeg hij.

'Ja. Ik heb hem verteld dat ik iets van haar had gehoord. Hij zei dat dat goed nieuws was en dat hij graag wilde weten wanneer ze werkelijk terugkomt om haar bagage te halen.'

'Daar was ik al bang voor. Amy, geef me Sam Deegans nummer.'

Ze keek geschrokken. 'Waarom?'

'Omdat Laura Wilcox naar mijn idee meer klonk alsof ze bang was dan alsof ze een kater had, en ik vind dat Mr. Deegan dat moet weten.'

'Als iemand erachter komt dat ik je het gesprek heb laten meeluisteren, word ik ontslagen.'

'Nee, dat gebeurt niet. Ik zeg gewoon dat ik meteen toen je haar naam noemde, de hoorn heb gegrepen en hem zo heb gedraaid dat ik het ook kon horen. Amy, vijf van Laura's vriendinnen zijn dood. Als ze tegen haar wil wordt vastgehouden, heeft zij misschien nog maar weinig tijd.'

Sam Deegan had nauwelijks zijn gesprek met Jean beëindigd, toen de receptioniste van het Glen-Ridge hem belde. Zijn eerste reactie was dat Laura Wilcox wel een bijzonder egoïstische vrouw was om de herdenkingsdienst van haar vriendin over te slaan, haar andere vrienden in ongerustheid te laten zitten en de chauffeur van de limousine niet af te bellen, zodat hij geen andere klant had kunnen aannemen. Die reactie werd echter getemperd door het verontrustende feit dat er iets verdachts was aan het vage verhaal dat ze bij de receptioniste had opgehangen en door de opmerking van de receptioniste dat ze had geklonken alsof ze zenuwachtig was of een kater had.

Het daaropvolgende telefoontje van Jake Perkins bevestigde die indruk, vooral omdat Jake sterk benadrukte dat miss Wilcox naar zijn idee bang had geklonken. 'Ben je het met miss Sachs eens dat Laura Wilcox het hotel precies om halftien opbelde?' vroeg Sam hem.

'Precies om halftien,' bevestigde Jake. 'Denkt u erover het gesprek te traceren, Mr. Deegan? Ik bedoel, als ze haar gsm heeft gebruikt, kunt u het gebied achterhalen waar het gesprek vandaan kwam, nietwaar?'

'Ja, dat klopt,' zei Sam geërgerd. Dat joch was een irritante bemoeial. Maar hij probeerde alleen maar te helpen, dus Sam wilde hem niet al te bot afwijzen.

'Ik wil met alle plezier een oogje voor u in het zeil houden,' zei Jake nu opgewekt. De gedachte dat Laura Wilcox mogelijk in gevaar was en dat hij meehielp bij het zoeken naar haar verblijfplaats, gaf hem een gevoel van belangrijkheid.

'Doe dat,' zei Sam en voegde er toen met enige tegenzin aan toe: 'En bedankt, Jake.'

Sam verbrak de verbinding, kwam overeind en zwaaide zijn benen uit bed. Hij wist dat er zeker een paar uur niets van slapen zou komen. Hij moest Jean vertellen dat Laura het hotel had gebeld en hij moest een bevelschrift van een rechter zien te krijgen om de telefoongegevens van het hotel te mogen inzien. Hij wist dat het Glen-Ridge nummerherkenning had. Als hij het telefoonnummer had, zou hij het telefoonbedrijf dagvaarden om de naam van de abonnee te achterhalen en uit te zoeken waar de antennemast stond die het gesprekssignaal had uitgezonden.

Rechter Hagen in Goshen was waarschijnlijk de dichtstbijzijnde rechter in Orange County die bevoegd was het bevelschrift uit te vaardigen. Terwijl hij het kantoor van de officier van justitie belde om Hagens telefoonnummer te vragen, was Sam zich ervan bewust dat hij wel een heel onbehaaglijk gevoel over Laura moest hebben om een aartschagrijnige rechter uit zijn bed te bellen in plaats van zijn zoektocht naar de vermiste vrouw tot morgen uit te stellen.

Jean had het belgeluid van haar gsm zo hard mogelijk gezet, uit angst dat ze in haar slaap een oproep zou missen. Sam had gezegd dat degene die contact met haar zocht over Lily, misschien nog een stap verder zou gaan en haar zou bellen. 'Hou vast aan het idee dat het misschien allemaal om geld begonnen is,' zei hij. 'Iemand wil je laten geloven dat Lily in gevaar is. Laten we hopen dat zijn volgende stap is om je te bellen. Als hij dat doet, kunnen we het gesprek traceren.'

Hij was erin geslaagd haar wat te kalmeren. 'Jean, als je je door je ongerustheid laat meeslepen, word je je eigen grootste vijand. Je zegt dat je niemand hebt verteld dat je een baby hebt gekregen en dat je in Chicago bekendstond onder je moeders meisjesnaam. Toch is iemand erachter gekomen. Dat kan onlangs gebeurd zijn, maar ook negentieneneenhalf jaar geleden, toen de baby werd geboren. Wie zal het zeggen? Je moet nu jezelf helpen. Probeer je te herinneren of je iemand hebt gezien toen je bij dr. Connors op het spreekuur kwam, misschien een verpleegster of een secretaresse die erachter is gekomen waarom je daar was en die nieuwsgierig genoeg was om uit te zoeken waar je baby naartoe ging. Vergeet niet dat je met je bestseller een bekend persoon bent geworden. In interviews is je nieuwe contract met je uitgever ter sprake gekomen. Ik wed dat iemand die bij Lily in de buurt kan komen, heeft besloten jou te chanteren door haar te bedreigen. Morgenochtend ga ik naar de pastoor van St. Thomas en jij gaat een lijst maken van mensen met wie je in die tijd bevriend bent geraakt, met name degenen die bij je gegevens hebben kunnen komen.'

Sams rustige manier van redeneren doorbrak Jeans groeiende paniekgevoel. Nadat ze het gesprek met hem had beëindigd, ging ze met een pen en notitieboekje aan het bureau zitten en schreef op de eerste bladzijde: 'het kantoor van dr. Connors'.

De verpleegster die bij hem werkte was een opgewekte, zwaargebouwde vrouw geweest van een jaar of vijftig, herinnerde ze zich. Peggy. Zo heette ze. Ze had een Ierse achternaam die begon met een K. Kelly... Kennedy... Keegan... Ik kom er wel op, dat weet ik zeker, dacht ze.

Het was een begin.

Het scherpe geluid van haar gsm deed haar opspringen van schrik. Ze wierp een blik op de klok terwijl ze hem oppakte. Bijna elf uur. Laura, dacht ze. Misschien is ze terug.

Sams mededeling dat Laura naar het hotel had gebeld, had haar moeten geruststellen, maar Jean hoorde de bezorgdheid in zijn stem. 'Je weet niet zeker of het goed met haar is, hè?' vroeg ze.

'Nog niet, maar ze heeft in ieder geval gebeld.'

Dat betekent dus dat ze nog leeft, dacht Jean. Dat is wat hij zegt. Ze koos zorgvuldig haar woorden. 'Denk je dat Laura om de een of andere reden hier niet terug kan komen?'

'Jean, dit telefoontje was bedoeld om je gerust te stellen, maar ik denk dat ik beter open kaart met je kan spelen. Het is zo dat twee mensen die haar stem hebben gehoord, zeggen dat ze klonk alsof ze van streek was. Laura en jij zijn de enige twee meisjes van de lunchtafel die nog in leven zijn. Tot we precies weten waar en bij wie ze is, moet je heel erg voorzichtig zijn.'

40

Ze wist dat hij haar ging vermoorden. De vraag was alleen nog wanneer. Ongelooflijk genoeg was ze na zijn vertrek in slaap gevallen. Er scheen licht tussen de gesloten gordijnen door, dus het moest ochtend zijn. Is het maandag of dinsdag? vroeg Laura zich af, terwijl ze haar best deed om niet helemaal wakker te worden.

Toen ze hier zaterdagavond aankwamen, had hij champagne voor hen ingeschonken en haar toegedronken. Toen had hij gezegd: 'Binnenkort is het Halloween. Wil je het masker zien dat ik heb gekocht?'

Hij had een uilenkop opgezet, met grote, zwarte pupillen in bleekgele irissen. Het masker was bekleed met grijsachtig dons dat rond de smalle, scherpe snavel overging in een donkerbruine kleur. Ik lachte, herinnerde Laura zich, omdat ik dacht dat hij dat van me verwachtte. Maar ik voelde toen al dat er iets met hem was gebeurd – dat hij was veranderd. Nog voor hij het masker afdeed en mijn handen vastgreep, wist ik dat ik in de val zat.

Hij sleepte haar naar boven, bond haar polsen en enkels bij elkaar en deed een doek voor haar mond, los genoeg om ervoor te zorgen dat ze niet zou stikken. Toen bond hij een touw om haar middel en knoopte dit vast aan het bed. 'Heb je Mommie Dearest weleens gelezen?' vroeg hij. 'Joan Crawford bond haar kinderen altijd aan het bed vast om ervoor te zorgen dat ze er 's nachts niet uit gingen. Ze noemde het "veilig slapen".'

Toen moest ze van hem de regel over de uil in de boom opzeggen, de regel uit het schooltoneelstuk. Steeds weer liet hij het haar herhalen, en toen moest ze de meisjes aan de lunchtafel nadoen, die hem uitlachten. En iedere keer zag ze de moorddadige woede in zijn ogen groter worden. 'Jullie lachten me allemaal uit,' zei hij. 'Ik veracht je, Laura. Ik walg ervan om naar je te kijken.'

Toen hij bij haar wegging, legde hij zijn gsm opzettelijk op de toilettafel. 'Denk je eens in, Laura. Als je bij deze telefoon zou kunnen komen, zou je om hulp kunnen roepen. Maar doe het maar niet. De touwen gaan strakker zitten als je ze probeert los te trekken. Geloof me maar.'

Ze had het toch geprobeerd en nu klopten haar polsen en enkels van de pijn. Haar mond was kurkdroog. Laura probeerde haar lippen te bevochtigen. Haar tong kwam tegen de ruwe stof van de sok die hij over haar mond had gebonden en ze voelde de gal naar haar keel stijgen. Als ze ging overgeven, zou ze stikken. O god, help me alstublieft, dacht ze, terwijl ze paniekerig de golf van misselijkheid onderdrukte.

De eerste keer dat hij terugkwam, was het wat lichter in de kamer. Dat moest zondagmiddag zijn geweest, dacht ze. Hij maakte mijn polsen los en gaf me soep en een broodje. En hij liet me naar de wc gaan. Toen kwam hij pas een hele tijd later terug. Het was pikdonker, waarschijnlijk was het nacht. Dat was de keer dat hij me liet bellen. Waarom doet hij me dit aan? Waarom vermoordt hij me niet gewoon, dan hebben we het gehad.

Haar hoofd werd helderder. Toen ze haar polsen en enkels probeerde te bewegen, veranderde het doffe kloppen in een scherpe pijn. Zaterdagnacht. Zondagochtend. Zondagavond. Het moest nu maandagochtend zijn. Ze staarde naar de gsm. Ze kon er onmogelijk bij. Als hij haar weer iemand liet bellen, moest ze dan zijn naam proberen te schreeuwen?

Ze stelde zich voor hoe het kussen het geluid zou smoren voor het haar keel uit kwam, hoe het haar mond en neusgaten zou dichtdrukken en het leven uit haar weg zou persen. Ik kan het niet, dacht Laura. Ik kan het niet. Als ik hem niet kwaad maak, komt er iemand misschien op het idee dat er iets met me aan de hand is en komen ze me zoeken. Ze kunnen de herkomst van mobiele telefoongesprekken traceren. Ze kunnen erachter komen van wie deze telefoon is.

Dat was de enige hoop die ze had, maar het luchtte haar toch een klein beetje op. Jean, dacht ze. Hij is van plan haar ook te vermoorden. Ze zeggen dat mensen gedachten kunnen overbrengen. Ik ga proberen mijn gedachten naar Jean over te brengen. Ze sloot haar ogen en stelde zich Jean voor zoals ze eruit had gezien tijdens het diner, met haar diepblauwe avondjurk aan. Haar lippen bewegend onder het plakband begon ze zijn naam hardop uit te spreken. 'Jean, ik ben bij hem. Hij heeft de andere meisjes vermoord. Hij gaat ons ook vermoorden. Help me, Jean, ik ben in mijn ou-

de huis. Vind me, Jean!' Keer op keer fluisterde ze zijn naam.
'Ik had je verboden mijn naam te gebruiken.'

Ze had hem niet horen terugkomen. Zelfs met de sok over haar mond verbrak Laura's gil de stilte in de kamer die de eerste zestien jaar van haar leven van haar was geweest.

41

Maandagmorgen tegen zonsopgang viel Jean eindelijk in een zware maar rusteloze slaap. Ze werd regelmatig wakker door vage, onbestemde dromen waarin een gevoel van haast en hulpeloosheid de boventoon voerde. Toen ze helemaal wakker werd, zag ze echter tot haar schrik dat het al bijna halftien was.

Even overwoog ze het ontbijt op haar kamer te laten brengen, maar ze verwierp dit idee direct weer. De kamer gaf haar een benauwd gevoel en de sombere kleuren van de muren, de beddensprei en de gordijnen deden haar verlangen naar haar comfortabele woning in Alexandria. Tien jaar geleden had ze het huis gekocht bij een openbare veiling. Het was gebouwd in federale stijl, was zeventig jaar oud en was veertig jaar eigendom geweest van een kluizenaar. Het was vies, verwaarloosd en rommelig geweest, maar zij was er verliefd op geworden. Haar vrienden hadden haar de koop afgeraden met het argument dat een dergelijk project alleen maar handenvol geld kostte, maar nu gaven ze toe dat ze het verkeerd hadden gezien.

Zij had verder gekeken dan de muizenkeutels, het afgebladderde behang, de gore vloerbedekking, de lekkende gootsteen, het smerige fornuis en de vieze koelkast en had de hoge plafonds gezien, de grote ramen, de ruime kamers en het schitterende uitzicht over de Potomac, dat op dat moment nog werd belemmerd door overhangende boomtakken.

Ze had al haar geld gestoken in de aankoop van het huis

en de vervanging van het dak. Daarna had ze zelf de kleine reparaties gedaan, gepoetst, geschilderd en behangen. Ze had zelfs de parketvloeren geschuurd, die tot haar verrassing te voorschijn waren gekomen toen ze het versleten tapijt weghaalde.

Het werken aan het huis had op mij een therapeutische invloed, dacht Jean, terwijl ze zich douchte, haar haar waste en het met een handdoek droogwreef. Dit was het huis waar ik als kind van droomde. Haar moeder was allergisch geweest voor bloemen en planten. Onwillekeurig moest ze glimlachen toen ze dacht aan het plantenkasje bij haar keuken, waarin iedere dag nieuwe bloemen bloeiden.

Overal in huis had ze kleuren gebruikt die voor haar warmte en vrolijkheid symboliseerden: gele, blauwe, groene en rode tinten. Geen enkele muur is hier beige, hadden haar vrienden lachend opgemerkt. Van het voorschot op haar laatste contract had ze haar bibliotheek en kantoor laten lambriseren en de keuken en badkamers laten vernieuwen. Haar huis was haar veilige toevluchtsoord, een plek waar ze zich kon terugtrekken en die haar een gevoel van voldoening gaf. Omdat het niet ver van Mount Vernon vandaan stond, had ze het voor de grap Mount Vernon jr. genoemd.

Nog los van het feit dat ze Lily moest vinden, werd ze tijdens haar verblijf in dit hotel pijnlijk herinnerd aan de vele jaren die ze in Cornwall had gewoond. Ze had zich weer het kleine meisje gevoeld met de vader en moeder met wie iedereen in de stad de spot dreef.

Ze had zich weer herinnerd hoe het was om wanhopig verliefd te zijn op Reed en later haar verdriet om zijn dood voor iedereen te moeten verbergen. Al die jaren heb ik me afgevraagd of ik er verkeerd aan heb gedaan Lily af te staan, dacht ze. Nu ik hier terug ben, begin ik in te zien dat het zonder de hulp van mijn ouders nagenoeg onmogelijk was geweest haar te houden en goed voor haar te zorgen.

Terwijl ze haar haar droogde en borstelde, besefte ze dat

ze geloof hechtte aan Sam Deegans veronderstelling dat de dreigementen over Lily met geld te maken hadden. 'Jean,' had hij gezegd, 'denk goed na. Is er iemand die reden heeft om je te willen kwetsen? Heb je ooit een baan gekregen die iemand anders had willen hebben? Heb je ooit iemand "belazerd", om het maar eens plat te zeggen?'

'Nooit,' had ze naar waarheid geantwoord.

Sam had haar er op de een of andere manier van weten te overtuigen dat degene die contact met haar zocht, binnenkort om geld zou vragen. Maar als het inderdaad om geld te doen is, dacht Jean, denk ik dat iemand van hier erachter is gekomen dat ik zwanger was en heeft kunnen achterhalen wie mijn baby heeft geadopteerd. En omdat er veel over de reünie werd gepraat en bekend was dat ik een van de eregasten zou zijn, heeft die persoon besloten dat dit het juiste moment was om contact met me te zoeken.

Toen ze in de spiegel keek, viel het haar op dat ze angstwekkend bleek zag. Normaal gesproken droeg ze overdag bijna geen make-up, maar nu deed ze wat rouge op haar wangen en koos ze een iets donkerdere lippenstift dan gewoonlijk.

Omdat ze wist dat ze waarschijnlijk op zijn minst een paar dagen in Cornwall zou blijven, had ze redelijk veel kleren meegenomen. Ze besloot vandaag haar favoriete rode coltrui en een donkergrijze broek aan te trekken.

Haar besluit actie te ondernemen om Lily te vinden had iets van het verschrikkelijke gevoel van hulpeloosheid bij haar weggenomen. Ze deed een paar oorringen in en haalde nog een keer de borstel door haar haar. Ze legde de borstel op de toilettafel en merkte op dat hij van dezelfde vorm en grootte was als die met Lily's haar erin, die ze per post had ontvangen.

Op dat moment schoot haar de naam te binnen van de verpleegster die bij dr. Connors had gewerkt: Peggy Kimball.

Jean rukte de la van de toilettafel open en haalde het telefoonboek voor de dag. In een oogopslag zag ze verschillende Kimballs staan, maar ze besloot eerst het nummer te proberen dat stond geregistreerd onder 'Kimball, Stephen en Margaret'. Het was niet te vroeg om te bellen. Er stond een vrouwenstem op het antwoordapparaat: 'Hallo. Steve en Peggy zijn er nu niet. Spreek na de pieptoon een boodschap met uw telefoonnummer in, dan bellen we u terug.'

Kun je je na twintig jaar een stem herinneren, of hoop ik dat alleen maar? vroeg Jean zich af, terwijl ze zorgvuldig haar woorden koos. 'Peggy, ik ben Jean Sheridan. Als je twintig jaar geleden als verpleegster in de praktijk van dr. Connors hebt gewerkt, is het voor mij verschrikkelijk belangrijk je te spreken. Bel me alsjeblieft zo snel mogelijk op dit nummer.'

Nu het telefoonboek toch openlag, keek ze meteen welke namen er bij de C stonden. Als dr. Connors nog had geleefd, was hij nu op zijn minst vijfenzeventig geweest. De kans was groot dat zijn vrouw ook ongeveer van die leeftijd was. Sam Deegan zou bij de pastoor van St. Thomas naar haar informeren, maar misschien stond ze nog in het telefoonboek. De dokter had op Winding Way gewoond, en er stond een Mrs. Dorothy Connors geregistreerd op Winding Way. Vol hoop toetste Jean het nummer in. De zilverachtige stem van een oudere vrouw beantwoordde de telefoon. Toen Jean na een paar minuten ophing, had ze een afspraak om Mrs. Dorothy Connors die ochtend om halftwaalf te komen bezoeken.

42

Maandagmorgen om halfelf was Sam Deegan in het kantoor van Rich Stevens, de officier van justitie van Orange County, om hem te informeren over de verdwijning van Laura Wilcox en de dreigementen omtrent Lily.

'Ik heb vannacht om één uur een bevel uitgevaardigd voor de telefoongegevens van gesprekken die zijn binnengekomen in het Glen-Ridge House,' zei hij. 'Zowel de receptioniste als dat joch van Stonecroft zijn ervan overtuigd dat Laura Wilcox het gesprek voerde, maar ze zijn het er ook over eens dat ze klonk alsof ze van streek was. Uit de hotelgegevens blijkt dat ze heeft gebeld met een gsm. De rechter vond het niet leuk dat hij vannacht uit zijn slaap werd gehaald.

Ik had de dagvaarding voor de naam en het adres van de abonnee al op zak, maar ik moest wachten tot om negen uur het kantoor van het telefoonbedrijf opening.'

'Wat ben je te weten gekomen?' vroeg Stevens.

'Het soort informatie dat me ervan overtuigt dat Wilcox in de problemen zit. Het was zo'n wegwerptelefoon met honderd minuten beltijd.'

'Het soort dat wordt gebruikt door drugsdealers en terroristen,' gromde Stevens.

'Of, in dit geval, misschien door een ontvoerder. Het gebied van waaruit is gebeld is Beacon in Dutchess County, en je weet hoe groot dat is. Ik heb onze technische mannen al gesproken en zij zeggen dat er in Woodbury en New Windsor nog twee centrales staan. Als er weer wordt gebeld, kunnen we precies lokaliseren waar het gesprek vandaan komt. Dat zouden we ook kunnen doen als het toestel nog aan stond, maar helaas is het uitgezet.'

'Ik zet mijn gsm nooit uit,' merkte Stevens op.

'Ik ook niet. De meeste mensen laten hem aan staan. Dat is voor mij nog een extra reden om te denken dat Wilcox tot dat telefoontje is gedwongen. Ze heeft een eigen telefoon, die op haar naam geregistreerd staat. Waarom heeft ze die niet gebruikt, en waarom staat die nu niet aan?'

Vervolgens legde hij Stevens zijn plannen voor. 'Ik ga het strafblad opvragen van alle oud-leerlingen die de reünie hebben bijgewoond,' zei hij, 'zowel van de mannen als de vrouwen. Veel van hen zijn hier twintig jaar niet terug geweest. Misschien komen we iets te weten over iemands verleden, of ontdekken we iemand die een gewelddadige achtergrond heeft of in de gevangenis heeft gezeten. Ik wil dat er contact wordt opgenomen met de familie van de vijf overleden vrouwen van de lunchtafel, om te horen of er iets verdachts was aan hun dood. We proberen ook contact te krijgen met Laura's ouders. Ze zijn op een cruise.'

'Vijf van dezelfde lunchtafel dood en een zesde vermist,' zei Stevens sceptisch. 'Als daar niets verdachts aan was, is dat omdat het niet is opgemerkt. Als ik jou was, zou ik met de laatste beginnen. Die is nog zo recent. Als de politie van L.A. van die andere vrouwen hoort, zal ze waarschijnlijk nog eens heel goed kijken voor ze Alisons dood aan een verdrinkingsongeval toeschrijft. We zullen van alle sterfgevallen de politierapporten opvragen.'

'De administratie van Stonecroft stuurt een lijst van alle oud-leerlingen die de reünie hebben bijgewoond, én een lijst van de andere mensen die bij het diner waren,' zei Sam. 'Ze hebben de adressen en telefoonnummers van alle oud-leerlingen en in ieder geval van sommige mensen uit de stad die erbij zijn geweest. Natuurlijk hebben sommige mensen een tafel besteld zonder de namen van de gasten op te geven, dus het zal extra tijd kosten om te achterhalen wie dat waren.' Sam was zo uitgeput dat hij een geeuw niet kon onderdrukken.

De officier van justitie was er klaarblijkelijk van overtuigd dat de zaak geen uitstel kon verdragen, want in plaats van zijn oude rechercheur aan te raden zijn bed in te duiken, zei hij: 'Zorg dat een paar andere mannen de zaken verder afhandelen, Sam. Wat ga jij nu doen?'

Sam trok een scheve grijns. 'Ik heb een afspraak met een priester,' zei hij, 'en ik hoop dat hij degene is die bij mij te biecht gaat.'

43

De ontdekking van het lichaam van Helen Whelan werd in de media breed uitgemeten. De verdwijning van de populaire lerares, achtenveertig uur eerder, was al uitvoerig in het nieuws geweest, maar de bevestiging van haar moord had de kleine plaatsjes in de Hudson Valley in rep en roer gebracht en kreeg dan ook de volle aandacht.

Het feit dat er op een barbaarse manier op haar hond was ingeslagen en dat zijn riem nog om haar pols had gezeten toen haar lichaam werd gevonden, deed vermoeden dat er een seriemoordenaar rondwaarde in dit gebied, dat normaal gesproken een gemoedelijke, traditionele sfeer ademde.

De Uil had zondagnacht half wakend, half slapend doorgebracht. Na zijn eerste bezoekje aan Laura, om halfelf, had hij een paar uur kunnen rusten. Zijn bezoek in de vroege ochtend had hem veel voldoening geschonken – ze had hem bevend om genade gesmeekt en hij had haar eraan herinnerd dat zij in hun schooltijd geen enkel medelijden met hem had gehad. Na dat tweede bezoek had hij lange tijd onder de douche gestaan, in de hoop dat het warme water de kloppende pijn in zijn arm zou verlichten. De wond van de hondenbeet was ontstoken. Hij was langsgegaan bij de oude drogist in de stad, waar hij als kind altijd kwam, maar hij was meteen weer naar buiten gelopen. Hij had op het punt gestaan jodium, ontsmettende zalf en verband te halen, maar toen had hij bedacht dat de politie misschien zo stom nog niet was en de plaatselijke drogisten en apotheken had gevraagd uit te kijken naar iemand die dat soort spullen kwam kopen.

In plaats daarvan ging hij naar een grote keten en sloeg daar scheerspullen, tandpasta, vitaminepillen, crackers, zoutjes en frisdrank in. In een opwelling deed hij er make-upspullen, crème, vochtinbrengende lotion en deodorant bij. Pas op het laatst pakte hij de spullen die hij nodig had: jodium, verband en zalf.

Hij hoopte dat hij geen koorts kreeg. Zijn lichaam voelde warm aan en hij wist dat zijn gezicht rood zag. Door alle nutteloze camouflagespullen die hij in de winkel in zijn mandje had gegooid, had hij de aspirine vergeten. Maar dat kon hij overal veilig kopen. De halve wereld heeft het grootste deel van de tijd hoofdpijn, dacht hij en glimlachte inwendig om het beeld dat deze redenering bij hem opriep.

Hij zette het geluid van de tv harder. Er werden beelden getoond van de plaats van het misdrijf. Terwijl hij opmerkzaam toekeek, viel het hem op hoe modderig het eruitzag. Hij kon zich niet herinneren dat het gebied daar zo vochtig was geweest. Dat betekende dat de banden van zijn huurauto waarschijnlijk vol zaten met zand uit die omgeving. Hij deed er verstandig aan de auto in de garage te laten staan van het huis waar hij Laura nu nog in leven hield. Hij zou een andere auto huren, een zwarte, onopvallende middenklasser. Als dan om de een of andere reden iemand de auto's van de reüniegroep ging controleren, zou hij worden overgeslagen.

Terwijl de Uil een jasje uit de kast haalde, verscheen er een nieuwsbericht op het scherm: 'Jonge verslaggever van de Stonecroft Academy in Cornwall-on-Hudson onthult dat de verdwijning van actrice Laura Wilcox mogelijk in verband kan worden gebracht met een maniak die hij aanduidt met "de seriemoordenaar van de lunchtafel".'

44

'Eerwaarde, ik kan niet genoeg benadrukken hoe dringend ons verzoek is,' zei Sam Deegan tegen pastoor Robert Dillon van de St. Thomas of Canterbury-kerk. Ze waren in de pastorie. De priester, een vroeg grijze, magere man met intelligente, grijze ogen achter randloze brillenglazen, zat achter zijn bureau. De faxen die Jean had ontvangen, lagen voor hem op tafel uitgespreid. Sam, die in een stoel recht tegenover het bureau zat, stopte Lily's haarborstel terug in een plastic zak.

'Zoals u ziet, verkeert de dochter van dr. Jean Sheridan volgens het laatste bericht in groot gevaar. We zijn van plan haar oorspronkelijke geboortecertificaat te achterhalen, maar we weten niet of het hier is, of in Chicago, waar de baby is geboren,' vervolgde Sam.

Terwijl hij sprak, voelde hij hoe klein de kans was dat hij snel iets zou bereiken. Dillon was een man van begin veertig. Als Lily twintig jaar geleden in deze kerk was gedoopt, was hij daar in ieder geval niet bij geweest en haar adoptieouders hadden haar natuurlijk onder hun eigen achternaam en haar nieuwe voornaam laten registreren.

'Ik begrijp dat het dringend is en ik weet zeker dat je begrijpt dat ik voorzichtig moet zijn,' zei Dillon langzaam. 'Maar, Sam, het grootste probleem is dat mensen hun baby tegenwoordig niet altijd meer binnen een paar weken of zelfs maanden laten dopen. Vroeger werd een baby altijd binnen zes weken na de geboorte gedoopt. Nu komen ze vaak binnenkruipen om het sacrament te ontvangen. Wij keuren die ontwikkeling niet goed, maar hij is er wel en zelfs twintig jaar geleden ging het al zo. Dit is een vrij grote en drukke parochie, waar niet alleen onze eigen parochianen, maar dikwijls ook de kleinkinderen van parochianen worden gedoopt.'

'Ik begrijp het, maar als u zou kunnen beginnen met de drie maanden na Lily's geboorte, kunnen we in ieder geval die meisjes natrekken. De meeste mensen maken geen geheim van adoptie, is het wel?'

'Nee, in de regel zijn ze er trots op dat ze een kind hebben geadopteerd.'

'Tenzij de adoptieouders zelf achter die faxen aan dr. Sheridan zitten, denk ik dat ze van een mogelijke bedreiging van hun dochter op de hoogte zouden willen zijn.'

'Dat denk ik ook. Ik zal mijn secretaresse een lijst laten samenstellen, maar je begrijpt dat ik, voor ik die aan jou geef, eerst contact moet opnemen met alle mensen die erop staan en uitleggen dat een meisje dat in die tijd is geadopteerd misschien in gevaar is.'

'Eerwaarde, dat gaat tijd kosten, en dat is precies wat we misschien niet hebben,' protesteerde Sam.

'Pater Arella kan me helpen. Ik zal mijn secretaresse laten bellen en terwijl ik met de een praat, kan zij alvast de volgende bellen. Dat hoeft niet zo lang te duren.'

'En hoe gaat het met de mensen die u niet kunt bereiken? Eerwaarde, dit negentienjarige meisje is mogelijk in groot gevaar.'

Dillon pakte de fax op en terwijl hij hem bestudeerde, kreeg zijn gezicht een zorgelijke uitdrukking. 'Sam, zoals je zegt is dit laatste bericht angstwekkend, maar je begrijpt waarom we voorzichtig moeten zijn. Om wettelijke problemen voor te zijn, kun je het beste een rechterlijk bevel regelen. Dan kunnen we de namen onmiddellijk vrijgeven. Maar laat me in ieder geval met zo veel mogelijk van deze gezinnen praten.'

'Dank u wel. Ik zal nu uw tijd niet verder in beslag nemen.'

Ze stonden allebei op. 'Ik krijg de indruk dat degene die dit heeft geschreven een Shakespeare-kenner is,' merkte Dillon op. 'Niet veel mensen zouden een vrij onbekend citaat zoals dit, over de lelies, hebben gebruikt.'

'Daar heb ik ook aan gedacht, eerwaarde.' Sam zweeg even. 'Ik had dit al eerder willen vragen. Zijn er van de priesters die hier werkzaam waren in de tijd dat Jeans baby mogelijk is gedoopt, misschien nog steeds mensen bij het bisdom aangesloten?'

'Pater Doyle was hulppastoor, maar die is jaren geleden overleden. Pater Sullivan was indertijd pastoor. Hij is met zijn broer en schoonzus naar Florida verhuisd. Ik kan je het laatste adres geven dat we van hem hebben.'

'Dat zou fijn zijn.'

'Het ligt hier in mijn dossierla. Je kunt het meteen meenemen.' Hij trok de la open, haalde een dossiermap voor de dag, keek erin en schreef een naam, adres en telefoonnummer op een stukje papier. Terwijl hij het Sam aanreikte, zei hij: 'De weduwe van dr. Connors is lid van deze parochie. Als je wilt, kan ik haar vragen of ze je wil ontvangen. Misschien herinnert zij zich iets van die adoptie.'

'Dank u wel, maar dat is niet nodig. Vlak voor ik hierheen ging, heb ik Jean Sheridan gesproken. Zij heeft het adres van Mrs. Connors in het telefoonboek gevonden en is waarschijnlijk op dit moment al op weg naar haar toe.'

Terwijl ze naar de deur liepen, zei Dillon: 'Sam, ik bedacht me net iets. Alice Sommers is ook lid van onze parochie. Ben jij de rechercheur die steeds aan de zaak van haar dochter is blijven werken?'

'Ja, dat ben ik.'

'Ze heeft me over je verteld. Ik hoop dat je weet hoeveel troost ze heeft geput uit de wetenschap dat jij altijd naar Karens moordenaar bent blijven zoeken.'

'Ik ben blij dat het haar heeft geholpen. Alice Sommers is een bijzonder moedige vrouw.'

Ze stonden bij de deur. 'Het was een schok vanmorgen op de radio te horen dat het lichaam van die vrouw met die hond is gevonden,' merkte Dillon op. 'Is jouw bureau met die zaak bezig?'

'Inderdaad.'

'Ik begrijp dat het net als bij Karen Sommers lijkt te gaan om een willekeurige moord en dat ook deze vrouw is doodgestoken. Ik weet dat het onwaarschijnlijk klinkt, maar zou het kunnen zijn dat die twee moorden iets met elkaar te maken hebben?'

'Eerwaarde, Karen Sommers is twintig jaar geleden overleden,' zei Sam voorzichtig. Hij wilde niet toegeven dat ook hij met die mogelijkheid had gespeeld, vooral omdat de steekwonden in hetzelfde deel van de borst zaten.

De pastoor schudde zijn hoofd. 'Ik denk dat ik het recherchewerk beter aan jou kan overlaten. Het was gewoon een gedachte die in me opkwam en omdat jij zo nauw bij de Sommers-zaak betrokken bent, vond ik dat ik het je moest vertellen.' Hij opende de voordeur en schudde Sams hand. 'God zegene je, Sam. Ik zal bidden voor Lily en zodra ik de lijst met namen heb, krijg je die van me.'

'Dank u wel. Bid zeker voor Lily en als u toch bezig bent, vergeet u Laura Wilcox niet.'

'De actrice?'

'Ja. We zijn bang dat zij ook in moeilijkheden zit. Sinds zaterdagavond heeft niemand haar meer gezien.'

Dillon staarde Sam na terwijl hij wegliep. Laura Wilcox was op de Stonecroft-reünie, dacht hij ongelovig. Is er met haar ook iets gebeurd? Mijn god, wat is hier aan de hand?

Met een vurig, stil gebed voor de veiligheid van zowel Lily als Laura liep hij terug naar de pastorie en belde zijn secretaresse. 'Janet, laat alles vallen waar je mee bezig bent en haal de doopregisters van negentien jaar geleden, van maart tot juni. Zodra pater Arella terugkomt, moet je hem zeggen dat ik iets voor hem te doen heb en dat hij alle andere plannen die hij voor vandaag heeft gemaakt, moet afzeggen.'

'Zeker, eerwaarde.' Janet legde de hoorn neer en keek verlangend naar de tosti met ham en kaas die net voor haar op tafel stond. Terwijl ze haar stoel achteruitschoof en met tegenzin opstond, mopperde ze in zichzelf: 'Mijn god, als je hem zo hoort zou je denken dat het een kwestie van leven of dood is.'

45

Dorothy Connors was een broos vrouwtje van in de zeventig. Jean zag meteen dat ze leed aan reumatoïde artritis. Ze bewoog zich langzaam en de gewrichten van haar vingers waren opgezet. Haar gezicht vertoonde pijnlijke trekken en ze droeg haar witte haar erg kort, naar Jean vermoedde omdat het haar veel inspanning kostte haar armen omhoog te brengen.

Ze woonde in een van de zeer gewilde appartementen op de bovenste verdieping van het gebouw, met uitzicht over de Hudson. Ze nodigde Jean uit in de serre, die grensde aan de woonkamer, waar ze, zoals ze uitlegde, het grootste deel van haar wakende uren doorbracht.

Haar levendige, bruine ogen lichtten op toen ze sprak over haar man. 'Edward was de meest fantastische man, echtgenoot en arts die ooit op aarde heeft rondgelopen,' zei ze. 'Het was die vreselijke brand die hem het leven heeft gekost – het verlies van zijn praktijkruimte en al zijn gegevens. Daar heeft hij die hartaanval door gekregen.'

'Mrs. Connors, ik heb u door de telefoon uitgelegd dat ik dreigementen heb ontvangen, gericht aan mijn dochter. Ze is nu negentieneneenhalf. Ik wil zo snel mogelijk haar adoptieouders vinden en hen waarschuwen voor het mogelijke gevaar dat haar bedreigt. Ik ben hier opgegroeid. Help me alstublieft. Heeft dr. Connors met u over mij gesproken? Ik kan me voorstellen dat hij dat heeft gedaan. Mijn vader en moeder waren met hun openlijke ruzies de risee van de stad. Ze zijn bij elkaar gebleven tot ze mij konden lozen op de universiteit. Daarom begreep uw man dat ik nooit voor hulp bij hen zou kunnen aankloppen. Hij zorgde voor een dekmantel door mij een reden aan de hand te doen om naar Chicago te gaan. Hij is zelfs naar me toe gekomen om persoonlijk op de spoedafdeling van de kraamkliniek te helpen bij de bevalling.'

'Ja, dat heeft hij voor een aantal meisjes gedaan. Hij wilde hen helpen bij het beschermen van hun privacy. Jean, vijftig jaar geleden was het voor een meisje niet gemakkelijk om ongehuwd een baby te krijgen. Weet je dat de actrice Ingrid

Bergman in het Congres werd gekapitteld nadat ze was bevallen van een onwettig kind? Gedragsnormen veranderen – in positieve of negatieve zin, dat moet je zelf uitmaken. Tegenwoordig maakt niemand zich er druk over als een ongetrouwde vrouw een kind krijgt en grootbrengt, maar mijn man was ouderwets. Twintig jaar geleden vond hij het van het grootste belang om de privacy van zijn jonge, zwangere vrouwen te beschermen, zelfs tegenover mij. Voor je het me vertelde, wist ik niet eens dat je patiënte bij hem was.'

'Maar u wist wél van mijn ouders.'

Dorothy Connors keek Jean enkele ogenblikken aan. 'Ik wist dat ze problemen hadden. Ik zag hen ook in de kerk en heb hen een paar keer gesproken. Ik vermoed, liefje, dat je alleen de vervelende momenten hebt onthouden. Het waren ook aardige, intelligente mensen, die helaas niet goed bij elkaar pasten.'

Jean voelde de steek van verwijt en op een vreemde manier had ze het gevoel dat ze zich moest verdedigen. 'Ik kan u verzekeren dat ze inderdaad niet goed bij elkaar pasten,' zei ze, hopend dat de boosheid die ze voelde, niet in haar stem zou doorklinken. 'Mrs. Connors, ik waardeer het enorm dat ik zo snel bij u kon komen, maar nu zal ik het kort houden. Het is mogelijk dat mijn dochter in groot gevaar is. Ik begrijp dat u dr. Connors' nagedachtenis in ere wilt houden, maar als u iets afweet van waar hij haar heeft geplaatst, bent u het aan haar en mij verplicht om eerlijk tegen me te zijn.'

'God is mijn getuige dat Edward nooit patiënten in jouw situatie met mij heeft besproken. Ik heb hem jouw naam nooit horen noemen.'

'En hij bewaarde thuis geen papieren, en al zijn praktijkgegevens zijn verloren gegaan?'

'Inderdaad. Het hele gebouw was zo volledig verwoest, dat er altijd een vermoeden is geweest van brandstichting, maar dat is nooit bewezen. Geen enkel papier is bewaard gebleven.'

Het was duidelijk dat Dorothy Connors haar niet kon helpen. Jean stond op om te vertrekken. 'Ik herinner me dat Peggy Kimball indertijd verpleegster was bij dr. Connors. Ik heb een boodschap voor haar ingesproken en ik hoop dat ze me zal bellen. Misschien weet zij iets. Dank u wel, Mrs. Connors. Blijft u maar rustig zitten, ik kom er zelf wel uit.'

Ze stak Dorothy Connors haar hand toe en schrok toen ze zag dat er een uitdrukking van grote ontsteltenis op haar gezicht was verschenen.

46

Mark Fleischman schreef zich om een uur in in het Glen-Ridge House, zette zijn bagage af, en belde naar Jeans kamer. Toen er niet werd opgenomen, daalde hij af naar de eetzaal. Hij was blij verrast toen hij haar in haar eentje aan een tafeltje zag zitten en liep met grote stappen naar haar toe.

'Zit je op iemand te wachten, of heb je zin in gezelschap?' vroeg hij en zag hoe de sombere uitdrukking op haar gezicht plaatsmaakte voor een warme glimlach.

'Mark, ik had je niet verwacht! Natuurlijk, ga zitten. Ik stond net op het punt mijn lunch te bestellen en er is niemand die me gezelschap komt houden.'

'Nu wel.' Hij ging tegenover haar zitten. 'Ik had per ongeluk mijn aktetas met mijn gsm in de kofferbak gelegd,' zei hij, 'dus ik hoorde je boodschap pas toen ik gisteravond mijn spullen uitpakte. Ik belde vanmorgen vroeg naar het hotel en de telefoniste zei dat Laura nog niet terug was en dat de politie bezig was de telefoongegevens te controleren. Ik heb toen maar besloten mijn plannen om te gooien en terug te gaan. Ik heb het vliegtuig genomen en een auto gehuurd.'

'Dat is heel aardig van je,' zei Jean oprecht. 'We maken ons allemaal vreselijk ongerust over Laura.' Ze praatte hem snel bij over wat er was gebeurd sinds hij de vorige dag na de brunch was vertrokken.

'Je kwam dus terug naar het hotel met Sam Deegan, de man met wie je laatst 's avonds iets zat te drinken, en toen jullie zeker wisten dat Laura weg was, begon hij een onderzoek?' vroeg Mark.

'Ja,' zei Jean. Ze merkte dat Mark nieuwsgierig was naar de reden waarom Sam in eerste instantie bij haar was. 'Sam was met me meegekomen omdat ik hem iets wilde geven dat onze vriendin Alice Sommers graag wil zien.'

Alice wil inderdaad graag de faxen zien, zei ze tegen zichzelf, dus het is niet helemaal een verzinsel. Toen ze de bezorgdheid in Marks ogen zag, wilde ze hem graag vertellen over Lily en hem als psychiater vragen of hij dacht dat de dreigementen echt waren, of dat ze een aanloopje waren naar chantage.

'Wilt u al iets bestellen?' klonk de hoge stem van de serveerster.

'Ja, graag.'

Ze besloten allebei een club sandwich met thee te nemen. 'Koffie bij het ontbijt, thee bij de lunch en een glas wijn bij het avondeten,' zei Mark. 'Ik heb gemerkt dat jij dat ook zo gewend bent, Jeannie.'

'Dat is zo.'

'Ik heb dit weekend veel dingen van jou opgemerkt en ze deden me denken aan onze jaren op Stonecroft.'

'Zoals?'

'Nou, je was altijd een erg goede leerling. Je was ook erg stil. En ik herinner me dat je erg lief was – dat is niet veranderd. Ik moest denken aan een keer in het eerste jaar dat ik vreselijk in de put zat. Jij was toen heel aardig tegen me.'

'Dat kan ik me niet herinneren.'

'Ik zal er niet verder op ingaan, maar het is wel zo. Ik had er ook bewondering voor hoe je je groot hield, terwijl je van streek was over je ouders.'

'Niet altijd.' Jean kromp inwendig ineen terwijl ze terugdacht aan de keren dat ze door de stress van de ruzies thuis, in de klas in huilen was uitgebarsten.

Het was alsof hij haar gedachten kon lezen, dacht Jean, toen Mark Fleischman vervolgde: 'Toen je een keer moest huilen, wilde ik je mijn zakdoek geven, maar je schudde alleen maar je hoofd en wreef in je ogen met een doorweekte tissue. Ik wilde je toen helpen en dat wil ik nu weer. Toen ik van het vliegveld kwam, hoorde ik op de radio dat dat jonge verslaggevertje dat ons tijdens de reünie steeds achtervolgde, het in de media heeft over de "seriemoordenaar van de lunchtafel". Misschien maak jij je geen zorgen over die mogelijkheid, maar ik wel. Nu Laura verdwenen is, ben jij van die meisjes de enige die over is.'

'Ik wilde dat ik me alleen maar zorgen hoefde te maken over mezelf,' zei Jean.

'Waar maak je je dan zorgen over? Kom, Jean, zeg het tegen me. Ik ben erop getraind om stress bij mensen te herkennen, en als ik ooit iemand in de stress heb gezien, was jij het toen je met Sam Deegan zat te praten. En nu vertel je me dat hij rechercheur is op het kantoor van de officier van justitie.'

De hulpkelner schonk water in hun glazen. Dit gaf Jean een ogenblik om na te denken. Ik kan me wel degelijk herinneren dat Mark me zijn zakdoek wilde geven, dacht ze. Ik was vreselijk kwaad op mezelf omdat ik moest huilen, en net zo kwaad op hem omdat hij het merkte. Hij wilde me toen helpen en dat wil hij nu ook. Moet ik hem vertellen over Lily?'

Ze zag zijn onderzoekende blik en wist dat hij wachtte tot ze iets zou zeggen. Hij wil dat ik met hem praat. Moet ik dat doen? Ze keek hem recht aan. Hij is zo'n man die er met bril net zo leuk uitziet als zonder, dacht ze. Hij heeft prachtige, bruine ogen. Die kleine, gele vlekjes erin zijn net zonlicht.

Ze haalde haar schouders op en keek hem met opgetrokken wenkbrauwen aan. 'Je doet me denken aan een professor op de universiteit. Als die je een vraag had gesteld, bleef hij je net zolang aanstaren tot hij antwoord kreeg.'

'Dat is precies wat ik nu doe, Jean. Een van mijn patiënten noemt het mijn wijze-uilenblik.'

De serveerster kwam de sandwiches brengen. 'Ik kom zo met de thee,' zei ze opgewekt.

Jean wachtte tot de thee was ingeschonken en zei toen rustig: 'Je wijze-uilenblik heeft me overtuigd, Mark. Ik denk dat ik je ga vertellen over Lily.'

47

Het eerste wat Sam Deegan deed toen hij op kantoor kwam, was de officier van justitie in Los Angeles bellen en vragen of hij in contact kon komen met Carmen Russo, de rechercheur die had meegewerkt aan het onderzoek naar de dood van Alison Kendall.

'We hebben vastgesteld dat haar dood is veroorzaakt door een verdrinkingsongeval en daar houden we aan vast,' vertelde Russo hem. 'Haar vriendinnen bevestigen dat ze vroeg in de ochtend altijd ging zwemmen. De deur naar het huis stond open, maar er is niets weggenomen. Kostbare sieraden op haar toilettafel. Vijfhonderd dollar contant geld en creditcards in haar portemonnee. Ze was buitengewoon ordelijk. In huis, op het terrein en in het huisje bij het zwembad stond alles keurig op zijn plaats. Ze was dood, maar verder was ze volmaakt gezond. Ze had een sterk hart. Geen tekenen van alcohol of drugs.'

'Geen enkel teken van geweld?' vroeg Sam.

'Een kleine blauwe plek op haar schouder, maar verder niets. Zonder verder bewijs, is er onvoldoende reden om aan te nemen dat het zou gaan om moord. We hebben natuurlijk foto's gemaakt, maar daarna hebben we het lichaam vrijgegeven.'

'Ja, dat weet ik. Ze is hier begraven in het familiegraf,' zei Sam. Dank je wel, Carmen.' Hij betrapte zich erop dat hij de verbinding nog niet wilde verbreken. 'Wat gebeurt er met haar huis?'

'Haar ouders wonen in Palm Springs. Ze zijn al op leeftijd. Ik heb begrepen dat Kendalls huishoudster de spullen onderhoudt, tot haar ouders zich ertoe kunnen brengen de boel te verkopen. Ze hebben kennelijk geen geldnood. Een huis op die plek moet zeker een paar miljoen dollar waard zijn.'

Ontmoedigd hing Sam op. Iedere vezel in zijn lichaam had hem verteld dat Alison Kendall geen natuurlijke dood was gestorven. Jake Perkins had wel degelijk een punt toen hij opmerkte dat de vijf overleden vrouwen uit dezelfde klas van Stonecroft, aan dezelfde lunchtafel hadden gezeten. Sam wist het zeker. Maar als Kendalls dood geen achterdocht had gewekt, zou het hem dan wel lukken een patroon te ontdekken in de dood van de vier anderen, die in de loop van bijna twintig jaar waren overleden?

Zijn telefoon ging – het was Rich Stevens, de officier van justitie. 'Sam, dankzij die Perkins met zijn grote mond hebben we een persconferentie moeten beleggen, waarin we een verklaring zullen moeten afleggen. Kom even hier, dan kunnen we bespreken wat we gaan zeggen.'

Vijf minuten later overlegden ze in Stevens' kantoor over de beste manier om de aandacht van de media af te leiden. 'We denken dat we te maken hebben met een seriemoordenaar. We moeten die kerel het gevoel geven dat hij veilig is,' zei Sam. 'We zeggen het precies zoals het is. Alison Kendalls dood is het gevolg van een verdrinkingsongeval. Zelfs in de wetenschap dat nog vier andere vrouwen, die vroeger dikke vriendinnen waren, zijn overleden, kan de politie van Los Angeles niets verdachts aan haar dood ontdekken. Laura Wilcox heeft het hotel gebeld om te zeggen dat haar plannen verder nog niet vaststaan. Een hotelbediende dacht dat ze nerveus klonk, maar dat is maar een veronderstelling. Ze is een volwassen vrouw met recht op privacy en als zodanig moet ze ook worden behandeld. We doen navraag naar de dood van de andere vrouwen die jaren geleden aan die lunchtafel zaten, maar het is duidelijk dat de ongevallen die hun het leven hebben gekost – of, in het geval van Gloria Martin, haar zelfmoord – geen patroon vertonen dat wijst op een seriemoordenaar.'

'Ik denk dat we met zo'n verklaring een behoorlijk naïeve indruk maken,' zei Rich Stevens ronduit.

'Dat is precies wat ik wil,' vuurde Sam terug. 'Ik wil degene om wie het gaat het idee geven dat we een stelletje sufferds zijn. Als Laura nog leeft, wil ik niet dat hij in paniek raakt voor we de kans hebben haar te redden.'

Er werd geklopt. Een van de nieuwe, jonge rechercheurs kwam opgewonden binnen. 'Meneer, we zijn bezig met de leerlingendossiers van de oud-leerlingen van Stonecroft die bij de reünie zijn geweest, en over een van hen, Joel Nieman, hebben we misschien iets gevonden.'

'Wat dan?' vroeg Stevens.

'In het laatste jaar is hij op het matje geroepen omdat er was geknoeid met Alison Kendalls kluisje. De schroeven waren uit de hengsels gedraaid, waardoor ze, toen ze de kluis wilde openen, het deurtje op haar hoofd kreeg en bewusteloos raakte. Ze had een lichte hersenschudding.'

'Waarom werd hij op het matje geroepen?' vroeg Sam.

'Omdat hij erg kwaad was over iets wat zij in de schoolkrant had geschreven. Het eindtoneelstuk was Romeo en Julia. Nieman speelde de rol van Romeo en Kendall schreef iets heel vervelends over dat hij zijn tekst niet kon onthouden. Hij ging er prat op dat hij alle teksten van Shakespeare uit zijn hoofd kende en liep door de hele school te verkondigen wat hij graag met haar zou willen doen. Hij vertelde iedereen dat hij alleen even last had gehad van plankenkoorts en dat hij zijn tekst helemaal niet kwijt was. Kort daarna kreeg zij dat kluisdeurtje op haar hoofd.

En er zijn nog andere dingen. Hij is erg driftig uitgevallen en is na een paar kroeggevechten voor de rechter gesleept. Vorig jaar is hij bijna aangeklaagd vanwege bedenkelijke boekhoudpraktijken en zijn vrouw is bijna altijd weg, nu ook.'

Pastoor Dillon en ik werden allebei getroffen door het feit dat degene die Jean die faxen stuurt over Lily, citeerde uit een onbekend sonnet van Shakespeare, dacht Sam.

Hij stond op. 'Romeo, Romeo, wherefore art thou, Romeo?'

Terwijl Rich Stevens en de jonge rechercheur hem aanstaarden, zei Sam: 'Dat is precies wat ik nu ga uitzoeken. En daarna gaan we kijken welke andere regels van Shakespeare Joel Nieman voor ons kan citeren.'

48

Om halfzeven keerde de Uil terug naar het huis en sloop de trap op. Dit keer had Laura zijn aanwezigheid kennelijk gevoeld, of verwachtte ze dat hij zou komen, want toen hij de kamer binnenkwam en haar bescheen met de zaklantaarn, zag hij dat ze al beefde.

'Hallo, Laura,' fluisterde hij. 'Ben je blij dat ik terug ben?'

Ze haalde gejaagd adem. Hij keek toe hoe ze zich van hem probeerde af te wenden

'Laura, je moet me wel antwoorden. Kom, ik zal de tape wat losser doen. Of nee, ik haal hem eraf. Ik heb wat te eten voor je meegenomen, Nou, ben je blij dat ik terug ben?'

'J-ja, ik ben blij,' fluisterde ze.

'Laura, je stottert. Je verbaast me. Je drijft de spot met mensen die stotteren. Doe eens voor hoe je hen bespot. Of nee, laat maar zitten. Ik kan niet te lang blijven. Ik heb een boterham met pindakaas en jam en een glas melk voor je meegenomen. Dat at je altijd op school. Weet je nog?'

'Ja... ja.'

'Ik ben blij dat je het nog weet. Het is belangrijk dat we het verleden niet vergeten. Nu mag je naar het toilet gaan. Daarna mag je je boterham opeten en de melk drinken.'

Met een snelle beweging trok hij haar omhoog in een zittende houding en sneed hij de koorden om haar polsen los. Het ging zo snel dat Laura wankelde en haar hand uitstak. Onwillekeurig greep ze de Uil bij zijn arm.

Hij hapte naar adem van de pijn en balde zijn vuist, klaar om haar een stomp te geven, maar hield zich in. 'Jij kon ook niet weten dat mijn arm pijn doet, dus dat mag ik je niet kwalijk nemen. Maar raak die arm niet meer aan. Begrepen?'

Laura knikte.

'Ga staan. Als je naar het toilet bent geweest, mag je in de stoel gaan eten.'

Met aarzelende, onvaste stappen deed Laura wat haar gezegd werd. Bij het nachtlichtje in de badkamer kon ze de kranen bij de wastafel onderscheiden. Ze draaide ze open. Met een gehaast gebaar maakte ze haar gezicht en handen nat en bracht ze haar haar in orde. Als ik maar in leven kan blijven, dacht ze. Ze zijn vast naar me aan het zoeken. Alstublieft, God, zorg dat ze naar me zoeken.

De deurknop van de badkamer bewoog. 'Laura, het is tijd.'

Tijd! Ging hij haar nu vermoorden? God... alstublieft...

De deur ging open. De Uil wees naar de stoel naast de toilettafel. Zwijgend schuifelde Laura ernaartoe en ging zitten.

'Toe maar,' drong hij aan. 'Ga eten.' Hij pakte de zaklamp en richtte hem op haar nek, zodat hij haar gezichtsuitdrukking kon zien zonder haar te verblinden. Tot zijn voldoening huilde ze weer.

'Laura, je bent ontzettend bang, nietwaar? En je vraagt je vast af hoe ik wist dat je me uitlachte. Ik zal je een verhaaltje vertellen. Dit weekend twintig jaar geleden had een stel van ons vrij van de verschillende universiteiten en kwam op een avond bij elkaar. Er was een feestje. Zoals je weet hoorde ik er nooit bij, bij de vaste kliek bedoel ik. Verre van dat, zelfs. Maar om de een of andere reden was ik bij dat feestje uitgenodigd en jij was er ook. De mooie Laura. Die avond zat je op schoot bij je laatste verovering, Dick Gormley, onze vroegere honkbalster. Ik zat me te verbijten, Laura, zo gek was ik toen nog op je.

Alison was natuurlijk ook van de partij. Hartstikke dronken. Ze kwam naar me toe. Ik heb haar nooit gemogen. Eerlijk gezegd was ik bang voor die tong van haar – vlijmscherp, als ze het op iemand begrepen had. Ze herinnerde me eraan dat ik aan het begin van ons laatste jaar de euvele moed had gehad jou mee uit te vragen. "Jij..." zei ze schamper en begon te lachen. "De uil die Laura uitvraagt.' En toen deed Alison me voor hoe je me had nagedaan toen we in de tweede klas in het schooltoneelstuk zaten. 'Ik b-b-b-ben een ui-ui-ui-uil en... en... i-i-ik w-w-w-woon i-i-in ee-ee-een..."

Laura, je imitatie moet geweldig zijn geweest. Alison verzekerde me dat de meisjes aan jullie lunchtafel steeds weer hadden gegild van het lachen als ze eraan moesten denken. En daarna had je hun eraan herinnerd dat ik ook nog in mijn broek had geplast voor ik van het podium af rende. Zelfs dat had je hun verteld.'

Laura had hapjes zitten nemen van de boterham. Nu keek hij toe terwijl ze hem op haar schoot liet vallen. 'Het spijt me...'

'Laura, je begrijpt nog steeds niet dat je twintig jaar te lang hebt geleefd. Ik zal verder vertellen. De avond van dat feestje was ik ook dronken. Ik was zo dronken dat ik was vergeten dat je was verhuisd. Ik kwam hier die nacht naartoe om je te vermoorden. Ik wist dat je ouders de extra sleutel bewaarden onder dat nepkonijn in de achtertuin. De nieuwe mensen bewaarden hem daar ook. Ik ging dit huis binnen en liep naar boven, naar je kamer. Ik zag het haar op het kussen en ik dacht dat jij het was. Laura, ik had me vergist toen ik Karen Sommers doodstak. Ik stak jóú dood, Laura, jóú!

Toen ik de volgende ochtend wakker werd, herinnerde ik me vaag dat ik hier was geweest. Toen ontdekte ik wat er was gebeurd en besefte ik dat ik beroemd was.' De stem van de Uil klonk gejaagd van opwinding bij de herinnering. 'Ik kende Karen Sommers niet. Niemand kwam op het idee mij met haar in verband te brengen, maar die fout werkte voor mij als een bevrijding. Die ochtend begreep ik dat ik de macht had over leven en dood. En sindsdien heb ik die macht uitgeoefend. Steeds weer, Laura. Bij vrouwen in het hele land.'

Hij stond op. Laura's ogen stonden wijd opengesperd van angst; haar mond hing open; de boterham lag in haar schoot. Hij boog zich naar haar toe. 'Nu moet ik gaan, maar denk aan me, Laura. Denk eraan hoeveel geluk je hebt gehad dat je nog twintig jaar extra van je leven hebt kunnen genieten.'

Met snelle, woeste bewegingen bond hij haar handen vast, plakte haar mond dicht, trok haar omhoog uit de stoel, duwde haar terug op het bed en trok het lange touw vast om haar lichaam.

'In deze kamer is het begonnen en in deze kamer zal het eindigen, Laura,' zei hij. 'De laatste fase van het plan treedt binnenkort in werking. Probeer maar te bedenken wat dat is.'

Hij was weg. Buiten stond de maan aan de hemel en vanaf het bed zag Laura de vage omtrek van de gsm op de toilettafel.

49

Jean was in haar hotelkamer, toen ze om halfzeven eindelijk het telefoontje kreeg waar ze op had gehoopt. Het was Peggy Kimball, de verpleegster die bij dr. Connors had gewerkt in de tijd dat ze patiënte bij hem was. 'Dat is een behoorlijk dringende boodschap die u hebt ingesproken, miss Sheridan,' zei Kimball kortaf. 'Wat is er aan de hand?'

'Peggy, we hebben elkaar twintig jaar geleden ontmoet. Ik was patiënte bij dr. Connors en hij heeft een privé-adoptie geregeld voor mijn baby. Ik moet je daarover spreken.'

Enkele ogenblikken zei Peggy Kimball niets. Jean hoorde kinderstemmen op de achtergrond. 'Het spijt me, miss Sheridan,' zei Kimball beslist. 'Ik kan niet praten over de adopties die dr. Connors heeft behandeld. Als u wilt achterhalen waar uw kind is, zijn daar wettelijke wegen voor.'

Jean voelde dat Kimball op het punt stond de verbinding te verbreken. 'Ik heb al gesproken met Sam Deegan, een rechercheur op het kantoor van de officier van justitie,' zei ze gejaagd. 'Ik heb drie berichten ontvangen, die alleen maar kunnen worden uitgelegd als een dreigement aan het adres van mijn dochter. Haar adoptieouders moeten worden gewaarschuwd, zodat ze op haar kunnen letten. Alsjeblieft, Peggy. Je bent toen zo aardig voor me geweest. Help me alsjeblieft. Ik smeek het je.'

Ze werd onderbroken door Peggy Kimballs geschrokken uitroep: 'Tommy, ik waarschuw je. Niet met dat glas gooien!'

Jean hoorde het geluid van brekend glas.

'O, mijn god,' zei Peggy Kimball met een zucht. 'Hoor eens, miss Sheridan, ik ben aan het oppassen op mijn kleinkinderen. Ik kan nu niet met u praten.'

'Peggy, kan ik je morgen spreken? Ik zal je de faxen laten zien waarin mijn dochter wordt bedreigd. Ik ben faculteitsvoorzitter en professor in de geschiedenis aan de universiteit van Georgetown, dat kun je controleren. Ik zal je het nummer geven van het hoofd van de universiteit. Ik zal je het nummer geven van Sam Deegan.'

'Tommy, Betsy, blijf weg bij dat glas! Wacht even... bent u toevallig de Jean Sheridan die dat boek over Abigail Adams heeft geschreven?'

'Ja.'

'O, niet te geloven! Ik vond het prachtig. Ik weet alles van u. Ik heb u gezien bij de Today-show met Katie Couric. Jullie zouden zussen kunnen zijn. Bent u morgenochtend nog in het Glen-Ridge?'

'Jazeker.'

'Ik werk op de afdeling neonatologie van het ziekenhuis. Op weg daarnaartoe kom ik langs het Glen-Ridge. Ik denk niet dat ik u kan helpen, maar heeft u zin om om een uur of tien samen een kop koffie te drinken?'

'Dat zou ik geweldig vinden,' zei Jean. 'Peggy, dank je wel, dank je wel.'

'Ik bel u wel vanuit de lobby,' zei Peggy Kimball gehaast en toen schoot haar stem weer uit. 'Betsy, ik waarschuw je. Niet aan Tommy's haar trekken! O, god! Sorry, Jean, het wordt hier een veldslag. Tot morgen.'

Jean legde de hoorn langzaam neer. Dat klinkt als een bende, dacht ze, maar op een gekke manier benijd ik Peggy Kimball. Ik benijd haar om de normale problemen van normale mensen. Mensen die op hun kleinkinderen passen en baby's met poepluiers moeten verschonen en gemorst eten en gebroken glazen moeten opruimen. Mensen die hun dochters kunnen zien en aanraken en tegen hen kunnen zeggen dat ze voorzichtig moeten rijden en om twaalf uur thuis moeten zijn.

Ze zat aan het bureau in haar hotelkamer toen Peggy belde. Voor haar lagen de lijstjes met namen die ze had geprobeerd samen te stellen, voornamelijk van mensen in de kraamkliniek met wie ze bevriend was geraakt en van professoren aan de universiteit van Chicago, waar ze in haar vrije tijd zo veel mogelijk buitenuniversitaire cursussen had gevolgd.

Nu masseerde ze haar slapen, in de hoop een opkomende hoofdpijn te kunnen weg wrijven. Over een uur, om halfacht, zouden ze op Sams verzoek gezamenlijk dineren in een besloten eetzaal op de tussenverdieping van het hotel. Hij had de eregasten uitgenodigd: Gordon, Carter, Robby, Mark en ik, dacht Jean, en natuurlijk Jack, de voorzitter van die godvergeten reünie. Wat hoopt Sam te bereiken door ons allemaal weer bij elkaar te brengen?

Ze had met gemengde gevoelens haar hart bij Mark uitgestort. Met een stomverbaasde blik in zijn ogen had hij gezegd: 'Dus toen je op je achttiende bij de diploma-uitreiking het podium op kwam om je geschiedenisonderscheiding en je beurs voor Bryn Mawr in ontvangst te nemen, wist je dat je in verwachting was en dat de man van wie je hield, in zijn doodskist lag?'

'Ik verwacht daar geen lof of verwijten voor,' had ze tegen hem gezegd.

'In godsnaam, Jean, er is geen sprake van lof of verwijten,' had hij gezegd. 'Maar wat een beproeving. Ik ging vaak naar West Point om te joggen en toen heb ik je wel een paar keer samen gezien met Reed Thornton, maar ik had er geen idee van dat het meer was dan een losse vriendschap. Wat heb je na de diploma-uitreiking gedaan?'

'Mijn ouders en ik gingen lunchen. Het was een heel feestelijke lunch. Zij hadden hun christenplicht tegenover mij vervuld en konden nu met een schoon geweten uit elkaar gaan. Toen we uit het restaurant kwamen, ben ik naar West Point gereden. Reeds begrafenismis was die ochtend geweest. Ik heb de bloemen die mijn ouders me bij de diploma-uitreiking hadden gegeven, op Reeds graf gelegd.'

'En kort daarna ging je voor het eerst naar dr. Connors?'

'De week daarna.'

'Jeannie,' had Mark gezegd, 'ik heb altijd het gevoel gehad dat jij, net als ik, een overlever was, maar wat jij hebt doorgemaakt, helemaal alleen in zo'n moeilijke tijd, is onvoorstelbaar.'

'Niet echt alleen. Ik veronderstel dat iemand het toen al heeft geweten, of erachter is gekomen.'

Hij had geknikt en gezegd: 'Ik heb van alles gelezen over je professionele leven, maar hoe is het met jou persoonlijk?

Is er een speciaal iemand in je leven, of is er zo iemand geweest, die je in vertrouwen hebt genomen?'

Jean dacht aan het antwoord dat ze hem had gegeven. 'Mark, denk aan de woorden in het gedicht van Robert Frost. "But I have promises to keep / And miles to go before I sleep..." (Ik heb beloftes na te komen/ En mijlen af te leggen voor ik ga slapen.) In zekere zin voel ik me zo. Tot op dit moment, nu ik over haar móét praten, heb ik nooit een sterveling over Lily willen vertellen. Mijn leven is zeer gevuld. Ik ben dol op mijn werk en ik hou van schrijven. Ik heb een heleboel vrienden en vriendinnen. Maar ik zal eerlijk zijn. Ik heb altijd het gevoel gehad dat iets in mijn leven nog niet is opgelost en eerst in orde moet komen, alsof mijn leven zelf tot die tijd als het ware op de lange baan is geschoven. Er moet eerst iets worden afgemaakt voor ik dit achter me kan laten. Ik denk dat ik daar de reden van begin te begrijpen. Ik vraag me nog steeds af of ik mijn baby niet had moeten houden, en nu ze me nodig heeft, ben ik zo hulpeloos dat ik de klok het liefst terug zou willen draaien en de kans zou willen hebben haar deze keer te houden.'

Toen had ze de uitdrukking op Marks gezicht gezien. Of heb je dit hele verhaal verzonnen om haar te vinden? Hij had de vraag net zo goed kunnen uitschreeuwen. In plaats daarvan zei hij: 'Jean, natuurlijk moet je dit doorzetten en ik ben blij dat Sam Deegan je helpt, want je hebt duidelijk te maken met een gestoord persoon. Als psychiater moet ik je echter waarschuwen heel voorzichtig te zijn. Als je op grond van deze bedekte dreigementen toegang krijgt tot vertrouwelijke gegevens, dring je misschien het leven binnen van een jonge vrouw die niet bereid of in staat is jóú te ontmoeten.'

'Jij denkt dat ik die faxen naar mezelf heb verstuurd, hè?' Jean kromp ineen bij de gedachte hoe kwaad ze was geweest toen ze had beseft dat sommige mensen overhaast tot die conclusie zouden kunnen komen.

'Nee, natuurlijk niet,' had Mark onmiddellijk gezegd.

'Maar geef hier eens antwoord op: als je op dit moment een telefoontje zou krijgen om te vragen naar Lily toe te komen, zou je dan gaan?'

'Jazeker.'

'Jean, luister naar me. Iemand die achter het bestaan van Lily is gekomen, probeert je misschien doelbewust zo op te jutten dat je geneigd bent hals over kop naar haar toe te gaan. Jean, je moet voorzichtig zijn. Laura is vermist. De andere meisjes aan je tafel zijn dood.'

Meer had hij niet gezegd.

Nu stond Jean op. Ze moest over veertig minuten beneden zijn, voor het diner. Misschien zou een aspirine helpen om de hoofdpijn die ze voelde opkomen te onderdrukken. Een warm bad zou haar goeddoen, dacht ze.

Toen ze om tien over zeven uit het bad stapte, ging de telefoon. Even overwoog ze te laten bellen, maar toen pakte ze snel een handdoek en rende de slaapkamer in. 'Hallo.'

'Hoi, Jeannie,' zei een opgewekte stem.

Laura! Het was Laura.

'Laura, waar zit je?'

'Op een plek waar ik het enorm naar mijn zin heb. Jeannie, zeg maar tegen die agenten dat ze hun biezen moeten pakken en naar huis gaan. Ik heb hier de tijd van mijn leven. Ik bel je gauw weer. Dag, schat.'

50

Maandag aan het eind van de middag had Sam Deegan een gesprek met Joel Nieman in zijn kantoor in Rye, New York.

Nadat hij hem eerst bijna een halfuur in de ontvangstruimte had laten wachten, ontving Nieman hem in zijn chique privé-kantoor. Uit zijn hele houding sprak slecht verborgen ergernis over deze onderbreking.

Die ziet er niet erg uit als een Romeo, dacht Sam, terwijl hij

Niemans pafferige gezicht en roodbruin geverfde haar bekeek.

Nieman wees luchtig de suggestie van de hand dat hij tijdens de reünie een afspraakje met Laura had gemaakt. 'Ik heb die flauwekul over de lunchtafelmoordenaar al op de radio gehoord,' bracht hij ongevraagd naar voren. 'Ik denk dat die schoolverslaggever, Perkins, die zaak aan het rollen heeft gebracht. Ze moesten die jongen een net over zijn kop trekken en heel ver weg stoppen, tot hij een beetje volwassen is. Hoor eens, ik heb bij die meisjes in de klas gezeten. Ik kende ze allemaal. Het idee dat al die sterfgevallen iets met elkaar te maken hebben is onzin. Neem om te beginnen Catherine Kane. Haar auto is in ons eerste jaar aan de universiteit bij een slippartij de Potomac in gereden. Cath reed altijd te hard. Zoek maar eens op hoe vaak ze in het laatste jaar van de middelbare school in Cornwall is bekeurd voor te hard rijden, dan begrijpt u wat ik bedoel.'

'Dat kan zo zijn,' zei Sam, 'maar vindt u het ook niet opmerkelijk dat de bliksem niet twee keer, maar maar liefst vijf keer op dezelfde plaats is ingeslagen?'

'Zeker, het is een eng idee dat vijf meisjes van dezelfde tafel zijn overleden, maar u zou eens moeten praten met de man die hier de computers onderhoudt. Zijn moeder en grootmoeder zijn dertig jaar na elkaar op precies dezelfde dag gestorven aan een hartaanval. De dag na kerst. Misschien drong het opeens tot ze door hoeveel geld ze aan cadeautjes hadden uitgegeven en zijn ze erin gebleven. Zou kunnen, denkt u niet?'

Sam keek Joel Nieman aan met een gevoel van intense afkeer, maar ook met het vermoeden dat er achter zijn laatdunkende houding iets van onbehagen schuilging. 'Ik heb begrepen dat uw vrouw de reünie zaterdagmorgen heeft verlaten om op zakenreis te gaan.'

'Dat klopt.'

'Was u zaterdagavond na het diner van de reünie alleen thuis, Mr. Nieman?'

'Dat was ik inderdaad. Ik word altijd slaperig van die langdradige bijeenkomsten.'

Dit is niet het type man dat alleen naar huis gaat als zijn vrouw weg is, dacht Sam. Hij besloot een gokje te wagen. 'Mr. Nieman, iemand heeft gezien dat u de parkeerplaats af reed met een vrouw bij u in de auto.'

Joel Nieman trok zijn wenkbrauwen op. 'Nou, misschien ben ik inderdaad met een vrouw weggegaan, maar het was er niet een van tegen de veertig. Mr. Deegan, als u zit te vissen omdat Laura er met een vent vandoor is en nog niet boven water is gekomen, raad ik u aan mijn advocaat te bellen. En als u me nu wilt excuseren? Ik heb nog een paar telefoongesprekken te voeren.'

Sam stond op en liep op zijn gemak naar de deur. Toen hij langs de boekenkast kwam, bleef hij staan en keek naar de middelste plank. 'U heeft een aardige Shakespeare-verzameling, Mr. Nieman.'

'Ik heb altijd genoten van de Bard.'

'Ik heb gehoord dat u Romeo speelde in het eindtoneelstuk van Stonecroft.'

'Dat klopt.'

Sam koos zijn woorden zorgvuldig. 'Stond Alison Kimball niet kritisch tegenover uw prestaties?'

'Ze zei dat ik mijn tekst kwijt was. Dat was niet zo. Ik had even last van plankenkoorts. Meer niet.'

'Alison had een paar dagen na het stuk een ongeluk op school, nietwaar?'

'Ja, dat weet ik nog. Ze kreeg de deur van haar kluisje op haar hoofd. Alle jongens werden verhoord. Ik heb altijd gedacht dat ze beter met de meisjes hadden kunnen praten. Een heleboel meiden konden haar niet uitstaan. Luister eens, hiermee schiet u niets op. Zoals ik al zei, durf ik er mijn laatste dollar om te verwedden dat die andere vier sterfgevallen allemaal ongelukken waren. Er is geen enkel patroon in te ontdekken. Aan de andere kant was Alison een vals kreng. Ze kwetste mensen. Uit wat ik over haar heb gelezen, was ze niets veranderd. Ik kan me voorstellen dat iemand op de dag dat ze is verdronken, misschien vond dat ze lang genoeg gezwommen had.'

Hij liep naar de deur en zette hem met een nadrukkelijk gebaar open. 'Maan de vertrekkende gast tot spoed,' zei hij. 'Dat is ook van Shakespeare.'

Sam hoopte dat hij professioneel genoeg was om niet van zijn gezicht te laten aflezen wat hij vond van Nieman en de achteloze manier waarop hij Alison Kendalls dood afdeed. 'Er is ook een Deens spreekwoord dat zegt: een gast en een vis blijven drie dagen fris,' merkte hij op. Vooral dode gasten, dacht hij.

'Daar heeft Benjamin Franklin een beroemdere variatie op geschreven,' zei Joel Nieman snel.

'Kent u die tekst van Shakespeare over dode lelies?' vroeg Sam. 'Het ligt enigszins in dezelfde lijn.'

Nieman liet een onaangenaam, vreugdeloos lachje horen. '"Lilies that fester smell far worse than weeds." Dat is een regel uit een van zijn sonnetten. Jazeker, die ken ik. Ik denk er zelfs vaak aan. Mijn schoonmoeder heet Lily.'

Sam reed veel sneller van Rye naar het Glen-Ridge House dan hij zelf goedkeurde. Hij had de eregasten en Jack Emerson gevraagd om halfacht naar het diner te komen. Zijn eerste gevoel was geweest dat een van de vijf mannen – Carter Stewart, Robby Brent, Mark Fleischman, Gordon Amory of Jack Emerson – achter Laura's verdwijning zat. Nu hij Joel Nieman had gesproken, was hij daar niet meer zo zeker van.

Nieman had feitelijk toegegeven dat hij de avond van het diner niet alleen naar huis was gegaan. Op Stonecroft was hij de belangrijkste verdachte geweest bij het incident met het kluisdeurtje. Hij was bijna in de gevangenis beland, omdat hij tijdens een ruzie in de kroeg een andere man had aangevallen. Hij deed geen moeite zijn tevredenheid over de dood van Alison Kimball te verbergen.

Er moest in ieder geval nog eens kritisch naar Joel Nieman worden gekeken, besloot Sam.

Het was precies halfacht toen Sam het Glen-Ridge House binnenliep. Onderweg naar de kleine eetzaal passeerde hij de onvermijdelijke Jake Perkins, die onderuitgezakt in een stoel in de lobby zat. Perkins sprong overeind. 'Nog nieuwe ontwikkelingen, meneer?' vroeg hij opgewekt.

Zo ja, dan ben jij wel de laatste die het hoort, dacht Sam, maar hij slaagde erin zijn ergernis niet in zijn stem te laten doorklinken. 'Niets te melden, Jake. Waarom ga je niet naar huis?'

'Ik ga zo. O, daar is dr. Sheridan. Haar wil ik graag even spreken.'

Jean kwam uit de lift stappen. Zelfs van een afstandje zag Sam dat er iets niet in orde was. Het kwam tot uiting in de gehaaste manier waarop ze door de lobby naar de eetzaal liep. Sam besloot een stapje harder te lopen om haar in te halen.

Ze kwamen tegelijkertijd bij de deur van de eetzaal aan. Jean begon te zeggen: 'Sam, ik heb iets gehoord van...' Toen kreeg ze Jake Perkins in het oog en kneep ze haar lippen op elkaar.

Perkins had het al gehoord. 'Van wie heeft u iets gehoord, dr. Sheridan? Van Laura Wilcox?'

'Ga weg,' zei Sam vastberaden. Hij pakte Jean bij de arm, trok haar de eetzaal binnen en deed de deur stevig achter hen dicht.

Carter Stewart, Gordon Amory, Mark Fleischman, Jack Emerson en Robby Brent waren er al. Er was een kleine bar neergezet en alle mannen stonden eromheen met een glas in hun hand. Bij het geluid van de deur draaiden ze zich allemaal om, maar toen ze de uitdrukking op Jeans gezicht zagen, vergaten ze de begroetingen die ze in gedachten hadden.

'Ik heb net iets gehoord van Laura,' vertelde ze hen. 'Ik heb net iets gehoord van Laura.'

Gaandeweg het diner werd de opluchting die ze aanvankelijk hadden gevoeld, vervangen door onzekerheid. 'Ik schrok toen ik Laura's stem hoorde,' zei Jean. 'Maar ze hing op voor ik haar iets kon vragen.'

'Klonk ze zenuwachtig of van streek?' vroeg Jack Emerson.

'Nee. Ze klonk eerder vrolijk. Maar ze gaf me geen kans om ook maar een enkele vraag te stellen.'

'Weet je zeker dat het Laura was?' Sam wist dat Gordon Amory de vraag stelde die iedereen in gedachten had.

'Ik dénk dat zij het was,' zei Jean langzaam. 'Maar als je me zou vragen onder ede te verklaren dat het Laura was, zou ik dat niet kunnen. Het klónk zoals zij, maar...' Ze aarzelde. 'Ik heb vrienden in Virginia, een echtpaar, die door de telefoon allebei hetzelfde klinken. Ze zijn al vijftig jaar getrouwd en de klankkleur van hun stem is hetzelfde. Ik zeg bijvoorbeeld: "Hallo, Jane," en dan begint David te lachen en zegt: "Raad nog maar eens." Als we dan een poosje hebben gepraat, kan ik natuurlijk de verschillende nuances in hun stem wel weer onderscheiden. Zo was het ook een beetje met dat telefoontje van Laura. De stem is hetzelfde, maar misschien niet precies hetzelfde. We hebben niet lang genoeg met elkaar gepraat om er zeker van te zijn of ze het was of niet.'

'Maar als dat telefoontje wél van Laura afkomstig was en ze weet dat ze vermist wordt, waarom kon ze dan niet wat meer duidelijkheid geven over haar plannen?' vroeg Gordon Amory. 'Ik zie dat joch van Perkins er wel voor aan om zijn succesverhaal op gang te houden door een of andere stunt uit te halen. Laura heeft een paar jaar in die tv-serie meegespeeld. Ze heeft een aparte stem. Misschien heeft Perkins een dramastudente gevonden die haar voor hem imiteert.'

'Wat denk jij ervan, Sam?' vroeg Mark Fleischman.

'Als je wilt weten hoe ik er als politieman over denk, dan zeg ik dat, of Laura Wilcox nu wel of niet zelf gebeld heeft, ik er geen goed gevoel over heb.'

Fleischman knikte. 'Zo denk ik er ook over.'

Carter Stewart zat met vastberaden bewegingen zijn vlees te snijden. 'We moeten met nog een andere factor rekening houden. Laura is een actrice met wie het langzaam bergafwaarts gaat. Ik weet toevallig dat ze pas dakloos is geworden.'

Hij keek de tafel rond en nam met een zelfvoldane blik de geschrokken gezichten van de anderen in zich op. 'Mijn agent belde me. Er stond vandaag een sappig stukje in het zakenkatern van de L.A. Times. De belastingdienst heeft beslag gelegd op Laura's huis, als onderpand voor haar belastingschuld.'

Hij zweeg om de vork naar zijn mond te brengen en vervolgde toen: 'Dat betekent dus dat Laura wellicht wanhopig is. Een actrice moet het hebben van publiciteit. Goede of slechte publiciteit, dat doet er niet toe. Als je naam maar in de krant staat. Misschien is dit haar manier om dat voor elkaar te krijgen. Geheimzinnige verdwijning. Mysterieus telefoontje. Eerlijk gezegd denk ik dat we allemaal onze tijd verdoen met ons zorgen over haar te maken.'

'Ik heb nooit de indruk gekregen dat jij je zorgen over haar maakte, Carter,' merkte Robby Brent op. 'Ik denk dat, afgezien van Jean, alleen onze voorzitter, Jack Emerson, zich echt zorgen maakt. Nietwaar, Jack?'

'Waar gaat dit over?' vroeg Sam zich hardop af.

Robby glimlachte onschuldig. 'Jack en ik hadden vanmorgen een afspraak om wat huizen te bekijken waar ik misschien in zou willen beleggen, als er althans niet zulke belachelijk hoge prijzen voor zouden worden gevraagd. Toen ik aankwam, zat Jack aan de telefoon en terwijl ik moest wachten op zijn gesprek met een paar andere potentiële slachtoffers, bekeek ik de fotoverzameling in zijn studeerkamer. Er stond een foto van Laura met een behoorlijk sentimenteel bijschrift erbij, gedateerd op precies twee weken geleden. "Liefs, kussen en knuffels voor mijn favoriete klasgenoot." Ik vraag me af, Jack, hoeveel knuffels en kussen ze jou dit weekend heeft gegeven, en of ze dat misschien nog steeds doet.'

Even dacht Jean dat Jack Emerson Robby Brent te lijf zou gaan. Hij kwam met een ruk overeind, sloeg beide handen op de tafel en staarde Robby over de tafel heen aan. Toen wist hij zich met zichtbare moeite te beheersen, klemde zijn kiezen op elkaar en ging langzaam weer zitten. 'Er is een dame bij,' zei hij rustig. 'Anders zou ik de taal gebruiken die jij het beste begrijpt, miezerige rat die je bent. Misschien heb je goed verdiend aan het belachelijk maken van mensen die iets in hun leven hebben weten te bereiken, maar wat mij betreft ben je nog steeds dezelfde stomme schlemiel die op Stonecroft de wc niet kon vinden.'

Verbijsterd over zoveel grove vijandigheid keek Jean de eetzaal rond om te zien of er geen ober aanwezig was die Jack Emersons uitbarsting had gehoord. Toen haar blik de deur bereikte, zag ze dat hij een stukje openstond. Ze twijfelde er geen moment aan wie er aan de ander kant stond en ieder woord van het gesprek in zich opnam.

Ze wisselde een blik met Sam Deegan. Deze stond op. 'Als jullie me willen excuseren? Ik denk dat ik de koffie oversla,' zei hij. 'Ik moet een telefoontje natrekken.'

51

Peggy Kimball was een forse vrouw van een jaar of zestig met een hartelijke, intelligente uitstraling. Haar peper-en-zoutkleurige haar had een natuurlijke slag en behalve wat fijne lijntjes rond haar ogen en mond, was haar huid glad. Jean kreeg onmiddellijk de indruk dat Peggy een zakelijk type was dat zich niet gemakkelijk van de wijs liet brengen.

Ze wuifden allebei de menukaart weg en bestelden koffie.

'Mijn dochter heeft een uur geleden haar kinderen bij me opgehaald,' zei Peggy. 'Ik zat om zeven uur met ze aan de cornflakes met chocolademelk. Of was het halfzeven?' Ze glimlachte. 'Je dacht zeker dat er een veldslag gaande was, toen je me gisteravond belde.'

'Ik geef les aan eerstejaarsstudenten,' zei Jean. 'Soms zijn het net kleuters en ze maken in ieder geval meer herrie.'

De ober kwam de koffie inschenken. Peggy Kimball keek Jean recht in de ogen. Haar schertsende houding was verdwenen. 'Ik herinner me je nog, Jean,' zei ze. 'Dr. Connors heeft veel adopties geregeld voor jonge meisjes in jouw positie. Ik had medelijden met je, omdat je een van de zeer weinigen was die alleen naar het spreekuur kwamen. De meeste meisjes hadden een ouder of een andere bezorgde volwassene bij zich, soms zelfs de vader van de baby, die meestal ook niet veel meer was dan een bange tiener.'

'Dat is geweest,' zei Jean rustig, 'maar we zijn nu hier omdat ik als bezorgde volwassene inzit over het negentienjarige meisje dat mijn dochter is en misschien hulp nodig heeft.'

Sam Deegan had de oorspronkelijke faxen meegenomen, maar zij had er kopieën van gemaakt, evenals van het DNA-rapport, waarin werd bevestigd dat de haren in de borstel van Lily afkomstig waren. Ze haalde de papieren uit haar tas en liet ze aan Peggy zien. 'Peggy, stel dat ze jouw dochter was,' zei ze. 'Zou je dan niet ongerust zijn? Zou je dit niet als een dreigement opvatten?' Ze keek haar recht aan.

'Ja, dat zou ik zeker.'

'Peggy, weet jij wie Lily heeft geadopteerd?'

'Nee, dat weet ik niet.'

'Een advocaat moet de papieren in orde hebben gemaakt. Weet je met welke advocaat of welk advocatenkantoor dr. Connors samenwerkte?'

Peggy Kimball aarzelde en zei toen langzaam: 'Ik betwijfel of er in jouw geval een advocaat aan te pas is gekomen, Jean.'

Er is iets wat ze me niet durft te vertellen, dacht Jean. 'Peggy, dr. Connors is een paar dagen voor mijn uitgerekende datum naar Chicago gekomen, heeft de bevalling ingeleid en heeft Lily een paar uur na haar geboorte bij me weggehaald. Weet je of hij haar geboorte in Chicago heeft geregistreerd, of hier?'

Peggy staarde nadenkend naar het koffiekopje in haar hand en keek toen Jean weer aan. 'Ik weet niets over jouw geval in het bijzonder, Jean, maar ik weet wel dat dr. Connors een baby na de geboorte soms rechtstreeks bij de adoptieouders liet registreren, alsof de vrouw de natuurlijke moeder was.'

'Maar dat is onwéttig,' protesteerde Jean. 'Daar had hij het recht niet toe.'

'Dat weet ik, maar dr. Connors had een vriend die was geadopteerd en die als volwassene voortdurend op zoek is geweest naar zijn natuurlijke ouders. Het werd een obsessie voor hem, ook al waren zijn adoptieouders stapelgek op hem en behandelden ze hem net als hun eigen kinderen. Dr. Connors zei dat het eeuwig jammer was dat hem ooit was verteld dat hij was geadopteerd.'

'Je wilt dus zeggen dat er misschien geen oorspronkelijk geboortecertificaat is en dat er geen advocaat bij betrokken is geweest. Lily denkt misschien dat de mensen die haar hebben geadopteerd haar natuurlijke ouders zijn!'

'Het is mogelijk, vooral omdat dr. Connors naar Chicago is gekomen om zelf de bevalling te doen. In de loop der jaren heeft hij verschillende meisjes naar die kraamkliniek in Chicago gestuurd. Meestal betekende dat dat hij de registratie van de geboorte, met de naam van de natuurlijke moeder op het geboortecertificaat, oversloeg. Jean, er is nog iets anders. Het is mogelijk dat Lily's geboorte noch hier, noch in Chicago is geregistreerd. Hij kan zijn behandeld als een thuisgeboorte in Connecticut of New Jersey, bijvoorbeeld. Dr. Connors was in de wijde omtrek bekend om zijn privé-adopties.'

Ze reikte over de tafel en pakte impulsief Jeans hand. 'Jean, je hebt toen met me gepraat. Je zei dat je hoopte dat je baby gelukkig zou zijn en dat ze zou opgroeien bij een vader en moeder die veel van elkaar hielden. Ik weet zeker dat je tegen dr. Connors hetzelfde hebt gezegd. Misschien heeft hij gedacht dat hij jouw wensen vervulde door Lily de zoektocht naar jou te besparen.'

Jean had het gevoel dat er een enorme, ijzeren deur voor haar neus werd dichtgeslagen. 'Behalve dat ik haar nu móét vinden,' zei ze langzaam. De woorden bleven in haar keel steken. 'Ik móét haar vinden. Peggy, je zei net met zoveel woorden dat dr. Connors niet al zijn adopties op deze manier regelde.'

'Dat is zo.'

'Dus in sommige gevallen werkte hij wel met een advocaat?'

'Ja. Dat was Craig Michaelson. Hij heeft nog steeds een praktijk, maar hij is jaren geleden naar Highland Falls verhuisd. Je weet vast wel waar dat is.'

Highland Falls lag vlak bij West Point. 'Ja, ik weet waar het is,' zei Jean.

Peggy nam een laatste slokje van haar koffie. 'Ik moet weg – ik moet over een halfuur in het ziekenhuis zijn,' zei ze. 'Ik wou dat ik meer voor je kon doen, Jean.'

'Misschien kun je dat wel,' zei Jean. 'Feit blijft dat iemand het bestaan van Lily te weten is gekomen en dat is misschien gebeurd in de tijd dat ik zwanger was. Werkte er in de praktijk van dr. Connors nog iemand anders die bij de papieren kon komen?'

'Nee,' zei Peggy. 'Dr. Connors bewaarde die dossiers achter slot en grendel.'

De ober legde de rekening op tafel. Jean zette haar handtekening en de vrouwen liepen samen naar de lobby. Op een stoel naast de ontvangstbalie zat Jack Emerson, met een krant op schoot. Hij knikte naar Jean terwijl ze bij de deur afscheid nam van Peggy en sprak haar aan toen ze hem op weg naar de lift passeerde.

'Jean, heb je nog iets van Laura gehoord?'

'Nee.' Ze was benieuwd waarom Jack Emerson in het hotel was. Na die afschuwelijke woordenwisseling bij het diner, gisteravond, zou hij vast Robby Brent niet tegen het lijf willen lopen. Toen hij begon te praten, vroeg ze zich af of hij soms gedachten kon lezen.

'Ik wil mijn excuses aanbieden voor die woordenwisseling met Robby, gisteravond,' zei Emerson. 'Ik hoop dat je begrijpt dat het een gemene insinuatie was, die hij maakte. Ik heb Laura niet om die foto gevraagd. Ik had haar geschreven of ze als eregast bij de reünie wilde zijn, en ze stuurde die foto mee met het briefje waarin ze de uitnodiging aanvaardde. Waarschijnlijk heeft ze honderden van die publiciteitsfoto's rondgestuurd en overal knuffels, kussen en liefs op gezet.'

Stond Jack Emerson haar op te nemen om te zien of ze zijn verklaring van de foto in zijn studeerkamer slikte? vroeg Jean zich af. Ze wist het niet zeker. 'Waarschijnlijk heb je gelijk,' zei ze nonchalant. 'Maar als je het niet erg vindt, ga ik er nu snel vandoor.' Toen kreeg haar nieuwsgierigheid de overhand. 'Het lijkt wel alsof je op iemand zit te wachten.'

'Gordie, nee, Gordon bedoel ik, heeft me gevraagd alsnog wat percelen met hem te gaan bekijken. Wat die blaaskaken van de sociëteit hem gisteren hebben laten zien, stond hem niet aan. Ik heb exclusieve rechten op een paar locaties die uitermate geschikt zijn om een hoofdkantoor te vestigen.'

'Succes. O, daar is de lift. Tot kijk, Jack.'

Jean liep snel naar de lift en wachtte even terwijl er een paar mensen uitstapten. Gordon Amory kwam er als laatste uit. 'Heb je nog iets van Laura gehoord?' vroeg hij gehaast.

'Nee.'

'Oké. Hou me op de hoogte.'

Jean stapte in de lift en drukte op het knopje van haar verdieping. Craig Michaelson, dacht ze. Zodra ik op mijn kamer ben, bel ik hem op.

Voor het hotel stapte Peggy Kimball in haar auto en deed haar gordel om. Fronsend van concentratie probeerde ze de man thuis te brengen die Jean Sheridan in de lobby had toegeknikt. Natuurlijk, dacht ze. Dat was Jack Emerson, de makelaar die de grond heeft gekocht toen tien jaar geleden ons gebouw was afgebrand.

Ze stak de sleutel in het contactslot en draaide hem om. Jack Emerson, dacht ze vol minachting. Er werd toentertijd gesuggereerd dat hij misschien iets met de brand te maken had. Hij wilde niet alleen de grond graag hebben, maar het was ook uitgekomen dat hij het gebouw als zijn broekzak kende. Op de middelbare school had hij zijn geld bij elkaar geschraapt door er een paar avonden per week schoon te maken. Werkte hij in het gebouw toen Jean patiënte was bij dr. Connors? vroeg Peggy zich af. We planden meisjes zoals zij altijd op de avonden in, zodat ze geen andere patiënten tegen het lijf konden lopen. Emerson heeft haar misschien gezien en zijn conclusies getrokken.

Ze begon achteruit de parkeerplek af te rijden. Jean wilde weten of er iemand in het gebouw had gewerkt, dacht ze. Het was misschien de moeite waard haar Jack Emerson te noemen, hoewel ze er absoluut van overtuigd was dat niemand ooit in die afgesloten dossierkast had kunnen komen.

52

Sam Deegans gegevens, waaruit moest blijken vanuit welk telefoongebied Laura naar Jean had gebeld, leverden precies dezelfde resultaten op als hij een dag eerder had binnengekregen. Het tweede telefoontje was gedaan met hetzelfde type gsm – het soort dat je kon kopen met honderd minuten beltegoed en waarvoor je geen abonneenaam hoefde op te geven.

Dinsdagmorgen om kwart over elf zat Sam in het kantoor van de officier van justitie om hem van de laatste ontwikkelingen op de hoogte te brengen. 'Het is niet hetzelfde apparaat dat Wilcox zondagavond heeft gebruikt,' vertelde hij aan Rich Stevens. 'Dit is gekocht in Orange County. Het heeft centralenummer 845. Eddie Zarro gaat nu alle zaken in de omgeving van Cornwall na waar het wordt verkocht. Het staat nu natuurlijk uit, net als de telefoon die Wilcox zondagavond heeft gebruikt om de receptie van het Glen-Ridge te bellen.'

De officier van jusitie liet een pen tussen zijn vingers ronddraaien. 'Jean Sheridan kan er niet honderd procent zeker van zijn dat ze Laura Wilcox aan de lijn had.'

'Nee, dat is zo.'

'En die verpleegster – hoe heet ze, Peggy Kimball? – heeft Sheridan verteld dat dr. Connors misschien een illegale privé-adoptie heeft geregeld voor haar baby?'

'Dat vermoedt Mrs. Kimball.'

'Heb je van de pastoor van St. Thomas nog iets gehoord over de doopregisters?'

'Tot nog toe heeft dat niets opgeleverd. Ze zijn er redelijk goed in geslaagd de mensen te bereiken die in die periode van drie maanden hun dochter hebben laten dopen, maar ze zijn nog geen mensen tegengekomen die hebben toegegeven dat hun kind is geadopteerd. De pastoor, eerwaarde Dillon, heeft het slim aangepakt. Hij heeft een paar oudgedienden gebeld die twintig jaar geleden ook al lid waren van de parochie. Zij kenden wel families die een kind hadden geadopteerd, maar geen van hen heeft een dochter die nu negentieneneenhalf is.'

'Is Dillon er nog steeds mee bezig?'

Sam wreef met zijn hand over zijn hoofd en moest er opnieuw aan denken dat Kate altijd zei dat dat slecht was voor zijn haarwortels. Hij besloot dat het een teken van vermoeidheid was dat zijn gedachten van Kate afdwaalden naar Alice Sommers. Het leek eerder twee weken dan twee dagen geleden dat hij haar had gezien. Maar sinds zaterdagmorgen vroeg, toen Helen Whelan als vermist was opgegeven, waren de zaken dan ook behoorlijk uit de hand gelopen.

'Is pastoor Dillon nog steeds bezig met het doorzoeken van de registers, Sam?' vroeg Rich Stevens nogmaals.

'Sorry, Rich. Ik zat even met mijn gedachten ergens anders. Het antwoord is ja en hij heeft ook een paar naburige parochies gebeld of zij een discreet onderzoek willen instellen. Als ze denken dat ze iets hebben, zal pastoor Dillon ons dat laten weten en dan kunnen we hun gegevens dagvaarden.'

'En gaat Jean Sheridan achter Craig Michaelson aan, de advocaat die sommige van dr. Connors adopties heeft afgehandeld?'

'Ze heeft om twee uur een afspraak met hem.'

'Wat is je volgende stap, Sam?'

Ze werden gestoord door Sams gsm. Hij haalde hem uit zijn zak en keek naar het nummer. Plotseling verdween alle vermoeidheid uit zijn gezicht. 'Het is Eddie Zarro,' zei hij en nam op. 'Wat heb je gevonden, Eddie?' vroeg hij kortaf.

De officier van justitie zag zijn gezicht betrekken. 'Dat meen je niet. God, wat ben ik stom geweest. Waarom heb ik daar zelf niet aan gedacht, en wat is die etter van plan? Oké. Ik zie je in het Glen-Ridge. Laten we hopen dat hij niet besloten heeft er vandaag vandoor te gaan.'

Sam verbrak de verbinding en keek zijn baas aan. 'Gisteravond om een paar minuten over zeven heeft iemand bij de drogist in Main Street in Cornwall een gsm met honderd minuten beltegoed gekocht. De winkelbediende herinnert zich precies wie het was, omdat hij hem op tv heeft gezien. Het was Robby Brent.'

'De komiek? Denk je dat Laura Wilcox en hij bij elkaar zijn?'

'Nee, meneer, dat denk ik niet. De winkelbediende heeft Brent nagekeken toen hij wegging. Hij heeft op de stoep staan bellen. Volgens hem was het precies op het moment dat Jean Sheridan werd gebeld, zogenaamd door Laura Wilcox.'

'Bedoel je dat je denkt...'

Sam viel hem in de rede. 'Niet iedereen is het erover eens dat Robby Brent een goede komiek is, maar hij is beslist een eersteklas imitator. Ik vermoed dat hij Jean Sheridan heeft gebeld en Laura's stem heeft nagedaan. Ik ga nu naar het Glen-Ridge. Ik zal die klootzak eens flink aan de tand voelen over wat hij van plan was.'

'Doe dat,' snauwde Rich Stevens. 'Ik hoop voor hem dat hij een verdomd goed verhaal heeft, anders beschuldig ik hem van belemmering van een politieonderzoek.'

53

Hoeveel tijd was er verstreken? Laura had het gevoel dat ze steeds opnieuw wegleed in iets dat meer was dan slaap. Hoe lang was het geleden dat de Uil hier was geweest? Ze wist het niet zeker. Gisteravond, rond de tijd dat ze voelde dat hij terug zou komen, was er iets gebeurd. Ze had geluiden gehoord op de trap, toen een stem – een stem die ze kende.

'Niet doen!' Toen had hij de naam geschreeuwd die zij niet eens mocht fluisteren.

Het was Robby Brent die had geschreeuwd en hij klonk doodsbang.

Had de Uil Robby Brent gisteravond iets aangedaan?

Ik denk het wel, besloot Laura en ze dwong zichzelf terug te glijden in een wereld waarin ze zich niet hoefde te herinneren dat de Uil misschien zou terugkomen en dat er een keer zou komen dat hij het kussen zou pakken, het boven haar gezicht zou houden, het naar beneden zou drukken en...

Wat was er met Robby gebeurd? Enige tijd nadat ze gisteravond zijn stem had gehoord, was de Uil bij haar teruggekomen en had hij haar iets te eten gegeven. Hij was kwaad geweest, zo kwaad dat zijn stem beefde toen hij haar vertelde dat Robby Brent haar stem had geïmiteerd.

'Ik moest dat hele diner uitzitten met het idee dat jij op de een of andere manier bij de telefoon was gekomen, maar toen zei mijn gezonde verstand me dat je, als je dat was gelukt, natuurlijk de politie had gebeld en niet Jean om te zeggen dat alles in orde was. Ik verdacht Brent, Laura, maar toen was dat nieuwsgierige verslaggevertje er en ik dacht dat hij misschien iets in zijn schild voerde. Robby was zo stom, Laura, zo stom. Hij is me hier naartoe gevolgd. Ik liet de deur openstaan en hij kwam binnen. O, Laura, hij was zo stom.'

Heb ik dat gedroomd? vroeg Laura zich warrig af. Heb ik dat verzonnen?

Ze hoorde een klik. Was het de deur? Ze kneep haar ogen dicht terwijl de paniek door haar lichaam schoot.

'Word wakker, Laura. Til je hoofd op, zodat ik kan zien dat je blij bent dat ik terug ben. Ik moet met je praten en ik wil merken dat je belang hecht aan alles wat ik je vertel.' De stem van de Uil werd hoog en gejaagd. 'Robby verdacht mij en probeerde mij in de val te laten lopen. Ik weet niet wanneer ik mezelf heb verraden, maar ik heb mijn maatregelen genomen. Dat heb ik je verteld. Nu begint Jean te dicht bij de waarheid te komen, Laura, maar ik weet wat ik kan doen om haar op een dwaalspoor te brengen en daarna in de val te laten lopen. Je wilt me toch wel helpen, of niet?

Of niet?' herhaalde hij luid.

'Ja,' fluisterde Laura en probeerde haar stem hoorbaar te maken door de doek voor haar mond.

De Uil leek gekalmeerd. 'Laura, ik weet dat je honger hebt. Ik heb iets te eten voor je gekocht. Maar eerst moet ik je vertellen over Jeans dochter, Lily, en je uitleggen waarom je Jean dreigbrieven hebt gestuurd. Je herinnert je dat je die brieven hebt gestuurd, nietwaar, Laura?'

Jean? Een dochter? Laura staarde naar hem omhoog.

De Uil had de kleine zaklamp aangedaan en legde hem naast haar op het nachtkastje. Het licht scheen langs haar nek en doordrong de duisternis om haar heen. Ze zag dat hij op haar neer staarde, bewegingloos nu. Toen hief hij zijn armen op.

'Ik herinner het me.' Haar mond bewoog geluidloos, terwijl zij de woorden hoorbaar probeerde uit te spreken.

Langzaam liet hij zijn armen langs zijn lichaam zakken. Laura sloot haar ogen, slap van opluchting. Het was bijna afgelopen geweest. Ze had niet snel genoeg geantwoord.

'Laura,' fluisterde hij. 'Je begrijpt het nog steeds niet. Ik ben een roofvogel. Als ik in de jacht word gestoord, weet ik maar één manier om te zorgen dat ik me weer goed voel. Breng me niet in verleiding met je koppigheid. Vertel me nu wat we gaan doen.'

Laura's keel was uitgedroogd. De doek drukte tegen haar tong. Door het verdoofde gevoel in haar handen en voeten heen voelde ze de kloppende pijn erger worden toen haar spieren verstrakten van angst. Ze sloot haar ogen en deed haar uiterste best zich te concentreren. 'Jean... haar dochter... ik heb brieven gestuurd.'

Toen ze haar ogen weer opendeed, was de zaklamp uit. Hij stond niet meer over haar heen gebogen. Ze hoorde het geluid van de deur. Hij was weg.

Ergens dichtbij rook ze de vage geur van de koffie die hij vergeten was haar te geven.

Het kantoor van advocaat Craig Michaelson was gevestigd aan Old State Road, slechts twee huizenblokken voorbij het motel waar Jean en cadet Carroll Reed Thornton hun paar nachten samen hadden doorgebracht.Toen Jean het motel naderde, ging ze langzamer rijden en knipperde ze haar tranen weg.

Het innerlijke beeld van Reed was zo sterk, haar herinnering aan hun tijd samen zo intens. Ze had het gevoel dat als ze kamer 108 binnen zou gaan, hij daar op haar zou zitten wachten. Reed met zijn blonde haar en blauwe ogen, zijn sterke armen die hij om haar heen sloeg... hij had haar een geluksgevoel gegeven dat ze in alle achttien jaar van haar leven daarvoor niet voor mogelijk had gehouden.

'Ik droom van Jeannie...'

Lange tijd nadat Reed was overleden, werd ze nog vaak wakker met de muziek van dat liedje in haar hoofd. We waren zo verliefd, dacht Jean. Ik was Assepoester en hij was de prins op het witte paard. Hij was lief en intelligent en hij was veel volwassener dan je van iemand van tweeëntwintig zou verwachten. Hij hield van het militaire leven. Hij moedigde mij aan met schrijven. Hij plaagde me dat als hij op een dag generaal zou zijn, ik zijn biografie zou schrijven. Toen ik hem vertelde dat ik zwanger was, maakte hij zich zorgen, omdat hij wist hoe zijn vader op zo'n vroeg huwelijk zou reageren. Maar toen zei hij: 'We schuiven onze plannen gewoon op, Jeannie, meer niet. Er zijn in mijn familie wel meer mensen jong getrouwd. Mijn grootvader is getrouwd op de dag dat hij afstudeerde van West Point en mijn grootmoeder was pas negentien.'

'Maar je hebt me verteld dat je grootouders elkaar al van jongs af aan kenden,' had ze daar tegenin gebracht. 'Dat is heel anders. Ze zullen mij zien als een stadsmeisje dat zwanger is geraakt om jou tot een huwelijk te dwingen.'

Reed had zijn hand over haar mond gelegd. 'Die praatjes wil ik niet horen,' had hij vastbesloten gezegd. 'Als ze je eenmaal kennen, zullen mijn ouders dol op je zijn. Maar nu we het er toch over hebben, je moet me binnenkort maar eens aan jouw vader en moeder voorstellen.'

Ik had aan Bryn Mawr willen studeren als ik Reeds ouders ontmoette, dacht Jean. Tegen die tijd zouden mijn vader en moeder uit elkaar zijn. Als zijn ouders hen ieder apart hadden leren kennen, hadden ze hen waarschijnlijk wel gemogen. Dan waren ze misschien niets van hun problemen te weten gekomen.

Áls Reed nog had geleefd.

Maar zelfs als hij jong had moeten sterven, had ik Lily kunnen houden, als we eerst maar getrouwd waren geweest. Reed was enig kind. Zijn ouders waren misschien kwaad geweest over ons huwelijk, maar ze hadden het vast geweldig gevonden om een kleinkind te hebben.

We hebben allemaal enorm veel verloren, dacht Jean met pijn in haar hart, terwijl ze het gaspedaal indrukte en snel het motel voorbijreed.

Craig Michaelsons kantoor besloeg een hele verdieping van een gebouw, waarvan Jean wist dat het er nog niet was geweest toen Reed en zij met elkaar omgingen. De receptie zag er aantrekkelijk uit, met gelambriseerde muren en ruime stoelen, bekleed met antieke, ingeweven patronen. Jean stelde vast dat Michaelsons kantoor er van buitenaf in ieder geval uitzag als een bloeiend bedrijf.

Ze had van tevoren niet geweten wat ze moest verwachten. Onderweg van Cornwall naar Highland Falls had ze besloten dat als Michaelson had meegewerkt aan dr. Connors' systeem van onjuist geregistreerde geboorten, hij waarschijnlijk een charlatan was, van wie weinig medewerking viel te verwachten.

Nadat ze tien minuten had gewacht, kwam Craig Michaelson zelf naar de receptie en bracht haar naar zijn privé-kantoor. Hij was een lange man van begin zestig, fors gebouwd en met licht voorovergebogen schouders. Zijn volle bos haar, meer donkergrijs dan zilverkleurig, zag eruit alsof hij net bij de kapper vandaan kwam. Zijn donkergrijze pak was mooi van snit en zijn das had een gedekte, grijs met blauwe print. Zowel zijn uiterlijke verschijning als de smaakvolle meubelen en schilderijen in zijn kantoor wezen erop dat ze te maken had met een gereserveerde, behoudende man.

Jean besefte dat dit weleens het ergst denkbare scenario zou kunnen zijn. Als Craig Michaelson níét betrokken was geweest bij Lily's adoptie, zou ze ook hier niet verder komen met haar zoektocht.

Ze keek de advocaat recht in de ogen terwijl ze hem vertelde over Lily en hem de kopieën liet zien van de faxen en het DNA-rapport. Ze schetste haar eigen achtergrond, waarbij ze met tegenzin de nadruk legde op haar aanzien in academische kringen, de onderscheidingen en prijzen die ze had ontvangen en het feit dat door de bestseller die ze had geschreven, haar financiële succes algemeen bekend was.

Michaelson wendde zijn blik alleen van haar af om de faxen te bestuderen. Ze wist dat hij probeerde in te schatten of ze hem de waarheid vertelde of dat ze een zorgvuldig uitgewerkt nepverhaal opdiste.

'Van Peggy Kimball, de verpleegster die bij dr. Connors heeft gewerkt, heb ik gehoord dat sommige adopties die de dokter regelde, illegaal waren,' zei ze. 'Wat ik moet weten en wat ik u smeek mij te vertellen, is dit: heeft u de adoptie van mijn kind zelf afgehandeld, en weet u wie haar heeft geadopteerd?'

'Dr. Sheridan, laat ik u allereerst vertellen dat ik nooit iets te maken heb gehad met adopties die niet precies volgens de letter van de wet zijn afgehandeld. Als dr. Connors op welk moment dan ook buiten de wet om heeft geopereerd, heeft hij dat gedaan zonder dat ik dat wist of erbij betrokken was.'

'Als u inderdaad de adoptie van mijn baby heeft afgehandeld, wilt u dan zeggen dat mijn naam daarbij is geregistreerd als naam van de moeder en Carroll Reed Thornton als die van de vader?'

'Ik wil zeggen dat alle adopties die ik heb afgehandeld, legaal waren.'

Na jaren les te hebben gegeven aan studenten, van wie sommigen expert waren in het verkondigen van halve waarheden, wist Jean precies wanneer iemand iets voor haar achterhield. Ze wist dat dit nu het geval was.

'Mr. Michaelson, het is mogelijk dat een negentieneneenhalfjarig meisje in gevaar is. Als u de adoptie heeft afgehandeld, weet u wie haar heeft geadopteerd. U kunt haar nu proberen te beschermen. Sterker nog, naar mijn mening heeft u de morele plicht dat te doen.'

Dat had ze niet moeten zeggen. Achter de zilveromrande bril kregen Craig Michaelsons ogen een ijzige uitdrukking.

'Dr. Sheridan, u heeft erop gestaan dat ik u vandaag zou ontvangen. U bent hier gekomen met een verhaal waarvan ik op uw woord moet geloven dat het waar is. U heeft met zoveel woorden gezegd dat ik in het verleden misschien de wet heb overtreden, en nu éist u van me dat ik de wet overtreed om u te helpen. Er zijn wettelijke manieren om te zorgen dat geboorteregisters worden vrijgegeven. U kunt het beste naar de officier van justitie gaan. Ik denk dat hij wel een verzoekschrift bij de rechter zal willen indienen om die registers vrij te geven. Ik kan u ervan verzekeren dat dat de enige manier is om dit onderzoek aan te pakken. Zoals u zelf al zegt, is het mogelijk dat iemand u, in de tijd dat u in verwachting was, bij dr. Connors heeft gezien en op de een of andere manier aan uw dossier is gekomen. U zegt ook dat het misschien allemaal om geld begonnen is. Ik vermoed eerlijk gezegd dat u gelijk heeft. Iemand weet wie uw dochter is en denkt dat u bereid bent voor die kennis te betalen.'

Hij stond op.

Even bleef Jean nog zitten. 'Mr. Michaelson, ik beschik over een redelijke intuïtie en die zegt mij dat u de adoptie van mijn dochter heeft afgehandeld en dat u dat waarschijnlijk op legale wijze heeft gedaan. Daarnaast heb ik heel sterk het gevoel dat degene die me schrijft en dicht genoeg bij Lily in de buurt is om haar haarborstel te stelen, gevaarlijk is. Ik zal naar de rechtbank gaan met het verzoek de geboorteregisters vrij te geven. Feit blijft echter dat mijn kind in de tussentijd misschien iets overkomt, omdat u mij nu tegenwerkt. Als dat gebeurt en ik erachter kom, sta ik niet in voor wat ik u aandoe.'

Jean kon zich niet langer inhouden en de tranen stroomden over haar wangen. Ze draaide zich om en rende de kamer uit, zich niets aantrekkend van de receptioniste en de mensen in de ontvangstruimte, die stomverbaasd opkeken toen ze hun voorbij rende. Toen ze bij haar auto kwam, rukte ze het portier open, stapte in en verborg haar gezicht in haar handen.

Op dat moment werd ze ijskoud van schrik. Net zo duidelijk alsof Laura bij haar in de auto zat, hoorde ze haar stem smeken: 'Jean, help me! Alsjeblieft, Jean, help me!'

55

Vanuit het raam van zijn kantoor keek Craig Michaelson met een diepbezorgde blik hoe Jean Sheridan naar haar auto rende. Ze is eerlijk, dacht hij. Dit is geen vrouw die een wild verhaal heeft bedacht om haar kind te vinden. Moet ik Charles en Gano waarschuwen? Als Meredith iets overkomt, gaan ze daar kapot aan.

Hij wilde en mocht Jean Sheridans identiteit niet aan hen onthullen, maar hij kon Charles in ieder geval op de hoogte brengen van de dreigementen aan het adres van zijn geadopteerde dochter. Hij zou zelf moeten beslissen wat hij tegen Meredith zou zeggen en hoe hij haar zou proberen te beschermen. Als het verhaal over de haarborstel waar was, zou Meredith zich misschien kunnen herinneren waar ze was toen ze hem kwijtraakte. Dat zou een manier kunnen zijn om te achterhalen wie de faxen had verstuurd.

Jean Sheridan had gezegd dat als er iets met haar dochter zou gebeuren dat hij had kunnen voorkomen, ze niet zou instaan voor wat ze hem zou aandoen, herinnerde hij zich. Charles en Gano zouden er precies zo over denken.

Craig Michaelson had zijn beslissing genomen. Hij liep naar zijn bureau en pakte de telefoon. Hij hoefde het nummer niet op te zoeken. Wat een krankzinnig toeval, dacht hij, terwijl hij het nummer intoetste. Jean Sheridan woont niet ver bij Charles en Gano vandaan. Zij woont in Alexandria, zij in Chevy Chase.

De telefoon was pas één keer overgegaan toen hij werd opgenomen. 'Met het kantoor van generaal Buckley,' zei een kordate stem.

'U spreekt met Craig Michaelson, een goede vriend van generaal Buckley. Ik heb een belangrijke kwestie met hem te bespreken. Is hij daar?'

'Het spijt me, meneer. De generaal is voor dienstzaken naar het buitenland. Kan iemand anders u misschien helpen?'

'Nee, ik vrees van niet. Spreekt u de generaal nog?'

'Jazeker, meneer. Het kantoor heeft regelmatig contact met hem.'

'Zeg dan tegen hem dat het van het grootste belang is dat hij me zo snel mogelijk belt.' Craig spelde zijn naam en gaf zowel het nummer van zijn gsm als van het toestel op zijn werk. Hij aarzelde, maar besloot niet te zeggen dat het om Meredith ging. Charles zou onmiddellijk reageren als hij een dringende boodschap binnenkreeg – daar was hij van overtuigd.

Trouwens, dacht Craig Michaelson, terwijl hij de telefoon neerlegde, Meredith is op West Point veiliger dan waar dan ook.

Toen bekroop hem de verontrustende gedachte dat zelfs het feit dat hij op West Point was geweest, niet de dood had kunnen voorkomen van Merediths natuurlijke vader, cadet Carroll Reed Thornton jr.

56

De eerste die Carter Stewart zag toen hij om halfvier het Glen-Ridge House binnenkwam, was Jake Perkins, die, zoals gewoonlijk, onderuitgezakt in een stoel in de lobby zat. Heeft dat joch geen thuis? vroeg Stewart zich af, terwijl hij naar de telefoon aan het eind van de balie liep en het nummer van Robby Brents kamer belde.

Er werd niet opgenomen. 'Robby, ik dacht dat wij om halfvier hadden afgesproken,' gromde Stewart, in reactie op de suggestie van de automatische telefoonbeantwoorder om een boodschap in te spreken. 'Ik blijf nog een kwartier in de lobby.'

Toen hij ophing, zag hij rechercheur Sam Deegan in het kantoortje achter de balie zitten. Hun blikken kruisten elkaar en Deegan stond op, duidelijk van plan hem aan te spreken. Er was iets resoluuts in Deegans bewegingen dat Stewart ervan overtuigde dat dit niet zomaar een kletspraatje zou worden.

Ze stonden tegenover elkaar, met de balie tussen hen in.

'Mr. Stewart,' zei Sam. 'Ik ben blij u te zien. Ik had een boodschap voor u achtergelaten bij uw hotel en ik hoopte al dat ik iets van u zou horen.'

'Ik heb met mijn regisseur gewerkt aan het script voor mijn nieuwe stuk,' zei Carter Stewart kortaf.

'Ik zag u bellen. Heeft u een afspraak met iemand?'

Stewart merkte dat Sam Deegans vraag hem irriteerde. Dat gaat je niks aan, wilde hij zeggen, maar iets in Deegans houding maakte dat hij de opmerking inslikte. 'Ik heb om halfvier een afspraak met Robby Brent. En voor u me gaat vragen waar die afspraak over gaat, wat u ongetwijfeld wilt weten, zal ik uw nieuwsgierigheid bevredigen. Brent heeft een hoofdrol gekregen in een nieuwe comedyserie. Hij heeft de eerste scripts gelezen en vindt dat ze de plank misslaan — ze zijn niet grappig, om precies te zijn. Hij heeft mij gevraagd te bekijken of er naar mijn professionele mening nog iets aan te redden valt.'

Mr. Stewart, u wordt wel vergeleken met literaire toneelschrijvers zoals Tennessee Williams en Edward Albee,' zei Sam scherp. 'Ik ben maar een gewone jongen, maar de meeste comedyseries zijn een belediging voor de intelligentie van de kijker. Het verbaast me dat u zoiets wilt beoordelen.'

'Het was niet mijn keus,' zei Stewart op ijzige toon. 'Gisteravond na het diner vroeg Robby Brent me de scripts te bekijken. Hij bood aan ze naar mijn hotel te brengen, maar zoals u begrijpt had ik hem dan mijn kamer uit moeten werken nadat ik het materiaal had bekeken. Het was veel gemakkelijker om op de terugweg van mijn regisseur hier langs te gaan. En hoewel ik zelf geen comedyseries schríjf, ben ik een uitstekend beoordelaar van geschreven teksten, in welke vorm dan ook. Weet u of Robby snel wordt terugverwacht?'

'Ik heb geen idee wat zijn plannen zijn,' zei Sam. 'Ik ben hier ook naartoe gekomen om met hem te praten. Ik kreeg geen gehoor toen ik hem belde en toen me duidelijk werd dat niemand hem vandaag nog had gezien, heb ik het dienstmeisje gevraagd zijn kamer binnen te gaan. Zijn bed is niet beslapen. Het lijkt erop dat Mr. Brent verdwenen is.'

Sam wist niet zeker of hij eigenlijk wel zoveel informatie aan Carter Stewart wilde prijsgeven, maar zijn intuïtie volgend, besloot hij het toch te doen en Stewarts reactie af te wachten. Deze bleek heftiger dan hij had verwacht.

'Verdwénen! Och, kom nou toch, Mr. Deegan. Denkt u niet dat deze komedie lang genoeg heeft geduurd? Ik zal het u uitleggen: in die serie die ze willen gaan uitzenden zit een rol voor een sexy blondine, die wel iets weg heeft van de verdwenen Laura Wilcox. Laatst op West Point, tijdens de lunch om precies te zijn, zat Brent Laura te vertellen dat zij misschien geknipt was voor die rol. Ik begin te geloven dat het hele circus rond haar verdwijning niet meer is dan een publiciteitsstunt. En als u me nu wilt excuseren, ik ben niet van plan mijn tijd te verdoen met wachten op Robby.'

Ik mag die kerel niet, dacht Sam, terwijl hij Carter Stewart nakeek. Stewart droeg een enigszins haveloze, donkergrijze trui en smerige gymschoenen, een zwerversoutfit die naar Sams inschatting waarschijnlijk een vermogen had gekost.

Maar los van mijn gevoelens voor hem, slaat hij de spijker misschien op zijn kop? vroeg Sam zich af. In de ruim drie uur dat hij in het kantoortje had gezeten, had hij flink nagedacht en was daarbij steeds meer geïrriteerd geraakt.

We weten dat Brent dat telefoontje heeft gepleegd waarin hij Laura nabootste, redeneerde hij. Hij heeft een gsm gekocht die blijkt te zijn gebruikt om Jean te bellen. De winkelbediende die hem het apparaat heeft verkocht, heeft hem ermee zien bellen, precies op het moment dat Jean dacht Laura aan de lijn te hebben. Ik begin te denken dat Stewart misschien gelijk heeft en dat dit allemaal een manier is om publiciteit te krijgen. En als dat zo is, wat zit ik hier dan mijn tijd te verdoen, terwijl er in Orange County een moordenaar vrij rondloopt die een onschuldige vrouw zijn auto in heeft gesleurd en doodgestoken?

Toen hij bij het Glen-Ridge House was aangekomen, had Eddie Zarro daar op hem zitten wachten, maar Sam had hem weggestuurd met de opmerking dat het geen zin had om met z'n tweeën op Brent te gaan wachten. Sam dacht er even over na en besloot toen zich door Zarro te laten aflossen en naar huis te gaan. Ik moet eens een nacht goed slapen, dacht hij. Ik ben zo moe dat ik niet meer goed kan nadenken.

Terwijl hij zijn gsm pakte om het bureau te bellen, drong het plotseling tot hem door dat Amy Sachs, de receptioniste, vlak naast hem zat. 'Mr. Deegan,' begon ze, met nauwelijks hoorbare stem, 'u bent hier al vanaf vanmorgen en ik weet dat u nog niets heeft gegeten. Zal ik koffie en een boterham voor u laten komen?'

'Dat is erg aardig, maar ik ga zo weg,' zei Sam tegen haar. Hij vroeg zich af hoe dicht Amy Sachs in de buurt was geweest toen hij met Stewart stond te praten. Ze liep geruisloos en ook als ze haar mond opendeed, hoorde je haar nauwelijks. Waarom ben ik er toch zo zeker van dat haar gehoor uitstekend in orde is, dacht hij sardonisch, toen hij haar een blik met Jake Perkins zag wisselen. En waarom ben ik ervan overtuigd dat ze, zodra ik mijn hielen heb gelicht, Jake op de hoogte brengt van het feit dat Brent weg is en dat Stewart denkt dat al deze heisa een publiciteitsstunt is?

Sam liep het kantoortje in. Van daaruit had hij een goed uitzicht op de hoofdingang. Een paar minuten later zag hij Gordon Amory binnenkomen. Hij haastte zich om bij hem te zijn voor hij de lift bereikte.

Amory was duidelijk niet in de stemming om over Robby Brent te praten. 'Ik heb hem niet meer gesproken sinds die vulgaire vertoning van gisteravond,' zei hij. 'En aangezien u erbij was toen Robby Jack Emerson aanviel, vind ik dat u moet weten dat ik sinds tien uur vanmorgen samen met Emerson wat onroerend goed heb bekeken. Hij heeft de exclusieve verkoop van een paar schitterende stukken grond. Hij heeft me ook de percelen laten zien die hij Robby ter overweging had aangeboden. Ik moet u zeggen dat ze heel redelijk waren geprijsd en naar mijn mening een uitstekende investering vormen voor de lange termijn. Met andere woorden: ik vind dat we bij alles wat Robby Brent insinueert, zegt, of doet, maar eens goed moeten kijken wat zijn werkelijke drijfveren zijn. En als u me nu wilt excuseren, ik moet nog een aantal telefoontjes plegen.'

De liftdeur ging open, maar voor Amory kon instappen, zei Sam: 'Nog een ogenblikje alstublieft, Mr. Amory.'

Met een berustend lachje dat veel weg had van een grijns, draaide Amory zich naar hem om.

'Mr. Amory, Robby Brent heeft vannacht niet in zijn kamer geslapen. We denken dat hij Jean Sheridan heeft gebeld en Laura Wilcox heeft geïmiteerd. Uw collega, Mr, Stewart, denkt dat Brent en Wilcox een schijnvertoning opvoeren om publiciteit te werven voor Mr. Brents nieuwe tv-serie. Wat denkt u ervan?'

Gordon Amory trok een wenkbrauw op. Even leek hij met stomheid geslagen, maar toen verscheen er een geamuseerde blik op zijn gezicht. 'Een publiciteitsstunt! Natuurlijk, dat is logisch. Als u de societyrubriek van de New York Post erop naslaat, zult u zien dat dat precies is wat ze achter Laura's verdwijning zoeken. Nu is Robby verdwenen, en u vertelt me dat hij het was die Jean gisteravond heeft opgebeld. En wij zitten ons al die tijd maar ongerust te maken.'

'Dus volgens u is het mogelijk dat we onze tijd verdoen met ons zorgen te maken over Laura?'

'Au contraire, die tijd is goed besteed, Mr. Deegan. De positieve kant aan dit alles is dat Laura's vermeende verdwijning me duidelijk heeft gemaakt dat er nog steeds een zachte menselijke inborst in mij schuilgaat. Ik maakte me zo ongerust over haar dat ik van plan was haar een rol in mijn nieuwe serie aan te bieden. Ik durf te wedden dat u gelijk hebt. De lieve meid heeft al iets anders op het oog en pakt dat zeer succesvol aan. Maar nu moet ik echt gaan.'

'Ik neem aan dat u binnenkort vertrekt,' opperde Sam.

'Nee, ik ben nog steeds onroerend goed aan het bekijken. Maar ik denk dat ik u niet meer zal zien, want u zult zich nu wel gaan bezighouden met het oplossen van echte misdrijven. Tot ziens.'

Sam keek toe hoe Amory in de lift stapte. Weer zo een die zich intellectueel ver boven een rechercheur verheven voelt, dacht hij. Nou, laten we maar afwachten. Sam voelde zijn zenuwen trillen terwijl hij terugliep door de lobby. Of Laura's verdwijning een publiciteitsstunt is of niet, het is nog steeds zo dat vijf vrouwen van de lunchtafel dood zijn.

Hij had gehoopt dat Jean terug zou zijn voor hij wegging, dus hij was blij toen hij haar bij de balie zag staan. Hij liep snel naar haar toe om te horen hoe haar ontmoeting met de advocaat was verlopen.

Ze vroeg of er berichten voor haar waren. Altijd maar bang dat ze weer een fax krijgt over Lily, dacht Sam. En je kunt het haar moeilijk kwalijk nemen. Hij legde zijn hand op haar arm. Toen ze zich omdraaide, viel het hem op dat het leek alsof ze gehuild had. 'Zal ik een kop koffie voor je halen?' bood hij aan.

'Een kop thee zou heerlijk zijn.'

'Miss Sachs, als Mr. Zarro terugkomt, wilt u hem dan vragen naar de koffiehoek te komen?' vroeg Sam aan de receptioniste.

In de koffiehoek wachtte hij tot Jeans thee en zijn koffie waren gebracht. Hij had de indruk dat Jean nog steeds moeite had haar kalmte te herwinnen. Ten slotte zei hij: 'Ik begrijp dat het gesprek met advocaat Craig Michaelson niet goed is verlopen.'

'Wel en niet,' zei Jean langzaam. 'Sam, ik zou er alles om durven verwedden dat Michaelson de adoptie heeft afgehandeld en misschien weet waar Lily nu is. Ik ben onbeleefd tegen hem geweest. Ik heb hem bijna bedreigd. Onderweg hiernaartoe heb ik de auto aan de kant van de weg gezet en hem gebeld om hem mijn excuses aan te bieden. Ik heb ook naar voren gebracht dat als hij inderdaad weet waar ze is, ze zich misschien herinnert waar ze haar haarborstel is kwijtgeraakt. Dat zou een rechtstreekse schakel kunnen zijn naar degene die haar bedreigt.'

'Wat had Michaelson daarop te zeggen?'

'Het was vreemd. Hij zei dat hij daar al aan had gedacht. Sam, ik zeg je dat hij weet waar Lily is, of dat in ieder geval kan achterhalen. Hij drong er wel heel sterk op aan dat jij of de officier van justitie een verzoekschrift bij de rechter zou indienen om onmiddellijk de geboorteregisters vrij te geven en haar ouders van de situatie op de hoogte te stellen.'

'Dan zou ik zeggen dat hij je verhaal wel degelijk serieus heeft genomen.'

Jean knikte instemmend. 'Toen ik nog bij hem in zijn kantoor was, had ik niet die indruk, maar misschien heeft mijn uitbarsting – ik zweer je dat ik op het punt stond hem iets naar zijn hoofd te gooien – hem overtuigd. Toen ik hem twintig minuten later aan de telefoon had, was zijn houding volledig omgeslagen.' Ze keek op. 'O, kijk, daar heb je Mark.'

Mark Fleischman kwam naar hun tafeltje lopen. 'Ik heb Mark over Lily verteld,' zei Jean gehaast, 'dus je kunt gewoon praten waar hij bij is.'

'Waarom heb je dat gedaan, Jean? Waarom?' Sam was ontzet.

'Hij is psychiater. Ik dacht dat hij misschien kon zeggen of die faxen echt een bedreiging vormen of niet.'

Toen Mark Fleischman dichterbij kwam, zag Sam dat Jean hem oprecht verheugd toelachte. Wees voorzichtig, Jeannie, wilde hij haar waarschuwen. Volgens mij staat deze vent behoorlijk onder druk. Er zit bij hem een spanning onder de oppervlakte, die een ouwe politierot als ik kan voelen.

Het ontging Sam niet dat Fleischman even zijn hand op die van Jean legde in reactie op haar uitnodiging bij hen te komen zitten.

'Stoor ik niet?' vroeg Mark, terwijl hij naar goedkeuring zoekend in Sams richting keek.

'Ik ben juist blij dat ik je tref,' antwoordde Sam. 'Ik wilde Jean net vragen of ze vandaag nog iets van Robby Brent had gehoord. Nu kan ik het jullie allebei tegelijk vragen.'

Jean schudde haar hoofd. 'Ik heb niets van hem gehoord.'

'Nee, ik gelukkig ook niet,' zei Fleischman. 'Heb je reden om te denken dat we iets van hem gehoord zouden moeten hebben?'

'Dat wilde ik jou net vertellen, Jean. Robby Brent moet gisteravond na het eten het hotel hebben verlaten. Tot nog toe is hij niet teruggekomen. We hebben min of meer vastgesteld dat dat telefoontje waarvan jij dacht dat het van Laura afkomstig was, is gedaan met een prepaid gsm die Brent net had gekocht en we zijn er ook vrij zeker van dat je zijn stem hebt gehoord. Zoals je weet is hij een geweldige imitator.'

Jean keek Sam stomverbaasd en geschokt aan. 'Maar waaróm dan?'

'Heb je Brent zaterdag tijdens de lunch op West Point iets tegen Laura horen zeggen over dat zij misschien in zijn nieuwe tv-serie zou komen?'

'Ja, dat heb ik wel gehoord,' zei Mark Fleischman. 'Maar ik wist niet of hij dat serieus meende of een grapje maakte.'

'Hij zei wel dat er een rol bij was die Laura misschien zou willen spelen,' bevestigde Jean.

'Zowel Carter Stewart als Gordon Amory denken dat Brent en Laura ons voor de gek houden. Wat denken jullie daarvan?' Sam kneep zijn ogen tot spleetjes terwijl hij Mark Fleischman aankeek.

Achter zijn brillenglazen kregen Marks ogen een nadenkende uitdrukking. Eerst staarde hij langs Sam heen, toen keek hij hem recht in de ogen. 'Ik denk dat dat heel goed mogelijk is,' zei hij langzaam.

'Daar ben ik het niet mee eens,' zei Jean nadrukkelijk. 'Daar ben ik het absoluut niet mee eens. Laura zit in de problemen. Ik voel het. Ik weet het.' Ze aarzelde even, maar besloot hun toch niet te vertellen dat ze het gevoel had gehad dat Laura haar om hulp smeekte. 'Alsjeblieft, Sam, denk dat niet,' smeekte ze. 'Blijf Laura zoeken, geef het niet op. Ik weet niet wat Robby Brent in zijn schild voert, maar misschien probeerde hij ons gewoon op het verkeerde spoor te zetten door haar stem te imiteren en te zeggen dat alles goed was. Het is níét goed met haar. Echt, dat weet ik zeker.'

'Rustig maar, Jeannie,' zei Mark zacht.

Sam stond op. 'Jean, ik spreek je morgenochtend vroeg weer. Ik wil graag dat je naar mij toe komt om die andere kwestie te bespreken.'

Tien minuten later, toen Eddie Zarro er was om af te wachten of Robby Brent naar het hotel terug zou komen, stapte Sam vermoeid in zijn auto. Hij startte de motor, aarzelde, dacht even na en belde toen het nummer van Alice Sommers. Toen ze opnam, werd hij voor de zoveelste keer getroffen door de zilverachtige klank in haar stem. 'Heb je misschien een glas sherry voor een vermoeide detective?' vroeg hij.

Een halfuur later zat hij in een diepe, leren leunstoel, met zijn voeten op de poef bij de open haard in Alice Sommers' studeerkamer. Toen hij het laatste slokje van zijn sherry had opgedronken, zette hij het glas op het tafeltje naast zich. Alice had weinig overredingskracht nodig gehad om hem over te halen een dutje te doen terwijl zij een vroege maaltijd bereidde. 'Je moet eerst eten,' had ze gezegd. 'Dan ga je daarna meteen naar huis om eens een nacht goed te slapen.'

Terwijl zijn ogen begonnen dicht te vallen, wierp Sam nog een slaperige blik op het kastje met snuisterijen naast de open haard. Hij sliep al vóór een van de voorwerpen die hij daar zag, kans had gehad een schrikreactie in zijn onderbewustzijn op te roepen.

Amy Sachs ging om vier uur naar huis, kort nadat Sam Deegan uit het Glen-Ridge House was vertrokken. Zij en Jake Perkins hadden afgesproken bij McDonalds, ongeveer een kilometer verderop. Nu bracht ze hem onder het eten van een hamburger op de hoogte van Sam Deegans activiteiten en het gesprek dat ze had afgeluisterd tussen hem en, zoals zij hem beschreef, 'die verwaande toneelschrijver, Carter Stewart'.

'Mr. Deegan kwam naar het hotel om Mr. Brent op te zoeken,' legde ze uit. 'Eddie Zarro, die andere rechercheur, zat op hem te wachten. Ze zagen er allebei een beetje nijdig uit. Toen Mr. Deegan Brent niet aan de telefoon kreeg, liet hij meteen Pete, de portier, komen om hen naar zijn kamer te brengen. Toen Brent niet opendeed, moest Pete van Mr. Deegan de deur openmaken. Toen kwamen ze erachter dat Mr. Brent gisteravond niet was teruggekomen.'

Af en toe een hap nemend van zijn hamburger, zat Jake vlug te schrijven in zijn notitieboekje. 'Ik dacht dat Carter Stewart zich na de reünie had uitgeschreven,' zei hij. 'Waarom kwam hij vanmiddag dan terug? Met wie had hij een afspraak?'

'Stewart zei tegen Mr. Deegan dat hij had afgesproken dat hij de scripts voor Robby Brents nieuwe tv-programma zou bekijken. Daarna hadden ze het over een gsm. Ik kon niet alles verstaan, omdat Mr. Deegan niet zo hard praat. Mr. Stewart ook niet, maar zijn stem is nogal doordringend en ik ben gezegend met een goed gehoor. Ze zeggen zelfs, Jake, dat mijn grootmoeder op haar negentigste nog een worm door het gras kon horen kruipen.'

'Mijn grootmoeder zegt altijd dat ik onduidelijk praat,' zei Jake.

'Dat doe je ook,' fluisterde Amy. 'Maar goed, toen Mr. Deegan aan Mr. Stewart vroeg of hij dacht dat het allemaal een publiciteitsstunt was van Laura Wilcox en Robby Brent, scheen hij dat inderdaad te denken. En misschien heb ik iets gemist, maar is het zo dat dr. Sheridan gisteravond een telefoontje heeft gekregen van Laura Wilcox?'

Jake zwolg in de onverwachte stortvloed aan informatie. De hele middag had hij het gevoel gehad dat hij naar een stomme film zat te kijken. Hij zat in de lobby de activiteiten te observeren, zonder in de buurt van de balie te durven komen of te laten merken dat hij de gesprekken probeerde af te luisteren. 'Ja, dr. Sheridan heeft inderdaad een telefoontje gekregen van Laura Wilcox. Ik was toevallig in de buurt toen ze er in de kleine eetzaal over zaten te praten.'

'Jake, ik geloof niet dat ik het allemaal goed begrijp. Je weet hoe dat gaat – je hoort steeds maar een beetje. Je kunt niet te dichtbij komen zonder op te vallen, maar ik heb de indruk dat Robby Brent gisteravond heeft gebeld en heeft gedaan alsof hij Laura Wilcox was.'

Jakes hand bleef met zijn laatste stuk hamburger in de lucht steken. Langzaam liet hij zijn hand naar zijn bord zakken. Het was duidelijk dat hij snel probeerde te verwerken wat Amy hem zojuist had verteld. 'Robby Brent heeft gebeld en nu is hij er niet, en zij denken dat dit allemaal alleen maar een publiciteitsstunt is voor een of andere nieuwe tv-serie?'

Amy's enorme bril wiebelde heen en weer op haar neus terwijl ze opgewekt knikte. 'Het lijkt wel reality-tv, vind je niet?' zei ze. 'Denk je dat er misschien verborgen camera's in het hotel hangen, die alles opnemen?'

'Dat zou je haast gaan denken,' beaamde Jake. 'Je bent een slimme meid, Amy. Als ik mijn eigen krant begin, neem ik jou als columniste. Heb je nog meer opgemerkt?'

Ze tuitte haar lippen. 'Nog één dingetje. Mark Fleischman – je weet wel, die leuke eregast, die psychiater...'

'Ja, die ken ik. Wat is er met hem?'

'Ik zwéér je dat hij verliefd is op dr. Sheridan. Hij ging vanmorgen vroeg weg en toen hij terugkwam, liep hij meteen als een haas naar de balie om dr. Sheridan te bellen. Ik heb alles gehoord.'

'Natuurlijk,' zei Jake met een grijns.

'Ik zei tegen hem dat ze in de koffiehoek zat. Hij bedankte me, maar voor hij daarnaartoe ging, vroeg hij of dr. Sheridan vandaag nog nieuwe faxen had ontvangen. Hij keek bijna teleurgesteld toen ik zei van niet en hij vroeg of ik zéker wist dat ze er geen een had gekregen. Zelfs als hij verkikkerd op haar is, vind ik het wel een beetje brutaal van hem om naar haar post te informeren, vind jij ook niet?'

'Ergens wel, ja.'

'Maar hij is aardig en ik vroeg zo terloops aan hem of hij een prettige dag had gehad. Hij zei van ja, hij was op bezoek geweest bij een paar oude vrienden op West Point.'

58

Toen Sam Deegan was vertrokken, bleven Jean Sheridan en Mark Fleischman nog bijna een uur aan het tafeltje in de koffiehoek zitten. Hij legde zijn hand op de hare en zij vertelde hem over haar ontmoeting met Craig Michaelson, haar overtuiging dat Michaelson Lily's adoptie had afgehandeld en hoe ze hem verbaal had aangevallen toen hij naar haar idee niet wilde begrijpen dat Lily misschien echt in gevaar was.

'Ik heb hem nog wel gebeld om mijn excuses aan te bieden,' legde ze uit. 'En ik heb hem erop gewezen dat Lily zich misschien herinnert waar ze was toen haar haarborstel verdween. Dat zou een rechtstreekse link kunnen leggen naar degene die hem heeft weggenomen, tenzij natuurlijk haar adoptieouders hierachter zitten.'

'Dat is heel goed mogelijk,' beaamde Mark. 'Volg je Michaelsons advies op? Ga je bij de rechter een verzoekschrift indienen om het dossier vrij te geven?'

'Zeker. Ik spreek Sam Deegan morgen op zijn kantoor.'

'Dat lijkt me verstandig. Jean, wat denk je van Laura? Jij gelooft niet dat dit alleen maar een publiciteitsstunt is, of wel?'

'Nee, dat geloof ik niet.' Jean aarzelde. Het was bijna halfvijf en de late middagzon wierp lange schaduwen in de vrijwel verlaten koffiehoek. Ze keek Mark over de tafel heen aan. Hij droeg een open sportshirt en een donkergroene trui. Hij is zo'n man die er altijd jongensachtig blijft uitzien, dacht ze – behalve zijn ogen. 'Wie was ook weer die leraar die jou een "oude ziel" noemde?' vroeg ze

'Dat was Mr. Hastings. Hoe kom je daar zo op?'

'Hij zei dat je wijs was voor je leeftijd.'

'Ik weet niet of hij dat als een compliment bedoelde. Waar wil je naartoe, Jeannie?'

'Dat zal ik je zeggen. Ik heb van oude zielen het idee dat ze een goed inzicht hebben. Toen ik na mijn bezoek aan Craig Michaelson in mijn auto stapte, was ik van streek. Dat heb ik je verteld. Maar Mark, als Laura toen bij me in de auto had gezeten, had ik haar niet duidelijker kunnen horen praten. Ik hoorde haar stem zeggen: "Jean, help me. Alsjeblieft, Jean, help me."'

Ze keek hem onderzoekend aan. 'Je gelooft me niet, of je denkt dat ik gek ben,' zei ze verdedigend.

'Dat is niet waar, Jeannie. Als er iemand gelooft in de kracht van de geest om te communiceren, ben ik het wel. Maar als Laura echt in de problemen zit, wat is dan Robby Brents rol in dit alles?'

'Ik heb geen idee.' Jean hief haar hand in een hulpeloos gebaar en liet hem toen weer zakken terwijl ze om zich heen keek. 'We kunnen hier maar beter weggaan. Ze zijn de tafels al aan het dekken voor het diner.'

Mark gaf een teken dat hij de rekening wilde. 'Ik wilde dat ik je kon vragen om samen te gaan eten, maar vanavond heb ik het unieke voorrecht het brood te breken met mijn vader.'

Jean keek hem opmerkzaam aan, niet wetend hoe ze moest reageren. De uitdrukking op zijn gezicht was ondoorgrondelijk. Ten slotte zei ze: 'Ik weet dat jullie geen contact meer hadden. Heeft hij je gebeld?'

'Ik liep vandaag langs het huis. Zijn auto stond er. In een opwelling, echt in een opwelling, heb ik aangebeld. We hebben een lang gesprek gehad – niet lang genoeg om iets op te lossen, maar hij heeft me wel gevraagd bij hem te komen eten. Ik heb gezegd dat ik dat zou doen, op voorwaarde dat hij bereid zou zijn antwoord te geven op bepaalde vragen die ik hem wil stellen.'

'En daar heeft hij mee ingestemd?'

'Ja. We zullen zien of hij zijn woord houdt.'

'Ik hoop dat je een oplossing vindt voor waar je mee zit.'

'Ik ook, Jeannie, maar ik reken er niet op.'

Ze liepen samen naar de lift. Mark drukte de knoppen voor de vierde en zesde verdieping in.

'Ik hoop dat jij een beter uitzicht hebt dan ik,' zei Jean. 'Ik kijk uit op de parkeerplaats.'

'Dan heb ik het inderdaad beter getroffen,' beaamde Mark. 'Ik zit aan de voorkant. Als ik op het juiste moment in mijn kamer ben, kan ik de zonsondergang zien.'

'En als ik toevallig wakker ben, zie ik wie er in de vroege ochtenduren thuiskomt,' zei Jean, terwijl de lift op de vierde verdieping stopte. 'Tot ziens, Mark.'

In haar kamer knipperde het lampje op haar telefoon, ten teken dat er een boodschap was ingesproken. Het bericht was van Peggy Kimball en was een paar minuten geleden binnengekomen. 'Jean, ik ben in het ziekenhuis en heb even pauze, dus ik zal het kort houden. Toen ik bij je wegging, bedacht ik opeens dat Jack Emerson bij de schoonmaakdienst werkte in de tijd dat jij bij dr. Connors liep. Ik heb je verteld dat dr. Connors de sleutels van zijn dossierkast altijd in zijn zak hield, maar hij moet ergens een reservesleutel hebben gehad, want ik weet dat hij zijn sleutelbos een keer vergeten was en toch bij de dossiers kon komen. Dus misschien heeft Emerson of iemand anders toch je gegevens kunnen inzien. Hoe dan ook, ik vond dat je dit moest weten. Succes.'

Jack Emerson, dacht Jean, terwijl ze de hoorn teruglegde en zich op het bed liet zakken. Zou hij degene kunnen zijn die me dit aandoet? Hij heeft hier altijd gewoond. Als de mensen die Lily hebben geadopteerd, hier wonen, kent hij hen misschien ook.

Ze hoorde een geluid en draaide zich net op tijd om om te zien dat er een gele envelop onder de deur door werd geschoven. Ze rende de kamer door en rukte de deur open.

Een hotelbediende kwam verontschuldigingen mompelend overeind. 'Dr. Sheridan, er is een fax voor u gekomen, vlak nadat er een hele stapel faxen was binnengekomen voor een van de andere gasten. Uw fax is bij zijn spullen terechtgekomen. Hij heeft hem net ontdekt en naar de balie gebracht.'

'Het is in orde,' zei Jean zacht, haar stem verstikt door angst. Ze sloot de deur en raapte de envelop op. Met bevende handen scheurde ze hem open. Het gaat over Lily, dacht ze. Het ging inderdaad over Lily. Er stond:

Jean, ik schaam me vreselijk. Ik heb het altijd geweten, van Lily, en ik ken de mensen die haar hebben geadopteerd. Ze is een geweldige meid. Ze is intelligent. Ze zit in het tweede jaar van haar opleiding en ze is erg gelukkig. Ik wilde je niet de indruk geven dat ik haar bedreigde. Ik heb wanhopig geld nodig. En ik dacht dat ik het op deze manier kon krijgen. Maak je alsjeblieft geen zorgen over Lily. Het gaat prima met haar. Ik neem binnenkort weer contact met je op. Vergeef me en laat iedereen alsjeblieft weten dat ik het goed maak. De publiciteitsstunt was Robby Brents idee. Hij zal zijn best doen om het allemaal recht te zetten. Hij wil eerst met zijn producers spreken voor hij de pers te woord staat.
Laura

Met knikkende knieën liet Jean zich op het bed zakken. Toen belde ze, huilend van opluchting en blijdschap, Sams mobiele nummer.

Jeans telefoontje onderbrak ruw het rustige slaapje waarvan Sam had liggen genieten terwijl Alice Sommers in de keuken bezig was. 'Weer een fax, Jean? Rustig aan. Lees eens voor.' Hij luisterde. 'Mijn god,' zei hij. 'Ik kan niet geloven dat die vrouw je dit heeft kunnen aandoen.'

'Heb je Jean aan de telefoon? Is alles goed met haar?' Alice stond in de deuropening.

'Ja. Laura Wilcox heeft haar die faxen over Lily gestuurd. Ze biedt haar excuses aan en beweert dat ze Lily nooit kwaad heeft willen doen.'

Alice nam de telefoon uit zijn hand. 'Jean, kun je rijden of ben je te veel van streek?' Ze luisterde. 'Kom dan hiernaartoe...'

Toen Jean aankwam, zag Alice de blijdschap van haar gezicht stralen die zij gevoeld zou hebben als Karen jaren geleden op de een of andere manier gespaard was gebleven. Ze legde haar armen om haar heen. 'O, Jean, ik heb zo voor je gebeden.'

Jean trok haar heftig tegen zich aan. 'Dat weet ik. Ik vind het onvoorstelbaar dat Laura me dit heeft aangedaan, maar ik weet zeker dat ze Lily nooit kwaad zou doen. Het ging dus tóch allemaal om geld, Sam. Mijn god, als Laura zo wanhopig was, waarom heeft ze me dan niet gewoon gevraagd haar te helpen? Een halfuur geleden stond ik op het punt je te zeggen dat Jack Emerson waarschijnlijk degene was die van Lily afwist.'

'Jean, kom, ga zitten en kalmeer. Neem een glas sherry en vertel me wat je daarmee bedoelt. Wat heeft Jack Emerson hiermee te maken?'

'Ik heb net iets gehoord waardoor ik dacht dat hij erachter zat.' Jean trok gehoorzaam haar jas uit, liep de studeerkamer in en ging in de stoel zitten die het dichtst bij de open haard stond. Toen, terwijl ze haar best deed om haar stem niet te veel te laten trillen, vertelde ze hun over het telefoontje van Peggy Kimball. 'Jack werkte in dat gebouw in de tijd dat ik patiënte was bij dr. Connors. Hij heeft deze reünie gepland om ons allemaal hierheen te krijgen. Hij had in zijn werkkamer die foto van Laura, waar Robby Brent het over had. Het leek allemaal te kloppen – tot die fax kwam. O, dat had ik jullie nog niet verteld. De fax was aan het begin van de middag binnengekomen, maar was tussen de spullen van iemand anders geraakt.'

'Had je hem aan het begin van de middag moeten krijgen?' vroeg Sam snel.

'Ja, en als dat was gebeurd, was ik niet naar Craig Michaelson gegaan. Zodra ik hem had gelezen, heb ik geprobeerd hem te bellen. Voor het geval hij van plan was contact op te nemen met Lily's adoptieouders, wilde ik hem zeggen daarmee te wachten tot ik weer iets van Laura had gehoord. Het is nu niet meer nodig om hen of haar te alarmeren.'

'Heb je nog iemand anders over die fax van Laura verteld?' vroeg Sam rustig.

'Nee. Ik kreeg hem meteen nadat ik naar mijn kamer was gegaan. Mark en ik hebben, nadat jij was weggegaan, nog zeker een uur zitten praten. O, ik moet hem snel bellen, voor hij uiteten gaat. Hij zal zo blij zijn dit te horen. Hij weet net als jullie tweeën hoe bezorgd ik ben geweest.'

Tien tegen een dat ze Fleischman heeft verteld over de mogelijkheid te achterhalen waar Lily de haarborstel heeft verloren, of bij wie ze was toen ze hem kwijtraakte, dacht Sam grimmig, terwijl hij toekeek hoe Jean haar gsm pakte.

Hij wisselde een blik met Alice en zag dat ze zijn zorg deelde. Was deze fax echt van Laura afkomstig, of was het de zoveelste bizarre wending in een steeds voortdurende nachtmerrie?

En dan was er nog een ander scenario denkbaar, dacht Sam. Als Jean gelijk heeft en Craig Michaelson inderdaad de adoptie heeft afgehandeld, is het mogelijk dat hij al contact heeft opgenomen met Lily's adoptieouders en met hen over de zoek geraakte borstel heeft gesproken.

Tenzij deze fax echt van Laura afkomstig is, is Lily een gevaar geworden voor degene die de faxen verstuurt. En die persoon is misschien op het idee gekomen dat de borstel het spoor in zijn richting zou kunnen leiden.

Ik ben niet bereid zonder meer te accepteren dat deze faxen

van Laura afkomstig zijn, dacht Sam. Nog niet, tenminste. Jack Emerson heeft in het gebouw van dr. Connors gewerkt, hij heeft altijd in deze stad gewoond en kan gemakkelijk bevriend zijn geraakt met een echtpaar uit Cornwall dat Lily heeft geadopteerd.

Mark Fleischman heeft dan misschien Jeans vertrouwen gewonnen, maar ik ben er niet gerust op. Er is iets met die man dat niets te maken heeft met zijn tv-optredens en zijn adviezen aan verstoorde gezinnen, besloot hij.

Jean sprak een boodschap in voor Fleischman. 'Hij is er niet,' zei ze. Toen snoof ze en keek met een glimlach op haar gezicht Alice aan. 'Er begint daar iets heerlijk te ruiken. Als jij me niet voor het eten uitnodigt, doe ik het zelf. O, god, ik ben zo gelukkig. Ik ben zó gelukkig!'

De nacht is van mij, dacht de Uil, terwijl hij onrustig wachtte tot het donker werd. Hij was gek geweest om het risico te nemen overdag naar het huis terug te gaan – iemand had hem kunnen zien. Maar hij had het verontrustende gevoel gehad dat Robby Brent misschien toch niet dood was. Hij was tenslotte acteur. Misschien had hij alleen maar gedaan alsof hij bewusteloos was. Hij zag voor zich hoe hij de auto uit kwam kruipen en de straat op liep – of misschien zelfs naar boven ging, Laura ontdekte en het alarmnummer belde.

Het beeld van Robby die nog leefde en in staat was hulp te gaan halen was zo sterk, dat de Uil geen andere keus had dan terug te gaan. Hij moest zichzelf ervan verzekeren dat hij echt dood was en precies daar lag waar hij hem had achtergelaten: in de kofferbak van zijn auto.

Het was bijna net als de eerste keer dat hij iemand had vermoord, die nacht in Laura's huis, dacht de Uil. Hij herinnerde zich vaag hoe hij op zijn tenen de trap op was gelopen, naar de kamer waar hij had verwacht Laura aan te treffen. Dat was twintig jaar geleden.

Gisteravond had hij geweten dat Robby Brent hem was gevolgd en het was niet moeilijk geweest hem te slim af te zijn. Maar toen had hij in Robby's zak moeten zoeken naar zijn autosleutels, zodat hij zijn auto in de garage kon zetten. Zijn eerste huurauto, die met de modderige banden, stond er al. Hij had Robby Brents auto erbij gezet en toen zijn lichaam opgehaald bij de trap, waar hij hem had vermoord, en naar de auto gesleept.

Op de een of andere manier had hij zich bij Robby Brent verraden. Op de een of andere manier was hij erachter gekomen. Hoe zat het met de anderen? Begon het net zich te sluiten en zou hij binnenkort niet meer in de nacht kunnen ontsnappen? Hij hield niet van onzekerheid. Hij had behoefte aan geruststelling – de geruststelling die hij alleen kreeg door datgene te doen wat zijn meesterschap over leven en dood bevestigde.

Om elf uur begon hij door Orange County te rijden. Niet te dicht bij Cornwall, dacht hij. Niet te dicht bij Washingtonville, waar het lichaam van Helen Whelan was gevonden. Misschien was Highland Falls een goede keus. Misschien moest hij zoeken in de buurt van het motel waar Jean Sheridan met de cadet was geweest.

Misschien was een van de zijstraten bij het motel de voorbestemde plaats waar hij zijn slachtoffer zou vinden.

Om halftwaalf, toen hij een met bomen omzoomde straat door reed, zag hij twee vrouwen op een verlichte veranda staan praten. Terwijl hij toekeek, draaide een van de twee zich om, ging naar binnen en deed de deur achter zich dicht. De ander begon de trap van de veranda af te lopen. De Uil zette zijn auto bij de stoep, deed zijn lampen uit en wachtte haar op terwijl ze over het gras naar de stoep liep.

Ze liep snel, haar blik naar beneden gericht. Ze hoorde hem niet toen hij uit zijn auto stapte en in de schaduw van de boom ging staan. Toen ze hem voorbijkwam, deed hij een stap naar voren. Hij voelde de Uil vrijkomen uit zijn kooi toen hij met zijn hand haar mond bedekte en snel het touw om haar nek schoof.

'Het spijt me voor je,' fluisterde hij, 'maar je bent uitverkoren.'

60

Het lichaam van Yvonne Tepper werd om zes uur 's morgens gevonden door Bessie Koch, een zeventigjarige weduwe die haar AOW aanvulde door in Highland Falls in Orange County The New York Times te bezorgen.

Ze had op het punt gestaan Teppers oprit op te rijden. In haar reclamefolders ging ze er prat op dat haar klanten niet op hun blote voeten hun oprit hoefden af te lopen om hun krant op te halen. 'De krant ligt er als u uw deur opendoet.' De reclamecampagne was een liefdevol eerbetoon aan haar inmiddels overleden echtgenoot, die altijd op zijn blote voeten naar buiten ging om de ochtendkrant op te halen op de plek waar hun eigen krantenbezorger hem had neergegooid, meestal dichter bij de stoep dan de voordeur.

Eerst kon Bessie niet geloven wat ze zag. Het had 's nachts gevroren en Yvonne Tepper lag tussen twee struiken op het gras, waarin hier en daar nog de rijp glinsterde. Haar benen waren gebogen en haar handen zaten in de zakken van haar marineblauwe parka. Ze lag er zo ordelijk bij dat Bessie eerst dacht dat ze alleen maar was gevallen.

Toen de werkelijkheid tot haar doordrong, bracht Bessie abrupt haar auto tot stilstand. Ze gooide het portier open en rende de paar meter naar Yvonnes lichaam. Ze stond enkele ogenblikken over haar heen gebogen en nam, verdoofd van schrik, de open ogen, de verslapte mond en het touw om haar nek in zich op.

Bessie wilde schreeuwen, maar kon geen geluid over haar lippen krijgen. Toen draaide ze zich om, wankelde terug naar de auto en ging op de bestuurdersplaats zitten. Ze leunde voorover op de claxon. In de huizen in de omgeving gingen de lichten aan en geërgerde buurtbewoners haastten zich naar het raam. Hier en daar renden mannen naar buiten om te zien wat de commotie teweegbracht – ironisch genoeg allemaal op hun blote voeten.

De man van de buurvrouw bij wie Yvonne Tepper op bezoek was geweest toen ze door de Uil werd opgewacht, sprong in de passagiersstoel van Betties auto en trok met een ruk haar handen van de schetterende claxon.

Pas op dat moment kon Bessie schreeuwen.

61

Sam Deegan was moe genoeg om de slaap der rechtvaardigen te slapen, ook al zei het instinct van de goede politieman hem dat de laatste fax die Jean had ontvangen, misschien niet deugde.

Om zes uur liep zijn wekker af en hij bleef nog even met zijn ogen dicht in bed liggen. De fax was de eerste bewuste gedachte die tot hem doordrong. Te glad, dacht hij weer. Alles wordt ermee verklaard. Maar het is twijfelachtig of een rechter een bevelschrift zal uitvaardigen om onmiddellijk Lily's dossier vrij te geven, besloot hij.

Misschien was dat de reden geweest van de fax. Misschien had iemand in paniek gehandeld, bang dat als een rechter toestemming zou geven om het dossier te openen, Lily ondervraagd zou worden over haar verloren haarborstel en de verdenking op hem zou vallen.

Dat was het scenario dat Sam zorgen baarde. Hij deed zijn ogen open, kwam overeind en sloeg de dekens terug. Aan de andere kant, dacht hij, inwendig advocaat van de duivel spelend, kan het heel goed zijn dat Laura er jaren geleden op de een of andere manier achter is gekomen dat Jean zwanger was. Bij het diner had Jean Alice en hem verteld dat Laura, voor ze verdween, iets had gezegd over Reed Thornton. 'Ik weet niet meer of ze zijn naam noemde,' zei Jean. 'Maar ik was verbaasd te horen dat ze überhaupt wist dat ik met een cadet omging.'

Ik vertrouw die fax niet, en ik vind het nog steeds te toevallig dat vijf vrouwen zijn gestorven in de volgorde waarin ze aan die lunchtafel zaten, dacht Sam, terwijl hij de keuken in slofte, het koffieapparaat aanzette, de badkamer in liep en de douchekraan opendraaide.

De koffie was klaar toen hij de keuken weer in kwam, gekleed in een jasje en een broek om naar zijn werk te gaan. Hij schonk een glas sinaasappelsap in en stopte een Engelse muffin in de broodrooster. Toen Kate nog leefde, at hij altijd havermout als ontbijt. Hoewel hij zichzelf had proberen te overtuigen van het feit dat het niet moeilijk was – eenderde kop havermout in een schaaltje, een kop magere melk erbij en alles twee minuten in de magnetron – was het nooit goed gelukt. Die van Kate was veel lekkerder. Na een poosje was hij opgehouden met het voor zichzelf te maken.

Het was bijna drie jaar geleden dat Kate haar lange strijd tegen kanker had verloren. Gelukkig was het huis niet zo groot dat hij zich, nu de jongens het huis uit waren, genoodzaakt voelde het te verkopen. Van het salaris van een rechercheur kun je geen groot huis kopen, dacht Sam. Veel andere vrouwen zouden daar misschien over geklaagd hebben, maar Kate niet. Zij was dol op dit huis, dacht hij. Zij had het gezellig gemaakt en hoe zwaar zijn dag ook was geweest, hij was er 's avonds altijd blij en dankbaar in thuisgekomen.

Het is nog steeds hetzelfde huis, dacht Sam, terwijl hij de krant ophaalde die buiten bij de keukendeur lag en aan de ontbijttafel ging zitten. Maar zonder Kate voelt het heel anders. Gisteravond, toen hij in Alice' studeerkamer had liggen soezen, had hij hetzelfde gevoel gehad dat hij vroeger hier had. Behaaglijk. Warm. De geluiden van Alice, die het eten klaarmaakte. De heerlijke geur van gebraden rundvlees die de kamer binnendreef.

Toen herinnerde hij zich plotseling dat, op het moment dat hij wegdommelde, iets zijn aandacht had getrokken. Wat was het geweest? Had het iets te maken met dat kastje, waarin Alice allerlei snuisterijtjes had staan? De volgende keer als hij bij haar langsging, zou hij eens kijken. Misschien waren het de espressokopjes die ze verzamelde. Zijn moeder had die ook zo leuk gevonden. Hij had er nog steeds een paar van haar in de servieskast staan.

Zal ik boter op mijn muffin doen, of hem droog opeten? vroeg hij zich af.

Met tegenzin besloot Sam geen boter te gebruiken. Ik heb me gisteravond niet erg aan mijn dieet gehouden, herinnerde hij zich. Die Yorkshire pudding die Alice had gemaakt, was heerlijk. Jean vond het net zo lekker als ik. Ze was zowat bezweken onder haar zorgen om Lily. Het was fijn om haar echt ontspannen te zien. Hiervoor had ze eruitgezien alsof ze het gewicht van de hele wereld op haar schouders droeg.

Laten we hopen dat die fax echt is en dat we snel weer iets van Laura horen.

Net toen hij de krant opensloeg, ging de telefoon. Het was Eddie Zarro. 'Sam, we hebben net een telefoontje gekregen van de politie in Highland Falls. Er is daar een vrouw gewurgd op het gazon voor haar huis aangetroffen. De officier van justitie wil ons allemaal zo snel mogelijk bij hem op kantoor hebben.'

Eddie had nog niet alles verteld. 'Wat nog meer?' snauwde Sam.

'Er zat zo'n klein, tinnen uiltje in haar zak. Sam, er loopt daar een gestoorde rond. En nog iets: vanmorgen op de radio werd verteld dat de verdwijning van Laura Wilcox een publiciteitsstunt is, die ze samen heeft bedacht met die komiek, Robby Brent. Rich Stevens is er absoluut niet over te spreken dat we zoveel tijd hebben verspild aan Wilcox, terwijl hij in Orange County een maniak heeft rondlopen. Dus wees verstandig en breng haar niet ter sprake.'

62

Toen Jean wakker werd, zag ze tot haar verbazing dat het negen uur was. Ze rilde toen ze uit bed stapte. Het raam stond op een kier en er waaide een kille bries door de kamer. Ze deed snel het raam dicht en trok de gordijnen open. Buiten brak de zon door de wolken. Ze besloot dat dat goed weergaf hoe ze zich voelde. De zon brak door de wolken in haar leven en ze werd overspoeld door een gevoel van gelukzaligheid. Laura is degene die me die faxen heeft gestuurd over Lily, redeneerde ze, en ik durf er mijn leven onder te verwedden dat zij haar nooit kwaad zal doen. Ze heeft gewoon geld nodig, dat is alles.

Toch hoop ik dat ze snel weer contact met me opneemt, dacht Jean. Ik zou haar moeten verachten om wat ze me heeft aangedaan, maar ik begrijp nu hoe wanhopig ze moet zijn geweest. Ze was zaterdagavond hypernerveus. Ik weet nog goed hoe ze zich gedroeg toen ik voor het diner met haar wilde praten. Ik vroeg haar of ze op de begraafplaats iemand had gezien die een roos bij zich had. Ze probeerde me steeds af te poeieren en uiteindelijk gooide ze me zo'n beetje haar kamer uit. Was dat omdat ze zag hoe erg ik van streek was en ze zich schuldig voelde over wat ze me aandeed? vroeg Jean zich af. Ik durf er alles om te verwedden dat zij die roos op de grafsteen heeft neergelegd. Ze vermoedde natuurlijk dat ik naar Reeds graf zou gaan.

Jeans laatste bewuste gedachte voor ze de vorige avond in

slaap was gevallen, was dat ze Craig Michaelson van Laura's fax op de hoogte moest stellen. Als hij had besloten contact op te nemen met Lily's adoptieouders, was het niet eerlijk hen in ongerustheid te laten.

Ze schoot haar ochtendjas aan, liep naar het bureau, zocht in haar notitieboekje naar Michaelsons kaartje en belde zijn kantoor. Hij stond haar direct te woord en het hart zonk haar in de schoenen bij het horen van zijn reactie.

'Dr. Sheridan,' zei Craig Michaelson, 'heeft u gecontroleerd of deze laatste fax echt van Laura Wilcox afkomstig is?'

'Nee, dat kan ik niet. Maar bedoelt u of ik geloof dat zij hem heeft verstuurd? Absoluut. Ik geef toe dat ik geschokt was toen ik hoorde dat Laura van het bestaan van Lily afwist en geweten moet hebben dat ik met Reed omging. Ze heeft daar toen beslist nooit iets van laten merken. Maar omdat we weten dat Robby Brent die gsm precies in de tijd heeft gekocht dat ik zogenaamd dat telefoontje van Laura kreeg, is het duidelijk dat hij mij heeft gebeld en haar stem heeft geïmiteerd. Ik denk dus dat er twee dingen door elkaar heen spelen. Laura weet wie Lily is en zit in geldnood. Robby heeft daarop Laura's verdwijning in scène gezet, omdat hij haar in zijn nieuwe comedyserie wil en uit is op publiciteit. Als u Robby Brent zou kennen, zou u weten dat hij echt iemand is om zo'n stiekeme streek uit te halen.'

Opnieuw wachtte ze op Craig Michaelsons geruststellende reactie.

'Dr. Sheridan,' zei hij ten slotte, 'ik begrijp dat u opgelucht bent. Zoals u terecht veronderstelde, was ik er gisteren, toen u bij mij op kantoor was, niet van overtuigd dat u het verhaal niet had verzonnen om erachter te komen waar uw dochter is. Eerlijk gezegd heeft uw uitbarsting me overtuigd van de oprechtheid van uw bedoelingen. Ik zal nu ook eerlijk tegen u zijn.'

Hij heeft de adoptie wel degelijk afgehandeld, dacht Jean.

Hij weet wie Lily is en wáár ze is.

'Ik achtte het mogelijke gevaar dat uw dochter bedreigt serieus genoeg om contact op te nemen met haar adoptievader. Hij is op dit moment het land uit, maar ik weet zeker dat hij zeer binnenkort contact met mij opneemt. Ik zal hem alles vertellen wat u mij heeft verteld, inclusief wie u bent. Zoals u weet, bent u geen cliënt van mij en hoeft de informatie die u mij heeft gegeven niet vertrouwelijk te blijven. Ik ben het aan hem en zijn vrouw verplicht aan te tonen dat u betrouwbaar en geloofwaardig bent.'

'Ik vind dat prima,' zei Jean. 'Maar ik wil niet dat die mensen door dezelfde hel gaan als ik de afgelopen dagen. Ik wil niet dat ze de indruk krijgen dat Lily op dit moment in gevaar is, want ik geloof niet meer dat dat zo is.'

'Ik hoop het, dr. Sheridan, maar zolang miss Wilcox niet terug is, moeten we er naar mijn mening rekening mee houden dat er misschien toch sprake is van een ernstig probleem. Heeft u de fax laten zien aan de rechercheur over wie u me vertelde?'

'Aan Sam Deegan? Jazeker. Ik heb hem zelfs aan hem meegegeven.'

'Mag ik zijn telefoonnummer?'

'Natuurlijk.' Jean kende Sams nummer uit haar hoofd, maar de aanhoudende bezorgdheid in Craig Michaelsons stem bracht haar zo van haar stuk dat ze niet zeker wist of ze het goed had onthouden. Ze zocht het nummer op, gaf het hem en zei toen: 'Mr. Michaelson, het lijkt erop dat de rollen zijn omgedraaid. Hoe komt het dat u zo bezorgd bent, terwijl ik juist opgelucht ben?'

'Door die haarborstel, dr. Sheridan. Als Lily zich iets herinnert van de details waaronder ze hem is kwijtgeraakt – waar ze was, bij wie ze was – is dat een rechtstreekse schakel naar degene die hem heeft gestuurd. Als ze zich herinnert dat ze in gezelschap is geweest van Laura Wilcox, dan kunnen we geloven dat de inhoud van de laatste fax betrouwbaar is.

Maar de adoptieouders kennende en gezien de veelbesproken levensstijl van miss Wilcox, lijkt het me zeer onwaarschijnlijk dat uw dochter bij haar in de buurt is geweest.'

'Ik begrijp het,' zei Jean langzaam. De logica van zijn redenering maakte dat ze het plotseling koud kreeg. Nadat ze hadden afgesproken contact met elkaar te houden, sloot ze het gesprek met Michaelson af. Vervolgens belde ze direct Sam op zijn mobiele nummer, maar ze kreeg geen gehoor.

De volgende die ze belde was Alice Sommers. 'Alice,' zei ze en haalde diep adem. 'Wees alsjeblieft eerlijk tegen me. Denk je dat het mogelijk is dat de fax die Laura me heeft gestuurd, of zogenaamd heeft gestuurd, een truc was om ons af te leiden en te voorkomen dat ik contact opneem met Lily's adoptieouders en navraag doe over de haarborstel?'

Ze kreeg het antwoord dat ze vreesde, maar waarvan ze intuïtief wist dat het zou komen. 'Ik vertrouwde het helemaal niet, Jeannie,' zei Alice met tegenzin. 'Vraag me niet waarom, maar het kwam op mij niet echt over, en ik zag dat Sam er precies zo over dacht.'

63

Zoals Eddie Zarro al had gewaarschuwd, was officier van justitie Rich Stevens pisnijdig. 'Die tweederangs artiesten komen hier een beetje publiciteitsstunts uithalen en onze tijd verdoen, terwijl wij een maniak hebben rondlopen,' brulde hij. 'Ik zal een persverklaring afleggen waarin ik duidelijk maak dat zowel Robby Brent als Laura Wilcox voor dit bedrog zullen worden aangeklaagd. Laura Wilcox heeft toegegeven dat zij die faxen heeft verstuurd waarin dr. Sheridans dochter wordt bedreigd. Het interesseert me niets of dr. Sheridan in een vergevingsgezinde stemming is of niet. Ik ben dat in ieder geval niet. Dreigbrieven sturen is een misdrijf en Laura Wilcox zal zich daarvoor moeten verantwoorden.'

Geschrokken haastte Sam zich Stevens tot kalmte te manen. 'Wacht even, Rich,' zei hij. 'De pers weet niets af van dr. Sheridans dochter of van de dreigementen aan haar adres. We kunnen dat nu niet naar buiten brengen.'

'Dat weet ik, Sam,' snauwde Rich Stevens. 'We zullen alleen verwijzen naar de publiciteitsstunt die Wilcox in die laatste fax heeft toegegeven.' Hij gaf Sam het dossier dat op zijn bureau lag. 'Foto's van de plaats van het misdrijf,' verklaarde hij. 'Bekijk ze maar. Nadat het telefoontje was binnengekomen, was Joy daar van onze mensen het eerst aanwezig. Ik weet dat de rest dit al gehoord heeft, maar Joy, vertel jij Sam maar wat je van het slachtoffer afweet en wat die buurvrouw je heeft verteld.'

Naast Sam en Eddie waren er nog vier andere rechercheurs in het kantoor aanwezig. Joy Lacko, de enige vrouw in de groep, was nog geen jaar bij de recherche, maar Sam had een groot respect voor haar intelligentie en voor de bekwaamheid waarmee ze informatie wist los te krijgen van geschokte of door verdriet overmande getuigen.

'Het slachtoffer, Yvonne Tepper, was drieënzestig jaar, gescheiden, met twee volwassen zoons, die beiden getrouwd zijn en in Californië wonen.' Joy had haar notitieboekje in haar hand, maar hield haar blik op Sam gevestigd. 'Ze had haar eigen kapsalon, was erg geliefd en had naar het schijnt geen vijanden. Haar vroegere echtgenoot is hertrouwd en woont in Illinois.' Ze stopte even. 'Sam, dit is waarschijnlijk allemaal niet relevant, gezien het tinnen uiltje dat we in Teppers zak hebben gevonden.'

'Geen vingerafdrukken zeker?' informeerde Sam.

'Nee. We weten dat het dezelfde kerel moet zijn geweest die vrijdagavond Helen Whelan heeft gepakt.'

'Met welke buurvrouw heb je gesproken?'

'Ik heb eigenlijk iedereen in de buurt gesproken, maar de enige die iets weet is de vrouw bij wie Tepper op bezoek was geweest en bij wie ze waarschijnlijk net was weggegaan toen ze werd opgewacht. Ze heet Rita Hall. Tepper en zij waren vriendinnen. Tepper had voor Mrs. Hall wat cosmetica uit haar kapsalon meegenomen en kwam die, toen ze gisteravond iets na tienen thuiskwam, even langsbrengen. De twee vrouwen hebben een poosje bij elkaar gezeten en samen naar het nieuws van elf uur gekeken. Halls man, Matthew, was al naar bed. Vanmorgen was hij trouwens als eerste bij Bessie Koch, de vrouw die het lichaam heeft gevonden en de claxon van haar auto heeft ingedrukt om hulp te roepen. Hij was zo slim de andere buren bij het lichaam uit de buurt te houden en het alarmnummer te bellen.'

'Is Yvonne Tepper meteen na het nieuws van elf uur bij Mrs. Hall weggegaan?' vroeg Sam.

'Ja. Mrs. Hall heeft haar naar de deur gebracht en is samen met haar de veranda op gelopen. Ze herinnerde zich dat ze Tepper iets over een vroegere buurvrouw wilde vertellen. Ze zei dat ze er hooguit een minuut hebben gestaan. Het licht brandde, dus het kan zijn dat iemand hen heeft gezien. Ze zei dat ze een auto had gezien die afremde en bij de stoep ging staan, maar daar had ze niets achter gezocht. De mensen aan de overkant hebben blijkbaar kinderen in de tienerleeftijd, die voortdurend in- en uitlopen.'

'Herinnert Mrs. Hall zich iets van de auto?' vroeg Sam.

'Alleen dat het een middelgrote vierdeurs personenauto was, donkerblauw of zwart. Mrs. Hall is het huis weer ingegaan en heeft de deur dichtgedaan en Mrs. Tepper is over het gazon naar de stoep gelopen.

'Ik vermoed dat ze nog geen minuut later dood was,' zei Rich Stevens. 'Het was geen roofmoord. Haar handtas lag op de stoep. Ze had tweehonderd dollar in haar portemonnee en ze droeg een ring en oorbellen met diamanten. Het enige wat die vent wilde was haar vermoorden. Hij greep haar vast, trok haar neer op haar eigen grasveld, wurgde haar, liet haar lichaam achter tussen de struiken en reed weg.'

'Hij heeft nog wel de tijd genomen om het uiltje in haar zak te stoppen,' merkte Sam op.

Rich Stevens keek de rechercheurs een voor een aan. 'Ik heb er lang over nagedacht of ik de informatie over het uiltje wel of niet aan de kranten zou doorgeven. Misschien weet iemand iets van een vent die geobsedeerd is door uilen, of misschien uilen houdt als hobby.'

'Je kunt je wel voorstellen hoe de media erop zullen duiken als ze horen dat hij een uiltje in de zak van zijn slachtoffers achterlaat,' zei Sam snel. 'Als deze gek met een egotrip bezig is, wat ik vermoed, is dat precies wat hij wil dat we doen. En dan heb ik het er nog niet eens over dat iemand misschien op het idee komt hem na te gaan doen.'

'En het is ook niet zo dat we vrouwen waarschuwen door die informatie vrij te geven,' merkte Joy Lacko op. 'Hij laat het uiltje achter nadat hij zijn slachtoffer heeft vermoord, niet daarvoor.'

Aan het eind van de bijeenkomst werd afgesproken dat ze er het beste aan deden vrouwen te waarschuwen na donker niet alleen de straat op te gaan en aan te geven dat volgens de aanwijzingen Helen Whelan en Yvonne Tepper door dezelfde onbekende persoon of personen waren vermoord.

Toen ze opstonden om weg te gaan, zei Joy Lacko rustig: 'Wat mij beangstigt is dat op dit moment een volkomen onschuldige vrouw gewoon haar gangetje gaat, zonder te weten dat over een paar dagen haar leven afgelopen zal zijn, enkel en alleen omdat ze toevallig op het verkeerde moment op de verkeerde plek is en die kerel langs komt lopen.'

'Daar ben ik nog niet van overtuigd,' zei Rich Stevens scherp.

Ik wel, dacht Sam. Ik wel.

64

Woensdagmorgen woonde Jake Perkins de lessen bij die hij moest volgen, met uitzondering van de werkgroep creatief schrijven, waar hij naar zijn idee beter les in kon geven dan de huidige docent. Vlak voor de lunchpauze stapte hij in zijn hoedanigheid van verslaggever voor de Stonecroft Gazette naar het kantoor van de directeur, de heer Downes, die in een interview commentaar zou geven op de fantastisch verlopen reünie.

Alfred Downes was echter duidelijk in een niet al te best humeur. 'Jake, ik weet dat ik tijd voor je zou vrijmaken, maar het komt op het ogenblik erg slecht uit.'

'Dat begrijp ik, meneer,' antwoordde Jake sussend. 'U heeft zeker ook op het nieuws gehoord dat de officier van justitie waarschijnlijk een aanklacht gaat indienen tegen twee van onze eregasten, vanwege het bedrog rond die publiciteitsstunt.'

'Daar ben ik van op de hoogte,' zei Downes ijzig.

Als Jake de koele toon al opmerkte, liet hij dat niet blijken. 'Denkt u dat al deze negatieve publiciteit zijn weerslag zal hebben op de Stonecroft Academy?' vroeg hij.

'Dat lijkt me nogal duidelijk, Jake,' snauwde Downes. 'Als je mijn tijd gaat verdoen met het stellen van stompzinnige vragen, kun je beter meteen vertrekken.'

'Het is niet mijn bedoeling stompzinnige vragen te stellen,' zei Jake snel, op verontschuldigende toon. 'Waar ik naartoe wil, is dat Robby Brent tijdens het diner een cheque van tienduizend dollar heeft geschonken aan onze school. Bent u, gezien zijn acties van de afgelopen dagen, van plan die donatie te retourneren?'

Hij wist zeker dat deze vraag Downes in verlegenheid zou brengen. Hij wist hoe graag Downes wilde dat de school in zijn tijd als directeur zou worden uitgebreid. Het was algemeen bekend dat Jack Emerson deze reünie had bedacht en met het idee van de eregasten was gekomen, maar ook dat Alfred Downes er dolenthousiast voor was geweest. Het betekende publiciteit voor de school, een kans om te pronken met de succesvolle oud-leerlingen, uiteraard met de boodschap dat ze al hun kennis hadden opgedaan op het oude, vertrouwde Stonecroft. En het zou ook een kans zijn om donaties los te peuteren van hen en andere oud-leerlingen die de reünie bezochten.

Inmiddels werd in de media gespeculeerd over het griezelige toeval dat vijf vrouwen van dezelfde lunchtafel sinds ze Stonecroft hadden verlaten waren overleden, en Jake wist dat dat mensen niet op het idee zou brengen hun kinderen hiernaartoe te sturen. En nu wierp de publiciteitsstunt van Laura Wilcox en Robby Brent een nieuwe smet op het blazoen van de school. Terwijl zijn rode haar nog meer overeind stond dan anders, zei Jake, met zijn gezicht in een ernstige plooi: 'Dr. Downes, zoals u weet komt mijn deadline voor de Gazette in zicht. Ik zou graag een verklaring van u hebben over de reünie.'

Alfres Downes keek zijn student met een aan afkeer grenzende blik aan. 'Ik ben bezig een schriftelijke verklaring voor te bereiden. Je kunt morgenochtend een exemplaar van me krijgen, Jake.'

'O, dank u wel, meneer.' Jake voelde iets van medelijden met de man tegenover hem. Hij is bang voor zijn baan, dacht hij. Het bestuur stuurt hem misschien de laan uit. Zij weten dat Jack Emerson met het reüniefiasco is begonnen, omdat hij de grond in handen heeft die ze voor een uitbreiding nodig hebben en dat Downes ermee heeft ingestemd. 'Meneer, ik zat te denken...'

'Niet denken, Jake. Wegwezen.'

'Zo meteen, meneer, maar luistert u nog even, alstublieft. Ik weet toevallig dat dr. Sheridan, dr. Fleischman en Gordon Amory nog steeds in het Glen-Ridge zitten en dat Carter Stewart aan de andere kant van de stad in het Hudson Valley

Hotel logeert. Als u hen te eten vraagt en met hen op de foto gaat, kunt u Stonecroft misschien een beetje in het zonnetje zetten. Niemand kan hún prestaties in twijfel trekken en als u daar de nadruk op legt, kan dat het negatieve effect van het wangedrag van de twee andere eregasten misschien wegnemen.'

Alfred Downes staarde Jake Perkins aan en bedacht dat hij in zijn vijfendertig jaar in het onderwijs nog nooit zo'n brutaal, gewiekst ventje had meegemaakt als hij. Hij leunde achterover in zijn stoel en wachtte even voor hij antwoord gaf. 'Wanneer krijg je je einddiploma, Jake?'

'Aan het eind van dit jaar heb ik mijn studiepunten binnen, meneer. Zoals u weet heb ik ieder semester extra studieonderdelen gevolgd. Maar volgens mijn ouders ben ik er nog niet aan toe om volgend jaar naar de universiteit te gaan, dus ik wil met alle plezier hier blijven en tegelijk met mijn klasgenoten mijn einddiploma halen.'

Jake keek dr. Downes aan en zag dat deze zijn plezier kennelijk niet deelde. 'Ik heb nog een idee voor een artikel dat u misschien leuk zult vinden,' zei hij. 'Ik heb veel onderzoek gedaan naar Laura Wilcox. Ik bedoel, ik heb oude nummers van de Gazette en de Cornwall Times erop nageslagen, uit de tijd dat ze hier op school zat en in de Times stond dat zij altijd een schoonheid is geweest. Haar familie had geld; haar ouders aanbaden haar. Ik ga een artikel schrijven voor de Gazette om aan te tonen dat Laura Wilcox wel bevoorrecht was, maar nu uiteindelijk toch degene is die in moeilijkheden zit.'

Jake zag dat Downes hem in de rede wilde vallen, dus hij ging snel verder. 'Ik denk dat zo'n artikel twee kanten op werkt, meneer. Het laat de kinderen op Stonecroft zien dat als je bevoorrecht bent, dat nog geen garantie is voor succes en het toont ook aan dat de andere eregasten, die er hard voor hebben moeten werken, uiteindelijk beter af zijn. Ik bedoel, Stonecroft heeft beursstudenten, maar ook leerlingen die na schooltijd moeten werken om hun lesgeld te betalen. Dat kan hen motiveren en bovendien is het een goed verhaal. De grote kranten zoeken altijd verhalen waar ze verder in kunnen duiken; misschien dat ze dit oppikken.'

Starend naar een foto van zichzelf, die achter Jake's hoofd aan de muur hing, dacht Alfred Downes over zijn redenering na. 'Het is mogelijk,' gaf hij met tegenzin toe.

'Ik ga foto's maken van de huizen waar Laura heeft gewoond terwijl ze in Cornwall opgroeide. Het eerste staat nu leeg, maar het is pas gerenoveerd en het ziet er erg mooi uit. Het tweede huis waar haar familie naartoe is verhuisd, in Concord Avenue, zou ik een patservilla willen noemen.'

'Een patservilla?' vroeg Downes verbijsterd.

'Ja, u weet wel, soms staan er in een buurt een paar huizen die er niet bij horen, omdat ze te groot of opzichtig zijn vergeleken bij de rest. Dat noem ik een patservilla.'

'Ik heb die uitdrukking nog niet eerder gehoord,' zei Downes, meer tegen zichzelf dan tegen Jake.

Jake sprong op. 'Geeft niks, meneer. Maar ik zal u zeggen, hoe meer ik erover nadenk, hoe leuker het me lijkt om een verhaal te schrijven over Laura, met haar huizen op de achtergrond, en foto's erbij van toen ze hier op Stonecroft zat, en later, toen ze beroemd werd. Nu zal ik u verder met rust laten, dr. Downes. Maar misschien mag ik u nog een klein adviesje geven. Als u dat etentje geeft, zou ik Mr. Emerson niet uitnodigen. Ik heb de indruk dat geen van de eregasten hem kan uitstaan.'

65

Om tien uur kreeg Craig Michaelson het telefoontje dat hij verwachtte. 'Ik heb generaal Buckley voor u aan de lijn,' kondigde zijn secretaresse aan.

Craig nam de telefoon op. 'Charles, hoe gaat het ermee?'

'Prima, Craig,' antwoordde een bezorgde stem. 'Maar wat is die dringende kwestie waar je over belde? Wat is er aan de hand?'

Craig Michaelson hield even zijn adem in. Ik had kunnen weten dat ik er bij Charles niet omheen kan draaien, dacht hij. Hij is niet voor niets een driesterrengeneraal. 'In de eerste plaats is het misschien minder zorgwekkend dan ik dacht,' zei hij, 'maar ik vind de kwestie wel aanleiding geven tot bezorgdheid. Zoals je waarschijnlijk al vermoedde, gaat het over Meredith. Gisteren kwam dr. Jean Sheridan hier om met mij te spreken. Heb je weleens van haar gehoord?'

'De historica? Jazeker. Haar eerste boek ging over West Point. Ik vond het erg goed en ik meen dat ik al haar volgende boeken ook heb gelezen. Ze is een goede schrijfster.'

'Dat niet alleen,' zei Craig Michaelson botweg. 'Ze is ook Merediths biologische moeder en ik heb je gebeld vanwege een kwestie die zij onder mijn aandacht heeft gebracht.'

'Jean Sheridan is Merediths moeder!'

Generaal Charles Buckley luisterde aandachtig terwijl Michaelson hem vertelde wat hij wist van Jean Sheridans verleden, de reünie op Stonecroft en de bedekte dreigementen aan het adres van Meredith. Hij viel de ander slechts sporadisch in de rede, om zaken te verduidelijken. Toen zei hij: 'Craig, zoals je weet, is Meredith ervan op de hoogte dat ze is geadopteerd. Sinds haar tienertijd heeft ze interesse getoond voor het vinden van haar biologische moeder. In de periode waarin jij en dr. Connors de adoptie regelden, heb je ons verteld dat haar vader vlak voor hij afstudeerde bij een ongeluk was omgekomen en dat haar moeder een achttienjarig meisje was, dat op het punt stond met een beurs naar de universiteit te gaan. Dat is wat Meredith weet.'

'Jean Sheridan weet dat ik haar identiteit aan jou bekendmaak. Wat ik je twintig jaar geleden niet heb verteld, is dat Merediths biologische vader een cadet was, die was omgekomen bij een aanrijding op West Point. De veroorzaker van het ongeluk was doorgereden. Als je dat had geweten, had je te gemakkelijk kunnen achterhalen wie hij was.'

'Een cadet! Nee, dat heb je me niet verteld.'

'Het was Carroll Reed Thornton jr.'

'Ik ken zijn vader,' zei Charles Buckley rustig. 'Carroll is de dood van zijn zoon nooit te boven gekomen. Dus hij is Merediths grootvader. Ongelooflijk.'

'Geloof me, Charles, het is echt zo. Maar luister. Jean Sheridan is zo opgelucht te horen dat Laura Wilcox degene is die contact met haar heeft gezocht over Lily, zoals zij Meredith had genoemd, dat ze die laatste fax, waarin Laura zogenaamd haar verontschuldigingen aanbiedt, voor zoete koek slikt. Ik niet.'

'Ik kan me niet voorstellen waar Meredith Laura Wilcox ontmoet zou hebben,' zei Charles Buckley langzaam.

'Precies wat ik ook dacht. En er is nog iets. Als Laura Wilcox echt achter deze dreigementen zit, kan ik je garanderen dat de officier van justitie in dit district haar gerechtelijk gaat vervolgen.'

'Is Jean Sheridan nog in Cornwall?'

'Ja. Ze blijft in het Glen-Ridge House wachten tot ze weer iets van Laura hoort.'

'Ik ga Meredith bellen en haar vragen of ze Laura Wilcox ooit heeft ontmoet en of ze nog weet waar ze die haarborstel heeft verloren. Er zijn vandaag vergaderingen in het Pentagon waarbij ik niet kan wegblijven, maar morgenochtend nemen Gano en ik het vliegtuig naar Cornwall. Zou jij Jean Sheridan willen bellen en zeggen dat de adoptieouders van haar dochter haar graag morgenavond willen ontmoeten bij een etentje?'

'Natuurlijk.'

'Ik wil Meredith niet ongerust maken, maar ik kan haar wel laten beloven dat ze het terrein van West Point niet verlaat voor we vrijdag bij haar zijn.'

'Kun je erop rekenen dat ze zich aan die belofte houdt?'

Voor het eerst sinds het begin van hun gesprek, hoorde Craig Michaelson een ontspannen klank in de stem van zijn goede vriend, generaal Charles Buckley. 'Natuurlijk kan ik daarop rekenen. Ik ben niet alleen haar vader, maar ik ben ook nog een flink stuk hoger in rang. We weten nu dat Merediths biologische vader in het leger zat. Ook haar adoptievader zit in het leger en vergeet niet dat ze ook nog eens cadet is op West Point. Als zij een hogere in rang een belofte doet, verbreekt ze die niet.'

Ik hoop dat je gelijk hebt, dacht Craig Michaelson. 'Laat me horen wat ze zegt, Charles.'

'Natuurlijk.'

Een uur later belde generaal Charles Buckley terug. 'Craig,' zei hij met een bezorgde stem, 'ik ben bang dat je gelijk had om aan die fax te twijfelen. Meredith weet honderd procent zeker dat ze Laura Wilcox nog nooit heeft ontmoet en ze heeft er geen idee van waar ze die haarborstel is kwijtgeraakt. Ik had graag meer aangedrongen, maar ze heeft morgenochtend een groot examen waar ze erg over inzit, dus het was absoluut niet het moment om haar van streek te maken. Ze vindt het heerlijk dat haar moeder en ik' – hij aarzelde even, maar ging toen vastberaden verder – 'dat haar moeder en ik haar komen bezoeken. Als alles naar verwachting verloopt, zullen we haar van het weekend over Jean Sheridan vertellen en hun een kans geven elkaar te ontmoeten. Ik heb Meredith laten beloven dat ze op de academie blijft tot we bij haar zijn en daar moest ze om lachen. Ze zei dat ze vrijdag weer een examen heeft en dat ze zoveel moet studeren dat ze tot zaterdagmorgen waarschijnlijk geen voet buiten de deur zet. Maar ze heeft het beloofd.'

Dat klinkt goed, dacht Craig Michaelson, terwijl hij de hoorn neerlegde, maar het is dus inderdaad zo dat Laura Wilcox die fax níet heeft verstuurd. Dat moet Jean Sheridan weten.

Hij had Jeans kaartje pal voor de telefoon op zijn bureau gelegd, zodat hij het gemakkelijk zou kunnen vinden. Hij nam het in zijn hand, pakte de hoorn op en begon Jeans nummer in te toetsen. Toen verbrak hij de verbinding. Zij was niet degene die hij moest bellen, besloot hij. Ze had hem het nummer gegeven van die rechercheur. Waar lag het? Hoe heette hij ook weer? vroeg hij zich af.

Na even zoeken, vond hij de aantekening die hij had gemaakt: Sam Deegan, met een telefoonnummer erbij. Dat moet ik hebben, dacht Michaelson en begon te bellen.

66

Gisteravond – of was het vanmorgen? vroeg ze zich af – had hij een deken over haar heen gegooid. 'Je hebt het koud, Laura,' zei hij. 'Dat is niet nodig. Ik ben onattent geweest.'

Hij is aardig tegen me, dacht Laura mat. Hij had zelfs jam meegenomen voor bij het broodje en hij had eraan gedacht dat ze graag magere melk in haar koffie wilde. Hij was zo rustig, dat ze zich bijna ontspande.

Daar wilde ze het liefste aan denken, niet aan wat hij haar had verteld terwijl ze in de stoel van haar koffie zat te drinken, met haar voeten vastgebonden, maar haar handen vrij.

'Laura, ik wou dat je kon begrijpen hoe ik me voel als ik door de stille straten rijd, op zoek naar mijn prooi. Het is nog een hele kunst, Laura. Je moet nooit te langzaam rijden. Een politieauto die let op snelheidsduivels, houdt net zo goed een auto aan die te langzaam rijdt als een die te hard rijdt. Mensen die weten dat ze te veel gedronken hebben, maken vaak de fout dat ze heel langzaam gaan rijden. Dat is een teken dat ze niet op hun eigen oordeel vertrouwen en het is ook een duidelijk teken voor de politie.

Gisteravond, Laura, was ik op zoek naar prooi. Als huldeblijk aan Jean besloot ik naar Highland Falls te gaan. Daar maakte ze haar afspraakjes met de cadet. Wist jij daarvan, Laura?'

Laura schudde haar hoofd ten antwoord. Hij werd kwaad. 'Laura, zeg op! Wist jij dat Jean iets had met die cadet?'

'Ik heb ze een keer samen gezien toen ik naar een concert op West Point ging, maar ik zocht er niets achter,' had Laura tegen hem gezegd. 'Jeannie heeft tegen ons met geen woord over hem gesproken,' legde ze uit. 'We wisten allemaal dat ze veel naar de Point ging, omdat ze zelfs toen al van plan was er een boek over te schrijven.'

De Uil had geknikt, tevreden met haar antwoord. 'Ik wist dat Jean er op zondag vaak met haar notitieboek naartoe ging en op een van de banken ging zitten die op de rivier uitkijken,' had hij gezegd. 'Ik ben haar daar een keer op een zondag gaan zoeken en zag toen dat hij bij haar kwam zitten. Ik ben hen gevolgd toen ze een wandeling gingen maken. Toen ze dachten dat ze alleen waren, kuste hij haar. Daarna ben ik hen in de gaten gaan houden, Laura. O, ze deden alle mogelijke moeite om niet als een stelletje gezien te worden. Ze ging zelfs niet met hem naar de dansfeesten. Dat voorjaar hield ik Jean voortdurend in het oog. Je had de uitdrukking op haar gezicht moeten zien als ze bij elkaar waren, zonder iemand erbij. Ze stráálde gewoon. Jean, de stille, aardige Jean, die ik beschouwde als iemand die net zo leed als ik, met haar moeilijkheden thuis, mijn zielsverwant – ze leidde een leven waarvan ik geen deel uitmaakte.'

Ik dacht dat hij verliefd op mij was, dacht Laura, en dat hij kwaad was dat ik hem had uitgelachen. Maar hij hield van Jeannie. De verschrikking van wat hij haar had verteld, drong langzaam tot haar bewustzijn door.

'Reed Thorntons dood was geen ongeluk, Laura,' zei hij. 'Ik reed die laatste zondag van mei, twintig jaar geleden, gewoon over het terrein, op goed geluk dat ik ze misschien zou zien. Die knappe Reed met zijn goudblonde haar liep in zijn eentje over de weg naar het picknickterrein. Misschien zouden ze elkaar daar ontmoeten. Of ik van plan was hem te doden? Natuurlijk. Hij had alles wat ik niet had – een knap uiterlijk, een goede familie en een veelbelovende toekomst. En hij had Jeannies liefde. Het was niet eerlijk. Geef het toe, Laura! Het was niet eerlijk!'

Ze stamelde een antwoord, angstvallig haar best doend om hem naar de mond te praten en te voorkomen dat hij kwaad werd. Toen vertelde hij haar tot in detail over de vrouw die hij de vorige avond had vermoord. Hij zei dat hij haar zijn excuses had aangeboden, maar als het Laura's en Jeans tijd was om te sterven, zou er geen sprake zijn van excuses.

Hij zei dat Meredith zijn laatste prooi zou zijn. Hij zei dat zij zijn behoefte zou verzadigen – of althans dat hij hoopte dat ze dat zou doen.

Ik vraag me af wie Meredith is, dacht Laura slaperig. Ze gleed weg in een slaap die gevuld was met visioenen van uilen die van boomtakken naar haar toe zweefden en zich met enge, krassende geluiden en zacht ruisende vleugels op haar stortten, terwijl ze probeerde weg te rennen op benen die niet wilden, niet konden bewegen.

Jean, help me! Alsjeblieft, Jean, help me! Laura's smekende stem, die zo levensecht had geklonken toen ze de vorige dag voor Craig Michaelsons kantoor in haar auto zat, speelde keer op keer door Jeans hoofd, als een echo van de twijfels die Alice had uitgesproken over de echtheid van de fax.

Minutenlang nadat ze haar gesprek met Alice had beëindigd, zat Jean aan het bureau, terwijl Laura's stem door haar hoofd spookte, en probeerde ze logisch vast te stellen of Sam en Alice gelijk hadden. Misschien had ze te snel aangenomen dat de fax echt was, omdat ze zo graag wilde geloven dat Lily veilig was.

Ten slotte stond ze op, ging de badkamer in en bleef minutenlang onder de douche staan, terwijl ze het water over haar haar en gezicht liet stromen. Ze deed shampoo in haar haar en kneedde haar hoofdhuid alsof de druk van haar vingers de verwarring in haar geest kon wegnemen.

Ik moet maar eens een lange wandeling maken, dacht ze, terwijl ze haar badstof ochtendjas om zich heen sloeg en de föhn aanzette. Dat is de enige manier om mijn hoofd helder te krijgen. Toen ze haar spullen voor het weekend inpakte, had ze impulsief haar favoriete, rode joggingpak in haar koffer gegooid. Nu was ze blij dat ze het bij zich had, maar toen ze bedacht hoe koud het was geweest met het raam open, besloot ze voor de zekerheid een trui onder het jack aan te trekken.

Toen ze haar horloge omdeed, zag ze dat het kwart over tien was. Ze bedacht zich dat ze nog geen koffie had gehad. Geen wonder dat ik duf ben, dacht ze spottend. Als ik wegga, zal ik in de koffiehoek een beker koffie halen, dan kan ik die onderweg opdrinken. Ik heb geen honger, en ik heb het gevoel dat de muren hier op me afkomen.

Terwijl ze het jack dicht ritste, schoot er een verontrustende gedachte door haar hoofd. Iedere keer als ik deze kamer verlaat, loop ik de kans een telefoontje van Laura te missen. Ik kan hier niet dag en nacht blijven zitten. Maar wacht eens even! Waarschijnlijk kan ik mijn eigen boodschap inspreken op het antwoordapparaat.

Ze las de instructies bij de telefoon, nam de hoorn van de haak en drukte de opnameknop in. Terwijl ze erop lette luid en duidelijk te spreken, zei ze: 'Dit is Jean Sheridan. Als u mij dringend nodig heeft, ben ik te bereiken op mijn mobiele nummer: 202-555-5314. Ik herhaal: 202-555-5314.' Ze aarzelde even en voegde er toen haastig aan toe: 'Laura, ik wil je helpen. Bel me alsjeblieft!'

Jean legde met de ene hand de hoorn op de haak en veegde met de andere langs haar ogen. De enorme blijdschap die ze had gevoeld toen ze dacht dat Lily veilig was, was verdwenen, maar iets in haar weigerde koppig te geloven dat de fax niet van Laura afkomstig was. De receptioniste die het eerste telefoontje van Laura had aangenomen, had gezegd dat ze nerveus klonk, herinnerde Jean zich. Sam vertelde me dat Jake Perkins, die het gesprek had afgeluisterd, het daarmee eens was. Robby Brents telefoontje aan mij, waarin hij Laura's stem imiteerde en zei dat alles goed met haar ging, was gewoon een van zijn flauwe trucjes. Hij heeft Laura waarschijnlijk overgehaald om deze publiciteitsstunt uit te halen en nu is zij bang voor de gevolgen. Ik geloof dat als ze me zelf die dreigbrieven niet heeft gestuurd, ze in ieder geval weet wie het wel gedaan heeft. Daarom moet ik haar duidelijk maken dat ik haar wil helpen.

Jean stond op en pakte haar schoudertas, maar besloot toen dat ze geen zin had om die mee te nemen. In plaats daarvan stopte ze een zakdoek, haar gsm en haar kamersleutel in haar zak. Op het laatste moment besloot ze nog een biljet van twintig dollar uit haar portemonnee te halen. Als ik dan onderweg ergens een croissantje wil kopen, kan dat, dacht ze.

Ze wilde de kamer uit lopen, maar bedacht toen dat ze iets vergat. Natuurlijk, haar zonnebril. Geërgerd over haar verstrooidheid liep ze terug naar de toilettafel, haalde de bril uit haar tas, liep snel naar de deur, maakte hem open en trok hem met een besliste klap achter zich dicht.

De lift was leeg toen hij bij haar verdieping stopte – niet zoals het afgelopen weekend, dacht ze. Toen liep ik iedere keer als ik instapte, iemand tegen het lijf die ik twintig jaar niet had gezien.

In de lobby werden aan de balie en op de deuren van de eetzaal spandoeken bevestigd ter verwelkoming van de honderd topvertegenwoordigers van de Starbright Electrical Fixtures Company. Van Stonecroft tot Starbright, dacht Jean. Ik vraag me af hoeveel eregasten zíj hebben, of zouden ze alle honderd tegelijk geëerd worden?

De receptioniste met de grote bril en de zachte stem zat achter de balie een boek te lezen. Ik weet zeker dat zij dat telefoontje van Laura heeft aangenomen, dacht Jean. Ik wil haar zelf spreken. Ze liep naar de balie en keek op het naamplaatje op haar uniform. Er stond: Amy Sachs.

'Amy,' zei Jean met een vriendelijke glimlach, 'ik ben een goede vriendin van Laura Wilcox en heb me net als iedereen grote zorgen om haar gemaakt. Ik heb begrepen dat Jake Perkins en jij haar zondagavond hebben gesproken.'

'Jake greep de telefoon toen hij me miss Wilcox' naam hoorde noemen.' Amy's verdedigende toon bracht haar stem op een bijna normaal volume.

'Dat begrijp ik,' zei Jean sussend. 'Ik heb Jake ontmoet en ik weet hoe hij te werk gaat. Amy, ik ben blij dat hij Laura's stem heeft gehoord. Hij is een slimme jongen en ik vertrouw op zijn oordeel. Ik weet dat jij miss Wilcox nauwelijks hebt meegemaakt, maar ben je er echt van overtuigd dat je haar hebt gesproken?'

'O, zeker, dr. Sheridan,' zei Amy plechtig. 'U moet bedenken dat ik haar stem erg goed ken van Henderson County. Ik heb drie jaar lang nooit een aflevering van die serie gemist. Iedere dinsdagavond zaten mijn moeder en ik klokslag acht uur voor de buis om het te zien.' Ze zweeg even en voegde er toen aan toe: 'Tenzij ik moest werken, natuurlijk, maar dat probeerde ik op dinsdagavonden zo veel mogelijk te voorkomen. Soms vroegen ze me weleens te komen als er iemand ziek was, maar dan nam mijn moeder het programma altijd voor me op.'

'Nou, dan weet ik zeker dat je Laura's stem goed kent. Amy, zou je me zelf eens willen vertellen hoe jij Laura tijdens dat telefoontje vond klinken?'

'Dr. Sheridan, ik moet u zeggen dat ze vréémd klonk. Anders, bedoel ik. Onder ons gezegd dacht ik eerst dat ze een kater had, omdat ik weet dat ze een paar jaar geleden een drankprobleem heeft gehad. Dat heb ik gelezen in People.

Maar nu denk ik dat Jake gelijk had. Miss Wilcox klonk niet alsof ze te veel had gedronken, ze klonk zenuwachtig – heel erg zenuwachtig.'

Amy's stem zakte terug tot haar gebruikelijke fluisterniveau. 'Het is zelfs zo dat toen ik zondagavond na dat gesprek met miss Wilcox thuiskwam, ik tegen mijn moeder heb gezegd dat ze me deed denken aan hoe ik zelf klonk als ik voor een spreekbeurt op de middelbare school harder moest praten. Ik was zo bang voor de lerares dat mijn stem begon te beven, omdat ik probeerde niet te huilen. Dat is de beste manier om te beschrijven hoe ik miss Wilcox vond klinken!'

'Ik begrijp het.' Jean, help me! Alsjeblieft, Jean, help me! Ik had gelijk, dacht Jean. Dit is geen publiciteitsstunt.

Amy's triomfantelijke glimlach omdat het haar was gelukt haar reactie op Laura's stem te beschrijven, verdween al voor hij goed en wel was doorgebroken. 'O, dr. Sheridan, ik wil u ook nog mijn excuses aanbieden omdat uw fax gisteren bij de post van Mr. Cullen is geraakt. We beroemen ons erop dat we de faxen die voor onze gasten binnenkomen, altijd snel en stipt afleveren. Ik moet niet vergeten dat aan dr. Fleischman uit te leggen, als ik hem zie.'

'Dr. Fleischman?' vroeg Jean. Haar nieuwsgierigheid was gewekt. 'Is er een reden waarom je dat aan hem zou moeten uitleggen?'

'Jazeker. Gistermiddag, toen hij terugkwam van zijn wandeling, stopte hij bij de balie en belde naar uw kamer. Ik wist dat u in de koffiehoek zat en vertelde hem dat hij u daar kon vinden. Toen vroeg hij of u nog nieuwe faxen had ontvangen en hij keek verbaasd toen ik zei dat dat niet het geval was. Ik zag aan hem dat hij wist dat u er een verwachtte.'

'O, juist. Dank je wel, Amy.' Jean probeerde niet te laten merken hoe geschokt ze was door wat de receptioniste haar had verteld. Waarom zou Mark zoiets vragen? vroeg ze zich af. Vergetend dat ze van plan was geweest een beker koffie te halen, liep ze als verdoofd de lobby door en de voordeur uit.

Het was buiten nog kouder dan ze had verwacht, maar de zon was sterk en er was geen wind, dus ze besloot dat het wel kon. Ze zette haar zonnebril op en begon, zonder een bepaald doel, het terrein van het hotel af te lopen. Haar geest was plotseling vervuld van een mogelijkheid die ze niet wilde accepteren. Was het Mark geweest die haar de faxen over Lily had gestuurd? Had hij haar Lily's haarborstel gestuurd? Mark, die haar had getroost toen ze hem had toevertrouwd hoe bang ze was, die zijn hand op de hare had gelegd en haar het gevoel had gegeven dat hij haar pijn wilde delen?

Mark wist dat ik met Reed omging, dacht Jean. Hij heeft me zelf verteld dat hij ons heeft gezien toen hij ging joggen op West Point. Is hij op de een of andere manier achter het bestaan van Lily gekomen? Als hij zelf die faxen niet heeft gestuurd, waarom was hij dan verbaasd dat ik er gistermiddag geen had ontvangen? Zit hij hierachter en zo ja, zal hij mijn kind kwaad doen?

Ik wil dat niet geloven, dacht ze, gekweld door het idee. Ik kán dat niet geloven. Maar waarom heeft hij de receptioniste dan gevraagd of ik een fax had ontvangen? Waarom heeft hij dat niet aan mij gevraagd?

Zonder erbij na te denken liep Jean door straten die ze als kind goed had gekend. Ze kwam langs het gemeentehuis zonder het te zien, liep Angola Road af tot ze bij de afslag naar de snelweg kwam, keerde op haar schreden terug en liep ten slotte een uur later een wegrestaurantje onder aan Mountain Road binnen. Ze ging aan de toonbank zitten en bestelde een kop koffie. Moedeloos en opnieuw diep bezorgd stelde ze vast dat noch de koude lucht, noch de lange wandeling hadden geholpen haar geest te verhelderen. Ik ben er nog beroerder aan toe dan toen ik wegging, dacht ze. Ik weet niet meer wie ik kan vertrouwen en wat ik moet geloven.

Volgens de grote, rode, gestikte letters op zijn jasje heette de broodmagere, grijsharige man achter de toonbank Duke Mackenzie. Hij was duidelijk in de stemming voor een praatje. 'Bent u nieuw hier?' vroeg hij, terwijl hij de koffie inschonk.

'Nee. Ik ben hier opgegroeid.'

'Was u soms bij die reünie op Stonecroft?'

Er was geen ontkomen aan. Ze moest hem antwoorden. 'Ja, daar was ik bij.'

'Waar in de stad heeft u gewoond?'

Jean gebaarde naar de achterkant van de winkel. 'Daarboven, aan Mountain Road.'

'Eerlijk waar? Toen zaten we hier nog niet. Vroeger zat hier een stomerij.'

'Dat weet ik nog.' Hoewel de koffie bijna nog te heet was om te drinken, begon Jean toch kleine slokjes te nemen.

'Mijn vrouw en ik vonden het hier een leuke stad en hebben dit pand ongeveer tien jaar geleden gekocht. We hebben het volledig moeten renoveren. Sue en ik werken hard, maar daar houden we van. Om zes uur 's morgens gaan we open en pas om negen uur 's avonds gaan we weer dicht. Sue staat op het ogenblik in de keuken te bakken en salades te maken. We hebben hier alleen snelbuffet, maar je staat ervan te kijken hoeveel mensen hier binnenlopen voor een kop koffie of een broodje.'

Slechts half luisterend naar de stortvloed van woorden, knikte Jean.

'Van het weekend kwamen er nog een paar oud-leerlingen van Stonecroft langs, die een wandeling door de stad maakten,' vervolgde Duke. 'Ze stonden er versteld van hoe de huizenprijzen zijn gestegen. Op welk nummer op Mountain Road woonde u, zei u?'

Met tegenzin noemde Jean het adres van het huis waar ze als kind had gewoond. Toen sloeg ze, gehaast om weg te komen, de rest van haar koffie naar binnen, hoewel ze daarbij haar mond verbrandde. Ze stond op, legde het biljet van twintig dollar op de toonbank en vroeg de rekening.

'Het tweede kopje is gratis.' Duke had overduidelijk zin om nog verder te praten.

'Nee, dat hoeft niet. Ik ben al laat.'

Terwijl Duke bij de kassa het wisselgeld pakte, ging Jeans gsm. Het was Craig Michaelson. 'Ik ben blij dat u een nummer hebt achtergelaten, dr. Sheridan,' zei hij. 'Kunt u vrij spreken?'

'Ja.' Jean liep bij de toonbank vandaan.

'Ik heb net de adoptievader van uw dochter gesproken. Zijn vrouw en hij komen hier morgen naartoe en willen graag samen met u dineren. Lily, zoals u uw dochter hebt genoemd, weet dat ze is geadopteerd en heeft altijd te kennen gegeven haar biologische moeder te willen leren kennen. Haar ouders staan daarachter. Ik wil via de telefoon niet te veel op de details ingaan, maar dit kan ik u wel vertellen: het is vrijwel onmogelijk dat uw dochter Laura Wilcox ooit heeft ontmoet, dus ik denk dat u ervan moet uitgaan dat de laatste fax bedrog is. Maar gezien de locatie waar ze zich op het ogenblik bevindt, kunt u er gerust op zijn dat ze veilig is.'

Even stond Jean zo perplex dat ze geen woord kon uitbrengen.

'Dr. Sheridan?'

'Ja, Mr. Michaelson,' fluisterde ze.

'Schikt het u om morgenavond met hen te dineren?'

'Ja, natuurlijk.'

'Ik kom u om zeven uur halen. Ik heb voorgesteld om het bij mij thuis te doen, dat geeft jullie drieën wat privacy. En dan kunt u binnenkort, misschien dit weekend al, Meredith ontmoeten.'

'Meredith? Heet ze zo? Heet mijn dochter zo?' Jean merkte dat haar stem plotseling hoog uitschoot, maar ze had er geen controle over. Ik krijg haar binnenkort te zien, dacht ze. Ik kan haar in de ogen kijken. Ik kan mijn armen om haar heen slaan. Het kon haar niet schelen dat de tranen haar over de wangen stroomden en dat Duke haar stond aan te staren en haar de woorden van de lippen las.

'Ja, zo heet ze. Ik had het u nu niet willen vertellen, maar het geeft niet.' Craig Michaelsons stem klonk vriendelijk. 'Ik begrijp hoe u zich voelt. Ik kom u morgenavond om zeven uur bij het hotel ophalen.'

'Morgenavond om zeven uur,' herhaalde Jean. Ze verbrak de verbinding en bleef even doodstil staan. Toen veegde ze met de rug van haar hand de tranen weg die over haar wangen stroomden. Meredith, Meredith, Meredith, dacht ze

'Dat was goed nieuws, zo te horen,' probeerde Duke.

'Ja, zeker. O, god, ja, dat was het zeker.' Jean pakte haar wisselgeld van de toonbank, liet een dollar fooi liggen en liep toen half verdoofd van blijdschap naar buiten.

Duke Mackenzie keek Jean Sheridan aandachtig na terwijl ze zijn zaak uit liep. Ze zag er behoorlijk somber uit toen ze binnenkwam, dacht hij, maar te oordelen naar haar reactie op dat telefoontje, zou je denken dat ze de loterij had gewonnen. Wat bedoelde ze in 's hemelsnaam toen ze vroeg hoe haar dochter heette?

Hij keek door het raam hoe Jean Mountain Road op begon te lopen. Als ze niet zo snel was vertrokken, had hij iets tegen haar gezegd over die vent met de donkere bril en de pet, die de laatste paar ochtenden meteen als hij om zes uur opening, langskwam. Hij bestelde steeds hetzelfde: sap, een broodje met boter en een koffie om mee te nemen. Hij nam het mee in zijn auto en reed Mountain Road op. Gisteravond was hij er weer, vlak voor sluitingstijd, en bestelde een sandwich met koffie.

Het is een eigenaardige kerel, dacht Duke, terwijl hij de smetteloze toonbank afveegde. Ik vroeg hem of hij voor de Stonecroft-reünie kwam en toen gaf hij zo'n arrogant antwoord. Hij zei: 'Ik bén de reünie.'

Duke hield de spons onder de warme kraan en kneep hem

uit. Als hij morgen komt, vraag ik Sue hem te helpen en dan rij ik achter hem aan om te zien bij wie hij op Mountain Road op bezoek is, dacht hij. Misschien bij Margaret Mills. Zij is al een paar jaar gescheiden en iedereen weet dat ze op zoek is naar een nieuwe vriend. Het kan geen kwaad om het uit te zoeken.

Duke schonk zichzelf een kop koffie in. Er gebeurt hier van alles, sinds die lui van de reünie hier de afgelopen week zijn gekomen, dacht hij. Als die stille vent hier vanavond weer een sandwich en koffie komt halen, zal ik hem eens vragen naar dat vrouwtje van net. Ik bedoel maar, zij is van de reünie en ze ziet er erg leuk uit, dus hij weet vast wel wie ze is. Het is raar dat ze van een ander moest horen hoe haar eigen dochter heette. Misschien weet hij wat er met haar aan de hand is.

Duke grinnikte terwijl hij nog een slok koffie nam. Sue zei altijd dat hij niet zo nieuwsgierig moest zijn. Ik ben niet nieuwsgierig, verzekerde hij zichzelf. Ik wil gewoon weten wat er omgaat.

68

Om twaalf uur klopte Sam Deegan op de deur van de officier van justitie en liep naar binnen, zonder antwoord af te wachten.

Rich Stevens zat verdiept in de aantekeningen op zijn bureau en keek geërgerd op bij de abrupte onderbreking.

'Rich, sorry dat ik zo kom binnenvallen, maar dit is belangrijk,' zei Sam. 'We maken een grote fout als we de dreigementen aan het adres van Jean Sheridans dochter niet serieus nemen. Ik kreeg een boodschap dat ik Craig Michaelson moest bellen, de advocaat die de adoptie heeft afgehandeld. We hebben net contact gehad. Michaelson heeft de adoptieouders gesproken. De vader is een driesterrengeneraal bij het

Pentagon. Het meisje is tweedejaars cadet op West Point. De generaal heeft haar gebeld en gevraagd of ze Laura Wilcox ooit heeft ontmoet. Het antwoord is: absoluut niet. En ze weet niet meer waar ze de haarborstel is kwijtgeraakt.'

Er was geen spoor van ergernis meer zichtbaar op Rich Stevens' gezicht. Hij leunde achterover in zijn stoel en strengelde zijn vingers ineen, voor degenen die hem kenden was dit een teken dat hij zich grote zorgen maakte.

'Dat kunnen we er nog net bij hebben,' zei hij. 'Dat de dochter van een driesterrengeneraal bedreigd wordt door een of andere gek. Hebben ze bodyguards naar dat meisje toegestuurd?'

'Volgens Michaelson heeft ze twee grote examens voor de boeg, één morgen en één vrijdag. Ze moest lachen bij het idee dat ze van het terrein af zou gaan. De vader wilde haar niet van streek maken door haar over die dreigementen te vertellen. De moeder en hij vliegen morgen hiernaartoe om Jean Sheridan te ontmoeten. De generaal wil hier vrijdagmorgen naartoe komen om jou te spreken.'

'Wie is het?'

'Michaelson wilde die informatie niet via de telefoon geven. Het meisje weet dat ze is geadopteerd, maar tot vanmorgen hadden de generaal en zijn vrouw geen idee van de identiteit van de biologische ouders. Jean Sheridan zweert dat ze nooit met iemand over de baby heeft gesproken, tot ze die faxen kreeg. Ik ben ervan overtuigd dat degene die van de baby afweet en weet wie haar heeft geadopteerd, daarachter is gekomen in de tijd dat ze is geboren. Michaelson weet zeker dat niemand ooit zijn gegevens heeft gezien. Jean Sheridan vermoedt dat het lek heeft gezeten in de dokterpraktijk waar ze kwam toen ze in verwachting was. Dat geeft ons in ieder geval een uitgangspunt als we willen achterhalen wie toegang heeft gehad tot de gegevens.'

'Maar als Laura Wilcox niets met die dreigementen te maken heeft en niet die laatste fax heeft verstuurd, waarin ze haar excuses aanbiedt, heb ik veel te snel geroepen dat haar verdwijning een publiciteitsstunt was,' zei Rich Stevens grimmig.

'Dat weten we nog niet zeker, Rich, maar we weten wel verdomd zeker dat zij niet degene is die dat meisje heeft bedreigd. En als die fax niet van Laura afkomstig is, moeten we ons afvragen of die misschien is verstuurd om ons met ons onderzoek te laten stoppen.'

'En dat is precies wat ik jou gevraagd heb te doen. Oké, Sam. Ik haal jou van de moordzaken af. Ik wou dat we de naam van die cadet wisten. Ik vraag je nogmaals: weet de generaal absoluut zeker dat ze veilig is?'

'Volgens Michaelson is ze veilig, vanwege die examens. Hij zegt dat als ze niet in de klas zit, ze op haar kamer zit te studeren. Ze heeft haar vader verzekerd dat ze de campus van West Point niet zal verlaten.'

'Gezien alle beveiliging op West Point, kunnen we er dus voorlopig van uitgaan dat haar niets kan gebeuren. Dat is een opluchting.'

'Daar ben ik niet zo zeker van. Het feit dat hij op het terrein van West Point was, heeft haar biologische vader ook niet kunnen redden,' zei Sam grimmig. 'Hij was een cadet. Twee weken voor hij zijn diploma zou krijgen, werd hij doodgereden. De automobilist is doorgereden en ze zijn er nooit achter gekomen wie het is geweest.'

'Is er ooit aan getwijfeld of het een ongeluk was?' vroeg Stevens scherp.

'Van wat ik van Jean Sheridan gehoord heb, is het nooit bij iemand opgekomen dat Reed Thornton – zo heette hij – moedwillig zou kunnen zijn doodgereden. Ze dachten dat de automobilist in paniek was geraakt en zich later niet durfde aan te geven. Maar in het licht van alles wat er is gebeurd, is het geen slecht idee het dossier van die zaak er nog eens op na te slaan.'

'Doe maar gauw, Sam. Godallemachtig, zie je al voor je

wat de media doen als ze hier ooit lucht van krijgen? De dochter van een driesterrengeneraal, cadet op West Point, bedreigd. Haar biologische vader, cadet, bij een mysterieus ongeval op West Point omgekomen. Haar moeder een befaamd historica en schrijfster.'

'Er is nog meer,' zei Sam. 'Reed Thorntons vader is een gepensioneerd brigadegeneraal. Hij weet nog steeds niet dat hij een kleindochter heeft.'

'Sam, ik vraag het je nog één keer: weet je absoluut zeker dat het meisje veilig is?'

'Ik moet me erbij neerleggen dat haar adoptievader denkt dat ze veilig is.'

Toen Sam opstond, zag hij een stapel aantekeningen op Rich Stevens' bureau liggen. 'Nog tips over de moorden?'

'Sam, in de paar uur dat je weg bent geweest, zijn er talloze telefoontjes binnengekomen over verdacht uitziende mannen. Een daarvan was van een vrouw die bij hoog en bij laag beweerde dat iemand haar had achtervolgd toen ze de supermarkt uit kwam. Ze heeft het kenteken van die vent opgeschreven. De verdachte bleek een FBI-agent te zijn die bij zijn moeder op bezoek was. We hebben twee telefoontjes binnengekregen over verdachte auto's bij een schoolplein. Het bleken allebei vaders te zijn die op hun kind stonden te wachten. We hebben een gek die de moorden heeft bekend. Het enige probleem is dat hij de afgelopen maand in de gevangenis heeft gezeten.'

'En hebben er nog helderzienden gebeld?'

'O, zeker. Drie.'

De telefoon op Stevens' bureau ging. Hij nam op, luisterde en legde zijn hand over het mondstuk. 'Ik heb de gouverneur aan de lijn,' zei hij, met opgetrokken wenkbrauwen.

Terwijl Sam de kamer uit liep, hoorde hij de officier van justitie zeggen: 'Goedemorgen, gouverneur. Ja, het is een zeer ernstig probleem, maar we werken dag en nacht door om...'

Om de dader te vinden en te zorgen dat hij voor het gerecht komt, dacht Sam. Laten we hopen dat dat gebeurt voor er nog meer tinnen uiltjes op dode vrouwen worden achtergelaten.

Onder wie een negentienjarige cadet van West Point — deze beangstigende mogelijkheid schoot door zijn hoofd terwijl hij de gang door liep naar zijn eigen kantoor.

69

'Lily... Meredith. Lily... Meredith,' fluisterde Jean keer op keer, terwijl ze Mountain Road op liep. Ze had haar handen in haar zakken gestoken en haar zonnebril verborg de tranen van vreugde die bleven stromen, of ze wilde of niet.

Ze wist niet waarom ze die straat in was gelopen, behalve dat ze, toen ze het wegrestaurant uit vluchtte, wist dat ze er nog niet aan toe was terug te gaan naar het hotel. Ze kwam langs huizen waar jaren geleden haar buren hadden gewoond. Hoeveel van hen wonen hier nu nog? vroeg ze zich af. Ik hoop maar dat ik geen bekenden tegen het lijf loop.

Ze ging langzamer lopen toen ze het huis naderde waar ze had gewoond. Toen ze er zondagmorgen voorbij was gereden, had ze niet de kans gehad goed te bekijken wat de huidige eigenaars ermee hadden gedaan. Ze keek om zich heen. Er was niemand op straat die haar kon zien. Even bleef ze staan en legde ze haar hand op het planken hek dat de tuin nu omsloot.

Ze moeten er toen ze het renoveerden zeker twee slaapkamers hebben bijgebouwd, dacht ze, terwijl ze het huis bestudeerde. Toen wij daar woonden, waren er maar drie slaapkamers, voor ons allemaal een — moeder, vader en ik. Toen we klein waren, vroeg Laura daarnaar: 'Slapen je vader en moeder niet bij elkaar? Vinden ze elkaar niet aardig?'

Ik had in zo'n vragenrubriek van een of ander vrouwenblad gelezen dat vrouwen niet met hun man in één kamer hoeven te slapen als hij veel snurkt. Ik zei tegen Laura dat mijn vader erg snurkte. Ze zei: 'De mijne ook, maar ze slapen toch bij elkaar.'

Ik zei: 'Nou, de mijne soms ook.' Maar dat was niet zo.

Nu keek ze omhoog naar de twee middelste ramen op de tweede verdieping. Dat waren de ramen van mijn kamer, dacht Jean. God, wat had ik een hekel aan dat bloemetjesbehang. Het was zo druk. Toen ik vijftien was, smeekte ik mijn vader de muur vol te hangen met boekenplanken. Hij was echt handig in dat soort dingen. Moeder maakte bezwaar, maar hij deed het toch. Na die tijd noemde ik mijn kamer de bibliotheek.

Ik herinner me de eerste dag dat ik zeker wist dat ik allang ongesteld had moeten worden, en de dagen daarna, waarin ik bad dat het zou komen. Ik beloofde God dat ik alles zou doen wat hij wilde, als ik maar niet zwanger was.

Nou ja, nu ben ik blij dat ik het toch wel was, dacht Jean fel. Lily... Meredith. Misschien krijg ik haar dit weekend al te zien. Ik zal me weleens vergissen en haar Lily noemen, en dan zal ik dat moeten uitleggen, hoewel ze dat dan misschien al begrijpt. Ik vraag me af hoe lang ze is. Reed was ruim een meter tachtig en hij vertelde me dat zijn vader en grootvader langer waren dan hij.

Lily is veilig – dat is het allerbelangrijkste op de hele wereld. Maar Craig Michaelson is ervan overtuigd dat ze Laura nooit heeft ontmoet. Hoe weet Laura dan van de faxen?

Jean was van plan geweest terug te gaan naar het Glen-Ridge, maar in een impuls besloot ze door te lopen naar het vroegere huis van Laura. Pal ervoor bleef ze staan.

Zoals ze zondagmorgen vanuit haar auto had gezien, waren het huis en de grond eromheen goed onderhouden. Het huis zag eruit alsof het pas was geschilderd, het pad met flagstones was omzoomd met herfstbloemen en de bladeren waren van het gazon geharkt. Toch zag het huis er met zijn dichte gordijnen erg afgesloten en ongastvrij uit. Waarom zou iemand een huis kopen, renoveren en onderhouden, maar er niet van genieten door erin te gaan wonen? vroeg Jean zich af. Ze had een gerucht gehoord dat het van Jack Emerson was. Hij schijnt nogal een rokkenjager te zijn. Ik vraag me af of hij het heeft gebruikt als liefdesnestje voor zijn vriendinnen. Nu zijn vrouw naar Connecticut is verhuisd, zou ik weleens willen weten of hij het nog steeds nodig heeft, als het inderdaad van hem is.

Niet dat het mij iets kan schelen, dacht Jean. Ze draaide zich om en begon terug te lopen naar het hotel. Ze probeerde bewust haar opwinding over haar ontmoeting met Lily te onderdrukken en zich te concentreren op Laura en het nieuwe scenario dat zich in haar hoofd begon te vormen.

Robby Brent.

Had Robby Brent achter de faxen over Lily gezeten? vroeg ze zich af en ze probeerde die mogelijkheid logisch te beredeneren. Misschien is hij degene die erachter is gekomen dat ik zwanger was. Misschien beseft hij nu dat hij kan worden aangeklaagd voor het sturen van die dreigbrieven en wil hij dat Laura de schuld op zich neemt, omdat hij verwacht dat ik medelijden met haar zal hebben.

Het is mogelijk, besloot Jean, terwijl ze het wegrestaurant passeerde en met tegenzin haar hand opstak naar Duke, die op het raam klopte en naar haar zwaaide. Robby Brent is vals genoeg om op de een of andere manier achter het bestaan van Lily te zijn gekomen en dan, in het zicht van de reünie, als een wrede grap die faxen te versturen. Ik heb begrepen dat hij ieder jaar een paar benefietvoorstellingen geeft. Het is mogelijk dat hij Lily's familie op die manier heeft ontmoet. Kijk maar eens op wat voor afschuwelijke manier hij tijdens het diner dr. Downes en miss Bender belachelijk maakte. Zelfs de wijze waarop hij zijn cheque aan Stonecroft aanbood, was een belediging.

Het was een scenario dat volgens haar zou kunnen kloppen. Als Robby die faxen en de haarborstel had verstuurd, maakte hij zich vast zorgen dat hij daarvoor voor de rechter zou worden gedaagd, redeneerde ze. Als hij de publiciteitsstunt met Laura op touw heeft gezet, is dat verkeerd uitgepakt. In dat geval zal hij waarschijnlijk contact opnemen met zijn producers om een verhaal in elkaar te flansen. De media zullen hen achter de broek zitten voor een verklaring.

Aan de andere kant werkte Jack Emerson 's avonds in het gebouw waar dr. Connors praktijk hield. Het was mogelijk dat hij bij de dossiers had kunnen komen. En ik moet ook weten waarom Mark bij de receptioniste heeft gevraagd of ik een fax had ontvangen en teleurgesteld was toen dat niet het geval was. Nou ja, daar kom ik snel genoeg achter, dacht Jean, terwijl ze het wandelpad naar het Glen-Ridge op liep.

Toen ze de lobby binnenstapte, voelde ze hoe de warmte binnen haar omhulde en ze besefte dat ze had lopen rillen. Ik zou naar boven moeten gaan en een warm bad nemen, dacht ze. In plaats daarvan liep ze naar de ontvangstbalie, waar Amy Sachs nu druk bezig was met het inschrijven van de eerste deelnemers aan het evenement van de Starbright Electrical Fixtures Company. Ze pakte de hoorn van de huistelefoon, maar toen de klant met wie Amy bezig was zijn portemonnee moest zoeken, wist ze de blik van de receptioniste te vangen en kon ze vragen of er post voor haar was gekomen.

'Helemaal niets,' fluisterde Amy. 'U kunt ervan op aan, dr. Sheridan. Geen fouten meer met uw faxen.'

Jean knikte, terwijl ze de telefoniste Marks nummer doorgaf. Hij nam meteen op. 'Jean, ik maakte me zorgen over je,' zei hij.

'Ik maak me ook zorgen over jou,' zei ze effen. 'Het is bijna één uur en ik heb de hele dag nog maar een half kopje koffie gehad. Ik ga naar de koffiehoek. Ik zou het leuk vinden als jij daar ook naartoe kwam, maar je hoeft niet bij de balie langs te gaan om te vragen of ik vandaag nog nieuwe faxen heb gekregen. Dat is niet zo.'

Zoals hij had gezegd, liep Jake Perkins, nadat hij het kantoor van directeur Downes had verlaten, meteen door naar het klaslokaal dat als hoofdkantoor van de krant dienst deed. Daar spitte hij in het archief van de Gazette naar foto's die waren genomen in de vier jaar dat Laura Wilcox op Stonecroft had gezeten. Als voorbereiding op de reünie had hij in de jaarboeken wat foto's van haar gevonden. Maar nu wilde hij andere, misschien wat spontanere foto's dan de kiekjes die voor het jaarboek waren gemaakt.

In het uur daarop vond hij er een paar die precies aan zijn doel beantwoordden. Laura had in een paar schooltoneelstukken meegespeeld. Een daarvan was een musical en hij vond een prachtige foto waarop ze meedeed in een dansgroep en met een oogverblindende glimlach haar benen hoog in de lucht gooide. Ze was wel een stuk, daar is geen twijfel over mogelijk, dacht Jake. Als ze hier nu op school zat, zou iedere jongen haar aandacht proberen te trekken.

Hij grinnikte in zichzelf terwijl hij bedacht hoe een jongen destijds zou hebben geprobeerd bij een meisje in de gunst te komen, waarschijnlijk door te vragen of hij haar boeken mocht dragen. Tegenwoordig zou hij haar aanbieden om haar in zijn Corvette naar huis te brengen, dacht hij.

Toen hij de eindexamenfoto van Laura's klas tegenkwam, zette Jake grote ogen op. Hij pakte er een vergrootglas bij om de gezichten van de eindexamenkandidaten beter te bekijken. Laura zag er natuurlijk schitterend uit, met haar lange haar dat uitbundig over haar schouders golfde. Zelfs met die stomme baret op haar hoofd was ze leuk om te zien. Wat hem schokte was de foto van Jean Sheridan. Ze had haar handen krampachtig in elkaar geslagen. Er stonden tranen in haar ogen. Ze ziet er verdrietig uit, dacht Jake, heel verdrietig. Je zou niet denken dat ze net een onderscheiding voor geschiedenis en een volledige beurs voor Bryn Mawr in de wacht had gesleept. Zoals zij keek, zou je zweren dat ze nog maar twee dagen te leven had. Misschien vond ze het jammer om hier weg te gaan. Stel je voor.

Hij ging met zijn vergrootglas de hele klas langs, op zoek naar de eregasten van de reünie. Hij pikte ze er een voor een uit. Ze zijn allemaal flink veranderd, dacht hij. Sommigen zagen er toen behoorlijk stom uit. Gordon Amory bijvoorbeeld was bijna onherkenbaar. Tjonge, wat was die lelijk, dacht hij. Jack Emerson was toen al een vadsig ventje. Carter Stewart moest nodig naar de kapper – of eigenlijk moest hij helemaal in de revisie. Robby Brent had geen nek en werd toen al kaal. Mark Fleischman zag eruit als een bonenstaak met een hoofd erop. Joel Nieman stond naast Fleischman. Mooie Romeo, dacht Jake. Als ik Julia was, zou ik me van kant maken bij het idee dat ik met hem opgescheept zou zitten.

Toen viel hem iets op. De meeste leerlingen hadden een uitdrukkingsloze grijns op hun gezicht, zo'n glimlach die mensen speciaal bewaren voor een groepsfoto. De grootste grijns lag echter op het gezicht van een knul die niet in de camera keek, maar in plaats daarvan in Jean Sheridans richting staarde. Wat een tegenstelling, dacht Jake. Zij ziet eruit alsof ze haar laatste vriend is kwijtgeraakt en hij grijnst van oor tot oor.

Jake keek hoofdschuddend naar de stapel foto's die voor hem op tafel lag. Ik heb nu genoeg, dacht hij. Hij zou straks met Jill Ferris gaan praten, de lerares die de leiding had over de Gazette. Zij is wel geschikt, dacht Jake. Ik zal haar overhalen om bij het volgende nummer de dansfoto van Laura op de voorpagina en de eindexamenfoto op het achterblad te zetten. Dat geeft meteen de kern van het verhaal weer: het meisje dat toen alles had, zit nu aan de grond en de sukkels hebben het helemaal gemaakt.

Allereerst ging hij naar de studio waar de camera-apparatuur werd bewaard. Daar liep hij miss Ferris tegen het lijf, die hem liet tekenen voor het meenemen van de zware, ouderwetse camera die hij voor fotoreportages het liefst gebruikte. Naar zijn idee kon geen enkele digitale camera tippen aan de scherpte van dit apparaat. Het feit dat het ding loeizwaar was, schrok hem niet af, zeker niet nu hij met een belangrijke opdracht bezig was, die hij zelf had bedacht.

Hij moest toegeven dat het feit dat hij pas zijn rijbewijs had gehaald en van zijn ouders een tien jaar oude Subaru had gekregen, het voor hem een stuk gemakkelijker maakte om de stad door te crossen dan toen hij dat nog op de fiets moest doen.

Met de camera over zijn schouder ging Jake op pad. Zijn pen en notitieboekje had hij in zijn ene zak en zijn bandrecorder in zijn andere, voor het geval hij iemand tegen het lijf zou lopen die de moeite waard was om te interviewen.

Ik kan niet wachten om het huis te fotograferen waar Laura Wilcox is opgegroeid. Ik zal het zowel van de voorkant als van de achterkant nemen. Tenslotte is dat het huis waar die medicijnenstudente, Karen Sommers, is vermoord, en de politie was er zeker van dat de moordenaar via de achterdeur naar binnen was gekomen. Dat voegt weer een interessant persoonlijk element toe aan het verhaal, besloot hij.

Carter Stewart bracht het grootste deel van de woensdagochtend in zijn suite in het Hudson Valley Hotel door. Hij had die middag een afspraak met Pierce Ellison, de regisseur van zijn nieuwe stuk, en zou naar Ellisons huis gaan. Ze zouden veranderingen bespreken die de regisseur had voorgesteld, maar Stewart wilde eerst zelf een paar wijzigingen in het script aanbrengen.

Dank je wel, Laura, dacht hij met een boosaardig lachje, terwijl hij subtiele veranderingen aanbracht in de rol van het domme blondje, dat in het tweede bedrijf werd vermoord.

Wanhoop, dacht hij – dat is wat ik miste. Aan de buitenkant is ze prachtig, maar we moeten voelen hoe wanhopig en bang ze eigenlijk is, dat ze alles zal doen om zichzelf te redden.

Carter had er een hartgrondige hekel aan om gestoord te worden onder het schrijven, iets wat zijn agent, Tim Davis, heel goed wist. Maar om elf uur werd hij uit zijn concentratie gehaald door het doordringende geluid van de telefoon. Het was Tim.

Hij begon zich eerst uitvoerig te verontschuldigen. 'Carter, ik weet dat je aan het werk bent, en ik heb beloofd dat ik je alleen zou storen als het absoluut niet anders kon, maar...'

'Dan hoop ik maar dat dat zo is, Tim,' snauwde Carter.

'Het zit namelijk zo, dat ik net werd gebeld door Angus Schell. Hij is de agent van Robby Brent en hij is ten einde raad. Robby had beloofd dat hij uiterlijk gisteren zijn wijzigingen in de scripts van zijn nieuwe tv-serie zou opsturen, maar ze zijn nog steeds niet binnen. Angus heeft al tien keer een boodschap voor Robby ingesproken, maar hij heeft niets van hem gehoord. De sponsor is al des duivels over de publiciteitsstunt die Robby volgens de media met Laura Wilcox heeft uitgehaald. Ze dreigen hun geld voor de serie terug te trekken.'

'Dat is voor mij van geen enkel belang,' zei Carter Stewart op ijzige toon.

'Carter, je hebt mij laatst verteld dat Robby jou de wijzigingen zou laten bekijken die hij had aangebracht. Heb jij ze gezien?'

'Nee, dat heb ik niet. Sterker nog, toen ik de moeite had genomen om naar zijn hotel te gaan om die wijzigingen door te nemen, was hij er niet en ik heb verder ook niets meer van hem gehoord. Maar als je het niet erg vindt, ga ik nu verder. Ik zat prima te werken, tot jij me stoorde.'

'Carter, alsjeblieft. Ik wil dit even precies weten. Jij denkt dus dat Robby wel degelijk de bewerkingen heeft gedaan die hij de sponsor had beloofd?'

'Tim, luister goed. Ja, ik neem aan dat Robby die tekst heeft bewerkt. Dat heeft hij me gezegd. Hij heeft me gevraagd zijn wijzigingen te bekijken. Ik heb gezegd dat ik dat zou doen. Toen ik naar zijn hotel ging, was hij er niet. Dus ik zal het voor de duidelijkheid nog eens herhalen: hij heeft de tekst bewerkt en mijn tijd verspild.'

'Carter, het spijt me. Echt, het spijt me,' zei Tim Davis, in een uiterste poging zijn cliënt te sussen. 'Joe Dean en Barbara Monroe zijn al gecast voor de eerste delen en het is voor hen heel belangrijk dat de serie de lucht in gaat. Volgens de krant hebben Wilcox en Robby zo ongeveer alles in hun hotelkamer achtergelaten. Zou jij alsjeblieft, alsjeblieft willen kijken of hij toevallig die scripts daar heeft achtergelaten? De laatste keer dat ik Robby aan de lijn had, beweerde hij dat de tekst onder zijn bewerking om te gillen was geworden. Die uitdrukking gebruikt hij bijna nooit en als hij het doet, meent hij het ook. Als we die tekst morgen nog krijgen, kunnen we de serie misschien redden. De sponsor wil een comedy die honderd procent zeker aanslaat en we weten allemaal dat Robby die kan leveren.'

Carter Stewart zei niets.

'Carter, ik wil niet vervelend doen, maar twaalf jaar geleden, toen niemand jou nog kende, heb ik je aangenomen en gezorgd dat je eerste stuk op de planken kwam. Begrijp me niet verkeerd, ik ben er sindsdien zelf ook alleen maar beter van geworden, maar nu vraag ik je een wederdienst, niet voor mezelf, maar voor Joe en Barbara. Ik heb jou een kans gegeven. Nu vraag ik jou om hun hún kans te geven.'

'Tim, je weet het zo mooi te zeggen, ik krijg er bijna tranen van in mijn ogen,' zei Carter nu op geamuseerde toon. 'Natuurlijk heb jij hier zelf ook belang bij. Het gaat heus niet alleen om je vriendschap met je ouwe makker Angus en je vaderlijke gevoelens voor jong talent. Je moet me toch eens een keer vertellen wat het is. Maar aangezien je mijn creatieve concentratie nu toch al helemaal om zeep hebt geholpen, zal ik naar Robby's hotel gaan en zien of ik tot zijn kamer kan doordringen. Je kunt misschien alvast de weg bereiden door te bellen, te zeggen dat je zijn agent bent en uit te leggen dat Robby je opdracht heeft gegeven om mij de scripts te laten ophalen.'

'Carter, ik weet niet hoe...'

'Je me moet bedanken? Ik denk inderdaad dat je dat niet weet. Tot kijk, Tim.'

Carter Stewart had een spijkerbroek en een trui aan. Zijn jack en pet lagen op de stoel waar hij ze eerder had neergegooid. Met een zucht van ergernis stond hij op, trok het jack aan en pakte de pet. Nog voor hij de kamer uit was, ging de telefoon. Het was Downes, de directeur van Stonecroft, om hem uit te nodigen voor een borrel en een diner bij hem thuis.

Dat is wel het laatste waar ik behoefte aan heb, dacht Carter. 'O, het spijt me,' zei hij, 'maar ik heb al plannen voor het eten.' Met mezelf, voegde hij er in stilte aan toe.

'Dan misschien alleen een borrel,' stelde Downes nerveus voor. 'Ik zou het erg op prijs stellen, Carter. Ik laat hier een fotograaf komen, zie je, om jou en de andere eregasten die nog in de stad zijn op de foto te zetten.'

De andere eregasten die nog in de stad zijn – zo kun je het ook zeggen, dacht Carter sarcastisch. 'Ik ben bang...' begon hij.

'Alsjeblieft, Carter. Ik zal je niet lang ophouden, maar in het licht van de gebeurtenissen van de afgelopen dagen, moet ik echt foto's hebben van de vier wáárdige ontvangers van onze onderscheidingen. Ik heb ze nodig ter vervanging van de groepsfoto die we bij het diner hebben gemaakt. Je snapt hoe belangrijk dat is als we met onze bouwplannen komen.'

Er klonk geen sprankje vreugde in Carter Stewarts blaffende lach. 'Dit schijnt voor mij echt een dag te zijn waarop ik de vele zonden die ik in mijn leven heb begaan, moet goedmaken,' zei hij. 'Hoe laat moet ik er zijn?'

'Zeven uur is prima.' Downes' stem trilde van dankbaarheid.

'Uitstekend.'

Een uur later was Carter Stewart in Robby Brents kamer in het Glen-Ridge House. Zowel Justin Lewis, de manager, als Jerome Warren, de assistent-manager, waren bij hem in de kamer en waren zichtbaar verontrust door het potentiële risico voor het hotel nu ze Stewart in de gelegenheid stelden iets uit de kamer weg te nemen.

Stewart liep naar het bureau. Er lag een dikke stapel scripts bovenop. Stewart bladerde er even doorheen. 'Kijk,' zei hij. 'Zoals ik u heb uitgelegd en zoals u zelf ziet, zijn dit de scripts die Mr. Brent heeft bewerkt en die de producer direct nodig heeft. Ik raak ze verder niet eens aan.' Hij wees naar Justin Lewis. 'Pakt u ze maar op.' Hij wees naar Jerome Warren. 'En houdt u de expresse-envelop vast waar ze in moeten. Dan kunnen jullie samen beslissen wie het adres erop zet. Zo tevreden?'

'Natuurlijk, meneer,' zei Lewis zenuwachtig. 'Ik hoop dat u begrip hebt voor onze situatie en begrijpt waarom we zo voorzichtig moeten zijn.'

Carter Stewart gaf geen antwoord. Hij staarde naar het briefje dat Robby Brent tegen de telefoon had gezet: 'Afspraak met Howie om scripts te laten zien, dinsdag 15.00 uur.'

De manager had het ook gezien. 'Mr. Stewart,' zei hij, 'ik had begrepen dat u die afspraak had om samen met Mr. Brent deze scripts te bekijken.'

'Dat klopt.'

'Mag ik u dan vragen wie Howie is?'

'Daar bedoelt Mr. Brent mij mee. Het is een grapje.'

'O, ik snap het.'

'Ja, dat zal wel. Mr. Lewis, heeft u ooit van het spreekwoord gehoord: wie het laatst lacht, lacht het best?'

'Jazeker,' knikte Justin Lewis.

'Mooi.' Carter Stewart begon te grinniken. 'Dat is in deze situatie van toepassing. Wacht, ik zal u dat adres geven.'

72

Toen Sam Rich Stevens' kantoor uit kwam, liep hij naar de kantine in het gerechtsgebouw en bestelde een kop koffie en een bruine sandwich met ham en kaas om mee te nemen.

Hij liep ermee terug naar zijn kantoor en haalde de sandwich uit het zakje.

Hij zette zijn lunch op zijn bureau en klikte zijn computer aan. Een uur later was zijn sandwich op, zat er nog een laatste, vergeten slok koffie in zijn beker, en was hij bezig alle informatie die hij over Laura Wilcox had verzameld, bij elkaar te zetten.

Ik moet toegeven dat je veel kunt vinden op het internet, dacht Sam, maar je kunt er ook veel tijd mee kwijtraken. Hij zocht het soort achtergrondinformatie dat niet in Laura's officiële biografie stond, maar tot nog toe had hij niets nuttigs gevonden.

Omdat er een ontmoedigend lange lijst stond met links naar Laura Wilcox, begon hij met die link te openen waar naar zijn idee misschien iets onthullends in zou staan. Laura was op haar vierentwintigste getrouwd met haar eerste man, Dominic Rubirosa, een plastisch chirurg uit Hollywood. 'Laura is zo mooi dat mijn talent in ons eigen huis verspild is,' had Rubirosa na de huwelijksplechtigheid gezegd.

Sam trok een grimas. Erg aandoenlijk, vooral als je bedenkt dat het huwelijk precies elf maanden heeft standgehouden. Ik vraag me af wat er met Rubirosa is gebeurd. Misschien houdt hij nog steeds contact met Laura. Hij besloot hem op te zoeken en vond een artikel met een foto van hem en zijn tweede vrouw tijdens hun bruiloft. 'Monica is zo mooi, dat ze nooit van mijn professionele diensten gebruik zal hoeven maken,' werd Rubirosa die dag geciteerd.

'Een beetje anders, maar niet genoeg. Wat een zak,' zei Sam hardop, terwijl hij terugklikte naar het artikel over Laura's eerste huwelijk.

Er stond een foto bij van haar ouders tijdens de plechtigheid – William en Evelyn Wilcox uit Palm Beach. Maandag, toen Laura niet was komen opdagen, had Eddie Zarro een boodschap ingesproken op het antwoordapparaat van haar ouders, met het verzoek contact op te nemen met Sam. Toen daar niet op was gereageerd, had hij een politieagent uit Palm Beach naar het huis laten gaan. Een roddeltante uit de buurt had de agent verteld dat ze op een cruise waren, maar dat ze niet wist welke. Ze vertelde dat het nogal eenzelvige mensen waren, 'een beetje chagrijnige, oude lui' en dat ze de indruk had dat ze zich ergerden aan de verhalen die na Laura's tweede scheiding de ronde deden.

Cruiseschepen ontvangen het nieuws, dacht Sam. Met alle berichten die de laatste dagen over Laura in de media waren verschenen, zou je denken dat ze wel naar haar zouden komen informeren. Het is vreemd dat we nog niets van hen hebben gehoord. Ik zal eens kijken of de politie in Palm Beach te weten kan komen met welke cruise ze mee zijn. Het is natuurlijk mogelijk dat Laura hun vertrouwelijk heeft laten weten dat ze zich geen zorgen over haar hoeven te maken.

Hij keek op toen Joy Lacko zijn kamer binnenkwam. 'De baas heeft me net van de moordzaken afgehaald,' zei ze. 'Hij wil dat ik met jou ga werken. Hij zei dat jij het wel zou uitleggen.' Sam zag aan haar gezicht dat ze het niet leuk vond op een andere zaak te worden gezet.

Haar ergernis verdween langzaam toen Sam haar vertelde wat hij wist over Jean Sheridan en haar dochter, Lily. Het feit dat Lily's adoptievader een driesterrengeneraal was, wekte haar belangstelling, evenals het gegeven dat het onmogelijk leek dat Laura Wilcox de laatste fax naar Jean Sheridan had verstuurd, waarin werd beweerd dat zij achter de dreigementen zat. 'En ik kan nog steeds niet geloven dat vijf vrouwen die op de Stonecroft Academy aan dezelfde lunchtafel hebben gezeten, zijn overleden in de volgorde waarin ze aan die tafel zaten,' besloot Sam. 'Als het geen onvoorstelbare speling van het lot is, zou dat betekenen dat Laura nu aan de beurt is om te sterven.'

'Je hebt dus twee bekende personen die vermist zijn, wat al dan niet een publiciteitsstunt kan zijn; je hebt een cadet van West Point, de geadopteerde dochter van een generaal, die wordt bedreigd, en je hebt vijf vrouwen die zijn overleden in de volgorde waarin ze op school aan tafel zaten. Geen wonder dat Rich vindt dat je hulp nodig hebt,' zei Joy nuchter.

'Ik heb inderdaad hulp nodig,' gaf Sam toe. 'Onze eerste prioriteit is Laura te vinden. Als het bij die vijf sterfgevallen om moord blijkt te gaan, is ze duidelijk in gevaar. Bovendien is ze misschien achter het bestaan van Lily gekomen en heeft ze daar wellicht met iemand anders over gepraat.'

'En hoe zit het met Laura's familie? En haar vrienden? Heb je haar agent al gesproken?' Lacko haalde haar notitieboekje te voorschijn. Met haar pen in de hand wachtte ze Sams antwoorden af.

'Je stelt de juiste vragen,' zei Sam. 'Maandag heb ik haar agent gebeld. Het blijkt dat Alison Kendall zelf zich met Laura bezighield. Kendall is inmiddels een maand dood, maar van het bureau is nog niemand aangewezen om haar over te nemen.'

'Dat is ongebruikelijk,' zei Joy. 'Je zou verwachten dat ze dat als een van de eerste dingen zouden doen.'

'De reden daarvan is kennelijk dat Laura schulden bij hen had; ze hadden haar voorschotten gegeven. Alison was bereid haar te steunen, maar de nieuwe baas niet. Ze hebben beloofd contact met ons op te nemen als ze iets van haar horen, maar ik zou er niet te hard op rekenen. Ik heb zo'n gevoel dat ze daar niet erg in Laura geïnteresseerd zijn.'

'Sinds Henderson County heeft ze niet veel bijzonders meer gedaan, en dat is al een paar jaar niet meer op de buis. Met al die nieuwe, jonge, sexy popsterren in het nieuws zal ze volgens Hollywoodmaatstaven wel oud zijn,' merkte Joy droog op.

'Ik denk het ook,' beaamde Sam. 'We proberen ook haar ouders op te sporen, om te horen of ze hen nog gesproken heeft. Ik heb al contact gehad met de vent in Californië die Alison Kendalls dood heeft onderzocht en volgens hem zijn er geen aanwijzingen dat daar opzet in het spel is. Maar ik ben er niet gerust op. Toen ik Rich Stevens had verteld over de meisjes van de lunchtafel, heeft hij opdracht gegeven alle politiedossiers met onderzoeksgegeven over de sterfgevallen op te vragen. De oudste zaak dateert van twintig jaar geleden, dus het kan wel tot het eind van de week duren voor we alles binnen hebben. Dan kammen we de dossiers haarfijn uit om te zien of ons iets opvalt.'

Hij wachtte even terwijl Joy aantekeningen maakte. 'Ik wil de websites bekijken van de kranten uit de omgeving waar de drie zogenaamde ongelukken hebben plaatsgevonden. Ik wil zien of daarin destijds vragen zijn gerezen over de sterfgevallen. De eerste is met haar auto van de weg geraakt en de Potomac in gereden. De tweede is verdwenen tijdens een lawine in Snowbird. En de derde is omgekomen toen het vliegtuig dat ze bestuurde, neerstortte. Alison was de vierde. En ik wil ook weten wat er is geschreven over het meisje van de lunchtafel dat zelfmoord zou hebben gepleegd.'

Hij liep vooruit op Joys volgende vraag. 'Ik heb hier een lijst met de namen en de datum en plaats van overlijden.' Hij wees naar een getypt vel op zijn bureau. 'Je kunt het kopiëren. En dan wil ik nog weten wat het internet voor nuttigs te melden heeft over Robby Brent. Ik waarschuw je, Joy. Zelfs als we er met z'n tweeën aan werken, zal het veel tijd kosten om alles uit te zoeken.'

Hij stond op en rekte zich uit. 'Als we daar allemaal mee klaar zijn, ga ik de weduwe van een zekere dr. Connors bellen om een afspraak met haar te maken. Hij was de arts die Jean Sheridans baby heeft gehaald. Jean heeft Mrs. Connors onlangs bezocht en had het idee dat ze iets achterhield, iets wat haar erg zenuwachtig maakte. Misschien kan ik het eruit krijgen.'

'Sam, ik ben goed in het zoeken van informatie op het internet en ik kan het waarschijnlijk veel sneller dan jij. Laat mij het zoekwerk doen, dan kun jij bij de vrouw van die dokter op bezoek gaan.'

'De weduwe van de dokter,' zei Sam en vroeg zich af waarom hij het nodig vond Joy te corrigeren. Misschien was het omdat hij de hele dag aan Kate moest denken. Ik ben niet Kates man, dacht hij. Ik ben haar weduwnaar. Dat is een groot verschil.

Als Joy zich stoorde aan de correctie, liet ze het niet merken. Ze pakte de lijst van de tafel. 'Ik zal zien wat ik kan vinden. Tot straks.'

Dorothy Connors had weinig zin gehad om Jean te ontvangen en toen Sam belde, hield ze halsstarrig vol dat ze geen informatie had waar hij iets aan zou kunnen hebben. Hij begreep dat hij haar hard moest aanpakken en zei ten slotte: 'Mrs. Connors, ik ben degene die moet beoordelen of u ons bij ons onderzoek kunt helpen of niet. Ik vraag slechts vijftien minuten van uw tijd.'

Met tegenzin stemde ze ermee in dat hij die middag om drie uur zou langskomen.

Terwijl hij zijn bureau ordende, ging de telefoon. Het was Tony Gomez, de korpschef van Cornwall. Ze waren oude vrienden. 'Sam, ken jij ene Jake Perkins?' vroeg Tony.

Hoe zou ik die niet kennen? dacht Sam, terwijl hij zijn ogen ten hemel sloeg. 'Die ken ik, Tony. Wat is er met hem?'

'Hij loopt in de stad huizen te fotograferen en ik heb een

klacht binnengekregen van mensen die denken dat hij bezig is een inbraak voor te bereiden.'

'Zet dat maar uit je hoofd,' zei Sam. 'Hij doet geen kwaad. Hij verbeeldt zich dat hij onderzoeksjournalist is.'

'Het is niet zomaar verbeelding. Hij zegt dat hij jouw assistent is en zich bezighoudt met de verdwijning van Laura Wilcox. Kun je dat bevestigen?'

'Mijn assistent? Kom nou!' Sam begon te lachen. 'Stop hem maar in de gevangenis,' adviseerde hij. 'En gooi de sleutel weg. Ik spreek je nog wel, Tony.'

73

'Jean, ik had een heel goéde reden om bij de balie te vragen of je een fax had ontvangen,' zei Mark rustig, toen hij in de koffiehoek bij haar kwam zitten.

'Leg dan maar uit, alsjeblieft,' zei ze, op even beheerste toon.

De ober had haar aan hetzelfde tafeltje gezet waar ze een dag eerder uren hadden zitten praten. Maar vandaag ontbrak de warmte en de beginnende intimiteit van hun eerdere ontmoeting. Mark keek zorgelijk en Jean wist dat ze de twijfels en het wantrouwen die zich in haar geest hadden opgebouwd, niet voor hem verborgen kon houden.

Lily – Meredith – is veilig en ik ga haar binnenkort ontmoeten, dacht ze. Dat was het belangrijkste, het enige wat er op dit moment echt toe deed. Maar de haarborstel die haar was toegestuurd, de dreigende faxen die ze daarna had ontvangen en de roos op Reeds graf – al die dingen hadden haar vreselijk ongerust gemaakt.

Ik had die laatste fax gisteren halverwege de middag moeten krijgen, dacht Jean, terwijl ze Mark over de tafel heen aankeek. Ze had het gevoel dat ze elkaar probeerden in te schatten, alsof ze elkaar vandaag in een ander licht zagen. Ik dacht dat ik jou kon vertrouwen, Mark, dacht ze. Gisteren leefde je zo met me mee, was je zo begrijpend toen ik je over Lily vertelde. Zat je me alleen maar voor de gek te houden?

Net als zij had hij een joggingpak aan. Het zijne was donkergroen en maakte zijn ogen lichter bruin dan ze waren. Hij keek haar bezorgd aan. 'Jean, ik ben psychiater,' zei hij. 'Ik probeer de werking van de geest te doorgronden. God weet dat je al genoeg hebt doorstaan, daar hoef ik niets aan toe te voegen. Eerlijk gezegd hoopte ik dat je weer iets zou horen van degene die je die berichten stuurt.'

'Waarom?'

'Omdat dat een teken zou zijn dat hij of zij met je in contact wil blijven. Nu heb je van Laura gehoord en vertrouw je erop dat zij Lily niets zal aandoen. Maar waar het om gaat is dat ze met je heeft gecommuniceerd. Dat wilde ik gisteren weten. Ik was inderdaad bezorgd toen de receptioniste zei dat er niets was binnengekomen. Ik maakte me zorgen om Lily's veiligheid.'

Hij keek haar aan en zijn bezorgdheid maakte plaats voor verbazing. 'Jean, dacht je dat ik je die faxen had gestuurd, dat ik wíst dat de fax die je gisteren pas laat kreeg, eerder had moeten komen? Dacht je dat écht?'

Haar zwijgen was zijn antwoord.

Geloof ik hem? vroeg Jean zich af. Ik weet het niet.

De ober kwam bij hun tafel staan. 'Alleen koffie,' zei Jean.

'Ik dacht dat je door de telefoon zei dat je de hele dag nog niets had gegeten,' zei Mark. 'Vroeger op Stonecroft hield je van gebakken kaas en tomaat. Vind je dat nog steeds lekker?'

Jean knikte.

'Twee sandwiches met tomaat en kaas van de grill en twee koppen koffie,' bestelde Mark voor hen allebei. Hij wachtte tot de ober buiten gehoorsafstand was voor hij weer begon te praten. 'Je hebt nog steeds niets gezegd, Jeannie. Ik weet niet of dat betekent dat je me gelooft, of dat je me niet gelooft, of dat je het niet weet. Ik geef toe dat dat me erg teleurstelt, maar ik kan het goed begrijpen. Vertel me één ding: geloof je nog steeds dat Laura je die faxen heeft gestuurd en dat Lily veilig is?'

Ik ga hem niet vertellen over dat telefoontje van Craig Michaelson, dacht Jean. Ik kan me niet veroorloven iemand te vertrouwen. 'Ik geloof dat Lily veilig is,' zei ze voorzichtig.

Mark merkte dat ze eromheen draaide. 'Arme Jean,' zei hij. 'Je weet niet wie je kunt vertrouwen, hè? Ik kan je geen ongelijk geven. Maar wat ga je nu doen? Eindeloos afwachten tot Laura opduikt?'

'In ieder geval de komende paar dagen nog,' zei Jean, vastbesloten om zo vaag mogelijk te blijven. 'En jij?'

'Ik blijf tot vrijdagochtend, dan moet ik terug. Ik heb afspraken met patiënten. Gelukkig waren er al een paar tv-shows opgenomen, maar nu moet ik echt aan de slag met de nieuwe. Hoe dan ook, vanaf vrijdag is mijn kamer gereserveerd door iemand van de gloeilampenconventie, of hoe het ook maar heet.'

'Er worden honderd topverkopers onderscheiden,' zei Jean.

'Nog meer eregasten,' zei Mark. 'Ik hoop dat ze alle honderd weer veilig thuiskomen. Ik neem aan dat jij ingaat op de smeekbede van directeur Downes om vanavond bij hem thuis op de borrel te komen voor die fotoreportage?'

'Daar weet ik niets van,' protesteerde Jean.

'Waarschijnlijk heeft hij een boodschap ingesproken op je antwoordapparaat. Het zal wel niet zo lang duren. Ik begreep van Downes dat hij ons te eten had willen vragen, maar Carter en Gordon hebben al andere plannen. Ik zelf trouwens ook. Mijn vader wil dat ik weer bij hem kom eten.'

'Dan neem ik aan dat je vader de vragen heeft beantwoord die je hem zou stellen,' zei Jean.

'Ja, dat heeft hij gedaan. Jeannie, je kent maar het halve

verhaal. Je verdient het om de rest ook te weten. Mijn broer, Dennis, is een maand nadat hij van Stonecroft kwam, overleden. Hij zou in de herfst op Yale beginnen.'

'Ik weet van het ongeluk,' zei Jean.

'Je weet íets van het ongeluk,' verbeterde Mark haar. 'Ik was net van het St. Thomas af gekomen en zou in september op Stonecroft beginnen. Mijn ouders gaven Dennis een cabriolet voor zijn einddiploma. Je hebt hem waarschijnlijk niet gekend, maar hij blonk in alles uit. Hij was de beste van de klas, aanvoerder van het honkbalteam, voorzitter van de studentenraad, hij zag er fantastisch uit, hij was grappig en hij was een echt aardige kerel. Na vier miskramen had mijn moeder een volmaakt kind op de wereld gezet.'

'Daar kon jij waarschijnlijk moeilijk tegenop,' merkte Jean op.

'Ik weet dat mensen dat denken, maar Dennis was echt geweldig voor me. Hij was mijn grote broer. Ik vereerde hem als een held.'

Jean kreeg de indruk dat Mark meer tegen zichzelf praatte dan tegen haar. 'Hij speelde tennis met me. Hij leerde me golfen. Hij nam me mee in die cabriolet en omdat ik hem daar voortdurend over aan zijn kop zeurde, leerde hij me er uiteindelijk ook in rijden.'

'Maar je was hooguit dertien, veertien jaar,' zei Jean.

'Ik was dertien. O, ik heb natuurlijk nooit op straat gereden, en hij was er altijd bij. Er ligt behoorlijk wat grond om ons huis heen. De middag van het ongeluk had ik de hele dag bij Dennis lopen drammen dat ik een ritje wilde maken. Uiteindelijk gooide hij om een uur of vier de sleutels naar me toe en zei: "Oké, oké, stap maar in. Ik kom er zo aan."

Ik zat daar de minuten af te tellen tot hij kwam, zodat ik de blits kon maken achter het stuur van de cabriolet. Toen kwamen er een paar vrienden van hem langs en Dennis zei dat hij een potje met ze ging basketballen. "Ik beloof je dat je over een uurtje aan de beurt komt," zei hij. Toen riep hij:

"Zet de motor maar af en vergeet hem niet op de handrem te zetten."

Ik was teleurgesteld en kwaad. Ik ging stampvoetend naar binnen en gooide de deur met een klap achter me dicht. Mijn moeder was in de keuken. Ik zei tegen haar dat ik blij zou zijn als Dennis' auto van de heuvel af zou rijden en tegen het hek zou botsen. Veertig minuten later reed hij inderdaad van de heuvel af. Het basketbalbord hing onder aan de oprit. De andere jongens sprongen opzij. Dennis niet.'

'Mark, jij bent hier de psychiater. Je móét weten dat het jouw schuld niet was.'

De ober kwam terug met de sandwiches en de koffie. Mark nam een hap van zijn sandwich en kleine slokjes van zijn koffie. Het was Jean duidelijk dat hij moeite had zijn emoties in bedwang te houden. 'Verstandelijk weet ik dat, ja, maar mijn ouders zijn daarna nooit meer hetzelfde tegen me geweest. Dennis was in mijn moeders ogen een godsgeschenk. Ik begrijp dat wel. Hij had alles. Hij was zo begaafd. Ik hoorde haar tegen mijn vader zeggen dat ze zeker wist dat ik de auto expres niet op de handrem had gezet, niet om Dennis kwaad te doen, maar om hem mijn teleurstelling betaald te zetten.'

'Wat zei je vader daarop?'

'Het gaat er meer om wat hij níét zei. Ik had verwacht dat hij het voor me zou opnemen, maar dat deed hij niet. Toen zei een kind tegen me dat mijn moeder had gevraagd waarom God, als hij dan toch een van haar kinderen moest hebben, nou net Dennis moest kiezen.'

'Dat verhaal heb ik ook gehoord,' gaf Jean toe.

'Jij bent opgegroeid met het verlangen bij je ouders weg te gaan, Jean, en ik ook. Ik had altijd het gevoel dat wij met elkaar verwant waren. We hebben allebei onze mond gehouden en ons op onze studie gestort. Zie jij je ouders nog veel?'

'Mijn vader woont in Hawaii. Ik heb hem daar vorig jaar bezocht. Hij heeft een heel aardige vriendin, maar hij schreeuwt van de daken dat één huwelijk hem voorgoed heeft genezen en dat hij nooit opnieuw zal trouwen. Ik heb rond de kerst een paar dagen doorgebracht met mijn moeder, die nu kennelijk echt gelukkig is. Haar man en zij zijn een paar keer bij me op bezoek geweest. Ik geef toe dat ik er een beetje ziek van word als ik ze hand in hand zie zitten en met elkaar zie knuffelen, als ik bedenk hoe ze zich tegenover mijn vader gedroeg. Ik heb nu niet meer zozeer een hekel aan hen, al had ik op mijn achttiende niet het idee dat ik bij hen voor hulp terecht kon.'

'Mijn moeder is overleden toen ik medicijnen studeerde,' zei Mark. 'Niemand had mij verteld dat ze een hartaanval had gehad en op sterven lag. Anders was ik in het vliegtuig gestapt en teruggekomen om afscheid van haar te nemen. Maar ze vroeg niet naar me. Sterker nog, ze zei dat ze me niet wilde zien. Het voelde als een definitieve afwijzing. Ik ben niet bij de begrafenis geweest. Daarna ben ik nooit meer naar huis gegaan en mijn vader en ik hebben elkaar veertien jaar niet gezien.' Hij haalde zijn schouders op. 'Misschien heb ik daarom besloten psychiater te worden. "Dokter, genees uzelf." Dat probeer ik nog steeds.'

'Wat waren die vragen die je je vader hebt gesteld? Je zei dat hij ze heeft beantwoord.'

'De eerste was waarom hij me niet heeft gewaarschuwd toen mijn moeder op sterven lag.'

Jean legde haar handen om haar kopje en pakte het op. 'Wat zei hij daarop?'

'Hij vertelde me dat mijn moeder aan wanen leed. Kort voor haar hartaanval was ze naar een medium geweest en die had haar verteld dat haar jongste zoon expres de auto van de handrem had gehaald omdat hij jaloers was op zijn broer en hem iets wilde aandoen. Moeder had altijd in de mogelijkheid geloofd dat ik Dennis' auto had willen beschadigen, maar het medium overtuigde haar ervan dat het nog erger was. Het kan zelfs die hartaanval hebben veroorzaakt. Wil

je de andere vraag weten die ik mijn vader heb gesteld?'
Jean knikte.

'Mijn moeder had een afkeer van alcohol en mijn vader dronk aan het eind van de middag graag een borreltje. Hij glipte altijd stiekem de garage in, waar hij op een plank achter de verfpotten wat sterke drank verstopt had, of hij deed alsof hij de binnenkant van de auto ging schoonmaken en hield dan zijn eigen borreluurtje. Soms ging hij in Dennis' auto zitten om zijn borreltje te drinken. Ik wist dat ik de auto op de handrem had gezet. Ik wist ook dat Dennis niet in de buurt van de auto was geweest. Hij was aan het basketballen met zijn vrienden. Mijn moeder zou nooit in de cabriolet komen. Ik vroeg mijn vader of hij die middag in Dennis' auto had gezeten om zijn borreltje te drinken, en zo ja, of hij het mogelijk achtte dat hij de auto per ongeluk van de handrem had gehaald.'

'Wat zei hij?'

'Hij gaf toe dat hij in de auto had gezeten en dat hij er hooguit een minuut uit was toen hij van de heuvel kwam rollen. Hij had nooit de moed gehad om het mijn moeder te vertellen, zelfs niet toen dat medium haar geest vergiftigde met die praatjes over mij.'

'Waarom denk je dat hij het nu toegaf?'

'Ik liep gisteravond door de stad en dacht erover na dat mensen vaak hun hele leven met onopgeloste conflicten blijven rondlopen. Mijn afsprakenboek staat vol met patiënten die daar een levend voorbeeld van zijn. Toen ik mijn vaders auto op de oprit zag staan – dezelfde oprit, trouwens – besloot ik naar binnen te gaan en het, na veertien jaar stilte, met hem uit te praten.'

'Je bent gisteravond bij hem geweest en vanavond ga je weer naar hem toe. Betekent dat een verzoening?'

'Hij wordt binnenkort tachtig, Jean, en het gaat niet goed met hem. Hij heeft vijfentwintig jaar met een leugen geleefd. Het is bijna zielig zoals hij ermee bezig is om het weer goed te maken. Dat kan natuurlijk niet, maar als ik naar hem toe ga, kan ik het misschien begrijpen en er voor mezelf een punt achter zetten. Als mijn moeder had geweten dat hij in de auto had zitten drinken en het ongeluk had veroorzaakt, had ze hem nog dezelfde dag op straat gezet.'

'Maar nu heeft ze zich in emotioneel opzicht van jou afgewend.'

'Wat vervolgens weer bijdroeg tot het gevoel dat ik op Stonecroft had, namelijk dat ik tekortschoot en een absolute mislukkeling was. Ik probeerde net zo te zijn als Dennis, maar ik zag er sowieso lang niet zo goed uit als hij. Ik was niet goed in sport en ik was geen leider. Het enige waarbij ik iets van kameraadschap heb gevoeld, was toen we in ons laatste jaar met een stel een avondbaantje hadden. Als we klaar waren, gingen we ergens pizza eten. Het goede is misschien dat ik begrip heb gekregen voor kinderen die het moeilijk hebben. Als volwassene probeer ik het hun een beetje makkelijker te maken.'

'Naar wat ik gehoord heb, slaag je daar goed in.'

'Dat hoop ik. De producers willen de show naar New York verplaatsen en ze hebben me gevraagd in het New York Hospital te komen werken. Ik denk dat ik klaar ben om die overstap te maken.'

'Een nieuw begin?' vroeg Jean.

'Precies – op een plek waar dingen die niet te vergeten of te vergeven zijn, in ieder geval naar het verleden verbannen kunnen worden.' Hij tilde zijn koffiekopje op. 'Zullen we daarop drinken, Jeannie?'

'Ja, natuurlijk.' Ik ben gekwetst, Mark, maar voor jou was het erger, dacht ze. Mijn ouders hadden het zo druk met hun haat voor elkaar, dat ze niet in de gaten hadden wat ze mij aandeden. Jouw ouders lieten je merken dat ze de voorkeur gaven aan je broer en toen liet je vader je moeder bewust in de waan dat jij iets had gedaan wat ze je nooit zou kunnen vergeven. Wat heeft dát met je ziel gedaan?

Instinctief was ze geneigd haar hand op de zijne te leggen, hetzelfde gebaar dat haar gisteren had getroost. Maar iets weerhield haar. Ze kon hem gewoon niet vertrouwen. Toen herinnerde ze zich iets dat hij net had gezegd. 'Mark, wat was dat voor avondbaantje dat je in je laatste jaar hebt gedaan?'

'Ik zat bij de schoonmaakploeg in een kantoorgebouw dat later is afgebrand. Jack Emersons vader had voor een paar jongens een baantje geregeld. Ik denk dat je er niet bij was toen we er gisteravond grapjes over maakten. Al die kerels die een onderscheiding hebben gekregen, hebben daar wel met een bezem rondgelopen of prullenbakken geleegd.'

'Jullie allemaal?' vroeg Jean. 'Carter en Gordon en Robby en jij?'

'Inderdaad. O, en nog een, Joel Nieman, ook wel bekend als Romeo. We werkten allemaal samen met Jack. Vergeet niet dat wij geen van allen voor wedstrijden hoefden te oefenen of met sportteams op pad hoefden We waren geknipt voor die baan.' Hij zweeg even. 'Wacht eens even. Je moet dat gebouw gekend hebben, Jean. Je was patiënte bij dr. Connors.'

Jean voelde haar lichaam ijskoud worden. 'Dat heb ik je niet verteld, Mark.'

'Dat moet wel. Hoe zou ik het anders kunnen weten?'

Ja, inderdaad, hoe weet jij dat? vroeg Jean zich af, terwijl ze haar stoel naar achteren duwde. 'Mark, ik moet een paar mensen terugbellen. Vind je het erg als ik vast wegga terwijl jij afrekent?'

Toen Jake op school terugkwam, was miss Ferris in de studio. 'Hoe is het gegaan, Jake?' vroeg ze, terwijl ze toekeek hoe hij met moeite de deur achter zich dichtdeed en voorzichtig de zware camera van zijn schouder haalde en op tafel legde.

'Het was wel een avontuur, Jill,' gaf Jake toe. 'Miss Ferris, bedoel ik,' verbeterde hij snel. 'Ik heb besloten een chronologisch verslag te maken van Laura Wilcox' leven, van haar geboorte tot nu. Ik heb een prachtige foto gemaakt van de St. Thomas of Canterbury-kerk, en ik had geluk, want er stond net een kinderwagen buiten. Ik bedoel een échte kinderwagen, niet zo'n huggy of buggy of weet ik veel waar ze kinderen tegenwoordig in stoppen.'

Hij haalde zijn bandrecorder uit zijn zak en trok zijn jas uit. 'IJskoud, buiten,' klaagde hij, 'maar op het politiebureau was het tenminste warm.'

'Het politiebureau, Jake?' vroeg Jill Ferris behoedzaam.

'Hmm. Maar laat ik het in chronologische volgorde vertellen. Na de kerk heb ik wat achtergrondfoto's gemaakt, om mensen die hier niet wonen een indruk te geven van hoe het hier is. Ik weet wel dat ik dit verhaal voor de Gazette maak, maar ik verwacht niet anders dan dat de grotere kranten het oppikken en dat het uiteindelijk bij een groter publiek terechtkomt.'

'Juist, ja. Jake, ik wil je niet opjagen, maar ik zou net weggaan.'

'Dit duurt maar even. Toen heb ik een foto gemaakt van Laura's vroegere huis, die patservilla. Het ziet er aardig indrukwekkend uit, als je van die protserige stijl houdt, tenminste. Het heeft een grote voortuin en degene die er nu woont, heeft een paar Griekse beelden op het gazon gezet. Veel te opzichtig, als je het mij vraagt, maar ik zal de lezers duidelijk maken dat Laura geen jeugd heeft gehad met "verrassingslunches".'

'Een jeugd met verrassingslunches?' vroeg Jill Ferris verbijsterd.

'Ik zal het uitleggen. Mijn opa vertelde me eens over een komiek, Sam Levenson, die zei dat ze bij hem thuis zo arm waren, dat zijn moeder bij straatverkopers blikken met eten kocht voor twee cent per stuk. Ze waren zo goedkoop omdat de etiketten eraf waren en niemand wist wat erin zat. Ze zei tegen de kinderen dat ze een "verrassingslunch" kregen. Ze wisten nooit wat ze gingen eten. Hoe dan ook, de foto's van Laura's tweede huis getuigen van een jeugd in de gegoede middenklasse, misschien zelfs de zeer gegoede middenklasse.'

Jake's blik versomberde. 'Nadat ik een paar foto's had gemaakt van huizen in de buurt, ben ik de stad door gereden naar Mountain Road, waar Laura de eerste zestien jaar van haar leven heeft gewoond. Het is een erg leuke straat en het huis is eerlijk gezegd meer mijn smaak dan dat geval met de Griekse beelden. Hoe dan ook, ik was nog maar net begonnen toen er een politieauto kwam aanrijden en een buitengewoon agressieve agent kwam vragen waar ik mee bezig was. Toen ik hem uitlegde dat ik gebruik maakte van mijn burgerrecht om op straat foto's te maken, vroeg hij me in de politieauto te stappen en heeft hij me naar het bureau gebracht.'

'Heeft hij je gearresteerd, Jake?' riep Jill Ferris uit.

'Nee, miss Ferris. Dat niet precies. De korpschef ondervroeg me en omdat ik vond dat ik rechercheur Deegan goede diensten had bewezen door hem erop te wijzen dat Laura Wilcox erg zenuwachtig klonk toen ze het hotel belde om haar kamer te laten vasthouden, vond ik dat ik het recht had de korpschef te zeggen dat ik Mr. Deegans assistent ben in het onderzoek naar Laura's verdwijning.'

Ik zal die jongen missen als hij van school af gaat, dacht Jill Ferris. Ze besloot dat het niet erg was om een paar minuten later op haar afspraak bij de tandarts te komen. 'Geloofde de korpschef je, Jake?' vroeg ze.

'Hij belde Mr. Deegan, die niet alleen ontkende wat ik zei, maar bovendien voorstelde dat de korpschef me in de gevangenis zou stoppen en dan de sleutel weg zou gooien.' Jake keek zijn lerares strak aan. 'Dat is niet grappig, miss Ferris. Ik vind dat Mr. Deegan mijn vertrouwen heeft beschaamd. De korpschef bleek uiteindelijk een stuk welwillender. Hij zei zelfs dat ik morgen mijn foto's mag afmaken, omdat ik er alleen nog maar een paar nodig heb van het huis op Mountain Road. Hij heeft me wel gewaarschuwd dat ik beter niet ongevraagd iemands tuin in kan lopen. Ik ga nu de foto's van vandaag ontwikkelen en als u het goedvindt, neem ik morgen de camera nog even mee om mijn reportage af te maken.'

'Dat is goed, Jake, maar houd er rekening mee dat die oudere camera's niet meer worden gemaakt. Zorg dat er niets mee gebeurt, want anders zit ik in de problemen en niet jij. Nu moet ik snel weg.'

'Ik zal hem met mijn leven bewaken,' riep Jake haar na. Dat meen ik, dacht hij, terwijl hij het fotorolletje terugdraaide en uit de camera haalde. Maar ook al heeft de korpschef me gewaarschuwd dat ik geen voet op andermans grond mag zetten, toch moet ik in het belang van mijn verhaal een daad van burgerlijke ongehoorzaamheid plegen, zei hij bij zichzelf. Ik wil foto's maken van de achterkant van Laura's huis op Mountain Road. Er woont daar toch niemand, dus ik weet zeker dat ik dat ongemerkt kan doen.

Hij ging de donkere kamer binnen en begon de foto's te ontwikkelen, een van zijn favoriete klusjes. Hij vond het spannend om te zien hoe uit de negatieven langzaam mensen en voorwerpen te voorschijn kwamen. Een voor een hing hij de afdrukken te drogen aan de waslijn. Toen pakte hij zijn vergrootglas en bekeek ze nauwkeurig. Ze waren allemaal goed – zoals hij zonder enige gêne voor zichzelf vaststelde – maar die ene foto van Laura's huis op Mountain Road, die hij had gemaakt voor de politie kwam, was nog het interessantst van allemaal.

Er is iets met dat huis, dacht Jake. Als ik ernaar kijk, wil ik het liefst diep onder de dekens kruipen en me goed verstoppen. Wat is het toch? Alles staat er keurig bij. Misschien is dat het wel. Het is te netjes. Toen keek hij nog wat dichterbij. Het zijn de gordijnen, dacht hij triomfantelijk. De gordijnen in de slaapkamer aan de zijkant van het huis zijn anders dan de rest. Op de foto zien ze er veel donkerder uit. Dat is me niet opgevallen toen ik de foto's maakte, maar toen was het erg zonnig. Hij floot voor zich uit. Wacht eens even. Toen ik op het internet het verhaal over Karen Sommers opzocht, heb ik volgens mij gezien dat ze was vermoord in de slaapkamer op de hoek, aan de rechterkant van het huis. Ik herinner me een foto van de plaats van het misdrijf, waarop die ramen omcirkeld waren.

Weet je wat? Ik zet een aparte foto van alleen die twee ramen bij mijn verhaal, dacht hij bij zichzelf. Ik kan erop wijzen dat de fatale kamer, waar ooit een jonge vrouw is vermoord en waar Laura zestien jaar heeft geslapen, omringd is met een donker aura. Dat voegt een lekker griezelig element toe.

Tot zijn teleurstelling bleek op de vergroting van de foto dat het kleurverschil waarschijnlijk werd veroorzaakt door een verduisteringsgordijn, dat was dichtgetrokken achter de decoratieve gordijnen die vanaf de straat zichtbaar waren.

Maar moet ik daar wel teleurgesteld over zijn? vroeg Jake zich af. Stel je voor dat daar iemand zit die niet wil dat er licht naar buiten komt. Het is een prima plek om je te verstoppen. Het huis is gerenoveerd. Er staan stoelen op de veranda, dus ik neem aan dat het is gemeubileerd. Niemand woont daar. Van wie is het trouwens? Zou het geen giller zijn als Laura Wilcox haar oude huis heeft gekocht en zich daar nu schuilhoudt met Robby Brent?

Het is niet eens zo'n stom idee, stelde hij vast. Zal ik het doorspelen aan Mr. Deegan?

Mooi niet, besloot hij. Het is waarschijnlijk een maf idee, maar als er iets van klopt, is het mijn verhaal. Deegan heeft tegen de korpschef gezegd dat hij me in de gevangenis moest gooien. Nu zoekt hij het maar mooi uit. Ik help hem niet meer.

75

Sams bezoek aan Dorothy Connors duurde precies vijftien minuten, zoals hij haar had beloofd. Toen hij zag hoe zwak ze was, ging hij voorzichtig te werk. Hij kreeg al snel het vermoeden dat haar bezorgdheid betrekking had op de reputatie van haar overleden man. In die wetenschap kon hij gemakkelijker ter zake komen.

'Mrs. Connors, dr. Sheridan heeft Peggy Kimball gesproken, die vroeger voor uw man heeft gewerkt. Om dr. Sheridan te helpen bij het zoeken naar haar dochter, heeft Mrs. Kimball verklaard dat dr. Connors in enkele gevallen misschien de adoptieregels heeft omzeild. Als u zich daar zorgen over maakt, kan ik u nu vertellen dat dr. Sheridans dochter is gevonden en dat de adoptie helemaal legaal is verlopen. Dr. Sheridan gaat vanavond zelfs met de adoptieouders dineren en zal heel binnenkort haar dochter ontmoeten. Dat deel van het onderzoek is achter de rug.'

De zichtbare opluchting op het gezicht van de vrouw bevestigde dat hij haar zorgen had verdreven. 'Mijn man was zo'n fantastisch mens,' zei ze. 'Het zou verschrikkelijk zijn geweest als mensen tien jaar na zijn dood waren gaan denken dat hij iets verkeerds of onwettigs had gedaan.'

Dat heeft hij wel gedaan, dacht Sam, maar daarom ben ik niet hier. 'Mrs. Connors, ik beloof u dat wat u mij vertelt, nooit gebruikt zal worden op een manier die de reputatie van uw man kan schaden. Maar geeft u me alstublieft antwoord op de volgende vraag: heeft u enig idee hoe iemand toegang kan hebben gekregen tot Jean Sheridans zwangerschapsgegevens in het kantoor van uw man?'

Er was geen spoor van zenuwachtigheid meer in Dorothy

Connors' stem of houding te bekennen. Ze keek Sam recht in de ogen. 'Ik geef u mijn woord dat ik zo iemand niet zou weten. Als dat wel het geval was, zou ik het u zeggen.'

Ze hadden in de serre gezeten, waar Mrs. Connors, naar Sam vermoedde, het grootste deel van de dag doorbracht. Ze stond erop met hem mee te lopen naar de deur, maar toen ze hem opendeed, aarzelde ze. 'Mijn man heeft gedurende de veertig jaar die hij als arts werkte tientallen adopties geregeld,' zei ze. 'Hij maakte na de geboorte altijd een foto van de baby. Hij zette er de geboortedatum achterop en als de moeder het kind een naam had gegeven voor ze er afstand van deed, zette hij die er ook bij.'

Ze deed de deur weer dicht. 'Komt u maar even mee naar de bibliotheek,' zei ze. Sam volgde haar door de woonkamer en kwam via een paar openslaande deuren in een prieeltje dat gevuld was met boekenplanken. 'De fotoalbums liggen hierin,' zei ze. 'Toen dr. Sheridan weg was, heb ik de foto van haar baby gevonden, met de naam Lily op de achterkant. Ik geef toe dat ik doodsbang was dat in haar geval de adoptie niet meer te achterhalen zou zijn. Maar nu dr. Sheridan weet waar haar dochter is en haar binnenkort gaat ontmoeten, weet ik zeker dat ze graag een foto wil hebben van Lily toen ze drie uur oud was.'

Stapels fotoalbums namen een groot deel van de boekenplanken in beslag. Er stonden data bij van veertig jaar geleden. In het album dat Mrs. Connors te voorschijn haalde, zat een boekenlegger. Ze sloeg het open, haalde een foto uit het plastic hoesje en gaf hem aan Sam. 'Vertelt u dr. Sheridan alstublieft hoe blij ik voor haar ben,' zei ze.

Toen Sam terugkwam bij de auto, stak hij de foto voorzichtig in zijn borstzakje. Er stond een baby op met grote ogen, lange oogharen en plukjes haar rondom haar gezicht. Wat een schoonheid, dacht hij. Ik kan me indenken hoe moeilijk het voor Jean moet zijn geweest om afstand van haar te doen. Ik ben hier niet zo ver van het Glen-Ridge vandaan.

Als ze er is, geef ik hem even af. Michaelson zou Jean bellen nadat hij mij gesproken had, dus ze is waarschijnlijk al alles aan het regelen voor haar ontmoeting met de adoptieouders.

Toen Sam belde, was Jean in haar kamer en stemde er graag mee in hem in de lobby te ontmoeten. 'Geef me tien minuten,' zei ze. 'Ik zat in bad.' Toen voegde ze eraan toe: 'Er is toch niets mis, hè, Sam?'

'Helemaal niet, Jean.' Op het ogenblik tenminste niet, dacht hij, hoewel hij wel steeds een onrustig gevoel bleef houden.

Hij had verwacht dat Jean dolblij zou zijn in het vooruitzicht Lily te ontmoeten, maar hij zag meteen dat haar iets dwarszat. 'Laten we daar even gaan zitten,' stelde hij voor en knikte naar een hoek van de lobby waar een bank en een stoel ongebruikt stonden.

Jean stelde hem snel op de hoogte van haar zorgen. 'Sam, ik begin te geloven dat Mark me die faxen heeft gestuurd,' zei ze.

Hij zag de pijn in haar ogen. 'Waarom denk je dat?' vroeg hij rustig.

'Omdat hij zich liet ontvallen dat hij wist dat ik patiënte was bij dr. Connors. Dat heb ík hem nooit verteld. En er is nog meer. Gisteren heeft hij bij de balie geïnformeerd of ik een fax had ontvangen en hij was duidelijk teleurgesteld dat hij nog niet binnen was. Dat was die fax die per ongeluk bij de post van iemand anders was geraakt. Mark vertelde me dat hij, in de tijd dat ik patiënte was bij dr. Connors, daar 's avonds in het kantoor werkte. En hij heeft ook toegegeven dat hij me op West Point heeft gezien, met Reed. Hij wist zelfs Reeds naam.'

'Jean, ik beloof je dat we Mark Fleischman goed onder de loep zullen nemen. Ik zal eerlijk zijn. Ik was er niet blij mee dat je hem in vertrouwen had genomen. Ik hoop dat je hem niet hebt verteld wat je vanmorgen van Michaelson hebt gehoord.'

'Nee, dat heb ik niet gedaan.'

'Ik wil je niet ongerust maken, maar ik denk dat je voorzichtig moet zijn. Ik wed dat degene die je die faxen stuurt, iemand uit je examenklas is. Wie het ook is – Mark of een van de anderen die bij de reünie is geweest – ik geloof niet meer dat het hem om geld te doen is. Ik denk dat we met een gestoord en potentieel gevaarlijk persoon te maken hebben.'

Hij keek haar even aan. 'Je begon Fleischman aardig te vinden, hè?'

'Ja, dat is zo,' gaf Jean toe. 'Daarom kan ik zo moeilijk geloven dat hij misschien heel anders is dan hij oppervlakkig gezien lijkt.'

'Je weet nog niet of dat zo is. Maar nu heb ik iets dat je waarschijnlijk zal opvrolijken.' Hij haalde Lily's foto uit zijn zak en gaf hem aan haar, nadat hij eerst had uitgelegd wat het was. Toen zag hij vanuit zijn ooghoek Gordon Amory en Jack Emerson de hoofdingang van het hotel binnenkomen. 'Neem hem anders eerst mee naar boven voor je hem bekijkt, Jean,' stelde hij voor. 'Amory en Emerson komen net binnen, en als ze jou zien, komen ze waarschijnlijk hierheen.'

Jean fluisterde snel: 'Dank je wel, Sam,' nam de foto en haastte zich naar de lift.

Sam zag dat Gordon Amory haar had opgemerkt en achter haar aan wilde. Hij haastte zich om hem te onderscheppen. 'Mr. Amory,' zei hij, 'weet u al hoelang u hier nog wilt blijven?'

'Ik vertrek uiterlijk dit weekend. Waarom vraagt u dat?'

'Omdat, als we niet snel iets van miss Wilcox horen, we haar als vermist persoon gaan behandelen. In dat geval moeten we uitvoeriger praten met de mensen die kort voor haar verdwijning bij haar in de buurt waren.'

Gordon Amory haalde zijn schouders op. 'U hoort gerust wel van haar,' zei hij laatdunkend. 'Maar voor uw informatie: als u me nodig heeft, ik verwacht hier redelijk dicht in de buurt te blijven, ook als ik me hier uitschrijf. Via Jack Emerson, onze makelaar, zijn we bezig een bod te doen op een groot stuk grond, waar ik het hoofdkantoor van mijn bedrijf wil vestigen. Dus als ik uit het hotel vertrek, ben ik van plan een aantal weken in mijn appartement in Manhattan door te brengen.'

Jack Emerson had staan praten met iemand bij de balie. Nu voegde hij zich bij hen. 'Nog nieuws van de pad?' vroeg hij aan Sam.

'De pad?' Sam trok zijn wenkbrauwen op. Hij begreep heel goed dat Emerson Robby Brent bedoelde, maar dat liet hij niet blijken.

'Onze plaatselijke komiek, Robby Brent. Heeft hij niet door dat een gast, vermist of anderszins, net als een vis na drie dagen gaat stinken? Ik bedoel, we hebben het nu wel een keer gehad met die publiciteitsstunt.'

Emerson heeft bij wijze van lunch zeker een paar glazen whisky gedronken, dacht Sam, kijkend naar diens hoogrode gelaatskleur.

De opmerking over Brent negerend, zei hij: 'Aangezien u in Cornwall woont, neem ik aan dat u beschikbaar zult zijn als ik u moet spreken over Laura Wilcox, Mr. Emerson. Zoals ik net aan Mr. Amory uitlegde, gaan we haar, als we niet snel iets van haar horen, als vermist opgeven.'

'Niet zo snel, Mr. Deegan,' zei Emerson. 'Zodra Gordie – ik bedoel Gordon – en ik onze transactie hebben afgerond, ben ik hier weg. Ik heb een huis in St. Barts waar ik nodig weer eens naartoe moet. Het organiseren van deze reünie is veel werk geweest. Vanavond gaan we nog een paar foto's laten maken bij directeur Downes thuis, we gaan een borrel met hem drinken, en dan is deze reünie écht afgelopen. Wie kan het iets schelen of Laura Wilcox en Robby Brent ooit weer boven water komen? De bouwcommissie van de Stonecroft Academy zit echt niet op hun soort publiciteit te wachten.'

Gordon Amory had met een geamuseerde glimlach staan

luisteren. 'Ik moet u zeggen, Mr. Deegan, dat ik vind dat Jack dat heel goed heeft gezegd. Ik probeerde Jean nog in te halen, maar ze was al in de lift, ik was te laat. Weet u wat haar plannen zijn?'

'Nee, daar weet ik niets van,' zei hij. 'Maar als u me nu wilt excuseren, ik moet terug naar mijn kantoor.' Ik ga die kerels niet vertellen wat Jean gaat doen, dacht hij, terwijl hij de lobby door liep. En ik hoop dat ze mijn waarschuwing serieus neemt en geen van hen in vertrouwen neemt.

Net toen hij in zijn auto stapte, werd hij gebeld. Het was Joy Lacko. 'Sam, ik heb beet,' zei ze. 'Ik ben op mijn gevoel afgegaan en heb eerst de informatie over de zelfmoord van Gloria Martin nagekeken voor ik me met de ongelukken ging bezighouden. Na haar dood stond er een groot artikel over Martin in de plaatselijke krant van Bethlehem.'

Sam wachtte af.

'Gloria Martin heeft zelfmoord gepleegd door een plastic zak over haar hoofd te trekken. En Sam, moet je dit horen: toen ze haar vonden, had ze een klein, tinnen uiltje in haar hand.'

76

Tot Duke Mackenzies grote vreugde kwam die avond om vijf voor negen de zwijgzame deelnemer aan de Stonecroft-reünie weer binnenlopen. Hij bestelde een tosti met kaas en bacon en een kop koffie met magere melk. Terwijl de tosti in het tosti-ijzer zat, haastte Duke zich om een gesprek op gang te brengen. 'Er was hier vanmorgen een dame van de reünie,' zei hij. 'Zei dat ze vroeger op Mountain Road had gewoond.'

Hij kon niet door de donkere glazen van de man heen kijken, maar iets in de manier waarop zijn lichaam verstrakte, gaf Duke de zekerheid dat hij zijn aandacht had gewekt.

'Weet u ook hoe ze heette?' vroeg de bezoeker terloops.

'Nee, meneer, dat weet ik niet. Maar ik kan wel vertellen hoe ze eruitzag. Heel knap, met bruin haar en blauwe ogen. Haar dochter heet Meredith.'

'Heeft ze u dat verteld?'

'Nee, meneer. Vraag niet hoe het kan, maar iemand met wie ze zat te bellen, vertelde het haar. Ik zag dat ze er helemaal door van de kook was. Ik snap niet hoe het mogelijk is dat ze de naam van haar eigen dochter niet weet.'

'Ik vraag me af of ze iemand van de reünie aan de lijn had,' peinsde de bezoeker. 'Heeft u toevallig gehoord met wie ze sprak?'

'Nee. Ze zei wel dat ze hem of haar morgenavond om zeven uur zou zien.'

Duke wendde zich af van de toonbank, pakte een spatel en haalde de tosti uit het apparaat. Hij zag niet de kille glimlach op het gezicht van de klant, noch hoorde hij hem in zichzelf fluisteren: 'Nee, dat gaat niet gebeuren, Duke. Dat gaat niet gebeuren.'

'Alstublieft, meneer,' zei Duke opgewekt. 'Ik zie dat u magere melk in uw koffie heeft. Ze zeggen dat het gezonder is, maar ik heb het liefst lekkere, ouderwetse koffiemelk. En ik hoef me waarschijnlijk geen zorgen te maken. Mijn vader bowlde op zijn zevenentachtigste nog als de beste.'

De Uil gooide wat geld op de toonbank, mompelde goedenavond en verdween naar buiten. Hij voelde hoe Duke hem nakeek terwijl hij naar zijn auto liep. Ik zie hem ervoor aan om achter me aan te komen, dacht hij. Hij is er nieuwsgierig genoeg voor. Er ontgaat hem niets. Ik kan daar niet meer heen gaan, maar dat geeft niet. Morgen om deze tijd is het afgelopen.

Hij reed langzaam Mountain Road op, maar besloot niet de oprit naar Laura's huis in te draaien. Grappig, ik noem het nog steeds zo, dacht hij. In plaats daarvan reed hij een flink stuk door en keek in zijn achteruitkijkspiegel of hij niet werd gevolgd. Toen keerde hij de auto en begon terug te rijden, voortdurend oplettend of hij koplampen van andere auto's zag. Toen hij zijn bestemming had bereikt, zette hij zijn koplampen uit, draaide met een scherpe bocht de oprit op en reed de betrekkelijke veiligheid van de omsloten achtertuin binnen.

Pas toen gunde hij zich de tijd om na te denken over wat hij zojuist had gehoord. Jean wist Merediths naam! Het waren vast de Buckleys waar Jean morgenavond naartoe ging. Meredith wist ongetwijfeld niet meer waar ze de haarborstel was kwijtgeraakt, anders had hij nu die rechercheur, Sam Deegan, al op zijn dak gehad. Dit betekende dat hij sneller moest handelen dan hij van plan was geweest. Hij zou morgen op klaarlichte dag dit huis meerdere keren in- en uitmoeten lopen. Maar hij kon deze auto niet buiten laten staan. Dat was uitgesloten. De achtertuin was wel omheind, maar het was mogelijk dat een van de buren hem vanuit een raam op de eerste verdieping zag staan en de politie belde. Laura's huis was officieel onbewoond.

Robby's auto, met zijn lichaam in de kofferbak, nam de halve garage in beslag. De eerste huurauto, die misschien bandensporen had achtergelaten op de plek waar hij Helen Whelans lichaam naartoe had gebracht, stond op de andere plek. Hij moest een van die auto's zien te lozen, zodat hij de garage in kon. De huurauto zou het spoor naar hem leiden, redeneerde hij. Die moet ik houden tot ik hem veilig kan inleveren.

Ik ben al zo ver gekomen, dacht de Uil. De reis is zo lang geweest. Ik kan nu niet stoppen. Het moet worden afgemaakt. Hij keek naar de tosti en de koffie die hij voor Laura had meegebracht. Ik heb vanavond nog niets gegeten, dacht hij. Wat maakt het uit of Laura vanavond wel of niet eet? Ze zal morgen weinig tijd hebben om honger te lijden.

Hij opende de zak en at de tosti langzaam op. Hij nam kleine slokjes van de koffie, terwijl hij bedacht dat hij hem liever zwart dronk. Toen hij klaar was, stapte hij uit, draaide de keukendeur van het slot en ging naar binnen. In plaats van naar boven te gaan, naar Laura's slaapkamer, opende hij de deur tussen de keuken en de garage en sloeg deze expres hard achter zich dicht, terwijl hij de plastic handschoenen aantrok die hij altijd in de zak van zijn jack bewaarde.

Laura zou het geluid horen en beven van angst en onzekerheid bij het idee dat hij dit keer misschien was gekomen om haar te vermoorden. Maar ze zou nu inmiddels ook wel honger hebben en uitkijken naar wat hij voor haar te eten had meegenomen. Dan, als hij niet naar boven kwam, zouden haar angst en verwachting langzaam toenemen, tot ze gebroken was, klaar om te doen wat hij wilde, klaar om te gehoorzamen.

In zekere zin wilde hij dat hij haar kon geruststellen dat het gauw voorbij zou zijn, want daarmee zou hij meteen zichzelf geruststellen. De pijn in zijn arm leidde hem af. Het had erop geleken dat de hondenbeten begonnen te genezen, maar de ergste was nu toch weer gaan ontsteken.

Hij had Robby's sleutels in het contactslot laten zitten. Terwijl hij met afkeer dacht aan Robby's levenloze lichaam, dat, met dekens bedekt, in een vormeloze hoop in de kofferbak lag, klikte hij de garagedeur open, stapte in Robby's auto en reed hem achteruit naar buiten. Binnen een paar minuten, die een eeuwigheid leken te duren, had hij zijn tweede huurauto veilig in de garage verborgen.

Nadat hij het eerste stuk van de straat met gedoofde koplampen had gereden, bracht de Uil Robby Brents auto naar zijn eindbestemming, een paar kilometer verderop, in de Hudson River.

Veertig minuten later, nadat hij zijn taak had volbracht en was teruggelopen van de plek waar hij de auto had laten zinken, was hij veilig terug in zijn kamer. Zijn opdracht voor morgen zou gevaarlijk zijn, bedacht hij, maar hij zou zijn best doen om het risico tot een minimum te beperken. Voor zonsopgang zou hij teruglopen naar Laura's huis. Misschien zou hij Laura naar Meredith laten bellen, om te zeggen dat zij haar biologische moeder was. Dan kon ze haar vragen om haar na het ontbijt buiten West Point een paar minuten te spreken. Meredith weet dat ze is geadopteerd, dacht de Uil. Ze heeft er heel openhartig met me over gepraat. Elk negentienjarig meisje grijpt de kans aan om haar biologische moeder te ontmoeten, daar was hij van overtuigd.

En als hij Meredith had, zou Laura Jean voor hem bellen.

Sam Deegan was niet stom. Op dit moment stelde hij misschien een onderzoek in naar de dood van de andere meisjes aan de lunchtafel en naar de ongelukken, die geen ongelukken waren. Pas met Gloria ben ik begonnen mijn handtekening achter te laten, dacht de Uil, en het ironische van het geval is dat dat stomme wijf de eerste nog zelf had gekocht ook.

'Je hebt het helemaal gemaakt, en dan te bedenken dat we je vroeger "de Uil" noemden,' had ze lachend gezegd, een beetje dronken en nog steeds even bot als vroeger. Toen liet ze hem het tinnen uiltje zien, dat nog in het plastic zat. 'Ik zag het toevallig liggen in zo'n zaakje in het winkelcentrum waar ze dit soort troep verkopen,' had ze uitgelegd, 'en toen je belde om te zeggen dat je in de stad was, ben ik teruggegaan om er een te kopen. Het leek me leuk om er samen om te lachen.'

Hij had alle reden om Gloria dankbaar te zijn. Na haar dood had hij twaalf van die tinnen uiltjes van vijf dollar gekocht. Er waren er nu nog drie over. Hij kon er natuurlijk bij kopen, maar als hij de laatste drie had gebruikt, had hij ze misschien niet meer nodig. Laura, Jean en Meredith. Voor ieder een uiltje.

De Uil zette zijn wekker op vijf uur en ging slapen.

Kon ik maar slapen, dacht Jean, terwijl ze rusteloos van haar zij op haar rug draaide. Ten slotte deed ze het licht aan en stapte uit bed. Het was te warm in de kamer. Ze liep de kamer door en zette het raam wijder open. Misschien kan ik nu slapen, dacht ze.

De babyfoto van Lily lag op het nachtkastje. Ze ging op de rand van het bed zitten en pakte hem op. Hoe heb ik haar kunnen laten gaan? vroeg ze zich gekweld af. Waarom heb ik haar laten gaan? Ze had het gevoel dat ze emotioneel volkomen door elkaar was geschud. Vanavond ga ik de man en de vrouw ontmoeten die Lily meteen na haar geboorte hebben gekregen. Wat moet ik tegen hen zeggen? vroeg Jean zich af. Dat ik hen dankbaar ben? Dat is zo, maar ik moet tot mijn schande bekennen dat ik ook jaloers op hen ben. Ik zou graag alles meemaken wat zij met haar hebben meegemaakt. Stel dat ze van gedachten veranderen en zeggen dat ik haar toch beter nog niet kan zien?

Ik moet haar zien, en dan moet ik nodig naar huis. Ik wil weg bij al die Stonecroft-mensen. Gisteravond heerste er op die cocktailparty bij directeur Downes een verschrikkelijke sfeer, dacht ze, terwijl ze het licht uitdeed en weer ging liggen. Iedereen maakte een gespannen indruk, maar allemaal op een andere manier. Mark – wat ging er in hem om? vroeg ze zich af. Hij was zo stil en deed zijn best mij te ontlopen. Carter Stewart was in een pestbui en liep te mopperen dat hij een hele dag niet had kunnen werken omdat hij achter Robby's scripts aan was geweest. Jack Emerson was chagrijnig en sloeg achter elkaar dubbele whisky's naar binnen. Gordon was aardig te spreken, tot Downes hem de blauwdruk van het nieuwe gebouw wilde laten zien en te lang bleef aandringen. Toen sprong hij bijna uit zijn vel. Hij wees erop dat hij tijdens het diner een cheque van 100.000 dollar had aangeboden voor het bouwfonds. Onvoorstelbaar zoals hij stond te schreeuwen of iemand weleens had opgemerkt dat naarmate je meer gaf, mensen meer van je proberen te profiteren.

Carter was al even ongemanierd. Hij zei dat hij dat probleem niet had, omdat hij nooit donaties deed. Jack Emerson deed ook een duit in het zakje door op te scheppen dat hij Stonecroft een half miljoen cadeau deed voor het nieuwe communicatiecentrum.

Alleen Mark en ik zeiden niets, dacht Jean. Ik doe ook een donatie, maar dan voor wetenschappelijke doeleinden, niet voor gebouwen.

Ze wilde niet meer aan Mark denken.

Ze keek op de klok. Het was kwart voor vijf. Wat zal ik vanavond aantrekken? Ik heb niet zoveel kleren bij me. Ik weet niet wat Lily's adoptieouders voor mensen zijn. Zouden ze sportieve kleding dragen, of meer formeel gekleed gaan? Misschien kan ik het beste het bruine tweed jasje en de broek aantrekken die ik op de heenreis aanhad. Dat zit er net tussenin.

Ik weet zeker dat die foto's die de fotograaf bij directeur Downes thuis heeft gemaakt, verschrikkelijk zijn. Ik geloof niet dat een van de mannen zelfs maar een poging heeft gedaan om te glimlachen en ik had het gevoel dat ik grijnsde als een kat die een graat heeft ingeslikt. Toen dat brutale joch, die Jake Perkins, binnen kwam lopen om te vragen of hij ons allemaal voor de Gazette op de foto mocht zetten, dacht ik dat directeur Downes erin zou blijven. Maar ik vond het wel sneu voor dat jong, zoals hij er praktisch werd uitgegooid.

Ik hoop dat Jake niet de universiteit van Georgetown op zijn verlanglijstje heeft staan, hoewel hij wel leven in de brouwerij brengt.

Nu ze aan Jake dacht, kwam er een glimlach om Jeans lippen en viel even de spanning van haar af die, sinds ze wist dat ze Lily's adoptieouders ging ontmoeten, langzaam was toegenomen.

De glimlach verdween net zo snel als hij was gekomen.

Waar was Laura toch? dacht ze. Dit was het begin van de vijfde dag sinds ze was verdwenen. Ik kan hier niet eeuwig blijven. Ik moet volgende week lesgeven. Waarom blijf ik geloven dat ik iets van haar zal horen?

Ik kan toch niet meer slapen, besloot ze. Het is veel te vroeg om op te staan, maar ik kan wel lezen. Ik heb de krant van gisteren nauwelijks ingekeken en ik heb geen idee van wat er in de wereld gebeurt.

Ze liep de kamer door naar het bureau, pakte de krant en nam hem mee naar het bed. Ze zette het kussen tegen het hoofdeind en begon te lezen, maar haar ogen vielen dicht. Ze voelde niet eens meer dat de krant uit haar hand gleed en ze viel eindelijk in een diepe slaap.

Om kwart voor zeven ging haar telefoon. Toen Jean op de klok naast de telefoon zag hoe laat het was, kneep haar keel dicht. Dat is vast slecht nieuws, dacht ze. Er is iets gebeurd met Laura – of met Lily! Ze greep de hoorn. 'Hallo,' zei ze gespannen.

'Jeannie... ik ben het.'

'Laura!' riep Jean. 'Waar ben je? Hoe is het met je?'

Laura snikte zo heftig dat ze moeilijk kon verstaan wat ze zei. 'Jean... help me. Ik ben zo bang. Ik heb zoiets... krankzinnigs... gedaan... Sorry... Faxen... over... over Lily.'

Jean verstijfde. 'Je hebt Lily nooit ontmoet. Dat weet ik.'

'Robby... hij... hij... heeft... haar... borstel... weggenomen. Het... was... zijn... idee.'

'Waar is Robby?'

'Onderweg... naar... Californië. Hij... geeft... m-mij... d-de... schuld. Jeannie, kom naar me toe... alsjeblieft. Jij, alleen jij.'

'Laura, waar ben je?'

'In... motel... Iemand... heeft me herkend. Ik moet... gaan.'

'Laura, waar kan ik je ontmoeten?'

'Jeannie... de Lookout.'

'Bedoel je Storm King Lookout?'
'Ja... ja.'
Laura's snikken werden luider. 'Zelfmoord... plegen.'
'Laura, luister naar me,' zei Jean zenuwachtig. 'Ik ben er over twintig minuten. Ik beloof je dat alles goed komt.'

Aan de andere kant van de lijn zette de Uil snel de telefoon uit. 'Tsjongejonge, Laura,' zei hij goedkeurend. 'Je bent toch een goede actrice. Dat was een topvoorstelling.'
Laura was teruggezakt in het kussen, haar hoofd van hem afgewend, en haar snikken gingen over in beverige zuchten. 'Ik heb het alleen gedaan omdat je me hebt beloofd dat je dan Jeans dochter geen kwaad zou doen.'
'Dat heb ik inderdaad beloofd,' zei de Uil. 'Laura, je zult wel honger hebben. Je hebt sinds gisterenmorgen niets meer gehad. Ik kan niet instaan voor de koffie. De man in het wegrestaurant onder aan de heuvel begon een beetje te nieuwsgierig te worden, dus ik ben ergens anders heen gegaan. Maar kijk eens wat ik nog meer heb meegebracht.'
Ze reageerde niet.
'Draai je hoofd om, Laura! Kijk me aan!'
Vermoeid gehoorzaamde ze. Door haar gezwollen oogleden zag ze dat hij drie plastic zakjes omhoog hield.
De Uil begon te lachen. 'Het zijn cadeautjes,' legde hij uit. 'Een is er voor jou, een voor Jean en een voor Meredith. Laura, kun je raden wat ik ermee ga doen? Geef antwoord, Laura! Kun je raden wat ik ermee ga doen?'

'Sorry, Rich. Niemand maakt me wijs dat het niet meer dan een bizar toeval is dat Gloria Martin, een van de meisjes van de lunchtafel op Stonecroft, een tinnen uiltje in haar hand had toen ze overleed,' zei Sam kortaf.

Hij had weer een slapeloze nacht achter de rug. Na het telefoontje van Joy Lacko was hij rechtstreeks teruggegaan naar kantoor. Het dossier over Gloria Martins zelfmoord was binnengekomen vanuit het politiebureau in Bethlehem en samen hadden ze het woord voor woord ontleed en de krantenberichten over haar dood grondig bestudeerd.

Toen Rich Stevens om acht uur 's morgens op kantoor kwam, riep hij hen bij zich voor overleg. Nadat hij Sam had aangehoord, keek hij Joy aan. 'Wat denk jij ervan?'

'Eerst dacht ik dat we beet hadden en dat een psychopaat de afgelopen twintig jaar meisjes van Stonecroft heeft vermoord en nu in deze omgeving terug is,' zei Joy. 'Maar nu ben ik daar niet meer zo van overtuigd. Ik heb Rudy Haverman gesproken, de agent die acht jaar geleden Gloria Martins zelfmoord heeft behandeld. Hij heeft een zeer geloofwaardig onderzoek gedaan. Hij vertelde me dat Martin gek was dat soort rommel. Ze hield er kennelijk van om goedkope prulletjes van dieren en vogels en zo op de kop te tikken. Het uiltje dat ze in haar hand had toen ze stierf, zat nog in de plastic verpakking. Haverman had in het plaatselijke winkelcentrum de verkoopster gevonden die het haar had verkocht en die wist zich nog precies te herinneren dat Martin haar had verteld dat ze het kocht als geintje.'

'En je zegt dat uit bloedonderzoek is gebleken dat ze stomdronken was toen ze overleed?' vroeg Stevens.

'Inderdaad. Het alcoholpromillage was 0,20. Volgens Haverman was ze na haar scheiding aan de drank geraakt en zei ze zelfs tegen haar vriendinnen dat ze niets meer had om voor te leven.'

'Joy, heb je in de dossiers van de andere vrouwen van de lunchtafel iets gevonden waaruit blijkt dat er bij onderzoek van de lichamen zo'n tinnen uiltje in hun hand of in hun kleren is gevonden?'

'Tot nog toe niet, meneer,' gaf Joy toe.

'Het interesseert me niets of Gloria Martin dat uiltje zelf

heeft gekocht of niet,' zei Sam koppig. 'Het feit dat ze het in haar hand had, zegt mij dat ze is vermoord. Wat maakt het uit of ze tegen haar vriendinnen heeft gezegd dat ze depressief was? De meeste mensen voelen zich depressief na een scheiding, zelfs als ze die zelf hebben gewild. Maar Martin had een goede band met haar familie en wist dat ze er kapot van zouden zijn als ze zichzelf iets aandeed. Ze heeft geen afscheidsbrief achtergelaten en gezien de hoeveelheid alcohol die ze heeft binnengekregen, vind ik het een wonder dat ze erin is geslaagd die zak over haar hoofd te trekken en toch het uiltje te blijven vasthouden.'

'Ben je het daarmee eens, Joy?' vroeg Rich Stevens afgebeten.

'Ja, meneer. Rudy Haverman is ervan overtuigd dat het zelfmoord is, maar hij weet niet dat er nog twee andere lijken zijn die een tinnen uiltje in hun zak hadden.'

Rich Stevens leunde achterover en vouwde zijn handen over elkaar. 'Laten we eens aannemen dat degene die Helen Whelan en Yvonne Tepper heeft vermoord, misschien – en ik herhaal: misschien – betrokken is bij de dood van ten minste één van de meisjes van de lunchtafel.'

'De zesde, Laura Wilcox, is vermist,' zei Sam. 'En dan blijft alleen Jean Sheridan nog over. Ik heb haar gisteren gewaarschuwd niemand te vertrouwen, maar ik weet niet zeker of dat ver genoeg gaat. Het kan zijn dat ze beschermd moet worden.'

'Waar is ze nu?' vroeg Stevens.

'In haar hotel. Ze heeft me gisteravond om een uur of negen vanuit haar hotelkamer gebeld om me te bedanken voor iets dat ik haar gisteren had gegeven. Ze was naar een cocktailparty van de directeur van de Stonecroft Academy geweest en zou eten op haar kamer laten brengen. Ze heeft vanavond een afspraak met de adoptieouders van haar dochter en zei dat ze hoopte wat tot rust te kunnen komen en vannacht goed te kunnen slapen.'

Sam aarzelde even en ging toen verder. 'Rich, soms moet je op je gevoel afgaan. Joy doet prima werk met het uitpluizen van de dossiers over de Stonecroft-sterfgevallen. Jean Sheridan zou het onmiddellijk afwijzen als ik haar zou voorstellen een lijfwacht te nemen en ze zou hetzelfde doen als jij haar bescherming zou aanbieden. Maar mij mag ze wel, en als ik zeg dat ik bij haar in de buurt wil blijven als ze het hotel uitgaat, denk ik dat ze daar wel mee akkoord gaat.'

'Dat lijkt me een goed idee, Sam,' beaamde Stevens. 'Het laatste wat we nodig hebben is dat dr. Sheridan iets overkomt.'

'Nog één ding,' vervolgde Sam. 'Ik wil graag een van die kerels van de reünie laten volgen, die nu nog in de stad is. Hij heet Mark Fleischman, dr. Mark Fleischman. Hij is psychiater.'

Joy keek Sam stomverbaasd aan. 'Dr. Fleischman! Sam, hij geeft de verstandigste adviezen die ik ooit van iemand op tv heb gehoord. Een paar weken geleden waarschuwde hij ouders in zijn programma dat kinderen die zich thuis of op school afgewezen voelen, daar als volwassene soms emotionele schade en afwijkingen aan overhouden. Daar krijgen wij genoeg van te zien, vind je ook niet?'

'Ja, inderdaad. Maar ik heb begrepen dat Mark Fleischman zowel thuis als op school behoorlijk is gekwetst,' zei Sam grimmig, 'dus misschien had hij het over zichzelf.'

'Ik zal kijken wie er beschikbaar is om hem in de gaten te houden,' zei Rich Stevens. 'Nog één ding: we kunnen Laura Wilcox maar beter als vermist opgeven. Dit is de vijfde dag dat ze weg is.'

'Als we heel eerlijk zijn, denk ik dat we haar het beste kunnen opgeven als "vermist, waarschijnlijk dood",' zei Sam kortaf.

Nadat ze de verbinding met Laura had verbroken, plensde Jean wat water in haar gezicht, haalde een kam door haar haar, trok haar joggingpak aan, stak haar gsm in haar zak, greep haar notitieboekje en rende het hotel uit, naar haar auto. Storm King Lookout lag op vijftien minuten van het hotel. Het was nog vroeg en het zou waarschijnlijk nog niet druk zijn in het verkeer. Terwijl ze normaal gesproken altijd voorzichtig reed, drukte ze nu het gaspedaal diep in en zag ze hoe de kilometerteller opliep tot honderdtien kilometer per uur. Op de klok zag ze dat het twee over zeven was.

Laura is wanhopig, dacht ze. Waarom wil ze me daar ontmoeten? Is ze van plan zichzelf iets aan te doen? Het beeld van Laura die als eerste aankwam en misschien wanhopig genoeg was om over de reling te klimmen en zichzelf naar beneden te storten, achtervolgde Jean. De Lookout bevond zich tientallen meters boven de Hudson.

De auto slipte in de laatste bocht en even was Jean bang dat ze hem niet meer onder controle zou kunnen krijgen, maar toen trokken de wielen recht en zag ze dat er een auto geparkeerd stond bij de telescoop op het uitkijkpunt. Laat het Laura zijn, bad ze. Laat haar hier zijn. Laat er niets met haar aan de hand zijn.

Met piepende banden reed ze de parkeerplaats op, zette haar motor af, stapte uit en rukte het portier aan de passagierskant van de andere auto open. 'Laura...' De begroeting bestierf haar op de lippen. De man achter het stuur had een masker op, een plastic masker dat het gezicht van een uil voorstelde. De ogen van de uil, met zwarte pupillen in grote, gele irissen, waren omgeven door plukjes wit dons die geleidelijk overgingen in een bruine kleur rond de snavel en de lippen.

Hij had een wapen in zijn hand.

Doodsbang draaide Jean zich om om weg te rennen, maar

een bekende stem sprak bevelend: 'Stap in de auto, Jean, tenzij je hier wilt sterven. En spreek mijn naam niet uit. Dat is verboden.'

Haar auto stond maar een paar meter verderop. Zou ze erheen durven rennen? Zou hij haar neerschieten? Hij bracht het wapen omhoog.

Verdoofd van angst bleef ze onzeker staan; toen, in een poging tijd te rekken, zette ze langzaam haar voet in de auto. Ik spring achteruit, dacht ze. Ik duik naar beneden. Hij zal uit de auto moeten komen om op me te schieten. Ik kan misschien in mijn auto komen. Maar in een bliksemsnelle beweging greep hij haar arm, trok haar verder de auto in en reikte over haar heen om het portier dicht te slaan.

In enkele ogenblikken reed hij achteruit en draaide de weg op in de richting van Cornwall. Hij rukte het masker van zijn gezicht en keek haar grijnzend aan. 'Ik ben de Uil,' zei hij. 'Ik ben de Uil. Je mag me nooit bij een andere naam noemen. Begrepen?'

Hij is gek, dacht Jean en knikte. Er waren geen andere auto's op de weg. Als er een langskwam, zou ze dan opzij leunen en op de claxon drukken? Ze kon beter haar kansen benutten nu ze nog onderweg waren, dan afwachten tot hij ergens met haar alleen was, waar ze geen hulp kon krijgen. 'Ik... b-b-ben... een... ui-ui-uil... en... en... i-ik... w-w-woon... in... een...' zong hij zachtjes. 'Weet je het nog, Jeannie? Weet je het nog?'

'Ik weet het nog.' Haar lippen begonnen zijn naam te vormen, maar verstarden nog voor er een geluid uit haar mond kwam. Hij gaat me vermoorden, dacht ze. Ik grijp het stuur en probeer een ongeluk te veroorzaken.

Hij draaide zijn hoofd naar haar toe en keek haar breed grijnzend aan. De pupillen van zijn ogen waren zwart.

Mijn gsm, dacht ze. Hij zit in mijn zak. Ze dook weg in de stoelleuning en probeerde hem te pakken. Het lukte haar hem uit haar zak te smokkelen en door te schuiven naar de andere kant, waar hij hem niet kon zien. Maar nog voor ze het klepje had kunnen openen om het alarmnummer te bellen, schoot de rechterhand van de Uil naar haar toe.

'Er komt hier meer verkeer,' zei hij. Zijn sterke vingers, gekromd als klauwen, vlogen naar haar nek.

Ze rukte zich van hem vandaan en drukte met haar laatste bewuste gedachte de gsm tussen de zitting van de stoel.

Toen ze wakker werd, was ze vastgebonden op een stoel en zat er een doek om haar mond. De kamer was donker, maar ze zag vaag de omtrek van een vrouw op het bed aan de andere kant van de kamer, een vrouw in een jurk die glansde en het kleine beetje licht opving dat aan weerskanten van de dikke gordijnen naar binnen viel.

Wat is er gebeurd? dacht Jean. Mijn hoofd doet pijn. Waarom kan ik niet bewegen? Is dit een droom? Nee, ik zou naar Laura toe gaan. Ik stapte in de auto en...

'Je bent wakker, hè, Jeannie?'

Met veel inspanning draaide ze haar hoofd bij. Hij stond in de deuropening. 'Ik heb je verrast, nietwaar, Jean? Herinner je je het toneelstuk uit de tweede klas nog? Iedereen lachte me uit. Jij ook. Weet je dat nog?'

Nee, ik lachte je niet uit, dacht Jean. Ik had medelijden met je.

'Jean, geef antwoord.'

De doek om haar mond zat zo strak, dat ze niet wist of hij haar antwoord kon horen: 'Ik weet het nog.' Om er zeker van te zijn dat hij het begreep, knikte ze heftig met haar hoofd.

'Je bent slimmer dan Laura,' zei hij. 'Nu moet ik gaan. Ik laat jullie samen hier. Maar ik kom gauw terug. En dan heb ik iemand bij me die jullie dóódgraag wil zien. Raad eens wie?'

Toen was hij weg. Vanaf het bed hoorde Jean een klagend geluid. Toen, met gedempte stem door de doek voor haar mond, maar nog net hoorbaar, begon Laura te kreunen:

'Jeannie,... beloofd... zou Lily geen kwaad doen... maar hij gaat... haar ook vermoorden.'

80

Toen Sam om kwart voor negen op weg was naar het Glen-Ridge House, besloot hij dat het niet te vroeg was om Jean te bellen. Toen ze niet opnam, was hij teleurgesteld, maar niet ongerust. Als ze gisteravond op haar kamer had gegeten, was ze waarschijnlijk in de koffiehoek gaan ontbijten. Hij overwoog haar op haar gsm te bellen, maar besloot dat niet te doen. Tegen de tijd dat ik het nummer heb ingetoetst, ben ik er al, dacht hij.

Hij kreeg pas het gevoel dat er iets mis was, toen ze niet in de koffiehoek bleek te zitten en nog steeds haar telefoon niet opnam. De receptionist wist niet zeker of ze een wandeling was gaan maken. Het was de man met het vreemd gekleurde haar. 'Dat wil niet zeggen dat ze niet is weggegaan,' legde hij uit. ''s Morgens vroeg hebben we het altijd druk met mensen die uitchecken.'

Sam zag Gordon Amory uit de lift komen. Hij was gekleed in een overhemd met das en een duur uitziend, donkergrijs pak. Toen hij Sam zag, kwam hij meteen op hem af. 'Heeft u Jean vanmorgen toevallig gezien?' vroeg hij. 'We zouden vanmorgen samen ontbijten, maar ze is niet gekomen. Ik dacht dat ze zich misschien had verslapen, maar ze neemt de telefoon in haar kamer niet op.'

'Ik weet niet waar ze is,' zei Sam, terwijl hij zijn groeiende ongerustheid probeerde te verbergen.

'Nou ja, ze was moe toen we hier gisteravond allemaal terugkwamen, dus misschien is ze het vergeten,' zei Amory. 'Ik zie haar straks nog wel. Ze zei dat ze in ieder geval tot morgen zou blijven.' Met een korte glimlach en een armzwaai liep hij naar de voordeur van het hotel.

Sam haalde zijn portefeuille te voorschijn om Jeans mobiele nummer te zoeken, maar hij kon het niet vinden. Geërgerd besloot hij dat hij het waarschijnlijk in het jack had laten zitten dat hij de vorige dag had gedragen. Hij wist echter één persoon die het misschien zou hebben – Alice Sommers.

Terwijl hij Alice' nummer intoetste, merkte hij opnieuw dat hij zich erop verheugde haar stem te horen. Ik heb eergisteravond bij haar gegeten, dacht hij. Ik wilde dat we plannen hadden voor vanavond.

Alice had inderdaad Jeans nummer en gaf het hem. 'Sam, Jean belde gisteren op om te vertellen hoe fijn ze het vond om Lily's adoptieouders te ontmoeten. Ze zei ook dat er een kans is dat ze na het weekend Lily te zien krijgt. Is het niet fantastisch?'

Een hereniging met de dochter die je bijna twintig jaar niet hebt gezien. Alice is dolblij voor Jean, maar zelf wordt ze er weer bikkelhard aan herinnerd dat Karen al bijna net zo'n lange tijd dood is, dacht Sam. Hij betrapte zich erop dat hij, net als altijd wanneer iets hem emotioneel aangreep, zichzelf beschermde door wat kortaf te reageren. 'Het is geweldig voor haar. Alice, ik heb haast. Als jij iets van Jean hoort en ze mij nog niet heeft gesproken, vraag haar dan mij te bellen, oké? Het is belangrijk.'

'Je bent ongerust over haar, Sam, dat hoor ik aan je. Waarom?'

'Ik ben een béétje ongerust. Er gebeurt van alles. Maar goed, ze is waarschijnlijk gewoon een stukje lopen.'

'Laat het me weten zodra je iets van haar hebt gehoord.'

'Dat zal ik doen, Alice.'

Sam klapte zijn gsm dicht en liep naar de receptionist. 'Ik wil graag weten of dr. Sheridan vanmorgen ontbijt op haar kamer heeft besteld.'

Het antwoord kwam snel: 'Nee, dat heeft ze niet gedaan.'

Mark Fleischman kwam door de voordeur de lobby binnenlopen. Hij zag Sam bij de balie staan en kwam naar hem toe. 'Mr. Deegan, ik wil u even spreken. Ik maak me zorgen over Jean Sheridan.'

Sam keek hem kil aan. 'Waarom is dat, dr. Fleischman?'

'Omdat degene die contact met haar zoekt over haar dochter, naar mijn mening gevaarlijk is. Nu Laura vermist is, is Jean de enige van de lunchtafel die nog leeft en niets mankeert.'

'Daar heb ik ook aan gedacht, dr. Fleischman.'

'Jean is boos op me en vertrouwt me niet. Ze heeft de reden waarom ik bij de receptioniste naar die fax heb geïnformeerd, verkeerd uitgelegd. Ze luistert nu niet meer naar wat ik tegen haar zeg.'

'Hoe wist u dat ze patiënte was bij dr. Connors?' vroeg Sam botweg.

'Dat heeft Jean me ook gevraagd en in eerste instantie zei ik tegen haar dat ik het van haar zelf had gehoord. Maar ik heb er nog eens over nagedacht en nu weet ik wanneer het ter sprake is gekomen. Toen de andere eregasten – ik bedoel Carter, Gordon, Robby en ik, met Jack Emerson geintjes zaten te maken over de tijd dat we voor zijn vader bij de schoonmaakdienst werkten, begon een van hen erover. Ik weet alleen niet meer wie.'

Sprak Fleischman de waarheid? vroeg Sam zich af. Als dat zo is, heb ik op het verkeerde paard gewed. 'Denkt u nog eens goed over dat gesprek na, dr. Fleischman,' drong hij aan. 'Het is heel belangrijk.'

'Dat zal ik doen. Gisteren heeft Jeannie een lange wandeling gemaakt. Ik vermoed dat ze dat vanmorgen weer heeft gedaan. Ik ben bij haar kamer geweest; daar was ze niet en ik zie haar ook niet in de eetzaal. Ik ga nu met de auto naar de stad om te zien of ik haar kan vinden.'

Sam wist dat de rechercheur die Fleischmans gangen moest nagaan, nog niet was gearriveerd. 'Waarom wacht u niet nog even? Misschien komt ze zo opdagen,' stelde hij voor. 'Als u gaat rondrijden, is de kans groot dat u haar misloopt.'

'Ik ben niet van plan hier te zitten nietsdoen terwijl ik me zorgen over haar maak,' zei Fleischman abrupt. Hij gaf Sam zijn kaartje. 'Ik zou het erg op prijs stellen als u me laat weten wanneer u iets van haar hoort.'

Hij liep snel de lobby door naar de ingang van het hotel. Sam keek hem na, niet wetend wat hij van de man moest denken. Ik vraag me af of je op Stonecroft ooit een prijs in de wacht hebt gesleept voor toneelspelen, dacht hij. Of je bent eerlijk, of je bent een topacteur, want oppervlakkig bezien ben je net zo bezorgd om Jean Sheridan als ik.

Sams ogen vernauwden zich terwijl hij Fleischman snel door de voordeur naar buiten zag lopen. Ik wacht nog even, dacht hij. Misschien is ze gewoon een eindje wandelen.

81

De stoel waaraan hij haar had vastgebonden stond tegen de muur, naast het raam, tegenover het bed. De kamer had iets bekends. Met groeiende afschuw en het gevoel midden in een nachtmerrie te zijn beland, deed Jean haar best Laura's gedempte ontboezemingen te verstaan. Ze mompelde bijna onafgebroken en leek steeds het bewustzijn te verliezen. Ze probeerde door de doek heen te praten, waardoor haar stem een enge, hese klank kreeg. Het resultaat was een geluid dat bijna leek op gegrom.

Ze gebruikte nooit zijn naam. Ze duidde hem aan met 'de Uil'. Soms zei ze zijn zin op uit dat toneelstuk uit de tweede klas: 'Ik ben een uil en ik woon in een boom.' Dan weer werd ze plotseling verontrustend stil en kon Jean alleen aan een enkele beverige zucht horen dat ze nog ademde.

Lily. Laura had gezegd dat hij Lily ging vermoorden. Maar die was veilig. Natuurlijk was ze veilig. Craig Michaelson had het haar beloofd. Leed Laura aan waanvoorstellingen? Ze was hier waarschijnlijk al sinds afgelopen zaterdagavond.

Ze zegt steeds dat ze honger heeft. Heeft hij haar geen eten gegeven? Ze moet toch iets te eten hebben gehad.

Ze wrong met haar handen om te proberen het touw losser te krijgen, maar het zat te strak. Was het mogelijk dat hij in deze zelfde kamer Karen Sommers had vermoord? Was het mogelijk dat hij op West Point expres Reed had doodgereden? Had hij Catherine, Cindy, Debra, Gloria en Alison vermoord, en ook nog die twee vrouwen uit de omgeving, die de afgelopen week waren omgebracht? Ik zag hem zaterdagmorgen vroeg de parkeerplaats van het hotel op rijden, dacht Jean, met zijn koplampen uit. Als ik dat tegen Sam had verteld, had hij misschien een onderzoek naar hem ingesteld, had hij hem tegengehouden.

Mijn gsm ligt in zijn auto, dacht Jean. Als hij hem vindt, gooit hij hem weg. Maar als hij hem niet vindt, en als Sam hem op dezelfde manier probeert te lokaliseren als de telefoon die Laura heeft gebruikt om mij te bellen, hebben we misschien een kans. Alsjeblieft, God, laat Sam mijn telefoon proberen te traceren, voor hij Lily kwaad doet.

Laura's ademhaling ging over in een hortend gehijg, waaruit zich een paar onsamenhangende woorden vormden: 'Vuilniszakken... vuilniszakken... nee... nee... nee.'

Ondanks de donkere gordijnen die voor de ramen hingen, drong er een klein beetje licht de kamer binnen. Jean zag de omtrek van plastic zakjes die over een paar kleerhangers aan de arm van de lamp bij het bed hingen. Ze zag dat er op de zak vlak voor haar iets geschreven stond. Wat was het? Was het een naam? Was het...? Ze kon het niet goed zien.

Haar schouder raakte de rand van het zware gordijn. Ze wierp haar gewicht van de ene naar de andere kant, tot de stoel een paar centimeter opschoof en het gordijn dat tegen haar schouder hing wat van het raamkozijn werd weggetrokken.

Het extra licht maakte de tekst, die met zwarte markeerstift op de plastic zak was geschreven, leesbaar: Lily/Meredith.

Jake kon zijn les van acht uur niet overslaan, maar zodra die was afgelopen, haastte hij zich de studio in. Naar zijn idee zagen de afdrukken van de foto's die hij gisteren had genomen er bij daglicht nog beter uit dan gistermiddag bij kunstlicht. Hij feliciteerde zichzelf terwijl hij ze bestudeerde.

De patservilla op Concord Avenue ziet er echt uit alsof hij wil zeggen: 'Kijk mij, ik ben rijk,' dacht hij. Het huis op Mountain Road is compleet anders – kleinburgerlijk, provinciaals en comfortabel, maar nu met iets mysterieus. Gisteravond thuis had hij op het internet gezien dat Karen Sommers inderdaad was vermoord in de slaapkamer rechts op de hoek van de tweede verdieping. Ik weet dat dr. Sheridan is opgegroeid in het huis ernaast, dacht Jake. Ik zal straks bij het hotel langsgaan en haar vragen of zij kan bevestigen of dat Laura's kamer was. Waarschijnlijk wel. Volgens de plattegrond op het internet is het de enige andere grote slaapkamer op die verdieping. Het ligt voor de hand dat troetelkindje Laura die had gekregen. Dr. Sheridan zal het me waarschijnlijk wel willen vertellen. Zij is aardig – heel anders dan die Deegan, met zijn 'gooi hem maar in de gevangenis'.

Jake stopte de afdrukken van de foto's die hij gisteren had gemaakt in de tas bij zijn extra filmpje. Hij wilde ze bij de hand hebben als hij nieuwe foto's ging maken, om eventueel te kunnen vergelijken.

Om negen uur naderde hij Mountain Road. Hij had besloten dat hij beter niet in de straat kon parkeren. Mensen letten op vreemde auto's en die agent zou zijn prachtige karretje misschien herkennen. Op dit soort momenten wenste hij dat hij er geen zebrastrepen op had geschilderd.

Ik neem een glaasje fris met iets erbij, laat mijn auto bij het wegrestaurant staan en loop naar Laura's huis, besloot hij. Hij had een paar grote boodschappentassen van zijn moeder geleend. Er zou geen auto of camera te zien zijn. Ik kan stiekem de oprit op lopen en foto's van de achterkant van het huis nemen. Ik hoop dat er ramen in de garage zitten, dan kan ik zien of er auto's in staan.

Om tien over negen zat hij bij de toonbank van het wegrestaurant onder aan Mountain Road een praatje te maken met Duke. Deze had hem al uitgelegd dat hij en Sue, zijn vrouw, de zaak tien jaar hadden, dat het vroeger een stomerij was geweest, dat ze open waren van zes uur 's morgens tot negen uur 's avonds en dat ze het hier allebei naar hun zin hadden. 'Cornwall is een rustig stadje,' zei Duke, terwijl hij een denkbeeldige kruimel van de toonbank veegde, 'maar een leuk stadje. Zei je dat je op de Stonecroft Academy zit? Chique. Er zijn hier een paar mensen van de reünie in de zaak geweest. O, daar gaat hij net.'

Dukes ogen schoten naar het raam dat uitkeek op Mountain Road.

'Daar gaat wie?' vroeg Jake.

'Die vent die 's morgens vroeg en soms ook 's avonds laat langskwam om koffie en toast of koffie en een sandwich op te halen.'

'Weet u wie het is?' vroeg Jake, niet echt geïnteresseerd.

'Nee, maar het is ook iemand van die reünie van jullie en hij rijdt de hele morgen al heen en weer. Ik zag hem weggaan met zijn auto, kort daarna zag ik hem terugkomen en nu gaat hij alweer weg.'

'Hmm,' mompelde Jake, terwijl hij opstond en een paar verfrommelde dollarbiljetten uit zijn zak haalde. 'Ik heb zin om even mijn benen strekken. Mag ik mijn auto hier een kwartiertje laten staan?'

'Dat is goed, maar niet langer. We hebben toch al weinig parkeerruimte.'

'Komt in orde. Ik heb zelf ook haast.'

Acht minuten later stond Jake in de achtertuin van Laura's vroegere huis foto's te maken. Hij fotografeerde de achterkant van het huis en nam via de deur zelfs een paar foto's van de keuken. Er zat siersmeedwerk voor het glazen ruitje boven de deur, maar als hij naar binnen keek, kon hij een redelijk stuk van de ruimte zien. Het zou een modelkeuken kunnen zijn uit een woontijdschrift, dacht hij. Het stuk aanrecht dat hij kon zien, was helemaal leeg – geen broodrooster, geen koffiepot, geen bussen of trommels, geen snijplank of dienblad, geen klok of radio. Geen enkel teken van bewoning. Ik denk dat ik het dit keer bij het verkeerde eind heb, besloot hij met tegenzin.

Hij bestudeerde de bandensporen op de oprit. Er hebben hier een paar auto's gereden, dacht hij. Maar dat kan zijn van de vent die de bladeren harkt. De garagedeuren zaten dicht en er waren geen ramen, dus hij kon niet zien of er auto's in stonden.

Hij liep de oprit af, stak de straat over en nam nog een paar foto's van de voorkant van het huis. Zo is het mooi, dacht hij. Ik ga ze meteen ontwikkelen. En dan bel ik dr. Sheridan om te vragen of zij zich herinnert welke slaapkamer van Laura was toen ze kinderen waren.

Het zou veel leuker zijn geweest als hij had ontdekt dat Laura Wilcox en Robby Brent zich hier schuilhielden, dacht hij, terwijl hij de camera in de boodschappentas terug stopte en de heuvel af liep. Maar wat doe je eraan? Je kunt een verslag schrijven, maar je kunt niet zelf het verhaal bedenken.

83

Na haar eerste les haastte tweedejaars studente Meredith Buckley zich naar haar kamer om nog een laatste keer haar aantekeningen door te nemen voor het examen lineaire algebra, het moeilijkste vak van haar tweede jaar op West Point.

Twintig minuten lang concentreerde ze zich intens op de aantekeningen. Terwijl ze ze terug stopte in haar map, ging de telefoon. Ze kwam even in de verleiding te laten bellen, maar denkend dat het misschien haar vader was om haar succes te wensen met haar examen, nam ze toch op. Ze glimlachte toen ze hoorde wie het was. 'Mag ik cadet Buckley, dochter van de hooggeachte generaal Charles Buckley, uitnodigen om samen met haar ouders nogmaals een weekend met mij door te brengen in mijn huis in Palm Beach?'

'U weet niet half hoe heerlijk me dat lijkt,' zei Meredith vurig, terwijl ze terugdacht aan het luxueuze weekend dat ze bij de vriend van haar ouders had doorgebracht. 'Ik kom beslist, tenzij West Point natuurlijk andere plannen met me heeft, wat helaas bijna altijd het geval is. Ik wil niet onbeleefd zijn, maar ik zit vlak voor een examen.'

'Ik vraag maar vijf, nee, drie minuten van je tijd. Meredith, ik was op een klassenreünie op de Stonecroft Academy in Cornwall. Ik geloof dat ik je verteld heb dat ik daarheen zou gaan.'

'Ja, dat is zo. Luister, het spijt me vreselijk, maar ik kan nu echt niet met u praten.'

'Ik zal het kort houden. Meredith, een klasgenoot van me die ook bij de reünie was, is een goede vriendin van Jean, je biologische moeder, en heeft je een brief geschreven. Ik heb haar beloofd dat ik de brief persoonlijk aan je zou geven. Als je me zegt wanneer je op de parkeerplaats bij het museum kunt zijn, sta ik daar met de brief in mijn hand op je te wachten.'

'Mijn biologische moeder? Iemand die op de reünie was ként haar?' Meredith voelde haar hart bonzen, terwijl ze de telefoon krampachtig vasthield. Ze keek op de klok. Ze móést nu absoluut naar de klas. 'Ik ben om tien over halftwaalf klaar met mijn examen,' zei ze gehaast. 'Ik kan om tien voor twaalf op de parkeerplaats zijn.'

'Dat komt mij prima uit. Succes met je examen, generaal.'

Cadet Meredith Buckley had al haar zelfbeheersing nodig om het idee uit haar gedachten te bannen dat ze binnen iets meer dan een uur iets tastbaars te weten zou komen over het meisje dat haar op haar achttiende het leven had geschonken. De enige informatie die ze tot nog toe had, was dat haar moeder net voor ze van de middelbare school af zou komen, ontdekte dat ze zwanger was, en dat haar vader een ouderejaars student was geweest, die voor haar geboorte was omgekomen bij een ongeluk, waarbij de dader was doorgereden.

Haar ouders hadden met haar over haar biologische moeder gepraat. Ze hadden Meredith beloofd dat ze na haar opleiding op West Point zouden proberen haar moeders identiteit te achterhalen en een gesprek met haar te regelen. 'We hebben er geen idee van wie ze is, Meri,' had haar vader haar verteld. 'We weten alleen van de dokter die bij de bevalling is geweest en de adoptie heeft geregeld, dat je biologische moeder heel veel van je hield en dat de beslissing om jou af te staan, waarschijnlijk de moeilijkste en meest onbaatzuchtige beslissing is geweest die ze in haar hele leven heeft genomen.'

Dit alles ging door Meredith heen terwijl ze zich op het examen lineaire algebra probeerde te concentreren. Maar ze kon zich niet afsluiten voor de wetenschap dat iedere tik van de klok het moment dichterbij bracht dat ze meer zou weten van de moeder, die, zoals ze nu wist, Jean heette.

Terwijl ze snel haar examenpapieren inleverde en zich naar Thayer Gate en het museum van de militaire academie haastte, besefte ze dat ze bij het horen van Palm Beach ineens het antwoord had geweten op de vraag die haar vader haar gisteren door de telefoon had gesteld. Dáár ben ik mijn haarborstel kwijtgeraakt, herinnerde ze zich plotseling.

Met een ijzige uitdrukking op zijn gezicht kwam Carter Stewart om tien uur het hotel binnen. Sam zat in de lobby en liep meteen op hem af. Hij trof hem bij de balie. 'Mr. Stewart, ik wil u graag even spreken.'

'Een ogenblik, Mr. Deegan.' De receptionist met het houtkleurige haar stond achter de balie. 'Ik moet de manager spreken en ik moet weer in Mr. Brents kamer zijn,' snauwde Stewart hem toe. 'De productiemaatschappij heeft het pakje van gisteren ontvangen. Kennelijk ligt hier nog één script dat ze dringend nodig hebben en ze hebben mij gevraagd nogmaals de spreekwoordelijke goede daad te doen. Aangezien het script niet boven op het bureau lag, zal ik nu dus ín het bureau moeten kijken.'

'Ik zal Mr. Lewis onmiddellijk vragen hierheen te komen, meneer,' zei de receptionist zenuwachtig.

Stewart draaide zich om naar Sam. 'Als ze niet goedvinden dat ik in Robby's bureau rondsnuffel, is het mij best. Mijn agent beweert dat ik hem dankbaarheid verschuldigd ben en ik vind dat ik die nu wel genoeg heb getoond. Hij is het met me eens dat we nu quitte staan. Hij weet het nog niet, maar dat geeft mij het morele recht hem te ontslaan, wat ik van plan ben vanmiddag te gaan doen.'

Stewart wendde zich weer naar de receptionist. 'Is de manager hier, of is hij in de wei bloemetjes aan het plukken?'

Wat een naar mannetje, dacht Sam. 'Mr. Stewart,' zei hij op ijzige toon, 'ik heb een vraag waar ik graag antwoord op wil hebben. Ik heb begrepen dat u, Mr. Amory, Mr. Brent, Mr. Emerson, dr. Fleischman en Mr. Nieman een paar avonden geleden grapjes aan het maken waren over het draaien van schoonmaakdiensten in een kantoorgebouw dat onder beheer stond van Mr. Emersons vader.'

'Ja, ja, daar hadden we het even over. Dat was in het voorjaar van ons laatste jaar. Weer zo'n dierbare herinnering aan mijn roemrijke tijd op Stonecroft.'

'Mr. Stewart, dit is erg belangrijk. Heeft u iemand horen zeggen dat dr. Sheridan patiënte was bij dr. Connors, die in dat gebouw praktijk hield?'

'Nee, daar heb ik niets van gehoord. Trouwens, waarom zou Jean patiënte zijn geweest bij dr. Connors? Hij was verloskundige.' Stewarts ogen werden groter. 'O jee. Hebben we hier een geheimpje, Mr. Deegan? Was Jeannie patiënte bij dr. Connors?'

Sam keek Stewart vol afkeer aan. Hij kon zichzelf wel voor zijn hoofd slaan voor de manier waarop hij de vraag had ingekleed en hij had Stewart graag een stomp verkocht voor zijn sluwe reactie. 'Ik vroeg u of iemand dat had gezegd,' zei hij. 'Ik heb nooit gesuggereerd dat het waar was.'

Justin Lewis, de manager, was bij hen komen staan. 'Mr. Stewart, ik heb begrepen dat u Mr. Brents kamer in wilt gaan om in zijn bureau te kijken. Ik vrees dat ik dat echt niet kan toestaan. Gisteren, nadat ik u die scripts had laten pakken, heb ik onze advocaat gesproken en die was daar helemaal niet over te spreken.'

'Dat is het dan,' zei Stewart. Hij draaide de manager zijn rug toe. 'Ik heb hier weinig meer te zoeken, Mr. Deegan,' zei hij. 'Mijn regisseur en ik hebben de veranderingen doorgenomen die hij voor mijn stuk had voorgesteld en ik ben het hotelleven meer dan beu. Ik ga vanmiddag terug naar Manhattan. Ik wens u veel geluk met wachten tot Laura en Robby boven water komen.'

Sam en de hotelmanager keken hem na terwijl hij de lobby uit liep. 'Dat is een akelige vent,' zei Lewis tegen Sam. 'En hij heeft duidelijk een grote hekel aan Mr. Brent.'

'Waarom denkt u dat?' vroeg Sam snel.

'Er stond een briefje op Mr. Brents bureau, waarin Mr. Stewart met "Howie" werd aangeduid en dat vond hij duidelijk niet leuk. Uit wat hij zei, maakte ik op dat het een grapje was van Mr. Brent, maar toen vroeg Mr. Stewart aan mij of ik dat spreekwoord ken, van "wie het laatst lacht, lacht het best."'

Voor Sam kon reageren, ging zijn telefoon; het was Rich Stevens. 'Sam, we kregen net een telefoontje van de politie in Cornwall. Er is een auto gevonden in de Hudson. Hij lag gedeeltelijk onder water, maar hij is op een stuk rots gestuit, waardoor hij niet helemaal is gezonken. Er ligt een lichaam in de kofferbak. Het is Robby Brent en hij blijkt al een paar dagen dood te zijn. Je moet er maar naartoe gaan.'

'Ik kom eraan, Rich.' Sam klapte zijn telefoon dicht. 'Wie het laatst lacht, lacht het best.' Als Laura en Bobby 'boven water komen'. Was dat letterlijk bedoeld? vroeg Sam zich af. Was Carter Stewart, eens bekend als Howie, niet alleen een gevierd toneelschrijver, maar ook een moordlustige psychopaat?

85

Om tien uur was Jake terug in de donkere kamer van de school, om zijn laatste foto's te ontwikkelen. De foto's die hij had gemaakt van de achterkant van het huis op Mountain Road droegen eigenlijk niets bij aan zijn verhaal, besloot hij. Zelfs de deur met het siersmeedwerk had iets alledaags kneuterigs over zich. De foto van de keuken was niet slecht, maar wie wilde naar een leeg aanrechtblad kijken?

Deze ochtend was in wezen verspilde tijd geweest, vond Jake. Ik had er mijn tweede les niet voor hoeven verzuimen. Terwijl de foto die hij nog snel van de voorkant van het huis had genomen, begon te ontwikkelen, zag hij dat hij niet helemaal scherp was. Die kon hij net zo goed weggooien. Hij zou hem toch nooit voor zijn artikel gebruiken.

Op dat moment hoorde hij op de gang zijn naam roepen. Het was Jill Ferris en ze klonk van streek. Ze zal toch niet kwaad op me zijn? dacht hij. Het is niet haar les die ik heb verzuimd. 'Ik kom eraan, miss Ferris,' riep hij.

Zodra hij de deur opendeed, zag hij aan haar gezicht dat ze helemaal van slag was. Ze zei hem niet eens gedag. 'Jake, ik hoopte al dat ik je hier zou vinden,' zei ze. 'Jij hebt Robby Brent geïnterviewd, nietwaar?'

'Ja. Een goed interview, al zeg ik het zelf.' Ze gaat me toch niet vermoorden? dacht Jake verbijsterd. Die ouwe Downes wil waarschijnlijk het liefst zo snel mogelijk vergeten dat Brent en Laura Wilcox ooit een voet in Stonecroft hebben gezet.

'Jake, het was net op het nieuws. Robby Brents lichaam is gevonden in de kofferbak van een auto, die bij Cornwall Landing in het water lag.'

Robby Brent dood! Jake greep zijn camera. Ik heb nog genoeg nieuwe rolletjes, dacht hij. 'Dank je wel, Jill,' schreeuwde hij, terwijl hij de deur uit rende.

86

De auto met Robby Brents lichaam was bij Cornwall Landing de Hudson in gereden. Het gewoonlijk rustige park met zijn banken en treurwilgen was nu het middelpunt van politieactiviteit. Het gebied was haastig met linten afgezet om de nieuwsgierige voorbijgangers op afstand te houden, die, evenals de media, massaal kwamen toestromen.

Toen Sam om halfelf aankwam, was het lichaam van Robby Brent al in een lijkzak gelegd en naar de lijkwagen overgebracht. Cal Grey, de politiearts, bracht Sam op de hoogte. 'Hij is al zeker een paar dagen dood. Een steekwond in de borst, recht in het hart. Ik kan het nu nog niet precies nameten, maar ik moet zeggen, Sam, dat er net zo'n kartelmes lijkt te zijn gebruikt als bij de moord op Helen Whelan. Zoals ik het nu bekijk, moet degene die Brent heeft vermoord, ofwel een stuk langer zijn geweest dan hij, ofwel op een verhoging hebben gestaan, waardoor hij boven het slachtoffer uitstak. Het mes is er van boven af in gestoken.'

Mark Fleischman is lang, dacht Sam. Toen hij met Fleischman praatte, kon hij zich voorstellen waarom Jean zich tot hem aangetrokken had gevoeld. Hij had een aannemelijke verklaring gegeven voor het feit dat hij naar de fax had geïnformeerd en wist dat Jean patiënte was geweest bij dr. Connors. Was hij eerlijk, of was hij een beetje te glad? Sam wist het niet zeker.

Voor hij naar de plaats van het misdrijf ging, had Sam Jean op haar gsm gebeld, maar ze had niet opgenomen. Hij sprak een boodschap in dat ze hem snel moest terugbellen en belde toen nogmaals het nummer van Alice Sommers.

Alice had hem gedeeltelijk gerustgesteld. 'Sam, toen Jean vertelde dat ze vanavond Lily's adoptieouders zou ontmoeten, zei ze dat ze wilde dat ze meer kleren had meegenomen. Woodbury Mall is hier hooguit een halfuur vandaan. Het zou mij niets verbazen als ze daarnaartoe is gegaan om wat inkopen te doen.'

Het was een redelijke veronderstelling, die Sams bezorgdheid om Jean gedeeltelijk had weggenomen. Maar nu nam die bezorgdheid weer toe en hij wist dat zijn intuïtie hem waarschuwde niet langer te wachten en een actieve zoektocht naar haar in te stellen.

'Het was geen roofmoord,' zei Cal Grey. 'Brent had een duur horloge om en er zaten vijfhonderd dollar en een hele rits creditcards in zijn portemonnee. Hoelang is hij al vermist?'

'Sinds het diner op maandagavond heeft niemand hem meer gezien,' zei Sam.

'Ik wed dat hij daarna niet lang meer heeft geleefd,' merkte Grey op. 'Maar na de autopsie zal ik het tijdstip van de dood natuurlijk veel nauwkeuriger kunnen vaststellen.'

'Ik was bij dat diner,' zei Sam. 'Wat had hij aan toen je hem uit de kofferbak haalde?'

'Een beige jasje, een donkerbruine broek en een bruine coltrui.'

'Dan is hij maandagavond overleden, tenzij hij, waar hij dan ook heen ging, in zijn kleren heeft geslapen.'

Fotografen maakten van achter het lint foto's van de auto die Robby Brents doodskist was geweest. Een bergingsauto had hem uit de rivier gesleept en nu stond hij, met de kabel er nog aan vast, druipend op de kant, terwijl technici hem vanuit alle hoeken fotografeerden.

Een politieagent bracht Sam op de hoogte van de ruwe details. 'We denken dat de auto rond tien uur gisteravond het water in is gereden. Een echtpaar uit New Windsor kwam hier om ongeveer kwart voor tien langs joggen. Ze zeggen dat ze dicht bij het spoor een auto zagen staan, met iemand erin. Toen ze terugkwamen, was de auto weg, maar zagen ze een man hard langs Shore Road rennen.

'Hebben ze hem goed gezien?'

'Nee.'

'Zeiden ze of hij lang was? Echt lang, bedoel ik?' vroeg Sam.

'Daar zijn ze het niet over eens. De man zei dat hij van gemiddelde lengte was, maar de vrouw vond hem behoorlijk lang. Ze dragen allebei een bril voor veraf en geven toe dat ze die man nauwelijks hebben gezien. Ze zijn er echter wel zeker van dat hier een auto stond, dat die tien minuten later weg was en dat iemand er te voet met grote haast vandoor ging.'

God, verlos me van ooggetuigen, dacht Sam. Terwijl hij zich omdraaide, kreeg hij Jake Perkins in het oog, die zich in de groep achter het lint naar voren werkte. Hij had een camera bij zich die Sam deed denken aan een toestel uit een boek over de grote fotograaf van de Tweede Wereldoorlog, Robert Capa.

Ik vraag me af of dat joch soms de kunst verstaat op twee plaatsen tegelijk te zijn, dacht Sam. Het lijkt niet alleen of hij overal is, hij ís overal. Zijn ogen ontmoetten die van Jake, maar die keek onmiddellijk de andere kant op. Hij heeft de pest in, omdat ik Tony heb gezegd hem in de gevangenis te gooien, nadat hij had beweerd dat hij mij hielp bij het onderzoek naar Laura's verdwijning, dacht Sam. Ik had hem een plezier kunnen doen en in ieder geval kunnen zeggen dat hij probeert te helpen, want dat is zo. Tenslotte was hij degene die me erop heeft gewezen dat Laura nerveus klonk, toen ze belde.

Hij vroeg zich net af of hij naar Jake toe zou lopen en iets tegen hem zou zeggen, toen zijn gsm ging. Hij rukte hem uit zijn zak, in de hoop dat Jean hem belde. Maar het was Joy Lacko. 'Sam, een paar minuten geleden is er een telefoontje binnengekomen op het alarmnummer. Er staat al een paar uur een auto geparkeerd bij Storm King Lookout. Het is een BMW cabriolet, geregistreerd op naam van dr. Jean Sheridan. Het telefoontje was afkomstig van een vertegenwoordiger die er rond kwart voor acht voor de eerste keer langskwam. Toen hij twintig minuten later op de terugweg de auto nog steeds zag staan, besloot hij te gaan kijken of er moeilijkheden waren. De sleutels zitten nog in het contactslot en haar notitieboekje ligt op de passagiersstoel. Het ziet er niet goed uit.'

'Daarom nam ze dus haar telefoon niet op,' zei Sam ernstig. 'Mijn god, Joy. Waarom heb ik er niet op gestaan dat ze een lijfwacht zou krijgen? Staat de auto nog steeds bij Lookout?'

'Ja. Rich wist dat je daar zou willen kijken voor we hem weghalen.' Joys stem was vol medeleven. 'Je hoort van me, Sam.'

De auto met Robby Brents lichaam begon achteruit te rijden. Drie lijken in minder dan een week tijd in die vleeswagen, dacht Sam. Laat Jean Sheridan niet de volgende zijn, bad hij. Laat Jean alsjeblieft niet de volgende zijn.

Jake Perkins had er onmiddellijk spijt van dat hij Sam Deegan niet had toegeknikt toen hun ogen elkaar ontmoetten. Het was één ding om de rechercheur geen informatie toe te spelen, maar het was iets heel anders om ieder contact met hem te verbreken. Geen enkele goede verslaggever, hoe gekwetst ook, zou dat ooit doen.

Hij had Deegan dolgraag willen vragen naar een verklaring over de moord op Robby Brent, maar hij wist dat hij dat net zo goed kon laten. Volgens de officiële procedure werd Brent natuurlijk beschouwd als het slachtoffer van een moord, gepleegd door een of meer onbekende personen. Ze hadden de doodsoorzaak nog niet bekendgemaakt, maar het was beslist geen zelfmoord. Niemand klimt in de kofferbak van een auto, terwijl die de rivier in rijdt.

Misschien weet Deegan waar dr. Sheridan is, dacht Jake. Hij had geprobeerd haar te bellen, maar op haar kamer werd de telefoon niet opgenomen. Hij wilde haar vragen of Laura Wilcox inderdaad in de moordkamer op Mountain Road had geslapen.

Worstelend met de zware camera werkte Jake zich tussen de menigte fotografen en verslaggevers naar voren en kwam tegelijkertijd met Sam bij diens auto aan. 'Mr. Deegan, ik heb geprobeerd dr. Sheridan te bellen. Weet u misschien waar ik haar kan bereiken? Ze neemt haar telefoon niet op.'

Sam stond op het punt in te stappen. 'Hoe laat heb je haar gebeld?' vroeg hij scherp.

'Rond halftien.'

Dat is dezelfde tijd dat ik het heb geprobeerd, dacht Sam. 'Ik weet niet waar ze is,' snauwde hij, terwijl hij instapte. Hij gooide het portier dicht en zette de sirene aan.

Er is iets aan de hand, dacht Jake. Hij maakt zich zorgen om dr. Sheridan, maar hij rijdt niet terug naar het hotel. Hij rijdt zo hard dat ik hem toch niet kan volgen. Ik kan net zo goed teruggaan naar school en de donkere kamer opruimen. Dan ga ik daarna naar het Glen-Ridge om te zien wat er aan de hand is.

88

Onderweg naar het uitkijkpunt belde Sam naar het Glen-Ridge House en zei dat hij onmiddellijk wilde worden doorverbonden met de manager. Toen Justin Lewis aan de lijn kwam, zei Sam: 'Hoor eens, ik kan een rechterlijke machtiging aanvragen voor uw telefoongegevens, maar daar heb ik geen tijd voor. Dr. Sheridans auto is gevonden en zij is vermist. Ik wil nu onmiddellijk een lijst met de telefoonnummers van alle telefoontjes die dr. Sheridan tussen tien uur gisteravond en negen uur vanmorgen heeft ontvangen.'

Hij had een discussie verwacht, maar die kwam niet. 'Geef me uw nummer maar. Ik bel u direct terug,' zei de manager kordaat.

Sam legde zijn gsm op de passagiersstoel en reed razendsnel verder naar Storm King Lookout. Toen hij de bocht om kwam, zag hij Jeans blauwe cabriolet staan, met een politieman ernaast. Hij zette zijn auto erachter neer en had net zijn notitieboekje en pen voor de dag gehaald toen Lewis hem terugbelde. De man had kennelijk begrepen dat er haast bij was. 'Dr Sheridan is vanmorgen zeven keer gebeld,' kwam hij meteen ter zake. 'De eerste keer was om kwart voor zeven!'

'Om kwart voor zeven?' viel Sam hem in de rede.

'Ja. Er is toen gebeld met een gsm uit deze omgeving. De naam van de abonnee stond niet vermeld. Het nummer is...'

Stomverbaasd en ongelovig schreef Sam het nummer op. Het was hetzelfde nummer waarmee Robby Brent naar Jean had gebeld en Laura's stem had geïmiteerd.

'De andere telefoontjes blijken afkomstig te zijn van een

Mrs. Alice Sommers en een Mr. Jake Perkins. Ze hebben allebei een aantal keren geprobeerd dr. Sheridan te bellen. En er zijn twee telefoontjes van uw eigen nummer.'

'Dank u wel. U heeft me erg goed geholpen,' zei Sam kortaf en verbrak de verbinding. Robby Brent was al een paar dagen dood, dacht hij, maar iemand had de telefoon die hij bij de drogisterij had gekocht, gebruikt om Jean Sheridan het hotel uit te lokken. Waarschijnlijk was ze meteen na dat telefoontje vertrokken. Haar auto werd vanmorgen om kwart voor acht opgemerkt. Wie had ze hier gedacht te ontmoeten? Ze had beloofd voorzichtig te zijn en er waren slechts twee mensen waar ze zonder vragen te stellen naartoe zou gaan. Daar was Sam van overtuigd.

Hij was zich ervan bewust dat de agent naast Jeans auto hem nieuwsgierig aanstaarde, maar hij negeerde hem. Jean had verwacht dat ze hier óf haar dochter, Lily, óf Laura zou aantreffen, dacht Sam, terwijl hij met een niets ziende blik naar de bergen aan de overkant van de rivier staarde.

Was ze met een wapen gedwongen uit te stappen, of was ze zelf naar een andere auto toe gelopen?

Wie die psychopaat ook is, hij heeft Jean. Is Jeans dochter écht veilig? vroeg Sam zich plotseling af. Hij haalde zijn portefeuille te voorschijn, doorzocht snel alle kaartjes die erin zaten, vond wat hij zocht, gooide de rest op de passagiersstoel en belde Craig Michaelsons mobiele nummer. Nadat hij vijf keer was overgegaan, vroeg een computerstem hem een boodschap achter te laten. Binnensmonds vloekend belde hij naar Michaelsons kantoor.

'Het spijt me heel erg,' zei zijn secretaresse verontschuldigend. 'Mr. Michaelson heeft een vergadering op een ander advocatenkantoor en mag niet gestoord worden.'

'Hij móét gestoord worden,' snauwde Sam. 'Dit is een politiezaak – een kwestie van leven of dood.'

'O, meneer,' sprak de overbeschaafde stem afkeurend, 'het spijt me, maar...'

'Nou moet jij eens goed naar me luisteren, jongedame. Jij belt nu Michaelson op en je zegt hem dat Sam Deegan heeft gebeld. Zeg tegen je baas dat Jean Sheridan is verdwenen en dat we onmiddellijk West Point moeten bellen om te zorgen dat haar dochter een bodyguard krijgt. Heb je me begrepen?'

'Natuurlijk. Ik zal hem proberen te bereiken, maar...'

'Geen gemaar. Bel hem!' schreeuwde Sam en klapte zijn gsm dicht. Hij stapte uit de auto. Ik moet Robby Brents telefoon zien te traceren, dacht hij, maar waarschijnlijk heeft het weinig zin. Er is maar één hoop.

Hij liep rakelings langs de agent, die begon uit te leggen dat hij de vertegenwoordiger, die hen op de auto had gewezen, kende en dat het een heel betrouwbaar iemand was. Jeans schoudertas lag op de zitting.

'Is er niets uit gehaald?' snauwde hij.

'Natuurlijk niet, meneer.' De jonge agent was duidelijk in zijn wiek geschoten bij het idee.

Sam nam niet de moeite uit te leggen dat de vraag niet persoonlijk bedoeld was. Hij gooide de inhoud van Jeans tas op de passagiersstoel en doorzocht daarna het handschoenenkastje en alle andere opbergvakken in de auto. 'Als het nog niet te laat is, hebben we nu misschien geluk,' zei hij. 'Ze had waarschijnlijk haar gsm bij zich. Hij is niet hier.'

Het was halftwaalf.

89

Het was kwart voor twaalf toen Craig Michaelson Sam belde, die inmiddels terug was in het Glen-Ridge House. 'Mijn secretaresse probeerde me te bereiken, maar ik had de vergadering verlaten en was vergeten mijn gsm aan te zetten,' legde hij haastig uit. 'Ik ben net terug op kantoor. Wat is er aan de hand?'

'Dat zal ik u vertellen. Jean Sheridan is ontvoerd,' zei Sam kort. 'En het interesseert me geen moer dat haar dochter op West Point omringd is door een leger. Ik wil dat u ervoor zorgt dat ze speciale bewaking krijgt. Er loopt hier een psychopaat rond. Een paar uur geleden is het lichaam van een van de andere eregasten van Stonecroft uit de Hudson gevist. Hij is doodgestoken.'

'Jean Sheridan is vermist! De generaal en zijn vrouw vliegen op dit moment van Washington hiernaartoe om vanavond met haar te dineren. Ik kan geen contact met hen opnemen zolang ze in het vliegtuig zitten.'

Sams opgekropte zorgen en frustraties kwamen tot een uitbarsting. 'Ja, dat kunt u wel,' schreeuwde hij. 'U zou via de vliegtuigmaatschappij een bericht aan de piloot kunnen doorgeven, maar daar is het nu te laat voor. Geef me de naam van Jean Sheridans dochter, dan bel ik zelf naar West Point. Ik wil die naam nu hebben.'

'Het is cadet Meredith Buckley. Ze zit in haar tweede jaar. Maar de generaal heeft me ervan verzekerd dat Meredith pas donderdag of vrijdag de campus van West Point zou verlaten, omdat ze examens heeft.'

'Laten we hopen dat de generaal gelijk heeft,' snauwde Sam. 'Mr. Michaelson, houdt u zich beschikbaar om onmiddellijk te bellen, in het onwaarschijnlijke geval dat ik op weerstand stuit als ik het hoofd van de academie bel.'

'Ik ben in mijn kantoor.'

'En zo niet, zorg dan dat uw gsm aan staat.'

Sam zat in het kantoortje achter de hotelbalie, dezelfde plek waar hij zijn onderzoek naar de verdwijning van Laura Wilcox was begonnen. Eddie Zarro had zich bij hem gevoegd. 'Je wilt de lijn van je gsm zeker openhouden?' vroeg hij.

Sam knikte en keek hoe Eddie het nummer van West Point intoetste. Terwijl hij wachtte tot er werd opgenomen, zocht hij koortsachtig zijn geheugen af naar verdere mogelijkheden om actie te ondernemen. De technici waren bezig het zendgebied van Jeans telefoon te lokaliseren, iets waarmee ze verwachtten over enkele minuten klaar te zijn. Als ze zover waren, zouden ze precies kunnen vaststellen waar de telefoon zich bevond. Dat moet helpen, dacht Sam, als hij tenminste niet ergens op een vuilnisbelt ligt.

'Sam, ze bellen het kantoor van het hoofd,' zei Eddie. Toen Sam aan het toestel kwam, sprak hij op bijna even krachtige toon als toen hij Craig Michaelson aan de lijn had. Hij kreeg eerst de secretaresse en kwam direct ter zake. 'Ik ben rechercheur Deegan van het kantoor van de officier van justitie van Orange County. Cadet Meredith Buckley wordt mogelijk bedreigd door een maniakale moordenaar. Ik moet onmiddellijk het hoofd spreken.'

Hij hoefde niet meer dan tien seconden te wachten voor hij het hoofd aan de lijn kreeg. Deze luisterde naar Sams korte uitleg en zei toen: 'Ze is op dit moment waarschijnlijk bezig met een examen. Ik zal haar onmiddellijk naar mijn kantoor laten komen.'

'Ik wil graag zeker weten dat u haar daar heeft,' zei Sam. 'Ik wacht wel even.'

Hij bleef vijf minuten wachten. Toen het hoofd terugkwam, was zijn stem vervuld van emotie. 'Nog geen vijf minuten geleden schijnt cadet Buckley Thayer Gate te hebben verlaten en naar de parkeerplaats bij het Military Academy Museum te zijn gegaan. Ze is niet teruggekomen en ze is niet op de parkeerplaats, en ook niet in het museum.'

Sam wilde het niet geloven. Niet zij ook, dacht hij, niet een kind van negentien! 'Ik had begrepen dat ze haar vader had beloofd dat ze West Point niet zou verlaten,' zei hij. 'Weet u zeker dat ze naar buiten is gegaan?'

'De cadet heeft haar woord niet gebroken,' zei het hoofd. 'Hoewel het museum toegankelijk is voor het publiek, wordt het beschouwd als een onderdeel van de campus van West Point.'

Jill Ferris was in de studio toen Jake op Stonecroft terugkwam. 'Het lichaam van Robby Brent lag al in de lijkwagen toen ik daar aankwam,' zei hij, 'maar ze hadden de auto uit het water getrokken. Hij lag in de kofferbak. Ik wil wedden dat directeur Downes een hartaanval krijgt, of in ieder geval een maagzweer. Stel je eens voor wat voor publiciteit we over ons heen krijgen!'

'De directeur is erg uit zijn doen,' gaf Jill Ferris toe. 'Jake, ben je klaar met de camera?'

'Dat denk ik wel. Weet je, Jill – miss Ferris, bedoel ik – het zou me niets hebben verbaasd als Laura Wilcox ook in die kofferbak had gelegen. Ik bedoel, wat is er met haar gebeurd? Ik wil wedden dat zij ook dood is. En als dat zo is, is dr. Sheridan de enige van die lunchtafel die nog in leven is. Als ik haar was, zou ik een bodyguard inhuren. Ik bedoel maar, als je bedenkt hoeveel zogenaamde beroemdheden geen stap verzetten zonder een paar van die spierbundels om zich heen, mag dr. Sheridan, die réden heeft om zich zorgen te maken, toch wel wat bescherming hebben?'

Het was een retorische vraag en Jake was al op weg naar de donkere kamer, dus hij kreeg geen antwoord.

Hij wist niet wat hij aan moest met zijn foto's van de plaats van het misdrijf. Het was niet waarschijnlijk dat ze ooit in de Stonecroft Gazette zouden verschijnen. Toch wist hij zeker dat hij er uiteindelijk een plek voor zou vinden, ook al had hij nog geen aanbod gekregen om als freelance verslaggever voor de New York Post te gaan werken.

Toen de foto's waren ontwikkeld, bekeek hij ze met intens plezier. Hij had de verlaten auto vanuit verschillende hoeken gefotografeerd, met de deuken van de keren dat hij in de rivier tegen rotsblokken was gebotst, en met de open kofferbak, waar het water nog uit droop. Hij had ook een goede foto van de lijkwagen, die met knipperende lampen achteruit reed.

De foto's die hij 's ochtends van het huis op Mountain Road had gemaakt, hingen nog aan de waslijn. Zijn blik viel op de laatste, de onscherpe foto van de voorkant van het huis. Terwijl hij hem nog eens goed bekeek, werden zijn ogen langzaam groter.

Hij greep het vergrootglas, bestudeerde de foto, haalde hem van de lijn en rende er de donkere kamer mee uit. Jill Ferris zat nog steeds werkstukken te corrigeren. Hij liet de foto voor haar op tafel vallen en gaf haar het vergrootglas.

'Jake,' protesteerde ze.

'Dit is belangrijk, echt belangrijk. Kijk eens naar deze foto of u er iets vreemds of afwijkends aan ziet. Alstublieft, miss Ferris, kijk eens goed.'

'Jake, je maakt een mens gek,' zei ze met een zucht, terwijl ze het vergrootglas aanpakte om de afdruk te bestuderen. 'Je bedoelt zeker dat het gordijn van dat raam op de tweede verdieping een beetje scheef hangt. Is dat het?'

'Dat is het precies,' juichte Jake. 'Gisteren hing het nog recht. Het kan me niet schelen dat die keuken er leeg uitziet – er woont iemand in dat huis!'

Sam was teruggegaan naar het Glen-Ridge House in plaats van het kantoor in Goshen, omdat hij ervan overtuigd begon te raken dat een van de eregasten, of misschien Jack Emerson of Joel Nieman, verantwoordelijk was voor de dreigementen aan het adres van Lily. Ze hadden allemaal gewerkt in het gebouw waar dr. Connors' praktijk was gevestigd. In het weekend had een van hen erop gezinspeeld dat Jean patiënte bij hem was. Maar wie dat was geweest, had hij nog niet kunnen vaststellen.

Fleischman had nadrukkelijk beweerd dat hij het van een

van die andere mannen had gehoord. Het kon natuurlijk zijn dat hij loog, dacht Sam. Stewart ontkende de opmerking zelfs maar te hebben gehoord. Maar die loog misschien ook. In ieder geval kon hij in het Glen-Ridge een oogje houden op Fleischman en Gordon Amory, die daar nog steeds een kamer hadden. Het feit dat Jean vermist was, zou door verslaggevers worden opgepikt en op het nieuws komen en hij durfde er alles om te verwedden dat Jack Emerson dan ook binnen de kortste keren zou komen toesnellen.

Hij had Rich Stevens al gevraagd hen allemaal onder bewaking te stellen. Daar zou snel mee worden begonnen.

Om tien over twaalf kreeg hij van de technische recherche het telefoontje waar hij op had gewacht. 'Sam, we weten waar Jean Sheridans telefoon is.'

'Waar is hij dan?'

'In een rijdende auto.'

'Kun je zeggen waar die auto is?'

'Vlak bij Storm King. Hij rijdt in de richting van Cornwall.'

'Hij komt bij West Point vandaan,' zei Sam. 'Hij heeft de cadet. Raak hem niet kwijt. Raak hem vooral niet kwijt.'

'Dat zijn we niet van plan.'

92

'Draait u alstublieft om,' zei Meredith. 'Ik mag het terrein niet verlaten. Toen u me vroeg in de auto te komen, dacht ik dat u alleen even wilde praten. Het spijt me dat u de brief over mijn moeder in uw andere zak heeft laten zitten, maar dan moet ik er maar wat langer op wachten. Alstublieft, ik moet terug, Mr. ...'

'Je zou bijna mijn naam gebruiken, Meredith. Dat wil ik niet hebben. Je moet me Uil of de Uil noemen.'

Ze staarde hem aan, plotseling door angst gegrepen. 'Ik begrijp het niet. Breng me alstublieft terug.' Meredith pakte de handgreep van het portier naast zich vast. Als hij moet wachten voor een stoplicht, spring ik eruit, dacht ze. Hij is anders. Hij ziet er zelfs anders uit. Nee, niet alleen anders – krankzinnig! Twijfels en onbeantwoordbare vragen schoten door haar hoofd. Waarom moest ik van pappa beloven dat ik niet van het terrein af zou gaan? Waarom vroeg hij me naar die haarborstel die ik was kwijtgeraakt? Wat heeft dit allemaal met mijn biologische moeder te maken?

De auto snelde langs Route 218 in noordelijke richting. Hij rijdt veel te hard, dacht Meredith. Alstublieft, God, laat er een politieauto voorbijkomen. Laat een agent ons zien. Ze overwoog even het stuur vast te pakken, maar er kwamen auto's van de andere kant; er zou iemand kunnen verongelukken. 'Waar brengt u me naartoe?' vroeg ze bevelend. Er drukte iets in haar rug. Ze schoof wat naar voren in haar stoel, maar het zat er nog steeds. Wat was het?

'Meredith, ik loog toen ik zei dat ik een vriendin van je moeder bij de reünie had ontmoet. Ik heb je móéder daar ontmoet. Ik breng je naar haar toe.'

'Mijn moeder! Jean! U brengt me naar haar toe?'

'Ja. En dan gaan jullie samen naar je biologische vader, in de hemel. Dat wordt vast een prachtige hereniging. Je lijkt erg op hem, weet je dat? Tenminste, je lijkt op hem zoals hij eruitzag voor ik hem doodreed. Weet je waar dat is gebeurd, Meredith? Op de weg naar het picknickterrein op West Point. Daar is je echte pappie doodgegaan. Ik wou dat je zijn graf had kunnen bezoeken. Zijn naam staat op de grafsteen: Carroll Reed Thornton jr. Hij zou een week later zijn afgestudeerd. Ik vraag me af of ze jou en Jeannie naast hem zullen begraven. Zou dat niet leuk zijn?'

'Mijn vader zat op West Point en ú heeft hem vermoord?'

'Natuurlijk. Vind jij het eerlijk dat hij en Jean zo gelukkig waren en dat ze mij in de kou lieten staan? Vind jij dat eerlijk, Meredith?'

Hij draaide zijn hoofd naar haar toe en keek haar dreigend

aan. Zijn ogen schoten vuur. Hij had zijn lippen zo stijf op elkaar geperst dat zijn mond bijna niet meer te zien was. Zijn neusvleugels trilden.

Hij is gek, dacht ze. 'Nee, meneer. Dat vind ik niet eerlijk,' antwoordde ze. Ze deed haar best om haar stem niet te laten trillen. Hij mocht niet merken hoe bang ze was.

Hij leek te kalmeren. 'Je West Point-training. "Ja, meneer." "Nee, meneer." Ik heb je niet gevraagd me meneer te noemen. Ik heb gezegd dat je me "Uil" moest noemen.'

Ze waren de afslag naar Storm King Mountain gepasseerd en reden de buitenwijken van Cornwall binnen. Waar gaan we heen? vroeg Meredith zich af. Brengt hij me echt naar mijn moeder? Heeft hij echt mijn vader vermoord en gaat hij ons nu ook vermoorden? Hoe kan ik hem tegenhouden? Niet in paniek raken, waarschuwde ze zichzelf. Kijk om je heen. Kijk of er iets is om jezelf mee te verdedigen. Misschien ligt er ergens een fles water. Daar kan ik hem mee in zijn gezicht slaan. Dat geeft me misschien genoeg tijd om de sleutels uit het contactslot te trekken en de auto stil te zetten. Er komen nu zoveel auto's voorbij dat iemand misschien een worsteling opmerkt. Maar ze zag niets liggen waarmee ze zichzelf zou kunnen verdedigen.

'Meredith, ik kan je gedachten lezen. Haal het niet in je hoofd iemands aandacht te trekken, want als je dat doet, kom je deze auto niet levend uit. Ik heb een wapen en dat zal ik gebruiken. Ik bied je in ieder geval de kans je moeder te ontmoeten. Wees slim en gooi die kans niet weg.'

Meredith zat met samengeknepen handen. Wat drukte er toch in haar rug? Misschien was het iets waarmee ze zichzelf en haar moeder kon redden. Oneindig voorzichtig maakte ze haar handen los en liet ze haar rechterhand langzaam langs haar lichaam naar beneden glijden. Ze ging rechter in haar stoel zitten, terwijl ze haar hand achter haar rug schoof. Haar vingers raakten de rand van een smal voorwerp dat bekend aanvoelde.

Het was een gsm. Ze moest kracht zetten om hem los te krijgen, maar de Uil scheen niets te merken. Ze reden nu door Cornwall en hij keek steeds van links naar rechts, alsof hij bang was dat ze aangehouden zouden worden.

Meredith bracht langzaam haar hand met de telefoon omhoog. Ze deed het klepje omhoog, keek naar beneden en begon het alarmnummer te bellen...

Ze zag zijn hand niet aankomen, maar ze voelde hem wel toen hij haar bij haar nek greep. Ze zakte bewusteloos in elkaar, terwijl de Uil de telefoon pakte, zijn raampje omlaag draaide en het apparaat op straat gooide.

Nog geen tien seconden later daverde een postauto eroverheen en bleven er alleen wat stukjes plastic van over.

'Sam, we zijn hem kwijt,' zei Eddie Zarro. 'Hij is in Cornwall, maar we krijgen geen signaal meer binnen.'

'Hoe ben je hem kwijtgeraakt?' schreeuwde Sam. Het was een domme, zinloze vraag. Hij wist het antwoord al – de telefoon was ontdekt en vernietigd.

'Wat doen we nu?' vroeg Zarro.

'Bidden,' zei Sam. 'We moeten bidden.'

Jake vroeg opnieuw toestemming om zijn auto bij het wegrestaurant te laten staan en ook deze keer mocht het, maar Dukes nieuwsgierigheid had nu het kookpunt bereikt. 'Van wie maak je foto's, knul?' vroeg hij.

'Gewoon, van de buurt. Zoals ik al zei, schrijf ik een verhaaltje voor de Stonecroft Gazette. Ik geef u wel een exemplaar als ik klaar ben.' Jake kreeg een inval. 'Nee, ik weet nog iets beters, ik zal uw naam erin vermelden.'

'Dat is leuk. Duke en Sue Mackenzie. Geen hoofdletter k in Mackenzie.'

'Gesnopen.'

Net toen Jake, met de camera over zijn schouder, de deur uit wilde lopen, ging zijn gsm. Het was Amy Sachs, die dienst had in het hotel. 'Jake,' fluisterde ze, 'je moet hierheen komen. De hel is losgebroken. Dr. Sheridan is weg. Ze hebben haar auto leeg aangetroffen bij Storm King Lookout. Mr. Deegan zit hier in het kantoortje. Ik hoorde hem net schreeuwen dat ze iets kwijt waren.'

'Dank je wel, Amy. Ik kom eraan,' zei Jake. Hij keerde zich om naar Duke. 'Ik heb die plek toch niet nodig, maar bedankt nog.'

'Daar gaat die vent van de reünie waar ik je over vertelde,' zei Duke, naar buiten wijzend. 'Hij rijdt wel hard. Als hij niet oppast, krijgt hij een bon.'

Jake keek net op tijd naar buiten om te zien wie er achter het stuur zat. 'Heeft hij hier spullen gekocht?' vroeg hij.

'Ja. Vanmorgen is hij niet geweest, maar de meeste andere dagen kwam hij koffie en toast halen, en soms kwam hij 's avonds langs voor koffie en een sandwich.'

Had hij dat misschien voor Laura gekocht? vroeg Jake zich af. En nu is dr. Sheridan weg. Ik moet Sam Deegan bellen. Ik weet zeker dat hij in Laura's oude huis wil kijken. Dan ga ik daar alvast heen om op hem te wachten.

Hij belde het hotel. 'Amy, verbind me door met Mr. Deegan. Het is belangrijk.'

Amy was snel terug. 'Mr. Deegan zegt dat je moet opdonderen.'

'Amy, zeg tegen Mr. Deegan dat ik waarschijnlijk weet waar hij Laura Wilcox kan vinden.'

94

Jean keek op toen de deur van de slaapkamer openging. De Uil stond in de deuropening. Hij had een slanke gestalte in zijn armen, gekleed in het donkergrijze uniform van een cadet van West Point. Met een tevreden glimlach liep hij de kamer door en legde Meredith aan Jeans voeten. 'Zie daar, je dochter!' zei hij triomfantelijk. 'Kijk maar naar haar gezicht. De trekken zullen je vast bekend voorkomen. Is ze niet mooi? Ben je niet trots?'

Reed, dacht Jean, het is Reed! Lily is een reïncarnatie van Reed! De smalle, iets gebogen neus, de ver uit elkaar staande ogen, de hoge jukbenen, het lichtblonde haar. O, mijn god, heeft hij haar vermoord? Nee, nee – ze ademt nog!

'Doe haar geen pijn! Waag het niet haar pijn te doen!' schreeuwde ze. Toen ze haar stem probeerde te verheffen, kwam het geluid er gedempt uit. Vanaf het bed hoorde ze Laura angstig snikken.

'Ik ga haar geen pijn doen, Jeannie. Maar ik ga haar wel vermóórden, en jíj gaat kijken. En dan is Laura aan de beurt. En dan jij. Ik denk wel dat je daar dan inmiddels blij om zult zijn. Ik kan me niet voorstellen dat je zelf wilt blijven leven als je je dochter net hebt zien sterven, jij wel?'

Tergend langzaam liep de Uil de kamer door, pakte de hanger met de plastic zak waarop hij 'Lily/Meredith' had geschreven en liep ermee terug. Hij knielde neer naast Merediths bewusteloze gestalte en haalde de hanger uit de zak. 'Wil je bidden, Jean?' vroeg hij. 'Volgens mij is psalm drieëntwintig wel toepasselijk voor deze gelegenheid. Begin maar: "De Heer is mijn herder..."'

Verbijsterd en ontzet keek Jean toe terwijl de Uil de zak over Lily's hoofd begon te schuiven.

'Nee, nee, nee...' Voor de zak Lily's neusgaten had bereikt, liet ze de stoel voorover vallen en bedekte ze haar kind met haar eigen lichaam. De stoel boorde zich in de arm van de Uil. Hij gilde het uit van pijn. Terwijl hij zijn arm met geweld probeerde los te trekken, hoorde hij beneden het geluid van de voordeur die werd ingetrapt.

Toen Sam Deegan Jake aan de telefoon kreeg, nadat Amy Sachs hem had uitgelegd dat Jake waarschijnlijk wist waar Laura werd vastgehouden, gaf hij hem niet de kans de speech af te steken die hij haastig had voorbereid.

Jake wilde zeggen: 'Mr. Deegan, ondanks het feit dat u heeft ontkend dat ik u heb geholpen en mij publiekelijk voor schut heeft gezet, ben ik ruimhartig genoeg om u te helpen met uw onderzoek, vooral omdat ik me grote zorgen maak over dr. Sheridan.'

Hij kwam niet verder dan 'ondanks het feit'. Op dat moment viel Sam hem in de rede. 'Hoor eens, Jake. Jean Sheridan en Laura zijn in handen van een maniakale moordenaar. Verdoe mijn tijd niet. Weet je waar Laura is, of niet?'

Jake struikelde bijna over zijn eigen woorden terwijl hij zo snel mogelijk probeerde te vertellen was hij wist.

'Mr. Deegan, er zit iemand in Laura's oude huis op Mountain Road, hoewel dat officieel leegstaat. Een van de eregasten van de reünie heeft bijna iedere dag eten gekocht bij het wegrestaurant onder aan de straat. Hij kwam net voorbijrijden. Ik denk dat hij onderweg was naar het huis.' Jake had nauwelijks de naam van de man uitgesproken, toen hij de klik hoorde van Sams telefoon.

Dat heeft in ieder geval Deegans aandacht, dacht Jake, terwijl hij bij Laura's oude huis stond te wachten. Nog geen zes minuten later brachten Deegan en die andere rechercheur, Zarro, hun auto met piepende remmen bij de stoep tot stilstand. Ze werden gevolgd door twee patrouillewagens. Ze hadden geen sirenes gebruikt om hun komst aan te kondigen. Jake vond dit jammer, maar hij veronderstelde dat ze de vent wilden verrassen.

Hij had Sam gezegd dat degene die in het huis zat, in ieder geval in de slaapkamer op de hoek zat. Onmiddellijk daarna ramden ze de voordeur en renden ze naar binnen. Sam had hem toegeschreeuwd buiten te blijven.

Dat had je gedroomd, dacht Jake. Hij had hun de kans gegeven om de slaapkamer te bereiken en ging toen, met de camera over zijn schouder, naar binnen. Toen hij boven aan de trap kwam, hoorde hij een deur dichtslaan. De andere slaapkamer, dacht hij. Daar zit iemand.

Sam Deegan kwam met getrokken revolver uit de slaapkamer aan de achterkant van het huis. 'Ga naar beneden, Jake!' beval hij. 'Er houdt zich hier een moordenaar schuil.'

Jake wees naar de andere kant van de gang. 'Hij zit daar.'

Sam, Zarro en een paar andere agenten renden langs hem heen. Jake rende naar de deur van de slaapkamer aan de voorkant van het huis, keek naar binnen en begon, nadat hij de schok had verwerkt van wat hij te zien kreeg, zijn camera scherp te stellen en foto's te maken.

Hij nam een foto van Laura Wilcox. Ze lag in een gekreukte avondjurk en met verwarde haren op het bed. Een agent ondersteunde haar hoofd en hield een glas water bij haar lippen.

Jean Sheridan zat op de grond. Ze hield een jonge vrouw in haar armen, gekleed in het uniform van een cadet van West Point. Jean huilde en fluisterde steeds weer: 'Lily, Lily, Lily.' Eerst dacht Jake dat het meisje dood was, maar toen zag hij dat ze langzaam begon te bewegen.

Jake richtte zijn camera en legde voor het nageslacht het moment vast waarop Lily haar ogen opende en, voor het eerst sinds de dag van haar geboorte, haar biologische moeder in de ogen keek.

96

Over een paar seconden breken ze de deur open, dacht de Uil. Ik had bijna mijn missie volbracht. Hij keek naar de tinnen uiltjes in zijn hand, de uiltjes die hij bij het lichaam van

Laura, Jean en Meredith had willen achterlaten.

Nu zou hij daar nooit meer de kans voor krijgen.

'Geef je over,' schreeuwde Sam Deegan. 'Het is afgelopen. Je weet dat je niet kunt ontvluchten.'

O, toch wel, dacht de Uil. Hij zuchtte en haalde zijn masker uit zijn zak. Hij deed het op en keek in de spiegel boven het bureau om te zien of het goed op zijn plaats zat. Hij legde de tinnen uiltjes op de toilettafel.

'Ik ben een uil en ik woon in een boom,' zei hij hardop.

Het pistool zat in zijn andere zak. Hij haalde het te voorschijn en zette het tegen zijn slaap. 'De nacht is van mij,' fluisterde hij. Toen sloot hij zijn ogen en haalde de trekker over.

Bij het horen van het schot trapte Sam de deur open. Met Eddie Zarro en de agenten achter zich aan, rende hij naar binnen.

Het lichaam lag uitgestrekt op de vloer, met het wapen ernaast. Hij was achterover gevallen. Het masker zat nog op zijn plaats, het bloed sijpelde erdoor.

Sam boog zich voorover, trok het masker weg en keek in het gezicht van de man die de dood van zoveel onschuldige mensen op zijn geweten had. In de dood waren de littekens van de plastische chirurgie duidelijk zichtbaar, en de trekken die een chirurg zo aantrekkelijk had weten te maken, zagen er nu verwrongen en weerzinwekkend uit.

'Gek,' zei Sam. 'Ik had nooit gedacht dat Gordon Amory de Uil zou zijn.'

97

Die avond ging Jean met Charles en Gano Buckley bij Craig Michaelson thuis eten. Meredith was al terug naar West Point. 'Nadat de arts haar had onderzocht, stond ze erop vandaag nog terug te gaan,' zei generaal Buckley. 'Ze zat in over haar natuurkunde-examen van morgenochtend. Ze heeft zoveel zelfdiscipline. Ze wordt vast een geweldige militair.' Hij probeerde niet te laten merken hoe het hem had aangegrepen toen hij hoorde hoe dicht zijn enig kind bij de dood had gestaan.

'Net als de godin Minerva is ze regelrecht aan het hoofd van haar vader ontsproten,' zei Jean. 'Reed zou precies hetzelfde hebben gedaan.' Ze viel stil. Ze voelde nog steeds de onuitsprekelijke vreugde van het moment dat de agent haar had losgesneden van haar stoel en ze haar armen om Lily heen had kunnen slaan. Ze hoorde nog steeds het prachtige geluid van Lily's stem in haar oren, die fluisterde: 'Jean... moeder.'

Ze waren naar het ziekenhuis gebracht voor een kort onderzoek. Daar hadden Lily en zij naast elkaar zitten praten en waren ze begonnen iets van de bijna twintig gemiste jaren in te halen. 'Ik heb me altijd voorgesteld hoe je eruit zou zien,' had Lily gezegd. 'Je bent precies zoals ik had gedacht.'

'Jij ook. Ik moet leren je Meredith te noemen. Het is een prachtige naam.'

Toen de dokter kwam vertellen dat ze naar huis konden, zei hij: 'De meeste vrouwen die zo'n ervaring hebben doorgemaakt als jullie, zouden nu aan de kalmerende middelen zitten. Jullie zijn echte kanjers.'

Ze waren eerst nog even bij Laura langsgegaan. Ze was ernstig uitgedroogd en lag aan een infuus. Ze hadden haar verdoofd, zodat de slaap haar kon genezen.

Sam was naar het ziekenhuis gekomen om hen terug te brengen naar het hotel. Maar net toen ze in de lobby met hem stonden te praten, kwamen de Buckleys aan. 'Pappa, mamma,' had Meredith geroepen en een beetje verdrietig, maar vol begrip, had Jean toegekeken hoe ze hun in de armen vloog.

'Jean, jij hebt haar het leven geschonken en je hebt haar het leven gered,' zei Gano Buckley rustig. 'Vanaf dit moment zul je altijd deel uitmaken van haar leven.'

Jean keek over de tafel naar het knappe paar. Ze schatte hen een jaar of zestig, Charles Buckley had staalgrijs haar, doordringende ogen, krachtige gelaatstrekken en een autoritaire uitstraling die werd verzacht door zijn charmante manier van doen en zijn warme glimlach. Gano Buckley was een knappe, tenger gebouwde vrouw, die, voor ze generaalsvrouw werd, korte tijd carrière had gemaakt als concertpianiste. 'Meredith speelt prachtig,' zei ze tegen Jean. 'Je moet gauw eens naar haar komen luisteren.'

Zaterdagmiddag zouden ze met z'n drieën Meredith bezoeken op de academie. Zij zijn haar vader en moeder, dacht Jean. Zij hebben haar grootgebracht, voor haar gezorgd en van haar gehouden, en zij hebben haar gemaakt tot de fantastische jonge vrouw die ze nu is. Maar nu heb ik tenminste een plekje in haar leven. Zaterdag ga ik met haar naar Reeds graf en zal ik haar over hem vertellen. Ze moet weten wat een bijzonder mens hij is geweest.

Het was een bitterzoete avond voor haar en ze wist dat de Buckleys er begrip voor hadden toen ze kort na de koffie zei dat ze doodmoe was en naar huis wilde.

Toen Craig Michaelson haar om tien uur bij het hotel afzette, zaten Sam Deegan en Alice Sommers op haar te wachten in de lobby.

'We dachten dat je misschien wel zin had om een slaapmutsje met ons te drinken,' zei Sam. 'Ondanks al die lui van de gloeilampen hebben ze in de bar toch nog een tafel voor ons weten vrij te houden.'

Met tranen van dankbaarheid in haar ogen keek Jean van de een naar de ander. Zij begrijpen hoe moeilijk deze avond voor mij is geweest, dacht ze. Toen zag ze Jake Perkins bij de balie staan. Ze wenkte hem en hij kwam meteen naar haar toe rennen.

'Jake,' zei ze, 'ik was vanmiddag zo van de kook dat ik niet weet of ik je wel echt bedankt heb. Als jij er niet was geweest, zouden Meredith, Laura en ik nu niet meer hebben geleefd.' Ze sloeg haar armen om zijn nek en gaf hem een zoen op zijn wang.

Jake was zichtbaar aangedaan. 'Dr. Sheridan,' zei hij. 'Ik wou maar dat ik wat slimmer was geweest. Toen ik die tinnen uiltjes naast Mr. Amory's lichaam op de toilettafel zag liggen, vertelde ik Mr. Deegan dat ik er precies zo een op Alison Kendalls graf had gevonden. Als ik hem dat toen had verteld, hadden ze u misschien meteen een bodyguard gegeven.'

'Maak je daarover maar geen zorgen,' zei Sam. 'Jij kon toen nog niet weten dat dat uiltje iets betekende. Dr. Sheridan heeft gelijk. Als jij er niet achter was gekomen dat Laura misschien in dat huis zat, waren ze allemaal dood geweest. Laten we nu naar binnen gaan, voor we die tafel kwijt zijn.' Hij dacht even na en zei zuchtend: 'Jij komt ook mee, Jake.'

Alice stond naast hem. Sam zag dat ze was geschrokken van wat Jake net had gezegd.

'Sam, vorige week op Karens sterfdag, heb ik een tinnen uiltje gevonden op haar graf,' zei ze zacht. 'Ik heb het thuis in het kastje in de studeerkamer liggen.'

'Dat is het,' zei Sam. 'Ik wist dat ik iets in dat kastje had gezien dat me dwarszat, Alice. Nu weet ik wat het was.'

'Gordon Amory heeft het daar vast neergelegd,' zei Alice triest.

Sam sloeg zijn arm om haar heen terwijl ze naar de bar liepen. Het is voor haar ook een zware dag geweest, dacht hij. Hij had Alice verteld dat de Uil Laura had bekend dat hij Karen door een ongelukkige samenloop van omstandigheden had vermoord. Alice was er kapot van toen ze hoorde dat Karen alleen was vermoord omdat ze die nacht toevallig thuis was. Maar ze zei dat het in ieder geval de verdenking wegnam van Karens vriend, Cyrus Lindstrom. Bovendien kon ze de gebeurtenis nu misschien enigszins afsluiten.

'Als ik je vanavond thuisbreng, zal ik dat uiltje uit de kast weghalen,' zei hij. 'Ik wil niet dat je daar nog naar moet kijken.'

Ze waren bij de tafel aangekomen. 'Voor jou is het ook een afsluiting, nietwaar, Sam?' vroeg Alice. 'Twintig jaar lang ben je altijd blijven proberen Karens dood op te lossen.'

'In die zin is het een afsluiting, maar ik hoop dat je het goedvindt als ik je af en toe nog eens kom bezoeken.'

'Dat moet je zeker doen, Sam, dat moet je heel zeker doen. Jij hebt me door de afgelopen twintig jaar heen geholpen. Je kunt me nu niet in de steek laten.'

Jake wilde net naast Jean aan tafel gaan zitten, toen hij een klopje op zijn schouder voelde. 'Mag ik daar zitten?'

Mark Fleischman gleed in de stoel. 'Ik ben bij het ziekenhuis langs geweest om Laura te bezoeken,' zei hij tegen Jean. 'Ze voelt zich al wat beter, hoewel ze emotioneel natuurlijk nog van slag is. Maar dat komt wel goed.' Hij grijnsde. 'Ze zei dat ze graag bij me in therapie wilde.'

Jake ging aan de andere kant naast Jean zitten. 'Ik denk dat deze beangstigende gebeurtenis weleens een keerpunt in haar carrière kan betekenen,' zei hij ernstig. 'Met al die publiciteit zal ze heel wat aanbiedingen krijgen. Zo gaat het in de showbusiness.'

Sam keek naar hem. Mijn god, hij heeft waarschijnlijk nog gelijk ook, dacht hij. En in dat besef bestelde hij een dubbele whisky in plaats van een glas wijn.

Jean had van Sam gehoord dat Mark de hele stad door was gereden om naar haar te zoeken, en toen Sam hem had gebeld, was hij direct naar het ziekenhuis gekomen waar Meredith, Laura en zij naartoe waren gebracht. Toen hij hoorde dat ze gauw naar huis zou mogen, was hij weggegaan zonder haar te hebben gesproken. Ze had hem de hele dag nog niet gezien. Nu keek ze hem recht aan. De tederheid waarmee hij naar haar keek, maakte dat ze zich schaamde dat ze hem had gewantrouwd. En tegelijkertijd ontroerde het haar diep.

'Het spijt me, Mark,' zei ze. 'Het spijt me zo vreselijk.'

Hij legde zijn hand over de hare, hetzelfde gebaar dat haar

een paar dagen geleden had getroost en verwarmd en waarbij ze een vonk had gevoeld die ze lange tijd in haar leven had gemist.

'Jeannie,' zei Mark met een glimlach, 'je hoeft geen spijt te hebben. Ik ga je volop de kans geven om het goed te maken. Dat beloof ik je.'

'Had jij ooit gedacht dat het Gordon was?' vroeg ze.

'Jean, het is gewoon zo dat er bij alle eregasten onder de oppervlakte heel wat aan de hand was. En dan hebben we het nog niet eens over de voorzitter van de reünie. Jack Emerson is dan misschien een gewiekst zakenman, ik vertrouw hem voor geen meter. Mijn vader vertelde me dat Jack hier bekendstaat als een rokkenjager en een zuiplap, hoewel hij voor zover bekend nog nooit lichamelijk geweld heeft gebruikt. Iedereen gelooft dat hij dat gebouw tien jaar geleden in brand heeft gestoken. Een van de redenen is dat op de avond van de brand een beveiligingsman, die waarschijnlijk door hem was omgekocht, een ongebruikelijke ronde door het gebouw maakte om er zeker van te zijn dat er niemand meer binnen was. Dat was verdacht, maar het wijst er wel op dat Emerson nooit iemand heeft willen vermoorden.

Ik heb echt een poosje gedacht dat Robby Brent degene was die de meisjes van je lunchtafel had vermoord. Weet je nog wat een nors ventje hij vroeger was? En tijdens het diner van de reünie kwam hij zo gemeen uit de hoek dat ik hem wel in staat achtte iemand lichamelijke of emotionele schade toe te brengen. Ik heb informatie over hem opgezocht op het internet. Hij had een interviewer verteld over zijn angst voor armoede en hij beweerde dat hij overal in het land geld had begraven op stukken land die van hem waren, maar die hij onder een valse naam had laten registreren. Hij beweerde dat hij het domste jongetje was van een intelligente familie en dat iedereen op school hem een sufferd vond. Hij zei dat hij de kunst van het spotten zo goed beheerste omdat hij zelf altijd het mikpunt van grappen was geweest. Het kwam erop neer dat hij zo ongeveer iedereen in de stad haatte.'

Mark haalde zijn schouders op. 'Maar net toen ik zeker dacht te weten dat Robby de Uil was, zoals we hem nu kennen, verdween hij.'

'We vermoeden dat hij Gordon verdacht en hem is gevolgd naar dat huis,' zei Sam. 'Er zaten bloedvlekken op de trap.'

'Carter zat zo boordevol woede dat ik hem wel tot moord in staat achtte,' zei Jean.

Mark schudde zijn hoofd. 'Dat heb ik nooit gedacht. Carter lucht zijn woede voortdurend in zijn venijnige gedrag en in zijn stukken. Ik heb alle scripts gelezen. Dat moet jij ook eens doen. Je zult in de personages vast mensen van vroeger herkennen. Zo neemt hij wraak op de mensen die hij beschouwt als zijn kwelgeesten. Daar had hij genoeg aan.'

Jean merkte dat Sam, Alice en Jake aandachtig naar Mark zaten te luisteren. 'Toen bleven alleen Gordon Amory en jij nog over,' zei ze.

Mark glimlachte. 'Ondanks jouw twijfels, Jeannie, wist ik dat ik zelf niet schuldig was. Hoe meer ik Gordon bestudeerde, hoe meer ik hem wantrouwde. Het is één ding om een gebroken neus te laten rechtzetten, of lodderige ogen te laten optrekken, maar ik heb het altijd wat bizar gevonden om je hele uiterlijk te laten veranderen. Ik geloofde hem niet toen hij zei dat hij Laura een rol zou geven in een van zijn tv-series. Het was mij volkomen duidelijk dat hij zich er dood aan ergerde dat ze hem tijdens de reünie probeerde te verleiden, terwijl hij heel goed wist dat ze hem alleen maar probeerde te gebruiken. Maar toen Gordon vanmorgen in het hotel was nadat jij was verdwenen, dacht ik dat ik me toch in hem had vergist. Toen ik door de stad reed, op zoek naar jou, was ik eerlijk gezegd wanhopig. Ik dacht dat er iets vreselijks met je was gebeurd.'

Jean draaide zich naar Sam. 'Ik weet dat je in het ziekenhuis met Laura hebt gepraat. Heeft Gordon haar verteld hoe het hem was gelukt vier van de andere moorden voor ongelukken, en Gloria's dood voor zelfmoord te laten doorgaan?'

'Gordon heeft daar tegenover Laura over opgeschept. Hij vertelde haar dat hij alle meisjes had bespied voor hij hen vermoordde. Catherine Kane's auto slipte de Potomac in, nadat hij met haar remmen had geknoeid. Cindy Lang werd niet bedolven tijdens een lawine – hij heeft haar op die helling vermoord en haar lichaam in een kloof gegooid. Er was die middag een lawine en iedereen nam aan dat ze daarbij was omgekomen. Haar lichaam is nooit gevonden.'

Sam nam langzaam een slokje van zijn whisky en ging toen verder. 'Hij belde Gloria Martin op en vroeg haar of hij langs mocht komen om samen wat te drinken. Ze wist toen al hoe succesvol hij was en hoe knap hij was geworden, dus ze vond het goed. Maar ze wilde hem toch nog even pesten en ging snel dat uiltje kopen. Gordon voerde haar dronken en toen ze in slaap viel, smoorde hij haar in een plastic zak en liet hij het uiltje in haar hand achter.'

Alice hapte naar adem. 'Mijn hemel, wat was hij slecht.'

'Ja, dat was hij zeker,' beaamde Sam. 'Debra Parker nam vlieglessen bij een klein vliegveld. De beveiliging daar liet te wensen over. Gordon had zelf een vliegbrevet, dus hij wist precies hoe hij haar vliegtuig moest saboteren voor ze haar eerste solovlucht maakte. En Alisons dood was eenvoudig: hij hield haar gewoon onder water in haar zwembad.'

Sam keek Jean vol medeleven aan. 'En ik weet, Jean, dat hij jou en Meredith heeft verteld dat hij Reed Thornton met zijn auto heeft overreden.'

Mark kon zijn ogen niet van Jean af houden. 'Toen ik daarnet in het ziekenhuis met Laura sprak, vertelde ze dat hij drie zakken had met jullie namen erop en dat hij die wilde gebruiken om jou, Laura en Meredith te laten stikken. Mijn god, Jeannie, als ik daaraan denk, word ik gek. Ik zou het niet kunnen verdragen als jou iets zou overkomen.'

Langzaam en met rustige bewegingen nam hij haar gezicht in zijn handen en kuste haar, een lange, tedere kus waarmee hij alles zei wat hij nog niet onder woorden had gebracht.

Plotseling was er een flits en ze keken geschrokken op. Jake stond, met zijn camera op hen gericht. 'Het is maar een digitale,' zei hij stralend, 'maar ik weet precies op welke momenten ik een foto moet maken.'

EPILOOG

West Point, dag van de diploma-uitreiking
'Ik kan gewoon niet geloven dat het al tweeëneenhalf jaar geleden is dat Meredith is teruggekomen in mijn leven,' zei Jean tegen Mark. Met ogen die glommen van trots keek ze hoe de pas afgestudeerden het veld op marcheerden. Ze zagen er schitterend uit in hun gala-uniform: de grijze jasjes met de glimmende, gouden knopen, de spierwitte broeken, de witte handschoenen en petten.

'Er is in die tijd verschrikkelijk veel gebeurd,' beaamde hij.

Het was een prachtige juniochtend. Het Michie-stadion zat vol trotse familieleden van de cadetten. Charles en Gano Buckley zaten vlak voor hen. Aan Jeans andere kant zaten generaal buiten dienst Carroll Reed Thornton en zijn vrouw te kijken hoe hun kleindochter, op wie ze inmiddels stapelgek waren, voorbijkwam.

Er zijn na al die pijn zoveel goede dingen gebeurd, dacht Jean. Mark en zij hadden pas hun tweejarig huwelijk en de eerste verjaardag van hun zoontje, Mark Dennis, gevierd. Nu ze voor haar baby kon zorgen en met hem alle prachtige momenten in zijn leven kon delen, verzachtte dit voor haar de pijn van het feit dat ze dit met Meredith had moeten missen. Meredith was dol op haar kleine broertje, hoewel ze, zoals ze lachend opmerkte, waarschijnlijk niet veel tijd zou hebben om te komen oppassen. Als de plechtigheid voorbij was, zou ze tweede luitenant zijn in het Amerikaanse leger.

Jake en zij waren de peetouders van kleine Mark. Hoezeer Jake deze eer op prijs stelde, bleek wel uit de talloze artikelen over babyverzorging die hij hun toestuurde vanaf de Columbia Universiteit, waar hij nu studeerde.

Sam en Alice zaten een paar rijen verderop. Ik ben zo blij dat zij nu bij elkaar zijn, dacht Jean. Het is heerlijk voor hen allebei.

Soms had Jean nachtmerries over de verschrikkingen van

de week van de reünie. Maar ze dacht er vaak aan dat die omstandigheden Mark en haar bij elkaar hadden gebracht. En als ze die faxen niet had gekregen, had ze Meredith misschien nooit gekend.

Het is allemaal hier, op West Point, begonnen, dacht ze, terwijl de kapel de eerste noten van 'The star spangled banner' speelde.

Gedurende de hele plechtigheid gingen haar gedachten af en toe terug naar de voorjaarsmiddag dat Reed voor het eerst naast haar op de bank kwam zitten en tegen haar begon te praten. Hij was mijn eerste liefde, dacht ze teder. Hij zal altijd in mijn hart zijn. Toen, op het moment dat cadet Meredith Buckleys naam werd omgeroepen om het diploma van West Point in ontvangst te nemen, het diploma dat Reed nooit had gekregen, was Jean ervan overtuigd dat hij vandaag op de een of andere manier bij hen was.

Woord van dank

Vaak krijg ik de vraag of het schrijven me, naarmate ik het langer doe, gemakkelijker afgaat. Ik wou dat dat waar was, maar het is niet zo. Ieder verhaal is een nieuwe uitdaging, een nieuw landschap dat gevuld moet worden met personages en gebeurtenissen. Daarom ben ik ook zo dankbaar voor de mensen die er altijd weer voor me zijn, vooral op momenten dat ik me afvraag of ik erin zal slagen het verhaal zo te vertellen als ik graag wil.

Michael Korda is al mijn redacteur sinds ik jaren geleden mijn eerste thriller schreef. Hij is al dertig jaar mijn goede vriend, mentor en redacteur. Hoofdredacteur Chuck Adams maakt sinds tien jaar deel uit van ons team. Ik ben hen beiden dankbaar voor alles wat ze doen om mij op mijn weg als schrijfster te begeleiden.

Mijn literair agenten, Eugene Winick en Sam Pinkus, zijn oprechte vrienden en goede critici, van wie ik geweldig veel steun ondervind. Ik waardeer hen zeer. Dr. Ina Winick helpt mij met haar deskundigheid als psychologe bij het doorgronden van de werking van de menselijke geest.

Lisl Cade, mijn uitgever en goede vriend, staat altijd voor mij klaar.

Veel dank ben ik verschuldigd aan de rechters Michael Goldstein en Meyer Last voor hun waardevolle hulp bij het beantwoorden van mijn vragen op het gebied van adoptiewetgeving en -procedures.

Opnieuw, als altijd, een woord van dank voor mededirecteur van Copyediting, Gypsy da Silva, en haar team: Rose Ann Ferrick, Anthony Newfield, Bill Molesky en Joshua Cohen. Ook dank aan rechercheur Richard Murphy en voormalig brigadier Steven Marron voor hun voortdurende steun en begeleiding.

Agnes Newton, Nadine Petry en Irene Clark staan mij op mijn literaire reizen altijd terzijde.

Als het verhaal eenmaal is verteld, is er altijd het heerlijke moment om dit te kunnen vieren met mijn meest dierbaren: de kinderen en kleinkinderen en natuurlijk mijn geweldige echtgenoot, John Conheeney.

Ik hoop, mijn gewaardeerde lezers, dat u genoten heeft van de verwikkelingen tijdens een dodelijke klassenreünie in het mooie Hudson Valley.